록커

흡혈귀,
슈퍼맨,
그리고
좀비

ZA 문학 공모전 수상 작품집

독커 흡혈귀, 슈퍼맨, 그리고 좀비

차삵동 5인 외

황금가지

목차

떡볶이를 삼켜

차삼동

0.

세 시가 되었다. 벌써 오후 공연을 시작할 시간이다. 한참 연습에 물이 올라 있었지만, 시간을 어기면서까지 연습을 계속할 수는 없었다.

그는 한참을 보고 있던 악보에서 눈을 떼고 기타를 둘러맨 채 무대로 향했다. 공연 시간을 엄수하는 건 아티스트에게 가장 중요한 일 중 하나다. 무대 아래에는 그를 기다리는 관객들이 있었다.

그는 무대 구석에서 자기 키만 한 마이크를 끌고 와 가운데에 세웠다. 그리고 그 앞에서 목을 가다듬었다. 가볍게 스트로크를 하며 무대 아래를 바라보았다. 새로 바꾼 세트리스트를 잘 해낼 수 있을지 걱정이 되었지만 일단 노래를 부르기 시작하면 어떻게든 끌고 갈 수 있었다.

그는 긴장된 표정으로 관객들을 바라보며 인사를 했다.

"오늘도 저의 공연에 와 주셔서 감사합니다. 그럼 첫 곡을 시작하겠습니다. 첫 곡은 산울림의 「아니 벌써」입니다."

"아니 벌써 해가 솟았나."

낭랑한 목소리가 마이크를 타고 공연장을 가로질렀다. 그의 노래를 들은 관객들이 조금씩 무대 쪽으로 모여들기 시작했다. 관객들의 반응을 보니 새삼 힘이 났다. 록 공연답게, 분위기를 띄울 수 있도록, 더욱 목소리를 높여 보았다.

오늘은 그의 백스물한 번째 공연이었다.

1.

하늘이 남빛으로 물들었다. 창 안으로 바람이 스몄다. 이제 막 가을에 들어선 저녁 공기가 시원했다. 멀리 보이는 산자락으로 어슴푸레하게 어둠이 깔렸다. 영재는 차창 밖으로 고개를 내밀어 보았다. 간밤에 가위로 대충 정리한 머리가 흩날렸다. 더 이상 긴 머리가 필요 없을 것 같아 자르긴 했지만, 그러고 나니 더 적응이 되지 않았다. 언제나 목 언저리를 익숙하게 간지럽히던 감각이 없어져 가뜩이나 낯선 세상이 더 낯설게 느껴졌다.

한때 그의 주요 재산이기도 했던 잘생긴 외모는 이제 의미가 없었다. 그렇게 가꾸고 관리해 가며 잘 보여야 할 대상이 존재하지 않았기 때문이다. 표정 연습을 위해 온종일 들여다보던 거울은 눈

코입이 그 자리에 붙어 있는지 확인하는 용도로나 쓰일 따름이었다. 영재는 지프 차 문간에 팔을 괴고 사이드미러를 보았다. 예전에는 그렇게, 거울을 틈만 나면 보곤 했다.

"창문에 그렇게 머리 올리지 마라."

운전대를 잡고 있는 진수의 목소리가 들렸다.

"뭐 어때, 우리밖에 없는데."

"혹시라도 그러다 문 확 열리면 어떡하려고. 이거 고물차라서 언제 퍼질지 모른단 말야."

"그냥 놔둬. 일일이 잔소리를 하고 그래? 그냥 록커 하고 싶은 대로 하라고 해."

뒷좌석에서 창모의 목소리가 들렸다. 그는 항상 영재를 '록커'라고 부르곤 했다. 왠지 모를 비아냥이 섞여 있는 것 같은 그 말을 영재는 듣기 싫었지만, 내색할 수는 없었다. 창에 걸치고 있던 팔을 내리고 등받이 쪽으로 몸을 묻자 창모의 콧노래 소리가 들려왔다. 영재는 그 소리가 거슬려 고개를 반대쪽으로 돌렸다. 같이 지낸 지 몇 달이 지났지만 자기 앞에서 그 노래를 흥얼거리는 창모의 심리를 이해할 수 없었다.

"야, 잠깐 세워 봐."

창모의 말에 진수는 브레이크를 밟았다. 도로 위를 털털거리며 달리던 지프가 멈춰 섰다. 진수는 팔을 뻗어 뒤를 보며 손짓을 했다. 그들의 차를 따라오던 1톤 트럭이 속도를 줄였다.

"왜, 무슨 일이라도 났어?"

트럭의 운전대를 잡고 있던 상백이 고개를 쓱 내밀었다. 창모는 차에서 내려 주위를 둘러보았다. 그리고 트럭에 앉은 상백에게 다가가 먼발치를 가리키고서는 손짓을 했다.

"아니, 잠깐만 볼 게 있어서. 저기 좀 봐."

"어디?"

"저쪽 있잖아."

창모가 가리킨 쪽에서 희미하게 일렁이는 불빛이 보였다.

"누가 초저녁부터 겁도 없이 불을 피워 놨네."

"잠깐만 갔다 오자. 어이, 다들 내려."

창모의 말이 떨어지기 무섭게 진수는 차에서 내렸다. 영재는 그를 보며 주섬주섬 뒷자리에서 포댓자루를 꺼내 접었다. 어차피 명령에 따르는 신세인 건 마찬가지였어도 다른 똘마니들처럼 빠릿빠릿하게 움직이고 싶지는 않았다.

영재가 차에서 내리자 창모는 트럭에 앉은 상백과 태구를 보며 말했다.

"나랑 진수, 록커 이렇게 셋이 갔다 올게. 너희 둘이 여기 있어."

"내가 가면 안 될까? 너 다쳤는데 괜찮아?"

트럭 조수석에 앉은 태구의 말에 창모는 고개를 저었다.

"아냐, 괜찮아. 그렇게 많이 다친 것도 아닌데 뭐."

둘을 남겨두고 세 사람은 불빛 쪽으로 향했다. 비상시가 아닌 이상 물자를 지킬 사람이 항상 두 명은 필요했다. 포댓자루를 뒷주머니에 넣은 영재는 창모의 뒤를 따르며 스타킹이나 복면을 뒤집어쓰지 않는 게 새삼 너무 이상하다는 생각이 들었다. 하지만 법이 없어진 지금 굳이 얼굴을 가려야 할 이유는 없었다. 괜한 마음에 품속 권총을 한번 만져 보았다. 그 선득한 질감에 소름이 돋았다.

거리를 좁힌 세 사람은 나무 뒤에 몸을 숨기고 불빛 언저리를 훔쳐보았다. 여자 셋에 남자 둘. 다섯 사람이 모닥불을 피우고 앉아 있었다. 나이 든 여자가 하나, 중년 언저리의 남녀와 젊은 남녀가 각각 한 명씩이었다. 중형 승합차가 옆에 서 있는 것으로 보아 그걸 타고 다니는 모양이었다. 동향을 파악하던 창모가 뒤를 보며 속삭였다.

"남자 둘만 제압하면 될 것 같네."

영재와 진수가 고개를 끄덕이자 창모는 총을 꺼내고 바로 모닥불 앞으로 뛰어들었다. 갑작스러운 기세에 여자 하나가 비명을 질렀다.

"거기 그대로 계세요. 움직이지 마시고."

창모는 다섯 사람에게 번갈아 가며 총을 겨누었다. 영재는 총을 내밀고 창모를 따라 그 옆에 섰다. 한두 번 해본 일이 아닌데도 매번 굉장한 긴장이 되었다. 꿀꺽하고 목구멍으로 침을 삼키는 감각이 그대로 느껴졌다.

"저…… 저희 아무것도 없어요."

다섯 사람은 가족인 것 같았다. 중년 남자의 말에 창모는 잘 알겠다는 듯 고개를 끄덕였다. 그리고 옆을 보며 눈짓을 했다. 영재는 가족들을 향해 총구를 바짝 세웠다.

"아무것도 없으신 거 잘 알고 있으니까, 그냥 확인만 할게요. 남자분들은 이쪽, 여자분들은 이쪽으로."

그 순간 창모의 말을 순순히 따르는 것 같던 젊은 남자가 자기 품에 손을 넣었다. 그것을 본 창모는 바로 그의 머리에 총을 들이댔다.

"이게 미쳤나? 야, 이 새끼 뭐 가지고 있는지 확인해 봐."

창모의 말에 진수는 그의 옷을 뒤졌다. 조그만 접이식 칼이 나왔다.

"난 또 총이라도 갖고 있는 줄 알았네."

창모는 사정없이 남자의 머리를 갈겼다. 호된 일격에 그는 픽 하고 쓰러졌다. 그 광경을 본 중년 여자가 울음을 터뜨렸다.

"꼴에 남자라고……"

창모는 고개를 홱 돌리며 다른 사람들을 쏘아보았다.

"이것 보세요. 말 안 들으니까 다치잖아요. 빨리 끝내면 저희도 좋고 여러분도 좋은 건데."

영재는 총을 겨누며 뒷주머니의 포댓자루를 진수에게 건네주었다. 진수는 승합차의 문을 열고 차 안에 있는 물건들을 확인한 뒤 하나하나 자루에 쓸어 넣었다. 어디서 살다 온 건지, 이들에게는 통조림이 꽤 많았다. 그것만 다섯이서 나눠 먹어도 열흘은 버틸 수 있을 만한 분량이었다. 자신들을 지킬만한 무기를 그다지 가지고 있지 않은 것도 그렇고, 어디 꽤 풍족한 환경에서 지내다 온 사람들 같았다.

"먼 길 떠나시는 분들 같은데, 정말로 가진 게 없네. 어디 가시는지는 몰라도 이래가지고 어디 다니겠나?"

진수가 통조림을 담는 광경을 지켜보며 창모는 낄낄거렸다. 벌벌 떠는 여자들의 눈에 눈물이 그렁그렁하게 맺혔다. 순간 영재는 자신을 쳐다보는 젊은 여자의 눈과 마주쳤다. 앳되다는 표현이 어울릴만한 어린 소녀였다. 아마 세상이 멀쩡했다면 중고등학교에 다니고 있었으리라. 영재는 스멀스멀 올라오는 동정심을 떨쳐내려 애썼다. 그를 보는 소녀의 눈빛이 흔들렸다. 분명 자신을 알아보는 것 같았다. 유명세가 돈이 되지 않는 세상에서 얼굴이 알려진 사람이라는 사실은 아무런 득이 되지 않았다. 모두가 알아보는 얼굴을 달고 다니는 것만으로도 마치 영원히 추락하고 있는 것 같은 기분이 들었다.

"그럼 이 만큼만 가지고 갈게요. 차는 남겨드릴 테니까, 다음에 따라오시든가. 줄은 요령껏 푸시고."

"잠깐만요. 저희 어머니 며칠 드실 것만이라도…… 이대로 남겨두면 저희 죽을지도 몰라요. 선생님, 제발……"

다섯 사람을 묶어놓은 후 떠나는 창모 일행을 보며 중년 여자는 애원했다. 그 말을 듣는 창모의 멀끔한 얼굴에 그늘이 졌다. 그는 여자의 앞에 쪼그리고 앉아 얼굴을 바싹 갖다 댔다.

"이 아줌마가 아직도 상황 파악이 안 되셨나 보네. 저희가요. 여러분 살려드리는 것만 해도 여러분은 굉장히 운이 좋은 거예요. 오늘이 재수 없는 날이라고 생각하시나 본데. 오늘이 로또 당첨된 날이야. 왜냐하면 오늘 여러분들 다들 죽어야 되는데 내가 기분이 좋아서 목숨은 건지게 됐거든. 우리가 싹 다 털어가는 것도 아니고 먹을 것만 가져가는 건데 왜 지랄이세요? 얼마나 많이 베풀고 있는데, 그걸 모르시네. 아 그리고……"

빈정거리던 창모의 얼굴이 일순간에 굳었다. 그리고 파랗게 질려 있는 소녀의 얼굴을 보며 여자에게 말했다.

"따님 건드리지 않는 것만 해도 고마운 줄 아세요."

자루를 메고 가는 영재의 등 뒤로 여자가 오열하는 소리가 들렸다. 저만치 앞서가는 창모와 진수를 보며 영재는 자루에서 캔 하나를 꺼내 툭 하고 던졌다. 항상 그렇듯이, 오늘 밤은 저 울음소리가 자신의 잠자리를 괴롭히게 될 터였다.

"금방 왔네?"

불룩하게 자루를 채워 온 세 사람을 보며 차 앞에 걸터앉은 상백과 태구가 손을 흔들었다.

"우는 소리 여기까지 들리는 거 같으니까 재수 없어. 일단 얼른 실어."

창모의 말에 상백은 자루를 열어 내용물을 확인했다.

"야, 이거 생각보다 많이 갖고 왔네. 나 꽁치 좋아하는 거 어떻게 알고…… 아, 그리고 담배! 똑 떨어졌는데 잘됐네. 하하, 참……"

과하게 호들갑을 떠는 상백을 모른 체하고 영재는 지프로 돌아와 자리에 앉았다. 워낙 긴장을 한 탓에 기운이 한순간에 빠지는 느낌이었다. 뒤이어 창모가 뒷자리에 타는 소리가 들렸다. 어쨌든 그에게 가장 많은 공이 있으므로, 뭐라도 말이라도 한마디 해야 했다.

"수고했어."

"아니야. 근데 록커 기분이 안 좋아 보이네?"

"아니, 나 기분 괜찮은데?"

기분이 안 좋다고 달라질 건 없었다. 뒤를 돌아보니, 창모의 안색이 좋지 않았다. 무리하게 총을 들고 움직이다 상처가 벌어진 것 같았다.

"안 괜찮은 건 내가 아니라 네 쪽 같은데? 아문 자리 또 덧난 거 아니야?"

"아냐. 됐어. 나 피곤해서 그래. 잠깐 눈 좀 붙일 테니까, 좀 전에 털어온 거 있다 같이 먹자."

차가 달리기 시작하자 창모는 다시 콧노래를 흥얼거리기 시작했
다. 영재는 그 소리가 거슬려 귀를 막고 싶었다. 이런 날이 올 거라
고는 꿈에도 생각지 못했다. 얼마 전까지만 해도 자신이 가장 사랑
하던 멜로디가 이제는 그를 괴롭히는 악몽 같은 소음이 되었다. 잊
으려고 할수록 그 노래를 마지막으로 부르던 순간이 계속 떠올랐
다. 귓가를 스멀거리는 콧노래 위로, 그 날의 기억이 선명하게 겹쳐
졌다.

2.

어쩌다 이렇게 돼 버렸는지는 누구도 몰랐다. 어떤 사람은 실험
실에서 연구 중인 바이러스가 유출되어서라고 했고, 어떤 사람은
우주에서 곰팡이나 바이러스가 떨어진 탓이라고 했다. 대피소 근
처에서 본 어떤 아저씨는 신의 분노로 인해 이렇게 됐다고 했다.
분명한 것은 더 이상 그 진상을 밝힐 수 없게 되었다는 것이다. 그
것을 규명하기도 전에 거짓말처럼 세상이 망해 버렸기 때문이다.

그 일이 벌어지기 전까지 그 날은 영재에게도 일생일대의 순간
이었다. 그 자리에 서기까지 수많은 공연을 해 왔지만 6000명 이
상의 관객을 대상으로 콘서트를 여는 것은 처음이었다. 한창 인기
가 상승 중이긴 했어도, 경연 프로 출신의 메이저 데뷔 앨범 한 장
밖에 내지 않은 6개월짜리 밴드가 그 정도 공연을 감당할 수 있을
지에 대해서는 소속사 내부에서도 이견이 많았다. 밴드의 매니저

였던 장 실장은 이럴 때일수록 과감해야 한다며 의견을 굽히지 않았다.

결과는 대성공이었다. 매진되었다는 소식을 들었을 때 영재는 하염없이 울었다. 긴 무명 기간의 고생이 다 보상받는 기분이었다. 영재와 그의 밴드는 휴가도 반납하고 밤낮없이 연습에 매달렸다. 그 열의에 사무실 사람들이 놀랄 정도였다.

공연 당일에도 대기실에서 영재는 계속 손 연습을 했다. 굉장한 연습량 덕에 자면서도 연주를 할 수 있을 정도였으나 보컬과 기타를 겸하는 프런트맨으로서 조금의 실수도 하고 싶지 않았다. 그러다 손에 탈이 난다고 장 실장이 말렸지만 그렇게 손을 계속 움직여 줘야 안심이 되었다.

"괜찮아. 심호흡 한번 하고. 연습 많이 했잖아."

공연장에 올라가기 전, 장 실장은 영재와 멤버들의 어깨를 두드려 주었다. 무대에 들어서자 수천 명의 사람이 눈앞에 들어왔다. 리허설 때 아득하게 느껴졌던 넓이의 공연장이 꽉 메워져 있는 광경을 보니 믿기지 않았다. 이것은 합동 공연이나 행사, 페스티벌이 아니다. 오로지 우리 공연을 보러 온 사람들이다. 그렇게 생각하니 가슴이 터질 것 같았다.

조명이 켜지고 공연이 시작되었다. 영재는 혼신의 힘을 다해 노래하고 연주를 했다. 규모만큼이나 객석의 반응도 역대 최고였다. 그동안의 모든 노력들은 그 날을 위해서 존재했다. 영재의 27년 인생에서 최고의 순간이었다. 그때까지는 그랬다.

공연은 순조롭게 진행되었다. 한 시간 반을 넘어, 거의 막바지에 다다르며 대표 레퍼토리가 이어지고 있을 때였다. 공연장의 열기 때문에 영재는 무슨 일이 일어나고 있는지를 파악하지 못했다. 아마 그 날의 관객들도 마찬가지였을 것이다.

처음에는 파도타기를 하는 줄 알았다. 2층의 뒤쪽 자리가 빠지면서 사람들의 물결이 파도처럼 앞으로 밀려올 때만 해도 그랬다. 이것은 신종 이벤트인가. 우리를 놀래켜 주려고 이러는 건가. 하지만 2층의 사람들이 앞으로 떨어지고, 스탠딩 석이 아수라장이 되는 걸 보며 이것이 의도된 연출이 아닌 사고라는 것을 알았다. 갑작스러운 사태에 놀란 밴드가 연주를 멈추자 공연장은 대혼란에 빠졌다.

마이크를 들고 있는 입장인지라 일단 영재는 사람들을 진정시키려 했다. 그러나 뒷줄의 사람들이 앞으로 몰려들어 앞사람들을 물어뜯고 있는 걸 보며 평정심을 유지할 수는 없었다. 수천 명의 무시무시한 비명이 울려 퍼졌다. 순식간에 사람들은 무대 쪽으로 마구 몰아닥쳤다. 잠깐 관객들을 막아서던 진행 요원들의 대열이 무너져 단번에 그들의 발아래에 깔렸다. 무대 뒤쪽으로 도망치며 영재는 사람들을 물어뜯는 이들의 눈을 보았다. 그들에게는 눈동자가 없었다.

"형! 형! 어디 갔어!"

무대 아래로 내려간 영재는 미친 듯이 장 실장을 찾았다. 장 실장의 뒷모습을 보고 순간 안도했던 영재는 뒤돌아 자신에게 달려드는 그의 모습에 다시 한번 경악했다. 눈을 희번득하게 뜬 장 실장을 피해 영재는 정신없이 복도로 뛰었다. 이미 백스테이지 전체가 공황 상태였다. 눈동자가 없어진 사람들이 다른 사람들의 목을 마구 물어뜯고 있었다.

앞뒤를 잴 시간조차 없었다. 영재는 허겁지겁 비상계단으로 달렸다. 다행히 그쪽으로는 사람이 없는 듯했다. 우선 차부터 타고 보자. 계단을 마구 내려가며 영재는 일단 상황 파악을 할 시간이 필요하다는 생각을 했다. 무조건 여기서 벗어나는 게 급선무였다.

그렇게 지하 주차장에 도착해 주머니에 손을 넣고서야 자신이 얼마나 정신줄을 놓고 있는지를 깨달았다. 그가 입고 있던 것은 무대 의상이었다. 그에게는 자동차 열쇠가 없었다. 설상가상으로 지갑, 휴대폰 등 모든 물품들을 대기실에 두고 온 상태였다. 그렇다고 저 위의 끔찍한 현장으로 돌아갈 수도 없는 노릇이었다. 차 앞에서 영재는 털썩 주저앉았다.

마침 반대편에서 바쁜 걸음 소리가 들렸다. 어떤 여자가 자신이 있는 쪽으로 달려오고 있었다. 잘 됐다. 저 사람에게 태워달라고 하자. 영재는 여자를 보며 손을 흔들려고 했다. 순간 뒤쪽에서 괴성이 들리며 한 무리의 사람들이 달려와 여자를 덮쳤다. 비명을 지르는 여자를 그들은 마구 물어뜯었다. 영재는 자동차 아래에 숨어 입을 막았다. 조금이라도 소리를 내면 그들이 자신에게 몰려올 터였다.

영재는 자동차 아래에서 허둥지둥 네발로 기며 숨을 곳을 찾았다. 이미 계단 쪽은 막혀 있었고 주차장 출구도 점령된 상태였다. 그리고 엎드려 있는 자신의 앞으로 눈을 희번득 뜬 미친 사람들이 걸어 다니고 있었다.

그때 영재의 눈에 사람 키만 한 문이 들어왔다. 벽에 붙어 있는 것으로 보아 무슨 창고 같았다. 영재는 살금살금 그리로 다가가 최대한 소리가 나지 않게 문을 열었다. 한 평 남짓한 작은 공간에 청소 도구들이 들어 있었다. 그는 그 안으로 들어가 조심스럽게 문을 걸어 잠갔다. 완전한 어둠이 그를 감쌌다. 다행히 그들이 이쪽으로는 들어오는 것 같지 않았다.

그는 무릎을 끌어안고 두어 시간을 벌벌 떨었다. 휴대폰이 없었기에 대체 어떻게 된 건지 알 수도 없었다. 저들은 뭔가. 어쩌다 저런 일이 벌어진 건가. 왜 하필이면 내 공연에서 저런 일이 일어난 건가. 모든 것이 놀랍고 무서웠지만 가장 그를 충격에 빠뜨린 건 밴드의 공연이 실패했다는 사실이었다. 모든 것을 걸었던 공연이 무시무시한 사태로 인해 처참하게 망했다. 이제 밖으로 나가면 그의 밴드는 전대미문의 사건이 일어난 공연의 당사자로 기억될 것이었다.

오만가지 생각이 뒤를 이었다.

멤버들은 어떻게 되었을까. 스태프들은. 장 실장은. 항상 영재를 아껴주었던 장 실장이었다. 그의 밴드가 지금의 위치에 오른 것은 전적으로 장 실장의 헌신 덕분이었다. 파트 타임으로 일주일에 두 번 허름한 무대에 오르던 그들의 가능성을 가장 먼저 알아보고, 몇 년간을 묵묵히 믿어주고, 경연 프로에 내보내 성공시키고 메이저 기획사 계약을 따내기까지 장 실장은 밤낮을 쉬지 않고 일했다. 내가 끼니를 거르는 한이 있어도 너희는 굶기지 않겠다며 입버릇처럼 말하던 그의 얼굴이 떠올라 계속 눈물이 났다.

창고 안은 눅눅하고 추웠다. 초겨울의 한기가 얇은 무대 의상을 그대로 타고 올라와 몸이 으슬으슬 떨렸다. 설상가상으로 무대에서 온 힘을 쓰고 난 뒤라 기운이 다 빠진 상태였다. 밖으로 나가고 싶었지만, 그 참혹한 광경이 생각나 엄두가 나지 않았다. 그 사이에 나갔다가 그 정신 나간 무리들의 눈에 띄면 바로 죽을지도 몰랐다. 아마 사태를 정리하려면 꽤 시간이 필요할 것이다. 아마 몇 시간, 아니 며칠이 필요할지도 몰라. 그렇게 생각하며 영재는 창고 안에서 버티다 정신을 잃었다.

얼마나 흘렀을까. 영재는 한참이 지나서야 눈을 떴다. 그 사이에 비몽사몽하며 깼다 잠들기를 반복했던 기억이 났다. 자신이 느끼는 것보다 시간이 한참 지났을지도 모른다는 생각이 들었다. 그는 조심스레 창고 문을 열어 보았다. 계속 움츠리고 있다 몸을 일으키자 온몸이 부서지는 것 같았다.

가장 먼저 들었던 생각은 어둡다는 것이었다. 전기가 나갔는지 주차장 내부의 밝기는 거의 창고 안과 매한가지였다. 주위를 둘러보니 차가 빽빽이 세워져 있었다. 마치 그 사태 이후로 아무도 차를 갖고 가지 않은 것 같았다. 빛이 스며드는 출구로 영재는 걸음을 옮겼다. 그 사달이 났는데도 수습조차 되지 않은 건가. 좀 이상하다는 생각이 들었지만, 일단은 밖으로 나가야 했다. 그 후로 어떻게 되었는지 갑자기 궁금해져 조바심이 났다.

주차장 경사를 올라 영재가 처음으로 맞닥뜨린 것은 빛이었다. 갑작스러운 햇살에 눈이 부셔 잠깐 동안 아무것도 보이지 않았다. 잠시 후, 감각이 진정되자 그제야 주변 광경이 눈에 들어왔다. 경기장을 리모델링한 공연장 입구는 엉망이 된 상태였다. 대형 현수막이 찢어져 있고, 입간판이 박살이 났으며 유리창은 온통 깨져 있었다. 온갖 자질구레한 잡동사니와 쓰레기들이 폐허처럼 끝없이 바닥에 나뒹굴었다.

더욱 당황스러운 사실은 아무도 보이지 않았다는 것이다. 그 사달이 났음에도 불구하고 직원이나 경찰, 그 밖에 이 사태를 수습하고 있을 만한 누군가가 전혀 보이지 않았다. 아니 그냥 아무도 없는 것 같았다. 영재는 공연장 안쪽으로 들어가며 소리를 쳐 보았다.

"거기 아무도 없어요?"

텅 빈 공간에 영재의 목소리가 공허하게 울렸다. 이건 아무래도 예삿일이 아니었다. 일단 차를 타야 했다. 대기실에 두고 온 열쇠가 생각나 영재는 안쪽 복도로 돌아 들어갔다. 그 안에 영재의 차 열쇠와 집 열쇠, 휴대폰, 지갑 그 밖의 다른 소지품들이 있었다. 일단 그것들이 있어야 다른 수를 낼 수 있었다.

텅 비어 있을 줄 알았던 대기실 쪽을 보며 영재는 경악했다. 복도 끝에서 몇 명의 사람들이 서성이고 있었다. 한눈에 보기에도 그들은 정상이 아니었다. 그들은 뻣뻣한 걸음걸이로 앞이 보이지 않는 것처럼 천천히 움직였다. 그게 공연 당일 보았던 정신 나간 사람들과 같은 상태인 것은 분명했다. 영재는 소리가 나지 않도록 슬금슬금 뒤로 걷다 있는 힘을 다해 도망쳤다.

그들은 진압된 게 아니었다. 아니 오히려 그들에 의해 멀쩡한 사람들이 제압된 것 같았다. 영재의 가슴이 세차게 뛰었다. 불길한 예감이 마구 샘솟았다. 어쩌면, 아냐. 그럴 리 없어. 애써 불안감을 억누르며 영재는 공연장 정문 밖으로 뛰쳐 나왔다. 그의 눈앞에 절망적인 광경이 펼쳐졌다.

시야에 잡힌 모든 것이 정지해 있었다.

아무것도 움직이지 않았고 어떤 것도 소리내지 않았다. 건물의 유리창이 온통 깨어져 있고 곳곳에 설치된 구조물들이 무너져 있었다. 도로에는 수십 대의 차량이 어지럽게 뒤엉켜 뒤죽박죽된 채였고, 맞은 편에는 거대한 화물차가 가로수를 들이받고 뒤집혀 있었다. 건물 여기저기에 불에 타 검게 그을린 자국이 보였다. 그런 상태가 끝없이 이어져 있었다.

길바닥에는 사지가 절단된 시체들이 수없이 널브러져 굴러다녔다. 바닥에 잔뜩 번져 있는 핏자국과 살점 끌린 흔적이 어떤 참사였는지 짐작게 했다. 그 어떤 재난도 이보다 끔찍하진 않았을 것이다. 머리부터 발끝까지 오한이 들었다.

그 날의 참상은 공연장 한 군데에서 일어난 것이 아니었다. 어떤 이유인지 알 수 없지만, 동시다발적으로 그런 사태가 터졌고 한순간에 사람들을 집어삼켰다. 남아 있는 몇몇 사람들은 다른 사람을 물어뜯는 비정상적인 상태가 되었다. 일단 그런 식으로 이해하는 수밖에 없었다. 이 난장판이 수습되지 않는 것을 보면 국가 기능이 정상적으로 돌아가지 않는 게 분명했다.

영재는 충격에 휩싸인 채 멍하니 거리를 걸었다. 아무리 나아가도 눈앞에 살아있는 무언가가 나타나지 않을 것 같았다. 이런 엄청난 사태를 맞닥뜨리니 공연에 실패했다고 좌절했던 창고 안에서의 기억이 아득하게 느껴졌다. 이제는 볼 수 없을 사람들을 생각하며 영재는 소리 내 울었다.

한참을 그러다 보니 배가 고팠다. 아니, 이미 오래전부터 허기가 진 상태였지만 그걸 느끼지 못하고 있었다고 하는 게 맞았다. 영재는 눈앞에 보이는 편의점으로 들어갔다. 이미 가판대는 누군가가 싹 쓸어가서 아무것도 남아 있지 않았다. 영재는 아래를 살피다 바닥에 굴러다니는 음료수 캔 하나와 땅콩 한 봉지를 발견했다. 급하게 캔을 따고 음료수를 벌컥벌컥 마시며 땅콩 봉지를 뜯었다. 이런 와중에도 식욕을 잃지 않는 자신이 원망스러웠다.

며칠간 그런 나날이 이어졌다. 피곤하면 아무 건물 안에나 들어가 잠을 자고, 정신이 들면 다시 정처 없이 걸음을 옮겼다. 배가 고프면 상점에 들어가 가판대나 바닥에 남아 있는 식료품들을 주워 먹었다. 갈수록 기운이 빠지고 의욕이 사라졌다.

마침내 기력이 다하고, 영재는 지하철역 앞의 어느 허름한 건물 계단에 쓰러졌다. 이대로 죽는 건가. 그래도 미친 사람들에게 목을 물려 죽는 것보다야 낫겠지. 가수로서 오랜 무명 생활과 잠깐의 인기. 신기루마냥 사라져 버린 그 시기가 꿈처럼 스쳐 갔다.

"야, 가지 마. 그러다 벌떡 일어나면 어떡하려고 그래?"

어디선가 낯선 남자의 목소리가 들렸다.

"아니, 그냥. 주머니에 뭐 들어 있나 보려고."

다른 남자의 목소리.

"벌써 뒈진 지 한참 됐구만. 주머니에 뭐가 있어? 상백아. 찜찜하니까 그냥 둬라."

그때 영재의 몸이 움찔거렸다.

"어? 이거 봐. 살아있어!"

"어? 진짜네?"

"나 이 사람 알아! 이거 윤영재 아니야? 록스타 케이. 거기 나온 사람이잖아."

"엇, 진짜? 야, 창모야. 이것 봐. 신기하다. 연예인이야!"

자신을 둘러싸고 떠드는 남자들의 대화가 어렴풋이 계속되었다. 점점 꺼져가는 희미한 의식 사이로, 그들의 목소리가 멀어져 갔다.

3.

드르륵 하고 문이 열리는 소리. 시동을 거는 소리. 엔진 소리가 들렸다. 어깨너머로 남자 여럿이 주고받는 말이 드문드문 이어졌다. '어떡할 거야. 곧 죽을 것 같은데.' '뒈지면 버리면 되지 뭐.' '기운이 빠져서 그런 것 같으니 뭐라도 좀 먹여 봐.' '우리 입에 들어갈 것도 없는데 먹이긴 뭘 먹여……' 정신이 들었다 깼다를 반복하다 눈을 떠보니 자동차 안이었다. 머리를 빡빡 깎은 통통한 남자가 자신을 보고 있었다.

"어, 깼다! 이 사람 일어났어!"

그가 말하자 다른 사람들이 일제히 자신을 돌아보았다. 운전석 쪽에 두 명, 뒷자리에 두 명. 모두 영재 또래로 보이는 젊은 남자들이었다.

"괜찮아요?"

앞자리 조수석의 안경을 쓴 남자가 물었다. 대답을 하려고 했으나 목소리가 나오지 않았다.

"내가 괜찮다 그랬잖아."

뒷자리에 앉은 하얗고 멀끔한 얼굴의 남자가 말을 받았다.

"어, 진짜 생각보다는 멀쩡한 것 같네?"

운전석에 앉은 남자가 뒤를 보며 흘끔거렸다.

"너는 자꾸 뒤로 보지 말고 운전이나 해."

멀끔한 얼굴이 운전석을 보며 면박을 주었다. 운전석의 남자가 그 말을 듣고서는 툴툴거리며 돌아섰다.

그들은 영재가 기운을 차리자 음식과 물을 주었다. 어쩌다 그런 몰골이 됐는지 영재는 대략의 과정을 이야기해 주었다. 그들의 말에 의하면 열흘 정도 전에 재앙과 같은 사태가 벌어졌고, 자신들은 경찰서 유치장에 있어서 화를 면했다고 했다. 좋은 일로 그런데 갔을 리는 없겠지만 인제 와서 무슨 소용인가 싶어 자세한 사연은 묻지 않았다.

멀끔한 얼굴의 남자는 창모, 안경잡이는 태구, 빡빡머리는 상백, 운전자는 진수라고 했다. 허물없는 태도로 보아 그들 네 사람은 친구인 것 같았다. 창모는 영재와 이야기하면서도 사소한 사항들을 계속 다른 사람들에게 지시했다. 아무래도 그쪽이 리더 격인 모양이었다. 그들은 먹을거리를 꽤 많이 갖고 있었다. 사태가 일어나자마자 상점에서 싹쓸이를 했다고 했다.

창모 일행과 며칠간 지내며 영재는 거의 체력을 회복했다. 배고픔이 해소된 만큼 기운이 생기기도 했고, 자신 외에 살아있는 사람이 있는 걸 보는 것 자체로 힘이 나는 느낌이었다. 그들은 승합차를 몰고 다니며 여러 용품을 되는대로 쓸어 담았다. 어디 전쟁통이라도 살다 왔는지, 이런 사태가 벌어졌는데도 그렇게 당황하는 것 같지 않았다.

그들과 함께 다니며 알게 된 가장 놀라운 사실은 세상이 완전히 망하지는 않았다는 것이다. 아니, 의외로 꽤 많은 수의 사람이 생존하고 있었다. 다만 보이지 않았던 것뿐. 영재가 길에 쓰러져 죽을 뻔했던 시점은 사태의 충격으로 인해 아무도 밖으로 나오지 않던 시기였다. 사람들은 재앙을 피해 관공서나 쇼핑센터, 대피소 같은 곳에 집단으로 모여 있었다. 어쩌다 보니 그런 식으로 집단을 형성하게 된 듯했다. 듣자 하니 그냥 집에서 나오지 않는 사람도 상당수인 모양이었다.

처음에 창모 일행은 그쪽에 합류하려 했다. 하지만 대부분의 그룹에서 물자는 절대적으로 부족했다. 그들 대다수는 허기와 갈증에 시달리고 있었다. 특정 집단에 들어가기 위해서는 가지고 있는 물자를 다 내놓아야 할 판이었다. 상대적으로 자원이 풍족한 마트나 쇼핑센터를 점거하고 있는 사람들은 쉽사리 누군가가 들어오는 것을 허용하지 않았다. 집단 생활은 그들에게 별다른 이득이 없었을 테니까.

사람들은 거처를 마련해 농성하며 하염없이 구조를 기다렸다. 하지만 거의 국가 기능이 마비되다시피 한 시점에 과연 그 날이 오기나 할까 싶었다. 방송, 신문, 인터넷은커녕 전기, 가스, 통신, 수도까지 끊어져 사실상 모두가 고립 상태였다. 세상이 어떻게 돌아가고 있는지 알 수 있는 길은 없었다. 그런 식으로 시간을 보내다 물자 때문에 싸움이 나거나 간혹 바깥에서 밀고 들어오는 '변한 존재들'의 습격을 받아 와해되는 그룹이 한둘이 아니었다. 창모는 그 사람들을 보며 멍청하다고 했다.

변한 존재들을 사람들은 '시체'라고 불렀다. 영재는 처음에 그 사람들이 그냥 미치거나 병이 났을 뿐이라 생각했다. 그러나 그들의 변화는 그런 범주와는 근본적으로 성격이 달랐다. 그것은 일종의 변이였다. 생명을 가진 존재에서 그렇지 않은 존재가 되는. 그들은 이성도 없고 욕구도 없었다. 그저 눈앞에 있는 것을 물어뜯기만 할 뿐이었다. 그들은 떼를 지어 다니다 살아있는 사람이 보이면 바로 달려들어 표적을 마구 찢어발겼다. 그리고 그렇게 당하게 되면 그 대상은 몇 초 지나지 않아 그들과 똑같은 상태가 되었다.

그나마 다행스러운 건 시체들의 활동성이 나날이 떨어지고 있다는 점이었다. 그들은 처음 변이 상태일 때가 가장 위험했고, 시간이 지날수록 점점 약해졌다. 전력 질주하듯 공격 대상에게 달려오는 건 변이 후 초반 몇 시간 정도였다. 초반의 막대한 피해는 그 특성이 전혀 파악되지 않았던 탓이 컸다. 사태가 진정되자 밖으로 나오는 사람들도 드문드문 있었다. 물론 그렇다고 아예 대놓고 다녀도 된다는 얘기는 아니어서, 그런 활동에는 대단히 주의를 요했다. 특히나 시체들은 눈이 보이지 않는 대신에 청각이 매우 예민했으므로, 큰 소리를 내는 것은 금물이었다. 밖으로 나온 사람이 존재가 발각되어 바로 산송장이 되는 건 놀랍지도 않은 일이었다.

자연히 창모 일행은 다른 집단과는 따로 행동하게 되었다. 영재는 수동적으로 창모 일행을 따랐다. 지금 상황에서 영재에게 그들은 자신이 유일하게 '아는 사람'이었다. 그다지 호의를 보이지는 않는 듯했지만 어쨌든 그들은 영재를 외면하지 않았다. 때로는 없는 사람 취급을 하면서도 그들은 영재에게 먹을거리를 주고 차에 태워 다녔다. 밖에서 볼 때 그가 집단의 일원으로 인식될 것은 자명했다.

이는 전적으로 리더인 창모의 태도와 관계가 있었다. 우습게도 그들이 영재를 내치지 않는 것은 창모 때문이었다. 창모의 명령으로 차에 태웠으니 버릴 때도 같은 과정이 필요했던 것이다. 어떻게 그런 권력 관계가 생긴지는 알 수 없었으나, 그들은 창모의 말을 거의 복종하듯 따랐다.

그렇다고 영재가 창모에게 진심으로 감화가 되었냐면 그런 것도 아니었다. 그는 도무지 호감이 가지 않는 사람이었다. 한참을 같이 있으면서도 영재는 그가 어떤 인물인지를 알 수 없었다. 처음에는 그냥 필요한 말만 하는 무난한 사람인 줄 알았으나, 며칠을 보내면서 본 그는 그런 성격과는 거리가 멀었다. 그는 대단히 예민하고 제멋대로인 사람이었다. 말이 없다가 갑자기 말이 많아지고, 한참 신나게 떠들다가 갑자기 입을 다물었으며, 평소에 화를 내지 않는 것 같다가도 사소한 것에 불같이 화를 냈다. 아주 적극적으로 행동하지 않는 이상 그의 기분을 일일이 맞춰주는 것은 거의 불가능해 보였다. 오만가지 모습이 그 안에 들어 있는 듯했다. 창모가 전적이 어떤 사람인지조차 알 수 없었다. 그들끼리 나누는 잡담을 들어보면 창모는 한때는 장사를 했던 것 같고, 정비사 일을 했다는 것 같기도 했다. 심지어 영재처럼 록 밴드 같은 것도 하고 오디션 프로에도 나갔다는 모양이었다. 어찌했든, 이 그룹은 창모의 기분에 따라 분위기가 좌우되었다. 창모가 기분이 좋은 날은 분위기가 뜨는 날이었고, 기분이 나쁜 날은 분위기가 가라앉는 날이었다. 예전부터 이런 상황에 익숙해져 있었는지 신기하게도 다른 세 사람은 창모의 기분을 거의 거스르지 않았다. 영재의 입장에서는 말수를 줄이고 그냥 묵묵하게 따르는 수밖에 없었다.

"어이, 록커 님. 오늘은 저 아래까지 가볼 건데 괜찮으시나?"

창모는 자꾸 영재를 '록커 님'이라고 불렀다. 그의 성격으로 보아 빈정거리는 말이 분명했으나 내색을 할 수는 없었다. '록커 님'은 언제부터인가 '록커'로 바뀌었다. 그가 영재의 면전에서 다 들리도록 영재의 밴드 시절 노래를 흥얼거리던 것도 그때부터였다.

시간이 지날수록 창모가 리더 역을 하는 이유는 분명해 보였다. 그는 머리 회전이 빠른 편이었고 상황 파악을 하는 감각이 좋

앞으며 판단력이 탁월했다. 식량이나 여타 물자를 그렇게 많이 비축하고 있는 것도 창모의 판단 덕분이었다. 마트나 쇼핑센터 쪽으로 몰려들었던 다른 사람들과 달리 창모 일행은 사태 직후 음식점을 털었다. 그쪽은 생각보다 많은 양의 보존 식품이 있었다.

사람들이 편의점이나 슈퍼마켓을 한바탕 쓸고 간 이후에도 창모는 그 안에서 요긴한 물품들을 많이 수거해 왔다. 의약품, 칫솔, 비누, 속옷…… 생존에는 생각보다 많은 물품이 필요했고 그의 빠른 판단 덕에 그들은 그런 물자들을 비교적 넉넉하게 가지고 있었다. 창모 일행이 입수가 쉽지 않은 총을 갖고 있었던 것도 그 때문이었다. 유치장에서 탈출했을 때 그들은 가장 먼저 경찰서의 총기부터 챙겼다.

식량을 선점하는 감이 좋았으므로 쑥대밭 속에서도 그런대로 먹을거리를 비축해 그들은 그다지 굶지 않았다. 가끔은 여러 기호품들을 입수하여 생존자 집단의 다른 물품들과 교환하는 수완을 보여주기도 했다.

그러나 식량이 점점 줄어들고 살기가 힘들어지면서 창모 일행의 수법은 바뀌었다. 상식적인 과정으로 물건을 얻기 어려워진 상태에서 가장 손쉽게 선택할 수 있는 방법은 약탈이었다. 껄렁해 보였어도 남들에게 그다지 해는 끼치지 않는 것 같았던 그들이 별다른 거리낌 없이 강도질하는 걸 보고 영재는 매우 놀랐다.

영재를 더욱 당황스럽게 했던 건 그 역시 약탈에 가담해야 한다는 사실이었다. 그 집단의 일원으로 한참을 같이 지낸 이상 그에게 다른 선택지는 없었다. 적극적으로 나설 필요는 없었지만, 얻어먹고 다닌 이상 어쨌든 같이 움직이는 시늉이라도 해야 했다. 영재는 무방비 상태의 사람들에게 총을 겨누고 물건을 빼앗았다.

그에 맞춰 시내 곳곳에서 그런 식으로 약탈을 하는 사람들이 점점 많아졌다. 어설프게 칼만 갖고 다니는 사람들도 있었지만, 총을 소지한 사람들도 꽤 있었다. 군대가 털렸는지 창모 일행만 총을 들고 다니는 게 아니라서 곧 다른 생존자 그룹들도 총기로 자신들을 지키게 되었다. 창모 일행 역시 심심찮게 습격을 받았다. 자동차를 타고 다니는 것만으로도 표적이 되어 공격당하기도 했고, 실제로 여러 번 물자가 털릴 뻔한 위기가 있었다.

서울을 떠나기로 한 것도 그 때문이었다. 무장하는 사람들이 갈수록 많아지고 공격받는 횟수가 잦아지면서 창모 일행은 좀 더 강한 화기로 무장을 하거나 견고한 세력을 가진 특정 집단에 들어가야 하는 상황이 되었다. 큰 집단에 들어가는 걸 내켜 하지 않던 창모는 일단 서울을 떠나 다른 지역들을 살펴보자는 제안을 했다. 언제나 그랬듯 다른 일원들에게 결정권은 없었다. 영재는 얼떨결에 서울을 떠나는 신세가 되었다.

그렇게 유랑이 시작되었다. 다른 지역도 사정이 크게 다르지 않아 기본 환경이 초토화된 상태에서 식량이 부족한 건 마찬가지인 듯했다. 그나마 유리했던 건 서울처럼 화기를 들고 다니는 사람들이 많지 않았다는 것이다. 그것은 훨씬 노략질을 하기 수월한 환경이라는 의미였다. 지방은 서울보다 그런 면에서 생존하기 쉬웠다.

하지만 일단 그런 식으로 생활하게 되자 정착하기가 쉽지 않았다. 자연히 여러 군데를 옮겨 다니게 되었고, 그게 그들의 일상이 되었다. 그들은 한 군데에서 보름 이상을 지내지 않았다. 일단 새로운 지역에 들어서면 일정 기간 탐색을 거치고, 식량 확보를 하고, 며칠을 머물다 떠나기를 반복했다. 창모가 크게 다친 것도 그런 생활을 하며 방심한 탓이었다.

경북의 한 중소도시에서 만난 일가족은 권총을 여러 자루 갖고 있었다. 창모 일행의 위협에 그들은 투항하는 척하며 품에 숨겨둔 총을 쏘았다. 완강한 저항에 놀라 도망치던 중 창모가 옆구리에 총을 맞았다. 응급처치로 총알을 빼내긴 했으나 상처가 깊었다. 병원이 있었다면 충분히 회복이 가능했을 자리가 좀처럼 낫지 않았다.

창모는 거의 제 컨디션을 찾지 못했다. 이대로는 노략질이든 뭐든 다 접어야 할 판이었다. 어쨌든 제대로 된 거처를 찾아 쉬는 게 급선무였다. 국도를 따라 한참을 내려가던 그들에게 시내 입구의 표지판이 보였다.

K시. 그들이 한동안 지내게 될 곳이었다.

4.

한참을 들어가자 드문드문 건물이 보이기 시작했다. 굴다리가 나오고, 아파트 단지가 눈에 들어왔다. 교량 위에 크게 '희망찬 도시, 행복한 시민, K시에 온 것을 환영합니다.'라는 현수막이 붙어 있었다. 저런 문구가 아직 걸려 있는 것은 부조리한 일이었다.

"이쪽이 시내인가?"

일 킬로미터쯤 더 들어가자 다닥다닥 붙어 있는 상점들이 나왔다. 지방 도시 치고는 생각보다 시가지가 앞쪽에 형성돼 있는 듯했다. 운전하던 진수가 서서히 속도를 줄이며 주위를 살폈다. 언제든 갑자기 시체가 튀어나오거나 약탈자가 나타날 가능성이 있었다. 영재는 낯선 시가지의 광경을 계속 눈에 담아 두었다. 아직까지 사람은 하나도 보이지 않았다.

그다지 큰 규모는 아니었지만 거점 도시 정도는 돼 보이는 느낌이었다. 좀 더 안쪽으로 들어가자 같은 디자인으로 간판을 맞춰 단 가게들이 죽 늘어선 게 보였다. 근래에 도시 재정비에 들어갔던 모양이다. 아무 일도 없었다면 꽤 근사했겠지만, 지금은 그런 광경이 더 을씨년스럽게 느껴졌다.

다른 지역에 근거지를 찾을 때 창모 일행이 1순위로 선호하는 장소는 숙박업소였다. 민가에 비해서 비교적 사태의 피해가 적었고, 시설이 잘 갖춰져 있을 뿐 아니라 안전하기도 했다. 운이 좋으면 면도기나 샴푸 등 다른 물품들을 구할 수도 있었다. 방마다 문이 잠겨 있었지만 박살 내면 그만이었다. 단, 누군가에게 좋은 장소라는 다른 사람에게도 마찬가지라는 의미여서 숙박업소 같은 곳은 다른 생존자 집단에게 선점된 경우가 많았다.

역 근처로 차를 몰고 들어가니 숙박업소가 모여 있는 장소가 보였다. 일행은 차를 세우고 맨 앞에 보이는 모텔 앞에 섰다. 붉은 벽돌을 유럽의 성 모양으로 둥그렇게 쌓아놓은 건물이었다. 다섯 사람은 발걸음을 줄이고 앞마당 쪽으로 조심스럽게 들어갔다. 혹시라도 점거 중인 생존자들이 갑자기 문을 열고 덤빌 가능성이 있었기에 항상 조심해야 했다. 몸이 불편한 창모 대신에 상백이 앞장서서 조용히 모텔의 문을 열었다.

로비는 휑한 상태였다. 한바탕 휩쓸고 지나갔기에 세상에 멀쩡한 공간은 없다시피 했지만 그런 것 치고는 양호한 편이었다. 앞서 던 상백과 태구가 총을 꺼내 들고 조심스레 걸으며 주위를 살폈다. 창모는 진수의 부축을 받으며 천천히 들어왔고 영재가 그 뒤를 따랐다. 그때 2층에서 무언가 걸어 내려오는 소리가 들렸다. 시체였다. 주저 없이 위를 향한 상백의 총구가 불을 뿜었다.

"그럼 그렇지."

상백은 얼굴을 찡그리며 뒤를 돌아보았다. 총소리 때문인지 위에서 다른 시체가 또 걸어 내려왔다. 일행은 주저 없이 총을 쏘았다. 사람이 없는 대신 시체는 꽤나 득시글한 편이라서, 거의 예닐곱 이상을 처리해야 했다. 건물에서 놈들을 다 몰아낸 것을 확인하고 일행은 잠겨 있는 객실의 문을 부쉈다.

잠겨 있던 객실은 하나같이 깨끗했다. 아마 사태 이후 한 번도 누군가가 들어온 적이 없는 모양이었다. 모처럼 깔끔한 방을 보니 절로 탄성이 나왔다. 통증 때문에 온종일 표정이 좋지 않았던 창모도 간만에 웃었다.

"이거 운이 좋네."

사람 수보다 빈 객실 수가 많아 각자 방을 따로 쓰고도 남을 정도였다. 일행은 짐을 풀고 오랜만에 편안한 점심시간을 보냈다. 영재는 모텔의 침대 위에서 곤하게 낮잠을 잤다. 이렇게 편한 자리에 누워보는 게 얼마 만인지 몰랐다.

한 시간쯤 눈을 붙이고 일어나 로비 쪽으로 나가니 상백과 진수가 나갈 채비를 하고 있었다. 오후 시간에 시내의 다른 장소들을 둘러보려는 모양이었다. 창모는 몸이 안 좋은 탓인지 나오지 않았다. 함께 따라가야 하는 것 같아 영재는 방으로 들어가 총을 챙겨 나왔다. 모텔 문을 열자 앞마당에 주차된 지프 아래에 누군가 누워 있다가 고개를 쓱 내밀었다. 태구였다.

"차 이거 손봐야 하니까, 트럭 타고 갔다 와라."

태구의 말을 듣고 세 사람은 서로를 보았다. 일행이 타고 다니는 차는 두 대였다. 보통 새로운 지역에 왔을 때는 한 사람이 숙소에 남고, 나머지 네 사람이 둘씩 짝을 지어 차를 나눠 타고 탐색을 하는 게 그들의 관례였다. 지프가 없는 이상, 2인승 트럭에 세 사람이 올라타려면 한 사람은 짐칸에 타야 했다. 영재는 괜한 눈치가 보였다. 두 사람의 시선이 자기에게 쏟아지는 게 느껴졌다.

"너희 둘이 차 타고 갔다 와. 나는 걸어서 한번 둘러볼게."

"혼자서 괜찮겠어?"

"괜찮지 뭐. 아까 보니까 사람도 별로 없는 것 같던데."

처음 오는 동네에서 차도 없이 혼자 다니는 건 굉장히 위험한 일이었으나, 그들은 딱히 말리거나 붙잡지 않았다. 영재는 그들이 자신을 그다지 탐탁지 않아 하는 걸 알고 있었다. 그렇다고 숙소에 그대로 있을 수도 없는 노릇이었다. 그냥 짐 덩어리처럼 보이고 싶지 않았고, 창모와 함께 있는 것은 더욱 싫었다.

"그럼 조심해서 다녀와라."

건성으로 인사를 하는 두 사람을 뒤로하고 영재는 반대편으로 걸었다. 저들을 좋아하는 건 아니지만 이런 식으로 따돌림을 당하는 건 씁쓸한 일이었다. 사실 길도 전혀 모르는데. 낯선 길을 더듬더듬 걸어 다니는 것보다 더 큰 문제는 돌아오는 경로를 전혀 알 수 없다는 것이었다. 최대한 길을 잃지 않으려 애쓰며 영재는 시내 거리를 터덜터덜 걸었다.

한참을 움직였지만 딱히 건질 건 없어 보였다. 이미 상점의 웬만한 식료품들은 거덜이 난 상태였고, 식량을 얻으려면 아마 민가를 뒤져야 할 터였다. 혹시라도 시체들이 떼를 지어서 확 튀어나올까 봐 무섭기도 했다. 둘이 다닐 때는 그런 걱정을 덜 했지만 혼자서는 역시 애로사항이 많았다. 신경을 쓰느라 더욱 감각이 예민해지고 긴장이 되었다.

'설마 다 죽은 건가……'

이 동네에는 이상할 정도로 사람이 없었다. 아니, 이렇게 사람이 없는 동네는 처음이었다. 간혹 드문드문 맥없이 걸어 다니는 시체들이 보일 뿐이었다. 텅 빈 시내가 인기척 없는 분위기와 맞물려 더욱 황량하게 느껴졌다.

가을에 접어들었지만, 아직까지 더웠다. 이렇게 걷고 있으니 힘들고 목도 말랐다. 별다른 소득도 없고 재미도 없는 탐색을 계속하는 게 무슨 소용인지 의문이 들었다. 슬슬 건물의 밀집도가 떨어지고 길이 끊기는 걸 보니 그렇게 헤매는 사이에 어느새 거의 시내 끝까지 다다른 것 같았다.

이제 그만 갈까. 돌아서려는 찰나 영재의 눈에 푸른 지붕의 건물이 하나 보였다.

체육관인 것 같았다. 멀찍이 떨어져 있는 그 건물은 산 쪽에 인접해 있었다. 거의 외딴곳에 있다고 봐도 될 정도였다. 아마 공설 체육관 같은 용도의 공용 시설일 텐데, 그런 것 치고는 영 위치가 좋지 못하다는 생각이 들었다.

영재는 잠시 갈등했다. 시내를 그렇게 걸어 다녀도 그다지 건진 게 없었는데, 저기 간다고 뭐가 있을까. 어차피 헛걸음일 게 뻔했다. 하지만 그냥 돌아가기에는 그날의 소득이 너무 없었다. 빈손으로 돌아가더라도 갈 수 있는 데까지는 가보는 게 나을 것 같았다. 고민 끝에 영재는 체육관으로 걸음을 옮겼다.

가까이서 보니 체육관은 2층 높이의 미색 건물에 푸른색 아치형 지붕을 덧씌운, 흔히들 다목적 체육관으로 명명할 법한 평범한 곳이었다. 아마 예전에는 동네 주민들이 배드민턴이나 농구 경기를 하고 각종 행사를 여는 장소로 썼으리라. 뒤쪽은 산으로 둘러싸여 있고 앞쪽은 트여 있었는데, 그 앞으로 열댓 구 이상의 시체들이 왔다 갔다 했다. 척 보기에도 위험한 곳이었다. 그 광경을 보니 접근하기 더욱 내키지 않았다. 저기 가려면 뒤쪽으로 돌아 산 쪽에서 들어갈 수밖에 없을 것 같았다. 그럴 가치가 전혀 없었다.

그때 영재의 눈에 산 쪽에서 탁탁탁 하고 무언가가 뛰어가는 것이 보였다.

요즘도 저렇게 뛰는 시체가 있나?

시체들의 활동성이 떨어진 지금, 뛰는 시체는 거의 사라진 지오래였다. 최근의 시체는 거의 힘이 빠진 상태였고, 갈수록 인지능력이 나빠져 거의 걸어 다니는 바보들이라고 봐도 무방했다. 물론 위험한 건 예전과 마찬가지였으나 주의를 기울이면 일대일로는 충분히 제압이 가능했고 속도가 느려 도망치기도 쉬웠다. 진짜 운이 없지 않은 이상 웬만큼 방어능력이 있는 사람이 개별적으로 그들에게 습격당할 일은 별로 없었다.

그럼 설마 사람인가?

이런 곳은 사람이 있을 만한 자리가 전혀 아니었다. 거처를 마련하기엔 시내 쪽이 유리했고, 이쪽은 드나들기가 불편한 데다 앞쪽에 시체들이 많아서 위험하기까지 했다. 여러모로 사람이 기거하기에는 좋은 장소라 할 수 없었다. 대체 저 사람의 정체는 무엇인가. 왠지 모를 호기심이 일었다. 일단 탐색을 해볼 필요가 있었다.

체육관 뒤는 산으로 연결되어 있었다. 2층에 통로가 있어 그쪽으로 체육관에 드나들 수 있는 듯했다. 숲으로 올라가 나무 뒤에서 산 쪽을 보다가 영재는 무척 놀랐다.

조그만 남자아이였다. 열두어 살 될 법해 보이는 아이는 급하게 체육관으로 뛰어갔다가 다시 산 쪽으로 갔다. 거기에는 컨테이너 두 개를 이어붙인 가건물이 있었다. 아마 그쪽을 본거지로 삼고 있는 듯했다.

'누가 옆에 있나?'

영재는 주위를 둘러보았다. 어린아이가 저렇게 혼자 살고 있을 리는 없으므로 아마 곁에 어른이 있을 터였다. 하지만 잠시 자리를 비웠는지, 딱히 어린애 말고는 누가 보이는 것 같지 않았다. 그때 다시 아이가 컨테이너 문을 열고 체육관 쪽으로 뛰어갔다. 아이가 사라진 것을 확인하고 영재는 조심스레 컨테이너 쪽으로 다가갔다.

그리고 문을 열어 보았다.

'이게 뭐야?'

순간 놀라서 소리를 지를 뻔했다. 시체들이 세상을 집어삼킨 후로 영재는 그런 광경을 본 적이 없었다. 컨테이너 창고 안에 통조림이 박스째로 가득 차 있었다. 여러 가지 종류로 줄잡아 몇 개인지 가늠도 할 수 없었다. 그뿐만이 아니었다. 생수, 옷가지, 즉석밥,

라면 그밖에 없는 것이 없었다. 혼자서 2년은 써도 될 만한 분량이었다. 지금까지 식량을 찾아다닌 것이 허탈해질 정도였다. 보물을 발견한 사람들의 기분이 이런 걸까. 동전이나 지폐, 금붙이가 소용없어진 지금 보존 식량이 가득한 그 컨테이너 창고는 가히 최대의 보물 창고였다.

가슴이 세차게 뛰었다.

5.

번뜩 정신이 돌아온 영재는 뒤를 돌아보았다. 대체 이 창고의 주인은 누구인가. 분명 누군가가 있을 것이다. 이 정도 물자의 주인이라면 대규모 인원일 가능성이 높았다. 아이가 드나드는 것으로 보아 체육관에 있을지도 몰랐다. 괜히 여기서 알짱거리다가 총을 맞는 게 아닐까. 영재는 일단 가건물을 나와 주위를 살폈다. 이대로 창모 일행에게 알리는 게 나을까. 아니면 좀 더 동향을 볼까. 어디까지나 영재는 그 집단의 일원으로 움직이고 있는 것이므로 지나친 단독 행동은 안 하는 것이 좋았다.

일단 누가 있는지만 보고 가자. 영재는 체육관 쪽으로 다가갔다. 2층의 통로가 마치 다리처럼 뒷산의 가건물 쪽과 연결돼 있었다. 체육관 벽과 재질이나 마감이 다른 것으로 보아 나중에 만들어진 것 같았다. 그때였다. 체육관 안쪽에서 웅웅거리는 소리가 들렸다.

무슨 소리지. 처음에는 바람 소리인 줄 알았다. 한데 점점 다가가면서 영재는 그 소리의 실체를 알았다. 믿을 수 없게도 그것은 노랫소리였다. 그것도 익히 아는 노래였다.

"한동안 뜸했었지……"

목소리의 톤이 높았다. 남자 목소리는 아닌 듯했다. 영재는 조심스럽게 통로에 서서 체육관 뒤편의 창으로 안을 들여다보았다. 텅 빈 체육관 안으로 누군가의 뒷모습이 보였다. 방금 그 아이였다. 아이는 객석의 난간 앞에서 체육관 가운데를 향해 노래하고 있었다. 통기타 소리도 함께 들리는 것으로 보아 기타도 치는 모양이었다.

'아니 뭐야, 다른 사람 아무도 없나?'

영재는 문을 열고 조심스럽게 뒤로 다가갔다. 한편으로는 당황스러웠고 어처구니가 없었다. 대체 이건 뭔가. 무슨 광경인가?

문득 그런 생각이 들었다.

아무도 없고, 이 아이가 창고의 주인이라면 그냥 해치워 버리면 되는 게 아닐까. 그러면 자신은 집단 내에서 최고 공로자가 되고 그들은 오랫동안 먹을거리 걱정을 안 해도 될 것이다. 아무도 자신을 무시하지 못하리라. 아니면, 혼자 저 창고 안에 있는 물자들을 가지고 도망가 버릴까. 그는 창모와 그의 일행이 마음에 들지 않았고 같이 다니는 것이 불편했으며 그들과 함께 강도질을 하는 건 더욱 싫었다. 저 정도의 비축량이 있으면 충분히 그들에게서 해방될 수 있었다.

밀어 버릴까.

2층 높이였지만 누군가를 다치게 하기에는 충분한 높이였다. 그리고 여기서 떨어지면 입구의 시체들이 모여들어 도망치기 쉽지 않을 것이다. 눈 딱 감고 한 번만.

그는 무언가에 홀린 것처럼 손을 내밀고 앞으로 다가갔다.

그때 아이가 노래를 멈추고 뒤를 돌아보았다.

"으아아악!"

"으아악!"

아이의 비명에 영재는 자신도 모르게 고함을 치며 뒤로 나자빠졌다. 아이는 한참을 더 소리를 쳤다. 갑자기 사람이 나타나 진정이 안 되는 모양이었다.

영재는 너무 당황해서 아무 말도 하지 못했다. 처음에는 도망치려고 했지만, 소리를 지르는 아이를 보면서 굳이 그럴 필요까지는 없다는 걸 깨달았다. 완력으로 보나 체급으로 보나 자신이 훨씬 유리했기 때문이다. 둘은 서로를 빤히 바라보았다. 그 순간이 뭔가 어색하게 느껴져, 영재는 그냥 아무 말이나 하고 말았다.

"너…… 너 거기서 뭐하냐?"

"……노래요."

아이가 잠시 망설이다 대답했다.

영재는 다시 한번 주위를 둘러보았다. 역시 아무도 없는 게 분명했다.

"혼자 이렇게 노래하는 거야?"

"네."

"여기가 노래를 할 자리는 아닌 거 같은데?" 이 상황 자체가 이해되지 않았다. "듣는 사람도 없는데 어떡하려고?"

영재가 묻자 아이는 아무런 말도 하지 않았다.

영재는 엉거주춤 일어나서 난간 아래를 보았다. 그 아래에는 열댓 명 가량의 시체가 바짝 붙어 위쪽으로 팔을 뻗고 있었다. 위에서 계속 소리가 나니 계속 두 사람 아래에서 어슬렁거리는 모양새였다. 영재는 경악했다.

"너 설마 쟤들 앞에서 노래하는 거냐?" 아이는 고개를 끄덕였다. "미쳤구나."

어처구니없는 상황에 영재는 할 말을 잃었다. 아이가 갑자기 배시시 웃었다.

"왜 웃어, 갑자기."

"아니요. 그냥 웃겨서요."

어색해진 분위기를 무마하려 다른 질문을 던져 보았다.

"근데 너 여기서 혼자 사냐?" 아이가 고개를 끄덕인다. "엄마, 아빠는?" 고개를 젓는다. "그럼 계속 혼자 있는 거야? 어른도 없이? 친구나 뭐 다른 사람들 없어?" 아이가 고개를 저었다. "세상에, 이게 뭐야? 바깥 꼴이 어떤데 여기서 이러고 있으면 어떻게 해?"

"저기요……"

"뭘?"

"노래 끊겼거든요? 아직 몇 곡 남아서 다 불러야 하는데."

영재는 기가 막혔다.

"참나, 알았어. 그래 불러라."

"저, 여기 무대라서 여기 계시면 안 되는데."

"그러면 내려가라고?" 아이는 고개를 끄덕였다. 아래를 보니 여전히 시체들이 득시글했다. "밑이 저 꼬라지인데 어떻게 내려가?"

"그럼 이 옆에서……"

아이는 자신이 있는 쪽에서 한참 떨어진 자리를 가리켰다.

영재가 그쪽으로 걷자 갑자기 발에서 뿌직 소리가 났다. 바닥이 부서지고 있는 모양이었다.

"저기, 거기는 잘못 밟으면 부서져서 그 위로 지나가면 안 되는데……"

"아니, 이 위로 지나가라며!"

"그러면 이 옆에서……"

영재는 아이가 가리키는 대로 바로 옆에 앉았다.

황당하지만 어쨌든 노래를 부르는 걸 지켜보기로 했다. 아이는 노래를 시작하려다 옆으로 돌아보더니 손가락을 꼽았다.

"세 곡 남았으니까 잠깐만."

아이는 다시 앞으로 돌아서서 기타를 치며 세 곡을 꿋꿋이 불렀다. 노래가 끝난 후 아이는 시체들을 보면서 인사를 했다.

"감사합니다. 원래는 '앵콜'을 해 드려야 하는데 오늘은 여기서 마칠게요. 다음에 만나요."

노래가 끝나자 시체들이 어슬렁거리며 흩어졌다. 허무맹랑한 광경에 영재는 할 말이 없었다. 아이가 영재 쪽으로 돌아보았다.

"다 끝났는데요."

"그럼 나는 어떻게 해야 되냐? 박수라도 쳐야 되냐?" 아이가 가만히 있자 영재는 건성으로 박수를 쳤다. "그래, 잘 봤다. 근데 너 지금 뭐한 거냐?"

"콘서트요."

"콘서트?"

"네. 하루 두 번."

콘서트라는 건 또 무슨 말인가. 아이의 대답은 갈수록 가관이었다. 어떻게 장단을 맞추어야 할지 감도 잡히지 않았다.

"넌 도대체 뭐냐, 가수라도 되냐?"

"네. 록커인데요." 영재는 코웃음을 쳤다.

"일단 내가 노래 다 들어줬으니까 몇 개만 물어보자. 너 혼자 있지?"

"네."

"먹는 건 어떻게 하냐?"

"저기 안에 통조림……"

"통조림?"

영재는 모른 체를 했다. 아이는 영재를 데리고 창고 쪽으로 안내했다. 이런 어른이 갑자기 나타나면 경계를 할 법도 한데, 그다지 조심하지 않는 눈치였다.

창고의 위용은 다시 봐도 대단한 수준이었다.

세상에 이럴 수가 있나. 통조림과 즉석식품들이 장관을 이루는 것을 보며 그는 다시 한번 감탄했다. 자세히 보니 한쪽에 물건을 쌓아 두고, 다른 한쪽에는 침상 비슷하게 기거할 자리를 마련해둔 듯했다. 딱 혼자서 누울 자리인 걸로 보아 정말로 한 사람만 지내는 게 맞아 보였다.

"이 많은 걸 그냥 너 혼자서 먹는 거라고?" 보기만 해도 좋은 그림이었다. 영재는 통조림 더미를 한참 그렇게 바라보다 아이에게 넌지시 말해 보았다. "저기, 나 하나만 먹으면 안 되냐?"

아이의 허락을 받고 바로 캔을 땄다. 한 점 떠 넣자 달큰한 고추참치의 맛이 입안에 가득 퍼졌다. 영재는 볼 가득 참치를 넣고 즉석밥 포장을 뜯으며 부모님은 어디 있는지 물어보았다.

"엄마는 원래 없었고, 아빠는 여기서 기다리라고 하셔서……"

아이의 말로는 아버지랑 둘이 살았는데, 사태가 일어난 직후에 이쪽으로 대피를 했고 아버지는 몇 달 전 거처를 떠서 돌아오지 않는다고 했다.

"그래서 지금 계속 아빠 기다리면서 노래하는 거고?"

"네."

"근데 왜 하필이면 노래야? 누가 시켰니?"

"아뇨. 그냥 내가 좋아해서……"

"그래서 저기 괴물들 상대로 노래하는 거야?" 이야기를 할수록 얼이 빠지는 기분이었다. "허허허, 이것 참."

아이는 옆으로 걸어가더니 침상 옆에 놓여 있던 무언가를 꺼 냈다. 공책이었다. 공책을 펼친 아이는 그 사이에 끼워진 볼펜으로 기록을 했다.

"지금 뭐 쓰는 거냐?"

"노래를 부르면 이렇게 해놔야 안 잊어버려서……"

"여기 몇 권이나 있네?" 영재는 그 옆에 있는 공책들을 펼쳐 보 았다. 거기에는 삐뚤삐뚤한 글씨로 노래 가사와 악보가 빼곡하게 적혀 있었다. "이건 또 뭐야?"

"악본데요."

"악보인 건 알겠고…… 뭐야, 이렇게 써서 부르는 거야?"

「여행을 떠나요」, 「말달리자」, 「낭만고양이」……. 제목 아래의 악 보를 보니 피식 웃음이 나왔다. 적당히 흉내만 냈을 뿐, 기보법을 전혀 지키지 않은 악보였다. 아니, 악보 개념에 대해서도 잘 모르 는 것 같았다. 음악 시간 외에 악보에 대해서 배워본 적이 없는 게 분명했다.

"틀린 게 너무 많네. 악보 쓸 줄은 알아?"

아이는 머리를 긁적였다. 영재는 다른 공책들을 펼쳐 보았다. 거기에는 색연필로 칠한 그림들이 있었다. 그림마다 '1집', '2집' 이런 식으로 번호가 붙어 있는 것으로 보아 앨범 재킷 그림인 것 같았다. 몇 장을 넘겨보니 뒷면 트랙리스트나 CD 모양을 디자인한 그림까지 있었다. 그 공책에 수록된 악보들은 하나같이 처음 보는 곡들이었다.

"이건 처음 보는 노래인데……."

"제 노래인데요."

"뭐야, 너 노래도 있어?"

"네. 제가 만든 노래……."

영재는 손으로 그림을 가리키며 물었다.

"이건 앨범 재킷이야?" 고개를 끄덕이는 아이를 보며 그림을 보니 앨범마다 '제이우'라는 똑같은 제목이 붙어 있었다. "제이우는 뭐야?"

"전데요."

"네 이름이 제이우야?"

"아니요. 저는 준우요."

제이우는 아무래도 록커 용으로 만든 가명인 듯했다.

영재는 공책을 내려놓고 천장을 바라보며 하, 하고 한숨을 쉬었다. 영문을 알 수 없다는 듯 아이는 영재를 멀뚱히 바라보았다.

"야, 너 대단하다. 노래도 부르고, 곡도 쓰고, 앨범 재킷도 만들어? 진짜 속 편하게 사네."

"저기……"

"왜?"

준우는 공책을 펼쳐 다른 페이지를 보여주었다.

14:30 ~ 15:00 공연 준비
15:00 ~ 16:10 오후 공연
16:10 ~ 16:50 휴식
16:50 ~ 18:20 연습

영재는 시계를 보았다. 오후 4시 50분이었다.

"저 연습해야 하는데……"

영재는 할 말이 없었다.

"그래 알았다. 연습해라."

영재가 말하자 준우는 구석으로 주섬주섬 다가가 기타를 가져오더니 악보를 펼치고 자리에 앉았다. 그리고 기타를 치며 노래를 하기 시작했다. 좀 전에도 그렇게 느꼈지만, 썩 잘하는 실력이라 하기는 어려웠다. 특히 기타는 엉망에 가까웠다.

"잠깐만." 영재는 손을 들어 준우의 노래를 끊었다.

"그렇게 치는 거 아니야."

영재는 악보에 맞게 손가락 자리를 교정해 주었다. 그리고 스트로크에 대한 설명을 하고 시범을 보였다.

"이 곡은 16비트니까 뒷부분을 더 쪼개야지. 그리고 좀 더 리듬감을 줘서 가볍게."

준우가 기타를 치는 걸 보면서 영재는 다시 악보를 보았다. 지금 보니 애당초 각 곡의 코드 표기 자체가 엉망이었다. 잘 모르는 상태에서 그냥 멋대로 기록한 것 같았다.

"일단 이것부터 고쳐야겠다." 영재는 몇 곡의 코드 악보를 고쳐 주었다. "이렇게 다 틀린 상태에서 연습하면 실력이 안 늘어. 한 곡이라도 제대로 쳐야지 실력이 늘지."

영재는 악보를 고친 곡들의 주법을 설명했다. 준우는 눈도 떼지 않고 영재의 설명을 들었다. 그리고 기타를 건네받아 곧장 손을 움직이기 시작했다. 바로 연습에 돌입하는 아이를 보니 여기에 있는 게 오히려 방해가 될 것 같다는 생각이 들었다.

"그럼 연습 잘해라. 아저씨는 이만 갈게. 다음에 보자." 멀뚱히 고개를 살짝 움직이는 아이를 보며 돌아서던 영재는 그제야 여기에 왜 왔는지 생각이 났다. "아, 맞다. 저기 있잖아. 너 먹을 거 많으니까, 아저씨 몇 개만 꿔주면 안 되냐?"

통조림 서너 개와 즉석밥 하나를 가지고 영재는 창모 일행이 묵고 있는 모텔로 돌아갔다. 크게 요기가 되는 수준은 아니었으나, 영재에게 별다른 기대를 않았는지 뭐라도 주워 오니 그들은 의외라는 반응을 보였다. 영재는 침상에 누워 좀 전에 있었던 일을 생각했다. 어어 하다 이상한 상황에 말려든 기분이었다. 체육관에서 본 엉뚱한 광경과 노래를 부르던 아이. 준우의 모습이 계속 떠올랐다.

6.

이튿날 오전, 영재는 탐색을 구실로 다시 모텔을 나섰다. 어제 다녀보니 차를 타지 않고 걸어 다녀서 건질 게 또 있더라는 식으로 다른 일행들에게는 말해 두었다. 아직 시내를 좀 더 살펴보아야 했으나 걸음은 자연히 체육관 쪽으로 향했다. 어제 보았던 준우의 시간표 생각이 났다. 그에 따르면 지금이 오전 공연, 준우가 시체들 앞에서 노래를 부르고 있을 시간이었다. 정말로 오전에도 시간표에 맞게 움직이고 있는지 문득 궁금해졌다.

체육관 가까이로 가자 노랫소리가 들려왔다. 영재는 체육관 뒤로 가 2층 뒤쪽 문을 열었다. 준우는 목청껏 노래를 부르느라 여념이 없었다. 영재는 옆쪽 자리에 앉아서 아이가 노래 부르는 모습을 지켜보았다.

"안녕!" 노래가 끝나자 영재는 손을 흔들었다. 준우는 슬쩍 아는 체를 해 보였다. 열창을 한 탓에 통통한 볼에 땀이 송골송골 맺혔다. "오전 공연이야? 진짜로 하네?"

어제 그 광경을 보면서도 영재는 약간의 의구심을 갖고 있었다. 세상이 망해버린 마당에 저렇게 혼자 미련하게 노래 연습을 하는 아이가 있다는 걸 믿기 어려웠기 때문이다. 하지만 눈앞에서 그 모습을 본 이상 그걸 믿지 않을 수는 없었다.

"너 대단하다. 프로 가수들도 하루 2회 공연은 잘 못 해. 어떻게 매일 2회 공연을 하냐?" 쑥스러워하는 준우의 뺨이 발그레 달아올랐다. "어제 가르쳐준 거 연습했어?"

"네."

"한번 보자."

준우는 어제 배운 부분들을 연주해 보였다. 지판을 따라 작은 손이 서투르지만 바쁘게 움직였다. 하루 만에 실력이 확 늘 수는 없겠지만, 연습을 한 것만은 분명해 보였다.

"진짜 연습 좀 했네." 준우는 씨익 웃었다. "이렇게 계속하면 안 힘들어?"

"힘들긴 한데요. 이렇게 계속해야 잘할 수 있으니까⋯⋯"

이렇게 부질없는 일을 열심히 하다니. 아이가 한없이 미련해 보이면서도 한편으로는 좀 놀랍기도 했다. 얘는 세상이 망한 걸 모르는 걸까. 모를 리가 없을 텐데.

"너는 이렇게 연습을 해서 써먹을 데가 있을 거라고 생각하니?" 준우는 너무 당연하다는 듯 고개를 끄덕였다. 그 당당한 태도에 헛웃음이 났다. "세상 사람 다 없어지고, 너랑 저 밑에 괴물들만 남아 있으면 어떡하려고 그래? 괴물들만 너 노래하는 거 계속 들어 줘도 괜찮아?"

아이는 곰곰이 생각하는 듯 잠시 말을 멈췄다 대답을 했다.

"그러면 안 돼요?"

"⋯⋯."

"나는 그래도 괜찮은데."

아이의 태도는 확고해 보였다. 너무 망설임이 없어서 묻는 사람이 민망해질 정도의 기세였다. 영재는 저도 모르게 약간 감탄을 했다.

"내가 노래하는 사람을 많이 봤는데, 너처럼 이렇게 고집부리는 사람은 또 처음 본다."

그는 '무대' 쪽으로 다가가 준우가 움직이는 자리를 한번 둘러보았다. 아이의 몸이 작은 걸 감안하면 생각보다는 여유가 있었다.

"스테이지는 이 정도면 괜찮네."

영재는 마이크 대용으로 쓰고 있는 나무 봉을 들어보았다. 나무판을 잘라 스탠드 마이크처럼 세워 놓을 수 있게 만들어져 있었다.

"이것도 네가 만든 거야?"

"네. 저기 봉걸레 잘라서."

"그래도 갖출 건 다 가지고 있네. 무대에, 기타에, 마이크에……" 그리고 아래에서 어기적거리고 있는 시체들을 쓱 보았다. "관객에."

영재는 노래를 부르는 척 셈을 하며 양쪽으로 움직여 보았다. 앞뒤로는 좁았지만 옆으로는 공간이 얼마든지 있었다. 달려가면서 노래하는 것도 가능한 넓이였다.

"근데 너는 록커인데도 스테이지를 너무 안 쓴다. 여기서부터 이까지는 쓸 수 있는 자리잖아." 영재는 손으로 왼쪽 아래 끝에서 저만치 오른쪽 끝까지를 가리켰다. 그리고 그 양쪽을 왔다 갔다 하며 설명을 했다. "그러면 이까지 넓게 움직여야 무대가 살지. 여기에 가만있으면 보기 심심하잖아." 영재는 난간 아래에서 어기적대는 시체들을 가리켰다. "그러면 관객들도 재미없어해."

자, 이렇게. 영재는 봉걸레 마이크를 잡고 몸을 한껏 움직였다. 그리고 기타를 들어 모션 설명을 했다. 오버액션을 취하는 영재의 모습이 재미있는지 준우는 키득키득 웃었다.

잠시 시간을 보내다가, 영재는 준우의 가건물에서 당연하다는 듯 밥을 얻어먹었다. 낯선 어른이 나타나면 경계를 할 법도 한데, 준우는 전혀 영재를 경계하지 않았다. 순진한 아이였다.

"너 지금 나 안 무서워?" 준우는 자신을 빤히 보더니 알 수 없는 표정을 지었다. 그리고 고개를 저었다. "나 무서운 사람이야. 내가 너 가진 거 다 뺏어버릴 수도 있어."

"안 그럴 거 같은데…… 아저씨 나쁜 사람 아니잖아요."

"내가 나쁜 사람인지 아닌지 어떻게 알아?

전날 아이를 해치려고 했던 것이 생각나서 죄책감이 일었다. 영재는 다시 고개를 들어 가건물 안을 둘러보았다. 이런 공간에서, 창모 일행이 아닌 다른 사람과 함께 시간을 보낸다는 건 어제까지만 해도 생각지도 못한 일이었다.

"근데 너희 아버지는 어떻게 이렇게 먹을 거 많이 갖고 계셨어?"

가건물 안의 물품은 예사 수준이 아니었다. 식료품만이 아니라 다채로운 종류의 물품들이 가득했다. 마치 이런 일이 벌어지길 예견이라도 한 것 같은 규모였다. 보통 사람이 일반적인 선에서 이정도 물건을 미리 구입해서 가지고 있었다는 게 이해가 되지 않았다.

"이거 우리 아빠 거 아니에요."

"그래? 아버지 게 아니면 누구 거야?"

"그게…… 이게 원래는 구호 물품인데……"

준우는 어쩌다 이런 공간에 있게 되었는지를 이야기해 주었다. 사연인즉슨 이랬다. 준우의 아버지는 시청 공무원이었다. K시 아래 지역에서 수해가 났는데, 당시 준우의 아버지가 그 지원 작업 담당을 맡고 있었다. 가건물 안의 물건들은 구호 지원품이었다. 원래 시청에서 쓰는 창고가 따로 있지만, 때마침 도색을 하느라 놓을 자리가 없어서 외곽지 체육관의 창고에 잠시 두기로 했는데, 마침 재앙과 같은 사태가 벌어졌다는 것이다.

사태가 발발하자마자 준우의 아버지는 준우를 데리고 이쪽으로 피신했다. 그리고 문을 걸어 잠그고 거의 한 달을 버텼다. 한참이 지나서야 문을 열고 나온 두 사람은 세상이 완전히 초토화됐다는 걸 알았다. 바깥의 동향을 확인할 필요가 있다고 생각한 준우의 아버지는 뾰족한 수를 내기 위해 잠시 밖으로 나가기로 했다. 그리고 그것이 마지막 모습이었다. 준우는 하염없이 컨테이너 창고에서 아버지를 기다리는 신세가 되었다.

"그래서 이렇게 혼자 계속 있었던 거구나……"

영재는 대강의 사정을 이해할 수 있었다. 창고 안의 이 엄청난 물량도 구호 물품이었다고 보면 얼추 납득이 갔다. 한편으로는 이렇게 먹을거리가 있다고 해도, 어린애 혼자 이렇게 열 달을 지낸 건 좀 놀랍다는 생각이 들었다.

다음 날 영재는 탐색에 나섰다. 이번 탐색에는 의미가 있었다. 기타를 배우기에 준우의 환경은 너무 열악했다. 그렇게 오랫동안 쳐댔는데 줄이 끊어지지 않고 붙어 있는 게 용할 정도였다. 이미 줄은 다 부식돼서 소리도 제대로 나지 않는 상태였다. 일단 영재는 민가 곳곳을 돌아다니며 자전거부터 구했다. 넓은 시내를 계속 걸어 다닐 수만은 없었다. 잠깐 시간을 들여 쓸만한 자전거를 하나 찾은 뒤, 시내 간판을 찬찬히 살펴보았다.

'여기 있구나.'

악기상의 간판을 보고 영재는 안도했다. 영재는 거기서 통기타를 제일 좋은 걸로 두 개 꺼냈다. 그리고 마이크와 기타줄, 피크,

카포, 튜너 그 밖에 용품들을 있는 대로 챙겼다. 그리고 서점으로 가서 기타 교본들과 가요 악보집을 골랐다. 그렇게 들고 온 게 한 아름이었다.

영재는 준우 앞에서 그것들을 우수수 떨어뜨렸다.

"기타는 내가 새로 가져왔어. 네가 쓰는 게 초보자용으로는 괜찮지만, 처음부터 좋은 거 쓰는 게 더 낫거든. 그리고 줄을 갈아야 하는데 네가 지금 줄을 못 갈잖아. 내가 예비로 많이 가져왔으니까, 다음에 내가 가는 거 보여줄게."

바닥에 앉아 영재는 새 기타의 소리를 들려주었다. 투명한 음색이 창고 가득 울려 퍼졌다. 이를 보는 준우의 눈이 반짝였다. 영재가 기타를 내밀자 아주 소중한 것을 받는 것처럼 기타를 조심스럽게 받아 안았다.

영재는 교본을 펼쳐서 보여주었다.

"이게 교본이야. 전에 좀 배웠겠지만, 지금은 없으니까. 웬만한 건 어느 정도 알고 있는 거 같으니 이거 보면서 보완하고. 그리고 이건 악보집. 여기 있는 노래들도 한 곡씩 배우고……"

준우는 그 책들을 보느라 정신이 없었다. 그렇게 반응하는 아이를 보자 뭔가 뿌듯한 기분이 들었다.

공연에 대한 지적은 다음 날에도 계속되었다.

"아, 그리고 너는 록커인데도 발라드 레퍼토리가 너무 없어. 세트리스트를 짤 때 그렇게 짜면 안 되지. 공연에서는 관객을 신나게도 했다가 가슴 찡하게도 만들어 줘야 제대로 감동을 줄 수 있단 말이야. 너는 그냥 몰아치기만 하잖아. 몇 곡 몰아치다가도 한 곡씩 느린 곡을 해줘야 관객들이 화합하는 거야." 영재는 기타를 메고 '무대' 가운데의 마이크 앞에 서서 뒤를 돌아보았다. "잘 봐."

그리고 잠시 준우와 눈을 마주치고서는 앞으로 고개를 돌려 시선을 아래로 향했다. 영재의 발아래에서 시체들이 아우성치고 있었다. 그들을 보면서 영재는 찬찬히 노래했다.

"세상을 너무나 모른다고……"

얼마 만에 불러보는 노래인지 몰랐다. 마이크를 타고 찌르르 전율이 일었다.

준우의 실력은 빠르게 늘었다. 연습량이 많고 열의가 대단한 데다 곡들을 충분히 익혀서인지 정말로 며칠 만에 준우는 표가 날 정도로 배운 것들을 잘 해냈다. 기타가 두 대라서 레슨을 하기 훨씬 쉬워진 덕도 보았다. 그런 아이의 모습을 보니 영재는 신이 났다.

"너 한 번도 밖에 나가본 적 없지?"

아이는 고개를 끄덕였다. 아버지가 기다리고 있으라고 한 이후 정말로 준우는 딱 여기에만 있었던 것 같았다. 앞쪽으로 시체들이 득시글한 데다 딱히 나다닐 수단도 없어서 어찌 보면 당연한 일이기도 했다.

"우리 버스킹 나가지 않을래?"

"버스킹이요?"

"그래. 원래 록스타는 없는 무대를 만들어서도 하는 거야. 너는 한군데서만 계속 공연하잖아. 다른 지역에서 너를 기다리는 팬들을 만나러 가야지."

영재는 준우를 자전거 뒷자리에 태웠다. 그리고 시체들의 눈을 피해 시내 쪽으로 페달을 밟았다. 창모의 부하들과 만날 위험이 있어 이쪽으로 가는 건 그다지 안전하지 않았으나, 탐색 구획이 나뉘어 있어 어느 정도까지는 괜찮을 것 같았다. 이 방향은 자기가 담당한다고 며칠 전부터 말해 두었기 때문이다.

잠시 들어가자 스산한 K시의 거리 풍경이 나왔다. 영재는 상가 건물들을 하나씩 살폈다. 그리고 2층 테라스가 있는 서양식의 커피숍 건물을 골라 준우와 함께 그 안으로 들어갔다.

상가 끝에서 어슬렁거리는 시체들을 향해 영재는 소리를 쳤다.

"안녕하세요. 반갑습니다! 노래 한 곡 듣고 가세요!"

시체들이 몸을 질질 끌고 모여들었다. 몇 번 소리를 치니 정말로 얼추 공연할 만한 인원이 모였다. 그 광경을 보며 영재는 노래를 시작했다. 준우는 당황한 눈치였으나 곧 영재가 뭘 하려는지 알아차리고 조금씩 그 노래를 따라 불렀다. 테라스 아래에서 손을 뻗는 시체들을 보니 준우의 기분을 알 수 있었다. 정말로 그것들은 영재의 노래에 호응하는 것 같았다. 두 곡을 하려던 것이 세 곡이 되고, 네 곡이 되었다. 두 사람은 앵콜까지 받아서 목이 쉬도록 노래를 했다.

7.

"저기, 차 좀 빌려주면 안 될까?"

"차는 뭐 하려고?" 창모는 눈을 가늘게 떴다. 그리고 잠시 영재를 쏘아보는 듯하다가 옆에 앉아 있는 상백을 보며 씩 웃었다. "상백아. 록커가 차 빌려달란다."

무슨 말만 하면 의심부터 하는 것 같은 창모의 저런 반응이 영재는 싫었다.

"아니, 그냥 갑갑하기도 하고, 잠깐 드라이브나 하고 오려고."

"그동안 혼자서 잘 쏘다녀 놓고 또 무슨 드라이브야?"

창모는 손가락으로 침대 모퉁이를 툭툭 치다가 영재를 보며 실실 웃었다.

"심심해서 그래. 신경 쓰이면 같이 가든가. 아니면 뭐, 안 빌려줘도 되고."

"아냐, 됐어. 혼자 갔다 와. 가뜩이나 록커 님 변덕이 심하신데, 이럴 때 기분 안 맞춰드리면 안 되지. 태구야. 키 좀 내줘라."

창가에 기대 건들거리던 태구는 주머니에서 자동차 열쇠를 꺼내 영재에게 휙 던졌다. 머리 위로 넘어가는 열쇠를 영재는 겨우 잡았다. 반쯤은 포기하고 해본 부탁인데 의외로 쉽게 승낙이 났다. 한동안 골골대며 일어나지도 못하던 창모는 조금씩 기운을 되찾는 것 같았다. 아주 잠깐 그가 걱정되기도 했었지만, 막상 몸이 나아지는 모습을 보니 썩 달갑지 않았다.

영재는 지프를 타고 체육관으로 갔다. 그가 차를 타고 온 것을 보고 준우는 많이 놀라는 눈치였다. 그제야 안 것이지만 가건물 입구는 차가 드나들 수 있을 정도로 트여 있었다. 그걸 준우는 시체들이 들어오지 못하도록 나뭇가지를 바리케이드 삼아 눈속임해 놓은 상태였다.

무리해서 차를 빌려온 이유가 있었다.

준우는 사실상 열 달 넘게 체육관에 갇혀 있었다. 그간 세상 구경이라고는 영재와 함께 '투어'를 하러 시내를 잠깐 쏘다닌 게 전부였다. 준우에게 바깥 풍경을 더 보여주고 싶었다. 지리는 잘 몰랐지만 어차피 돌아오는 길만 대강 파악하고 있으면 됐다.

영재는 체육관 뒤에 있는 시 외곽지로 준우를 태우고 달렸다.

날씨는 더없이 좋았다. 햇볕은 적당히 따뜻했고, 공기는 시원하고 부드러웠다. 일 년에 몇 번 없을 만한 그런 날씨였다. 활짝 열어놓은 창문 안으로 상쾌한 가을바람이 들어왔다. 도로변으로 점점이 늘어선 나무들의 이파리 색깔이 약간씩 변하고 있었다. 영재는 그 광경을 보며 새삼 아름답다는 생각을 했다. 여기에는 죽음의 냄새가 없었다. 얼마 전까지만 해도 회색으로 보이는 것만 같던 풍경이 총천연색으로 그대로 와 닿았다.

이렇게 보니 세상이 망한 것처럼 보이지가 않았다. 아니, 세상이 망했다는 말 자체가 어불성설인지도 모른다는 생각이 들었다. 다른 것은 다 그대로인데, 사람만 없어진 것이다. 그건 어쩌면 아주 미묘한 변화일지도 몰랐다.

댐을 지나서 큰 다리를 건너니 우측에 계곡이 펼쳐졌다. 더 이상 가기도 그렇기도 해서, 영재는 거기서 내리기로 했다.

다리 아래는 마치 공원처럼 꾸며져 있었다. 아마 지자체에서 따로 조성해놓은 휴양지인 듯했다. 공원 앞으로 강이 흐르고, 그 위에 폭포수처럼 물이 떨어지고 있는 것이 꽤 근사한 공간이었다. 영재는 준우와 함께 그늘 밑 벤치에 앉았다.

"여기 괜찮네."

준우는 아버지와 함께 예전에 와본 적이 있다고 했다. K시에서는 널리 알려진 장소인 모양이었다. 영재는 함께 갖고 온 기타를 꺼내 준우에게 연주곡을 들려주었다. 평소에 그가 좋아하던 마사키 키시베의 「꽃」이었다. 산뜻한 강바람 사이로 투명한 기타의 멜로디가 흘렀다. 준우는 음악 자체보다도 그걸 연주하고 있는 영재의 모습에 매료된 듯했다.

"그건 어떻게 치는 거예요?"

"아, 그러고 보니 너는 계속 반주 연습만 했구나? 이건 핑거스타일이라고, 독주 주법이야. 아저씨가 다음에 가르쳐줄게."

그 호기심 어린 표정을 보는 것이 영재는 좋았다. 무엇이든 가르쳐줄 대상이 있다는 것은 기쁜 일이었다. 입술을 살짝 벌리고 영재의 손가락을 계속 보고 있는 준우를 보며 영재는 지난밤에 계속 생각했던 말을 꺼내 보았다.

"근데 너, 계속 여기 있을 거야?"

"……"

준우는 무슨 말을 하는지 모르겠다는 표정이었다.

"지금 먹을 게 많다고 해도, 이게 계속 줄어드는 거잖아. 그리고 너 혼자 있는 거 안전하지도 않고. 평생 여기 있다가 더 이상 갈 데가 없어질 수도 있어. 그리고, 시체들 앞에서 노래하는 게 신나긴 해도, 시체가 진짜로 노래를 들어주는 건 아니잖아." 영재는 잠깐 망설이다 이내 말을 했다. "아저씨랑 같지 가지 않을래?"

혹시라도 오해를 살까 봐 긴장되었다. 긴장할 때의 버릇이 그대로 남아, 있지도 않은 머릿결을 쓰다듬느라 자꾸 목 언저리로 손이 갔다.

"내가 원래 서울 살았거든. 그쪽에서 몇 달째 지금 밑으로 내려오는 중인데, 아무리 이 꼴이 났다고 해도 동네마다 사람이 어느 정도는 있단 말이야. 근데 여기는 사람이 하나도 없잖아. 내가 생각을 해 봤는데, 일부러 다 같이 옮기지 않는 이상 이럴 수는 없어. 그러니까, 사람들이 멀쩡하게, 질서 있게 사는 지역이 주위에 있다는 얘기야. 그리로 남아 있는 사람들이 다 같이 옮긴 거고. 내 생각에는 그렇게 멀지가 않을 것 같아."

"……."

"아저씨는 너랑 같이 갔으면 좋겠어."

"그럼 아빠는……."

역시 준우에게 가장 중요한 것은 아버지의 안위 문제였다. 하지만 그렇게 긴 기간 동안 돌아오지 않는 아버지가 살아있을 가능성은 사실 별로 없어 보였다. 무작정 아버지를 기다리는 건 정말로 희망이 없는 일이었다. 아이에게 상처를 주지 않는 선에서, 영재는 조심스럽게 얘기해 보았다.

"아빠를 우리가 찾으면 되지. 어쩌면 안전한 데서 잘 지내고 계실지도 몰라. 거기서 너 기다리고 계실 수도 있는데, 이렇게 계속 여기 있으면 못 만나는 거잖아."

준우는 말없이 앞이마를 계속 문질렀다. 선뜻 내키지 않는 것일까. 하긴 이런 갑작스러운 제안의 확답을 그 자리에서 듣는 건 어려운 일이었다. 괜한 얘기를 꺼내서 거리감이 생겼을까 걱정이 되었다.

"지금 결정 안 해도 돼. 아직 시간 있으니까, 아저씨가 계속 찾아갈 거니까. 아니면 뭐, 계속 있어도 좋고."

사실 '계속 있어도 좋고'는 거짓말이었다. 영재는 거의 마음을 굳히고 있었다. 준우가 확답을 안 주면 설득이라도 해볼 생각이었다. 안전한 장소라고는 없는 세상이었지만, 준우가 처한 환경은 대단히 위험했다. 법이나 질서가 없어졌을 뿐 아니라 대놓고 날강도가 판치고, 걸어 다니는 시체가 사람을 닥치는 대로 물어뜯는 세상에서 어린아이 혼자 그렇게 막대한 물자를 가지고 무방비 상태로 그 기간을 지내면서 아무런 화를 입지 않은 것은 기적에 가까웠다.

　창모 일행이 K시에 도착했을 때 영재가 아니라 일행 중 다른 사람이 체육관을 발견했다면 어떤 일이 벌어졌을까 생각하니 영재는 간담이 서늘했다. 그것이 창모 일행이 아니라 다른 사람이더라도 마찬가지였다. 그리고 그 위험은 현재진행형이었다. 언제든 거처가 발견돼 가진 것을 전부 빼앗기고 목숨을 잃을 가능성이 있었다. 창모와 그 부하들은 인정머리 없고 잔인했으며 갈수록 그 정도가 심해지고 있었다. 체육관의 컨테이너 창고를 발견한 창모가 지을 표정을 상상만 해도 소름이 돋았다.

　준우는 아무런 말도 하지 않았다. 갑작스레 그런 말을 들어서 꽤 고민이 되는 모양이었다. 시무룩하게 있는 준우를 보니 영재는 왠지 미안해졌다. 그래도 기분 내려고 여기까지 나왔는데. 영재는 분위기를 바꾸려 다른 얘기를 해보았다.

　"준우야, 아저씨가 운전 가르쳐줄까?"

　"운전이요?"

　"응. 원래는 열여덟 살 넘어야 하는데, 이제 뭐 그런 것도 없고. 이럴 때 배워 놓으면 좋잖아."

어차피 길에 다니는 차라고는 하나도 없었다. 좌우로 탁 트인 길에 아무런 장애물이 없으니 사실상 운전학원보다도 더 좋은 환경인 셈이었다. 영재는 운전석에 앉아서 준우에게 기본적인 사항을 설명했다.

"오토매틱이라서 보기보다 굉장히 쉬워. 열쇠를 이렇게 돌렸다 놔주면 시동이 걸리는 거야. 이게 1단계, 이렇게 하는 게 2단계. 그리고 이렇게 하면 차가 앞으로 나가고."

자리를 바꿔 준우를 앉힌 후에 좀 전에 알려준 사항들을 시켜보았다. 준우는 배운 대로 조심스럽게 기어 방향을 놓고 액셀러레이터를 밟았다. 차가 앞으로 나아가자 아이는 굉장히 놀라는 것 같았다. 그걸 보니 영재는 왠지 즐거워졌다. 자신이 열두 살 때 차를 몰았어도 그런 기분이었을 것이다. 어린애가 운전하는 것 자체가 뭔가 구경거리 같기도 했다. 한 시간쯤 타고 나니 출발부터 변속까지 웬만한 과정은 다 익힌 것 같았다. 이대로 준우한테 운전대를 맡기고 시내까지 그대로 돌아가도 재미있지 않을까 싶었다.

"준우야. 너 운전해볼래? 네가 운전해서 돌아가는 걸로……"

준우는 고개를 절레절레 저었다. 하긴, 아무리 조작법을 배웠다고 해도 바로 그렇게 하는 건 무리겠지. 영재는 준우를 조수석에 태우고 시내로 돌아가며 이런저런 생각을 했다.

준우와 함께 떠나기 위해서는 일단 차량이 필요했다. 이것은 창모 일행의 차였으므로, 따로 차를 하나 마련해야 했다. 세상이 그렇게 된 이후로 차는 비교적 구하기 어려운 품목에 속했다. 주인 없는 차야 널려 있었지만, 열쇠도 없고 대부분 방전됐으리라. 연료를 구하는 건 그 다음 문제였다. 창모 일행은 손재주가 좋아서 빈

차의 문을 따고 시동을 걸기도 했으나 그런 건 영재가 할 수 없는 일이었다. 내일부터는 차를, 식량 적재를 할 수 있는 것으로 어떻게든 구해야겠다고 마음먹었다. 며칠 해보고 정 안되면 창모 일행의 차를 훔칠 생각이었다.

어쨌든 이제 그는 창모 일행과 함께할 생각이 없었다. 준우와 함께 있을수록 그 생각이 더 확고해지는 느낌이었다. 차를 구하면 바로 준우랑 떠나자. 아니면 창모가 완전히 회복되면 함께 K시를 떴다가 차를 구해서 준우에게 다시 돌아오자. 그래서 함께 가자. 그런 생각을 했다. 정처 없이 떠돌고, 노략질에 가담하고, 희망이 보이지 않는 상황에서 하루하루를 보내던 자신이 어느새 구체적인 계획을 세우고 있었다. 영재는 몰라보게 변한 자기 모습에 새삼 놀랐다.

창고 앞에서 준우와 헤어지며 영재는 준우의 손을 잡았다.

"그렇게 급한 거 아니니까 천천히 생각해도 돼. 내일도 아저씨가 올 거니까. 다음에 또 얘기하자."

영재는 뒤를 돌아보며 손을 흔들었다. 그때까지는 몰랐다.

내일 자신이 이리로 돌아올 수 없다는 것을.

일행의 본거지인 모텔로 돌아오면서 영재는 모텔 앞에 앉아서 담배를 피우는 남자를 보았다. 진수였다. 영재는 그를 지나쳐 앞마당에 차를 댔다. 모르는 체 안으로 들어가려고 할 때 그가 어이, 하고 불렀다. 죄를 지은 건 아니었지만 이들에게 알려서 전혀 좋을 만한 일이 아니었으므로, 혹시라도 자신의 동태가 노출되었나 싶어 영재는 괜한 긴장이 되었다.

"왜? 무슨 일 있어?"

영재는 최대한 태연한 척하려 애를 썼다. 그를 보는 진수의 미간이 한껏 찡그려져 있었다.

"어디 갔다 오냐?"

"시외로, 바람 좀 쐬러."

"대체 무슨 바람을 맨날 몇 시간씩 쐬냐?"

"아니, 심심하잖아. 그렇게 짱박혀 있으면. 너는 안 심심하냐?"

진수는 코웃음을 쳤다. 부하들 셋 모두 창모에게 잘 보이려 용쓰는 건 마찬가지였지만 진수는 그 중에서도 유독 심한 편이었다. 그리고 그만큼이나 영재에게 적대적이기도 했다. 둘이 있을 때면, 아주 사소한 건수들로도 그는 트집을 잡았다. 영재는 그런 그의 태도에 거의 무관심으로 일관했다. 그런 도발에 괜히 말려들어 싸움으로 번지면 손해가 날 것이 뻔했다.

"나 이제 볼일 다 봤으니까 들어가려고. 있다 보자."

"가긴 어딜 가?"

진수의 표정이 바뀌었다. '너 이리로 와 봐.' 진수가 손짓했다. 분명히 시비를 거는 듯한 말투였지만 무시할 수는 없었다. 이런 걸로 괜히 책잡히면 더 큰 일로 번지게 되는 수가 있었다. 영재가 다가가자 진수는 눈썹을 씰룩거리며 영재를 쏘아보았다.

"너 숨기는 거 있지?"

"숨기는 거는 무슨, 그런 거 없어."

진수는 노골적으로 미심쩍어하는 표정을 지었다.

"그럴 리가 없을 텐데."

설마 알고 있는 건가. 영재는 입술을 굳게 다물었다. 뭔가 잘못

되어가고 있다는 느낌이 들었다. 진수가 그 말만은 하지 않기를 진심으로 바랐다.

"너, 저기 체육관에 갔다 왔잖아."

영재의 가슴이 덜컹 내려앉았다.

"아닌데? 잘못 본 거 아니야? 그쪽은 첫날에 가봤는데, 사람 없고 시체만 있어서, 갈 필요도 없던데."

"야, 이제 대놓고 거짓말하네. 너 창모 따라다니니까 우리가 우습게 보이지? 내가 네 친구냐? 아무 말이나 지어내면 다 받아줄 줄 아세요?" 입이 바짝 말랐다. 무슨 말을 해야 할지 알 수가 없었다. "아구창 박살 나기 싫으면 뭔 일 있었는지 다 불어. 내가 창모한테 잘 얘기해 줄 테니까."

영재는 아무 말도 하지 못하고 진수를 노려보았다. 그러자 진수의 얼굴이 바싹 다가왔다. 자신이 주머니에 손을 넣고 있는 것을 눈치채지 못하는 것 같았다. 제발, 제발 그만.

"너, 그 옆자리에 태우고 있던 꼬마애는 뭐냐?"

순간 영재는 주머니칼을 꺼내 진수의 목에 꽂았다. 진수는 황당하다는 표정을 지으며 목을 잡았다. 그 자리에서 피가 콸콸 쏟아졌다. 그 상태로 영재를 덮치려다 그는 맥없이 쓰러졌다.

얼굴로 열기가 확 올라오는 게 느껴졌다.

8.

담배 연기가 매웠다. 식료품만큼이나 구하기 어려운 품목이 담배였지만, 상백은 전혀 개의치 않는 듯했다. 운전대를 잡은 상백은 줄담배를 뻑뻑 피우며 시내를 거칠게 돌았다. 연신 투덜거리는 소리에 귀가 따가웠다. 영재는 그 기분을 거스르지 않으려 애를 썼다.

"대체 진수 이 자식은 어디 간 거야. 미치겠네, 진짜."

"혹시 시체한테 물린 거 아닐까?"

영재는 조심스럽게 말해 보았다. 자신을 쏘아보는 상백의 시선이 그대로 느껴졌다.

"재수 없는 소리 하지 마. 시체들 꼬라지 알잖아. 병신도 아니고 사방 다 트여 있는데 누가 거기에 물려?"

"막다른 데서 여럿이 모여들면 모르지. 재수 없으라고 하는 얘기가 아니라, 워낙 안 보이니까."

태연한 기색을 했지만, 진정이 되지 않았다. 어떤 표정을 지어야 할지도 알 수 없었다. 걱정하는 척을 하든, 걱정하지 않는 척을 하든 둘 다 이상할 것 같았다. 그 자리가 너무 불편해서 견디기 어려웠다. 자신을 기다리고 있을 준우를 생각하니 더욱 괴로웠다.

창모 일행은 사흘째 진수를 찾고 있었다.

처음 진수를 죽였을 때, 영재는 급히 시신을 수습하고 달아나려 했다. 어차피 이렇게 된 이상 들키는 건 시간문제였다. 진수의 시신을 질질 끌고 모텔 뒤 골목으로 들어간 영재는 근처에 보이는 폐자재 더미 아래에 아무렇게나 시신을 밀어 넣었다. 일단 안 보이는 곳에 두고, 도망부터 치자. 그렇게 생각했다. 하지만 모텔로 돌아오자 누군가가 차 앞에서 서성이고 있었다. 상백이었다.

"야, 너 진수 못 봤냐?" 그 말을 듣자 숨이 턱 막혔다.

"못 봤는데? 너희랑 같이 있는 거 아니었어?"

그러자 상백은 고개를 설레설레 저었다.

"진수 이 녀석이 안 보이네. 오후에 같이 고스톱 치기로 했는데…… 이때쯤 들어온다고 했는데 왜 안 들어오는 거야?"

"나랑 같이 치면 되지 뭐……"

영재는 그냥 되는대로 아무 말이나 주워섬겼다. 상백은 떨떠름한 표정을 지었다.

"알았어. 들어와."

엉거주춤 따라 들어가며 영재는 머릿속이 하얘지는 걸 느꼈다. 이건 전혀 계획에 없는 일이었다.

"진수 이 새끼 왜 안 들어오는 거야?"

창모는 대놓고 짜증을 냈다. 어디에 있든, 저녁 시간이 되면 한자리에 모이는 게 일행의 불문율이었다. 전기가 들어오지 않는 데다 시체들의 활동성이 낮보다 좋아져 밤에는 웬만하면 나가지 않는 게 낫기 때문이었다. 영재는 아무렇지 않은 척 행동하는 동안 손바닥에 자꾸 땀이 차 허벅지에 계속 문질러야 했다.

진수가 들어오지 않은 상태로 하루가 지나자 분위기는 엉망이 되었다. 창모는 별거 아닌 일로도 소리를 빽 질렀다. 정말로 친한 친구가 걱정되어서인지, 부하가 말을 듣지 않고 잠적을 해서인지, 무언가 자신이 생각하는 모양새 그대로 안정적으로 존재하지 않아서인지, 창모의 마음을 알 수 없었다.

홀로 있을 준우가 걱정이 되었다. 지금까지 하루도 빠짐없이 체육관에 갔으므로 분명 준우가 자신을 기다릴 터였다. 아무렇지 않은 양 밖에 나가려다 영재는 창모에게 바로 제지를 당했다.

"어딜 가려고?"

"아니, 그냥 여기 계속 있으면 안 되는 거 아니야? 어디든 나가 봐야지."

"거기 있어. 같이 움직여야지. 진수 안 돌아오잖아."

창모는 영재의 단독 행동을 허락하지 않았다. 결국 온종일 그들과 붙어 지내게 되었다. 속이 막 타들어 가는 기분이었다. 모든 계획이 틀어졌다. 시신이 굉장히 허술하게 숨겨져 있었으므로 들키는 것은 시간문제였다. 그만큼이나 신경 쓰이는 것은, 혼자 남겨져 있는 준우였다. 내가 오지 않았는데, 오늘도 노래를 하고 있을까. 준우의 얼굴이 계속 영재의 눈앞에 아른거렸다.

트럭 조수석에서 영재는 건성으로 주위를 살피는 척하며 계속 상백의 눈치를 보았다. 여기서 벗어날 수 있을 만한 길은 없어 보였다.

숙소로 돌아가니 창모는 머리끝까지 신경이 곤두서 있었다. 사소한 것으로도 미친 듯이 화를 내서 말을 붙이기도 어려울 정도였다. 혹시라도 내가 없는 사이에 모텔 주변을 수색한 게 아닐까. 시신을 발견하는 창모의 얼굴을 상상하자 영재의 등줄기가 쭈뼛쭈뼛 섰다.

창모는 저녁 시간에 자기 방으로 돌아가는 것도 허락하지 않았다. 그냥 넷이 아무 말도 없이 한 방에 앉아 있었다. 상백과 태구는 모텔에 비치된 잡지를 읽으며 담배를 뻑뻑 피웠다. 영재에게는 그마저도 눈치가 보이는 일이었다.

피가 마르는 기분이었다. 그를 계속 기다리는 준우의 모습이 생각나 미칠 것 같았다. 혼자서 오랜 시간을 지내긴 했지만, 이미 영재의 등장으로 준우의 일상은 깨어진 상태였다. 다시 맞닥뜨리게 되는 외로움은 그 전과는 비교가 되지 않을 것이었다. 그렇게 생각하니 숨이 쉬어지지 않을 정도였다.

"너 좀 이상하다?"

칼을 꺼내 한참 날을 닦고 있던 창모가 영재에게 말했다.

"내가 뭘?"

"기분이 되게 안 좋아 보여서. 혹시 진수 네가 죽였냐?"

그 말을 듣고 상백과 태구가 낄낄댔다. 현기증이 났다. 최대한 아무렇지 않은 척 반응했지만, 영재는 그런 연기에 서툴렀다. 왠지 눈치를 챌 것 같아서 손이 덜덜 떨렸다.

"무슨 소리야. 계속 같이 있는 거 봤잖아."

"계속 같이 있었지. 근데 그 사이에 죽였을지도 모르지."

일렁이는 불빛 아래에서 창모의 눈이 번득였다.

"……."

"아니면 그 전이라든가." 심장이 터질 것처럼 두근거렸다. 그 모습을 보면서 창모는 웃음을 터뜨렸다. "농담이야. 아니 뭘 놀라고 그래? 나는 농담도 못 하냐? 록커 님 심장 떨어질까 무서워서 장난도 못 치겠네."

방광에 힘이 풀릴 것 같았다. 불쾌한 웃음소리가 방안 가득 퍼졌다. 영재는 억지로 웃음을 지어 보였다. 무언가 점점 돌이킬 수 없는 방향으로 흘러가고 있었다.

열두 시가 넘어서야 영재는 자신의 방으로 돌아갈 수 있었다. 온종일 불안감에 시달린 데다 준우 걱정 때문에 거의 초주검이 되다시피 한 상태였다. 침대에 누웠지만, 전혀 눈이 감기지 않았다. 캄캄한 어둠 속에서 한참을 멍하니 누워 있다가 영재는 벌떡 일어났다.

지금이다.

지금 달아나자.

도망치기에 적당한 시점 따위가 올 리가 없었다. 내일도 똑같이 감시에 시달릴 건 마찬가지일 테고 창모는 갈수록 흉포해질 게 분명했다. 진수가 살아 돌아올 수 없는 만큼 이 상황을 정상적으로 타개하는 건 불가능했다. 그러다 진수의 시신이 발견되면 끝장이었다. 그나마 모두가 잠을 자고 있는 지금이 적기였다. 그에 생각이 미치자마자 영재는 나갈 채비를 했다. 준우와 함께 도망치려면 트럭이 필요했다. 잘 실으면 전부는 아니더라도 준우가 가진 물자의 웬만큼은 담을 수 있을 터였다.

지프의 열쇠는 태구가, 트럭의 열쇠는 상백이 가지고 있었다. 영재는 조심스레 상백의 방으로 걸음을 옮겼다. 그리고 주위 눈치를 살피고 심호흡을 한번 한 뒤, 최대한 소리가 나지 않게 문을 열었다. 침대에 누워 있는 거구의 몸이 어슴푸레하게 달빛에 비쳐 보였다. 한 발짝씩 상백의 옷이 걸려 있는 옷걸이 쪽으로 살며시 걸었다. 땀이 비 오듯 쏟아졌다. 옷 주머니에 손을 넣자 까끌한 열쇠의 촉감이 느껴졌다. 그때 침대에서 철떡 하는 소리가 났다. 곧장 영재의 몸이 딱딱하게 굳었다. 고개를 돌려 보니 상백이 돌아누운 소리 같았다. 영재는 가슴을 쓸어내렸다. 무사히 열쇠를 챙기고 나니 왠지 욕심이 생겨, 영재는 상백의 반대쪽 옷 주머니에도 손을 넣어 보았다.

영재는 열쇠를 들고 살금살금 아래로 내려갔다. 심장이 미친 듯이 뛰어 죽을 것 같았다. 모텔 문을 열고, 트럭까지 단숨에 내달렸다. 그리고 바로 트럭의 시동을 걸었다. 자신이 생각하던 것보다 엔진 소리가 너무 커서 영재는 소스라치게 놀랐다. 자동차가 모텔 앞마당을 뜨는 순간이 마치 몇 시간은 걸리는 것처럼 느껴졌다.

도로로 접어들자 영재는 있는 힘을 다해 액셀러레이터를 밟았다. 혼자 있을 준우를 생각하니 가슴이 미어져 견디기 힘들었다. 체육관에 도착하자 산 위 가건물 쪽에서 불빛이 보였다. 영재는 뒷길로 단번에 가건물 앞까지 갔다. 모닥불을 피워놓은 준우가 앉아 있었다. 고개를 든 준우와 눈이 마주치자, 눈물이 왈칵 솟았다.

"준우야!"

준우가 영재에게 달려와서 안겼다. 아이의 눈에서도 눈물이 펑펑 쏟아졌다. 내가 얼마나 못 할 짓을 했나 하는 생각에 가슴이 쓰라렸다. 영재는 손가락으로 준우의 눈물을 닦아 주었다. 그리고 아이의 눈을 똑바로 보며 말했다.

"준우야. 우리 같이 가자. 시간 없어. 우리 떠나서 같이 살자."

준우는 고개를 끄덕였다. 영재는 바로 가건물 창고를 열고 식량을 박스째로 실었다. 준우는 가벼운 식료품들을 싣는 것을 거들었다. 한 번에 박스를 몇 개씩 들어 나르다 보니 허리가 끊어질 것 같았지만 한시가 급했다. 그때였다. 가까이로 다가오는 헤드라이트 불빛이 보였다. 그 빛을 보며 영재는 모든 희망이 무너지는 것을 느꼈다.

창모 일행의 지프였다.

9.

"준우야, 숨어!"

영재는 준우를 보며 소리를 쳤다. 깜짝 놀란 준우가 숲 안쪽으로 사라지자 영재는 태연한 얼굴로 지프 차에 다가갔다. 차에서 상백과 태구가 내렸다. 영재는 최대한 의연한 표정을 지어 보였다.

"야, 너 지금 뭐 하냐?" 상백이 다가오며 눈을 휘둥그레 떴다.

"보면 몰라? 물건 싣잖아. 여기 통조림, 몰랐는데 진짜 많더라고."

두 사람이 다가오는 것을 보며 영재는 슬며시 허리 뒤 춤에 손을 가져갔다. 그리고 거리가 가까워지자 총을 뽑아 들어 방아쇠를 당겼다. 하지만 총알이 나가지 않았다. 불발을 감지하는 순간 영재는 다른 쪽 주머니에서 총을 한 자루 더 꺼내 달려오는 상백의 머리에 그대로 쏘았다. 상백이 쓰러지자마자 영재는 방향을 틀어 바로 태구 쪽으로 총알을 날렸다. 그러나 태구는 이미 사라지고 없는 상태였다.

순간 반대편에서 기척이 느껴졌다. 영재는 재빨리 나무 뒤에 숨었다. 그 위로 총알이 날아와 박혔다. 손이 덜덜 떨렸다. 고개를 밖으로 내자마자 총알이 픽 하고 날아왔다. 영재는 나무 뒤에 잠시 숙이고 있다가 반대편으로 총을 쏘았다. 여전히 기척만 느껴질 뿐 사람은 보이지 않았다. 한참을 대치하던 영재 쪽으로 다시 상대방이 두어 발 총을 쏘았다. 총알 수를 확인한 후 영재는 앞으로 나아가 상대를 겨누었다.

"나와."

영재의 목소리에 태구가 총을 앞으로 겨눈 채 풀숲에서 걸어
나왔다.

"총알 없는 거 알고 있어." 영재가 말했다.

"너야말로 총알 없잖아. 내가 다 세 봤거든. 여섯 발짜리 여섯
번 나갔는데 빈 총 들고 있어 봐야 소용없어."

태구의 목소리가 떨렸다.

"다섯 번 쐈어. 아직 한 발 남았거든?"

"나도 한 발 남았어. 보여줄까?"

두 사람은 동시에 방아쇠를 당겼다. 총성이 울리고, 머리에 구멍
이 난 채로 태구가 풀썩 뒤로 넘어갔다.

"준우야!"

태구가 쓰러지는 걸 본 영재는 준우를 찾아서 소리를 쳤다. 하
지만 준우는 보이지 않았다. 혹시 다친 걸까. 풀숲을 뒤지고 있을
때 뒤편에서 다른 남자의 목소리가 들렸다.

"준우 여기 있다."

고개를 돌린 영재는 그대로 얼어붙었다. 창모였다. 준우는 창모
의 손에 붙잡혀 있었다. 창모는 권총으로 준우의 머리를 겨누었다.
아이는 파랗게 질려 부들부들 떨고 있었다.

"하지 마." 영재는 창모 쪽으로 총을 겨누었다.

"까불지 말고 총 버려. 아니, 버릴 필요도 없겠구나. 어차피 다
써서 한 발도 없잖아."

창모의 말에 영재는 총을 떨어뜨렸다. 빈 총으로 허세를 부려봐
야 소용없는 일이었다. 영재가 총을 떨어뜨리는 걸 보고 창모는 흐
뭇한 표정을 지었다.

"웬일로 말을 잘 듣네."

그는 영재와 준우, 비상식량이 실린 트럭을 번갈아 보더니 마구 웃었다. 달빛을 한껏 받은 그 섬뜩한 몰골을 보자 머리털이 곤두서는 느낌이었다.

"야, 진짜 록커 너 대단하다. 언제 이런 일을 벌였대?"

"……."

"내가 진작에 알아차렸어야 했는데." 창모는 짜증스러운 얼굴을 했다. "아픈 것 때문에 신경을 못 썼더니 그새 이 사달이 났네." 창모는 낄낄거리며 욕설을 퍼부었다. "이래서 검은 머리 짐승은 거두는 게 아니라고 하나 봐. 뒈질 뻔한 새끼 살려줬더니 몰래 도망가려고 작당을 하고 뒤에서 칼을 꽂네?" 바닥에 쓰러진 상백과 태구를 보면서 한참 얼빠진 얼굴을 하던 창모는 영재에게 손짓을 했다. "이리 와. 무릎 꿇어."

영재가 다가가서 무릎을 꿇자 창모는 바로 따귀를 날렸다. 그는 흙바닥에 힘없이 엎어졌다. 영재가 엉거주춤 일어나자 창모는 그를 보며 웃었다.

"내가 너 다른 일 꾸미는 거 모를 줄 알았지? 맨날 뻔질나게 나다니는데, 안 들키고 있을 거라고 생각하면 그게 웃긴 거지."

"……."

"이미 다 알고 있었다고 이 병신아." 창모는 상백과 태구 쪽을 보았다. "저 둔한 새끼들이 조금만 빨리 얘기했어도 이 사달 안 나는 건데. 근데 저 빡대가리들은 또 그냥 바람 쐬러 간다는 걸 믿고 있었어요. 골 때리는 새끼들. 저러니까 뒈졌지." 창모는 황당하다는 듯한 얼굴을 했다. "그래서, 진수한테 네가 무슨 꿍꿍이인지 확인하라고 시켰더니, 이 새끼가 일을 그르쳤네? 봤으면 재깍재깍 나한 테 보고를 해야지 뭔 지가 알아서 한다고 깝쳐." 서늘한 목소리에 영재의 이가 딱딱 떨렸다. 준우가 흐느끼는 소리가 들렸다. 창모는 전혀 개의치 않는 것 같았다. "야 이 새끼야, 넌 노래만 할 줄 알지 머리는 진짜 꽝인 거 아냐. 세상에 사람을 칼로 찔러 죽여 놓곤 핏 자국도 제대로 안 지워? 그래놓고 안 들킬 거라고 생각한 거야? 그 뿐이면 말이라도 안 해, 손톱에 굳은 피가 끼어 있는데도, 고스톱 을 치는 건 또 무슨 정신머리래? 상백이가 바로 네 멱따려는 거 내 가 말렸어. 바로 죽이면 네 새끼가 무슨 꿍꿍이 벌여 놓았는지 못 찾아내니까."

말을 하다 분을 못 이기고 창모는 영재의 가슴을 발로 콱콱 밟 았다. 영재는 옆으로 쓰러지며 입에서 피를 왈칵 쏟아냈다. 숨을 쉴 수가 없었다.

"그래서 사흘 동안 진수 찾는 척하면서 네가 언제 도망가는가 하는 것만 지켜봤어. 총알도 빼놓고. 근데 상백이 이 병신이 진짜 잠들어 버렸네? 그때 네가 그 새끼 총을 가지고 튈 줄은 진짜 몰 랐네?"

그 말을 듣고서야 영재는 왜 총 두 자루 중 하나가 불발이었는 지 알 수 있었다.

"야, 이 병신아. 밤에 시동을 그렇게 시끄럽게 거는데 몰래 도망 칠 수 있을 줄 알았냐?" 창모는 미친 듯이 웃었다. "근데 이게 뭐 야, 오히려 내가 다 일을 그르친 꼴이네. 네가 이 정도일 줄은 몰랐 네?"

창모는 영재의 얼굴에 여러 번 주먹을 날렸다. 비릿한 피 맛이 났다. 이가 몇 개 부러진 것 같았다.

준우의 울음소리가 높아지자 창모는 옆으로 보며 소리를 버럭 질렀다.

"울음 좀 그쳐! 나는 애새끼가 우는 게 제일 싫어."

준우가 울음을 뚝 그쳤다. 창모는 한쪽 무릎을 꿇고 준우의 얼굴을 만졌다. 아이의 얼굴이 하얗게 질렸다.

"나는 또 기집애라도 숨겨둔 줄 알았네."

"하지 마, 애는 잘못 없어."

"차라리 기집애를 숨겨놨으면 이렇게 황당하지라도 않지."

창모는 있는 힘껏 준우의 뺨을 갈겼다. 준우의 조그만 몸이 저만치 나가떨어졌다.

"하지 마, 하지 마. 내가 시키는 대로 다 할게. 이렇게 빌게."

영재는 두 손을 모으고 창모에게 애원했다.

"뭔 개소리야? 벌써 다 뒈졌는데." 창모는 상백과 태구 쪽을 보았다. "지금 네가 시키는 대로 한다고 쟤들이 살아나냐? 야, 시체들은 살아나기라도 하지 쟤들은 살아나지도 않아요!"

창모는 호통을 치며 저만치서 뒹굴고 있는 준우의 머리채를 잡고 질질 끌고 와 영재 앞에 던졌다. 영재는 준우를 부둥켜안았다. 눈물이 쉴 새 없이 쏟아졌다.

"아주 지랄이 났네." 창모는 믿을 수 없다는 표정을 지었다. "혹시 네 아들이냐? 대체 며칠 동안 뭔 짓을 했길래 이렇게 정분이 난 거야? 내가 황당해서 진짜……" 창모는 갑자기 말을 끊었다. "다 필요 없고, 개 죽여." 영재는 눈을 휘둥그레 떴다. "목을 조르든, 비틀든, 죽여 봐. 내가 그러면 용서해 줄게. 싹 다 잊고 새 출발 하게 해 줄게."

"창모야……"

"새끼야, 네가 저질렀으니까 네가 수습해야지. 얼른 끝내고 가자. 가서 상백이랑 태구 같은 새끼들 더 모아서 다시 시작하면 되지 뭐. 내가 너 넘버 투 시켜줄게. 아무도 무시 못 하게." 창모가 영재를 똑바로 보며 재촉했다. "어서."

영재는 희미하게 눈을 뜨고 있는 준우의 목에 손을 갖다 댔다. 그것을 보는 창모의 눈이 빛났다. 하지만 영재는 한 손으로 준우의 목을 조르는 척하면서 다른 손으로 흙을 움켜쥐었다. 그리고 눈치를 살펴. 창모의 얼굴에 확 뿌렸다. 창모가 얼굴을 감싸 쥐는 순간 영재는 준우를 안고 산 쪽으로 있는 힘을 다해 달렸다.

뒤에서 무시무시한 욕설과 함께 총소리가 들렸다. 소리가 멀찍이 떨어질 때까지 영재는 한껏 뛰었다. 그리고 준우를 세우고서는 아이에게 말을 했다. 앳된 얼굴이 눈물로 범벅이 되어 있었다.

"준우야, 너 운전할 줄 알지? 그저께 운전 배웠잖아. 아저씨가 저 새끼 데리고 이쪽으로 갈 거야. 그러면 너는 반대쪽으로 뛰어서 도망쳐. 그리고 저 밑에 내가 타고 온 트럭 있잖아. 그거 타고 먼저 가. 엊그제 탔던 거랑 조작법 똑같아."

준우가 세차게 도리질을 쳤다.

"나 혼자서 안 가요. 아저씨도 같이 가요."

"누가 같이 안 간대? 나도 같이 갈 거야. 나 너랑 같이 가서, 노래도 하고 투어도 할 거야. 우리 같이 밴드 해야지. 너 록커잖아. 다른 사람들한테 노래 들려줄 거잖아. 씩씩하게 행동해야지. 이렇게 약하게 굴면 누가 너 노래 들으려고 하겠어? 록커는 우는 거 아니야." 준우는 울음을 그치려고 애를 썼다. "그러니까 먼저 가. 아저씨 나중에 따라갈게. 차 두 대 있잖아." 망설이는 준우를 보며 영재는 재촉했다. "어서!"

준우가 산 반대쪽으로 뛰었다. 영재는 아래를 보며 소리를 쳤다.
"야, 이 개새끼야! 나 여기 있어. 이것도 못 맞히나!"

그 순간 영재의 어깨에 총알이 박혔다. 뒤로 픽 고꾸라진 영재의 상반신에서 피가 콸콸 쏟아졌다. 다가오는 창모의 모습이 보였다. 영재는 뒤로 돌아 체육관 쪽으로 뛰었다.

"이 미꾸라지 같은 새끼가 기회를 줬으면 받아먹을 줄 알아야지, 끝내 지 복을 차네."

창모의 목소리가 들렸다. 영재는 크게 소리를 쳤다.
"미꾸라지 여기 있어. 잡지도 못하면서 무슨 미꾸라지 타령이야?"

영재를 발견하자 창모는 마구 뛰어왔다. 그 모습을 보며 영재는 체육관으로 연결된 통로 쪽으로 뛰었다. 그때 창고 앞에 세워져 있던 트럭의 엔진 소리가 들렸다. 준우가 시동을 건 모양이었다. 헤드라이트가 켜지고, 트럭이 앞으로 움직이자 영재를 따라오던 창모가 소리를 질렀다. 이미 쫓아가기에 트럭은 저만치 가버린 상태였다. 창모는 영재를 매서운 눈으로 노려보았다.

"일단 너부터 처리하고 조져 놔야겠다."

무시무시한 욕설을 퍼부으며 쫓아오는 창모를 뒤로하고 영재는 체육관 안으로 뛰어 들어갔다.

순간 어둠이 엄습했다. 사방이 캄캄해 아무것도 보이지 않았다.

영재는 의자를 손으로 짚으며 체육관 객석을 더듬더듬 내려갔다. 뒤이어 들어오는 창모의 가쁜 숨소리가 들렸다. 더 이상 그가 총을 가지고 있는 것은 이점이 될 수 없었다. 피차 보이지 않는 것은 매한가지였다.

"어디 이제 나 맞출 수 있겠냐?"

창모가 코웃음 치는 소리, 그리고 객석 의자에 부딪히는 소리가 들렸다. 이쪽에 익히 익숙해진 영재와는 달리 창모는 내부 구조를 아예 모를 터였다. 그러나 지지 않는다는 듯 그는 영재를 향해 싸늘한 목소리로 빈정거렸다.

"너 이 새끼, 네가 예전에 인기 좀 끌었다고 뭐 대단한 줄 아냐? 그런데 세상이 망했는 걸 어째, 이 미친놈아. 지금 같은 세상에선, 너 같은 새끼가 제일 바닥이야. 내가 너 왜 데리고 다닌 줄 알아? 방송에도 나오던 대단한 새끼가, 이렇게 쓰레기 같은 거 주워 먹고, 병신같이 사는 게 웃겨서야. 그래서 내가 계속 네 노래 불러줬잖아. 너 들으라고. 네가 대단해서 데리고 다닌 게 아니라, 병신 같아서 데리고 다닌 거라고!"

어느새 창모의 목소리는 악쓰듯 소리치고 있었다. 이미 흥분해서 제정신이 아닌 듯했다. 영재는 이럴 때일수록 침착해야 한다며 스스로를 다잡았다. 영재는 이 시점에서 창모가 가장 듣기 싫어할 만한 말을 해 주었다.

"나도 알고 있었어. 근데 그게 다 네놈 열등감 때문에 그런 거잖아. 네가 나한테 그런 생각 갖고 있는 거 모를 줄 알았지? 너 인마, 가수 되려다 망했잖아. 밴드 했는데 인기 못 끌고. 오디션 보러 가는 족족 다 떨어지고. 너 없는 자리에서 진수랑 상백이가 얼마나 그 얘기로 흥봤는지 모르지? 연예인 하려다 망했다고. 록스타 케이에도 나갔다며! 거기서 예선 탈락했잖아! 나는 우승했는데! 그러니까 얼마나 괴롭히고 싶겠어? 난 그 심정 충분히 이해해!"

"닥쳐!"

창모가 아무렇게나 총을 쏘아댔다. 총구가 번쩍일 때마다 영재는 창모의 위치를 파악할 수 있었다. 준우가 항상 노래하던 난간 쪽이었다. 영재는 그리로 다가가면서 창모를 도발했다.

"굽실거리는 애들 사이에 있으니 네가 잘난 줄 알지. 하지만 많은 사람들 사이에선? 그냥 넌 낙오자일 뿐이야. 서울에 사람 많고 안전한 곳에 있을 때도 못 참고 도망치듯 나와선 지방을 전전했던 거잖아. 그들 사이에서 적응도 못 하고 왕 노릇도 못 하니까. 안 그래?"

"닥쳐! 이 개새끼야!"

창모가 고래고래 고함을 쳤다. 영재는 느낄 수 있었다. 체육관 언저리를 서성이던 시체들이 그 소리에 반응해 무대 아래로 계속 모여들고 있다는 것을.

"왜? 이런 얘기 들으니까 가슴에 콱콱 박히나? 정곡을 찔리셨어요? 몇 번이나 같은 얘기 해 줄 수 있어. 내가 너랑 같이 다니면서 너 똥폼 잡는 거 얼마나 웃겼는지 알아?"

"죽여버리겠어!"

창모가 흥분한 발을 굴리며 다가오는 게 느껴졌다. 영재는 어림짐작으로 그가 어디에 있는지를 대강 계산을 했다. 분명 이쪽에서 발을 헛디딜 터였다. 준우가 시체들 앞에서 공연을 할 때 발이 빠질까 봐 항상 조심하는 자리였다.

'저기, 거기는 잘못 밟으면 부서져서 그 위로 지나가면 안 되는 데⋯⋯.'

준우의 말을 듣지 않았다면 영재도 그때 빠졌을지 몰랐다. 와지 직 하고 바닥이 무너지는 소리가 나고 창모가 "어어어?" 하는 소리를 냈다. 소리를 좇아 영재는 나아가 창모를 아래로 힘껏 밀었다. 비명을 지를 새도 없이 창모는 아래로 떨어졌다. 그리고, 됐다 하고 마음을 놓았을 때 영재는 옆으로 미끄러지며 균형을 잃었다.

그 아래에서, 간만에 신선한 살 냄새를 맡은 시체들이 제물을 향해 마구 달려들었다.

10.

칠흑 같은 어둠이 끝없이 펼쳐졌다. 그저 헤드라이트 불빛이 한 치 앞을 밝힐 뿐이었다. 차선이 계속 이어져 있는 모습에 마치 시야가 정지된 것 같았다. 옆자리에는 많이 타 보았어도, 운전석 자리에서 이렇게 달리는 것은 처음이었다. 제대로 하고 있는 건지도 알 수 없었다. 앞에서 무언가가 튀어나오면 바로 운전대를 놓을 것만 같았다. 자꾸 시야가 뿌옇게 흐려졌지만, 눈물을 흘리면 무너질 것 같아서 억지로 참았다.

준우는 도로를 계속 달렸다. 여기가 어디인지, 어디로 가야 하는지도 몰랐다. 그저 앞으로 계속 나아갈 뿐이었다. 영재는 가까운 곳에 사람들이 안전하게 모여 사는 곳이 있을 거라고 했다. 그곳이 나오기를 바라는 수밖에 없었다. 아저씨가 따라온다고 했는데, 속도를 높이면 못 따라오지 않을까. 그 와중에도 걱정을 했다.

'너 지금 나 안 무서워?'

영재는 자신을 처음 만났을 때 그런 말을 했다. 사실 준우는 그간 낯선 어른이 나타나는 것을 굉장히 경계했다. 자기 혼자밖에 없는데, 혹시라도 처음 보는 사람이 나타나서 모든 것을 빼앗아가지 않을까. 그런 생각에 자다가도 벌떡 일어날 정도로 두려움에 떠는 나날이었다.

영재를 처음 만났을 때도 무척 놀랐다. 거의 열 달 만에 처음 보는 사람이었기 때문이다. 그를 맞닥뜨리고 질렀던 비명은 진짜였다. 하지만 준우는 영재를 두려워하지 않았다.

이미 그를 알고 있었기 때문이었다.

1년 전 전국을 뒤흔들었던 밴드 경연 프로에서, 윤영재는 준우가 가장 좋아하던 참가자였다. 그 부드럽게 휘날리는 긴 머리에 곱상한 얼굴, 그리고 그에 어울리지 않는 과감한 무대 매너와 열정적인 퍼포먼스를 준우는 무척 좋아했다. 방송이 나가는 12주 동안 준우는 계속 그의 밴드에게 투표를 했다. 그리고 그가 우승을 했을 때, 자신의 일처럼 뛸 듯이 기뻐했다. 영재는 그의 우상이었다.

이후 아버지에게 계속 기타를 사달라고 졸랐던 것도 그 때문이었다. 윤영재는 기타를 잘 치니까. 그렇게 되려면 기타를 배워야 한다고, 어린애는 손이 작아서 안 된다며 한사코 거절하는 아버지의 뜻을 돌리기 위해서 준우는 한참 설득을 했다. 그리고 기타를 손에 넣었을 때, 바로 교습소에 등록해 손이 부르트도록 기타를 쳤다.

시체들에 의해 세상이 망하던 날도 준우는 영재의 콘서트를 기다리고 있었다. 메이저 계약 후에 처음으로 여는 대형 콘서트였다. 이 공연은 인터넷으로 생중계가 될 예정이었기에, 준우는 시간에 맞춰 접속을 하고 기타를 만지며 모니터로 공연을 보았다. 공연은 그 어느 때보다 대단했다.

한참을 공연에 빠져 있을 때, 그 일이 벌어졌다. 시체들에 의해 무대가 엉망이 되고 객석이 뒤집히는 광경을 준우는 똑똑히 보았다. 충격에 빠져 있을 찰나, 아버지가 집으로 뛰어 들어왔다. 준우는 기타를 든 채로 아버지를 따라 나갔다. 그리고 아버지의 차 안에서 아비규환이 된 끔찍한 세상을 보았다.

아버지와 함께 체육관의 창고 안에서 한 달을 지내고 밖으로 나왔을 때, 세상은 망해 있었다. 아버지는 바깥이 어떻게 됐는지 확인하고 온다며 준우를 남겨두고 떠난 후 돌아오지 않았다.

처음에는 하루하루가 괴로웠다. 다행히 식량은 충분했지만, 바깥으로 나갈 수도 없었고, 도우러 오는 사람도 없었다. 희망이 보이지 않는 적막과 공포 속에서 매일을 싸웠다. 그러던 어느 날, 준우는 체육관 난간 위에 서서 아래를 보았다. 그쪽에는 다 썩어가는 시체들이 걸어 다니고 있었다. 그 모습을 보면서 그런 생각을 했다.

뛰어내려 버릴까.

여기서 뛰어내리면 모든 것이 끝나지 않을까. 그렇게 생각하며 준우는 자포자기한 심정으로 소리를 질렀다.

그러자 시체들이 모여들어 난간 위쪽으로 손을 올리며 아우성을 쳤다. 소리를 듣고 움직이는 단순 반사와 같은 반응이었다. 준우는 그 모습을 보며 왠지 자신의 말에 호응하는 것 같다는 생각을 했다.

그때부터 준우는 시체들 앞에서 노래를 부르게 되었다. 자신은 가수고 시체는 관객이었다. 그렇게 생각하면 무서움과 외로움을 잊을 수 있었다.

그렇게 공연을 한 지 여섯 달이 지났을 때, 체육관을 찾아온 윤영재를 보았다. 처음에는 꿈이 아닐까 생각을 했다. 하지만 윤영재의 태도를 보며 꿈이 아니라는 것을 알았다.

그는 아주 지쳐 보였으며 음악과는 동떨어진 삶을 살아온 것 같았다. 그래서 준우는 모른 체를 했다. 내가 여기서 이 사람을 알아보면, 분명히 창피해할 거라고. 이것은 록커가 팬에게 보여주고 싶지 않은 모습일 거라고. 그는 그가 초라하게 보이는 것을 원하지 않았다.

그동안 어떤 사연이 있었는지는 알 필요가 없었다. 함께 있는 것이 중요했다. 수척하고 망가져 있는 것 같은 그 모습이 진짜가 아니었다는 것을, 준우는 매일 그를 만나며 확인할 수 있었다. 날마다 자신을 찾아오며 음악을 가르쳐 주는 그의 모습을 보는 것은 행복한 일이었다.

한참을 달리던 준우는 갓길에 차를 멈춰 세웠다. 직접 달리는 것은 아니었지만, 운전하는 것은 생각보다 힘이 들었다. 신경을 잔뜩 곤두세워 가며 운전대를 잡았더니 머리가 아팠다. 길을 잘못 들었을까. 아무리 달려도 사람들이 있을 만한 시내는 보이지 않았다. 아직까지 해가 뜨지 않아서 사방이 어두웠다.

아저씨는 어떻게 됐을까. 그 무서운 사람들과 싸워서 이겼을까. 온갖 생각이 꼬리를 이었다. 나는 이제 어디로 가야 하는 걸까. 나를 받아줄 곳이 있을까. 그런 곳을 찾지 못한다면…… 참고 싶었지만 계속 눈물이 났다. 막막했다. 울면 안 된다고 했는데. 멈출 수가 없었다. 그렇게 대로변에서 한참을 흐느껴 울었다.

그때 멀리서 우웅 하는 소리가 들렸다.

준우는 고개를 돌려 보았다. 뿌연 불빛이 눈에 들어왔다. 그것이 점점 가까워지자 무엇인지 알 수 있었다. 그것은 헤드라이트 불빛이었다. 지프 차였다. 준우의 가슴이 뛰었다. 차는 가까이 다가와 준우의 트럭 앞에 멈춰 섰다.

시간이 정지한 것 같았다. 지프의 문이 열리고 그리운 얼굴이 차에서 내렸다. 피투성이에 엉망이 된 상태였지만 준우에게는 그 모습이 TV에서 처음 볼 때의 해사한 모습과 다를 바 없는 것처럼 느껴졌다. 준우는 그에게로 달려가 품에 안겼다. 눈물이 쉴 새 없이 쏟아졌다. 영재는 무릎을 꿇고 앉아 준우의 눈물을 닦아 주며 말했다.

"록커는 우는 거 아니야."

영재의 어깨너머로 파란 새벽이 감돌았다.

그리고 조금씩 해가 떠올랐다.

그가 택한 세상

김성준

흡혈귀는 갓 잡은 괴물 한 마리를 포박해놓았다. 놈은 시뻘건 눈을 뒤집으며 반쯤 부서져 날카로워진 이를 드러냈다. 괴물이 되더니 송곳니라도 생긴 것 같았다. 흉측한 코모도같이 끈적한 침방울이 독액처럼 뚝뚝 떨어졌다. 분노에 미쳐버린 괴물은 코브라처럼 침을 칵칵 뱉으며 흡혈귀를 위협했다. 흡혈귀는 요리조리 피하며 괴물을 진정시키려 했다. 아무리 흡혈귀지만 혹시 있을지도 모를 상처에 그 침이 묻기라도 한다면 자신도 변종 흡혈귀가 되지 말란 법이 없기 때문이다.

"이봐, 진정해. 네 피를 빨겠다는 건 아냐. 난 너처럼 되고 싶지 않거든. 아무리 목이 말라도 독극물을 마실 수는 없으니까."

오로지 인육에 대한 욕망에 사로잡힌 괴물의 썩어 문드러진 귀에 그의 말이 들릴 리 만무했다.

"이거 정말 미치고 폴짝 뛸 노릇이군. 위치를 대란 말이야! 내 말 안 들려?"

흡혈귀가 잡아온 괴물은 인간이었을 때 혈액원 말단 직원이었다. 아파트도 없는 주제 결혼을 꿈꾸던 당찬 노총각이었다. 씀씀이 큰 어린 애인을 감당하다가 덩달아 씀씀이가 커진 그는 사채업자였던 흡혈귀에게 구차한 인생을 저당 잡히고 몇 푼 꾸어갔다. 하지만 그마저도 백화점 명품관에서 날리기 일쑤. 흡혈귀는 그의 카드 돌려막기를 도와주는 대가로 혈액원의 싱싱한 피를 요구했다.

흡혈귀는 지금 지푸라기라도 잡는 심정으로 괴물을 고문하고 있었다. 하지만 인질은 고통도 모르고 말귀도 못 알아먹는 괴물이었다. 말이 고문이지 간청이나 다름이 없었다.

"이봐, 네 빚은 다 탕감해 주겠다니까. 물론 그런 것 따윈 더 이상 중요하지 않겠지. 자네는 어떤 면에선 자유로워졌으니까. 하지만 옛정을 생각해서라도 제발 말 좀 해주지 않겠나? 혈액원, 그러니까 네가 아침마다 출근하던 그 빌어먹을 직장의 위치를 대란 말이야."

인터넷이 마비된 세상에서 흡혈귀는 혈액원 위치라는 지극히 간단한 정보조차 구할 수 없었다. 그는 속이 타들어 갔지만 돌아오는 대답이라곤 칵칵 침을 뱉으며 물어뜯을 듯이 드러내는 날카로운 이빨에 없었다. 광기에 휩싸인 괴물은 자학하듯이 제 손을 물고는 아작아작 씹기 시작했다. 그것은 양손을 다 씹어 삼킨 후에는 팔목과 팔꿈치까지 씹어대고 있었다. 아무리 피 빨고 사는 흡혈귀라지만 차마 눈 뜨고 볼 수 없으리만치 잔혹한 광경이었다.

"자네는 제 살을 뜯듯이 살더니 이제는 아예 스스로를 먹어버리는군그래."

건물 밖에서 괴물들이 고함을 지르며 떼 지어 달려가는 소리가 들렸다. 보나 마나 몇 안 남은 생존자 중 하나가 놈들에게 들킨 모양이다. 살아있는 인간이 아직 남았나 보군! 흡혈귀는 몸을 들썩였다. 버글거리는 괴물들을 물리치고 인간을 독차지하고 싶었다.

"목구멍이 포도청이라더니!"

울먹이던 그는 문을 박차고 나갔다. 정말 인간의 피를 마시지 않고서는 미쳐버릴 것 같았다. 심정 같아선 수십만의 괴물이라도 박살 내버릴 것 같았다. 이 더러운 괴물 자식들! 내가 다 찢어놓을 테다!

흡혈귀는 겁에 질려 고층빌딩 옥상에 숨었다. 소심하게 눈만 빠끔히 내밀고 거리를 탐색했다. 동서남북. 간선도로와 이면도로. 건물의 안과 밖. 눈꺼풀을 한 번 끔뻑거리는 것도 사치였다. 잠시도 시선을 놓치지 않았다. 정말 배가 고파 죽을 것 같았다. 정성이 통했는지 곧 그의 소망은 이루어졌다.

인간이 나타났다! 그것도 살아 펄떡거리는 인간이다! 달콤한 먹잇감이 빵처럼 부풀어 오른 볼살을 이리저리 흔들며 뒤뚱뒤뚱 달려가고 있다.

그는 군침을 꼴깍 삼키며 망원렌즈 같은 눈으로 인간을 주시했다. 이어 인간의 가슴을 투시하여 싱싱하게 날뛰는 심장을 확인했다. 쫄깃한 심장에서 먹음직스러운 시뻘건 피가 콸콸 쏟아지고 있다. 얼마나 잘 처먹고 뒹굴었으면 저렇게 쫀득한 심장을 가질 수 있을까.

흡족한 그의 입술이 초승달처럼 빙그레 올라갔다. 하지만 이내 인상을 찌푸렸다. 심장 부근에 번쩍이는 배지가 달려 있던 것이다. 배지는 금으로 만들어졌는지 달빛을 받아 탐욕스러운 빛을 발했다. *안 돼!* 흡혈귀는 먹잇감에게 경고라도 해주고 싶었다. *괴물들은 빛에 민감하게 반응한단 말이다. 하긴 그 녀석들은 전신이 성감대인지 오만 일에 민감하게 반응하긴 한다. 쳐다만 봐도 벌떡벌떡 일어나 달려든다니까.*

그는 손가락으로 후다닥 송곳니를 점검하고는 급히 검은 망토를 활짝 펼쳤다. 제2롯데월드 옥상에서 뛰어내리려면 그도 망토의 도움을 얻어야 한다. 시간이 없다. 괴물들이 먹잇감을 앗아가기 전에 그가 먼저 송곳니를 꽂아야 했다.

그가 마음을 졸이며 초고층 빌딩의 유리를 타고 활강하기 시작했다. 먹잇감이 점점 가까워졌다. 피둥피둥한 먹잇감은 전후좌우만 두리번거릴 뿐 위를 쳐다볼 생각은 못 하고 있었다. 흡혈귀가 날카로운 송곳니를 삐죽 내밀고 먹잇감을 막 덮치려는 순간, 그는 망토를 펼쳐 다시 떠올라야 했다. 살집 좋은 인간은 그의 먹이가 될 수 없었다. 흡혈귀는 죽음을 기다리는 대머리독수리처럼 허공을 맴돌며 입맛을 다셨다.

금배지 단 인간은 금배지 때문에 명을 재촉했다. 그는 겁에 질려 도움을 청했지만 이제 그를 위해 일해 줄 사람도, 지켜줄 경호원도 없다. 모두 그 앞에서 굽신거렸지만, 이제는 허리를 쭉 펴고 고개를 빳빳하게 든 채 그에게 달려들었다. 괴물이 수천은 돼 보였다. 그의 손가락을 차지한 괴물은 한때 그가 성추행해놓고는 되레 무고죄로 고소한 여대생이었다. 이제 괴물이 된 여대생은 자신의 젖꼭지를 꼬집고 비틀던 그 손가락을 닭발처럼 아작아작 씹으며 육즙을 빨아댔다. 왼쪽 다리를 뜯어내 족발처럼 씹는 괴물은 그에게 전 재산과 아내까지 빼앗긴 사업가였다. 사업가는 울분에 차 마포대교에 갔다가 괴물이 되어 돌아왔다.

먹잇감은 순식간에 해체됐다. 괴물들은 눈을 파먹고, 귀를 뜯어 먹고, 코를 베어냈다. 머리통을 뜯어낸 괴물들은 아이스크림처럼 그것을 핥고 빨고 씹다가 도로 퉤 뱉었다. 창자는 도로 위에 뿌려졌다가 다리 없는 괴물들의 식도로 꾸불꾸불 흘러갔다. 먹잇감이 머리카락만 남기고 사라지는 데는 10초도 걸리지 않았다. 외눈박이 괴물의 부패한 입술에 그의 머리카락 몇 가닥이 남아 있었다. 그토록 탐욕스러웠던 그였지만 그가 세상에 남긴 거라곤 괴물 입에 욱여넣어진 머리카락 몇 가닥이 전부였다.

씹히는 자와 씹는 것들이 만들어낸 피비린내가 종말의 카니발을 연출하고 있었다. 흡혈귀는 공중을 빙글빙글 돌며 주린 배를 움켜잡았다. 더는 버티지 못할 것 같았다. 이대로 계속 피를 빨지 못하면 영영 기력을 회복하지 못할 것이다. 괴물들을 처치하고 먹이를 차지하고 싶었지만, 며칠을 굶은 그에겐 그럴 힘이 없었다.

"이 자식아! 너희들 때문에 내 팔자가 이게 뭐야!"

사냥에 실패하고 돌아온 흡혈귀는 인질로 잡힌 괴물에게 괜히 분풀이를 했다. 꼬챙이로 찌르고, 손가락으로 눈알을 꾹 눌러도 보고, 손가락도 뒤로 꺾어 보았다. 내친김에 영화에서 보던 대로 전기고문도 해보고 싶었지만 한전 직원도 다 괴물이 된 마당에 전기가 어디 있겠는가.

하지만 괴물은 고통을 느끼지 못했다. 그것이 느끼는 유일한 고통은 인육에 대한 갈망뿐이었다. 제 팔을 다 뜯어먹은 괴물은 이제 다리를 씹으려고 고개를 자꾸 아래로 숙였다. 하지만 체조선수도 아니고 그게 될 리가 있나.

흡혈귀는 어처구니가 없어서 놈이 하는 짓만 멍하게 바라봤다. 그때 모기 한 마리가 왱왱거리며 그의 앞을 날아다녔다. 그는 손바닥으로 탁 쳐서 잡은 모기를 입으로 가져가며 구시렁거렸다.

"네놈이 나보다 능력이 좋구나. 대체 어디서 피를 이만큼 처먹어 댄 거냐?"

통통하게 살이 오른 모기를 아작아작 씹어 한 방울의 피를 음미하며 흡혈귀는 눈을 감았다. 꽃 한 송이를 따 꿀을 짜 마신다 해도 이보다는 많을 것 같았다.

"정말이지 이놈의 나라는 예나 지금이나 날 미치게 하는군!"

그의 머릿속에 지난 반세기의 한국 생활이 음울하게 스쳐 갔다. 그는 1950년에 대한민국을 터전으로 배정받았다.

그는 흡혈클럽의 백아흔다섯 번째 회원이었으므로 총 이백 명의 흡혈귀 중 꼴찌 축에 해당했다. 서열이 낮은 그에게 선택권 따위는 없었다. 그보다 서열이 낮은 다섯 뱀파이어는 솔직히 어디 가서 어떻게 됐는지 모르겠다. 어쩌면 이라크행 비행기를 탔다가 자살 폭탄 테러에 당했거나, 흡혈귀보다 더 피에 굶주린 IS(이슬람 국가) 녀석들에게 붙들려 인질이 됐을 수도 있다. 누가 그 불쌍한 동료를 위해 몸값을 지불해 줄 것인가. 그는 목이 잘린 후에 잠깐 죽은 척했다가 사막에 굴러다니는 목을 도로 붙이는 수모를 겪어야 할 것이다.

1950년, 미군 수송기에 숨어 타고 대한민국이라는 듣도 보도 못한 나라에 처음 도착했을 때 그는 정말이지 송곳니로 혀를 깨물어 죽고 싶었다. 우선 비행장에 착륙하자마자 야포의 포격을 받아야 했고, 밀고 내려오는 소련제 탱크를 피하느라 발바닥에 땀이 나도록 달려야 했다. 흡혈도 쉽지 않았다. 죄다 총과 수류탄으로 무장한 녀석들에게 무슨 수로 송곳니를 꽂는단 말인가. 의도치 않게 전시의 혹독한 고난과 굶주림을 한국인들과 함께 치렀던 것이다.

전쟁은 끝났지만 그의 고난은 끝나지 않았다. 폐허에서 살아가는 가난한 사람들은 피가 부족해 보였다. 몇 모금 빨아봐야 빈혈 환자들이라서 영양도 높지 않았다. 그런 피를 빨다가 자신도 빈혈에 고생한 게 한두 번이 아니었다.

영양실조에 지친 그는 전남 여수시 어느 부서진 방파제에 주저앉아 망연히 태평양을 바라봤다. 저 대양 너머로는 서열 높은 흡혈귀들이 마음껏 양질의 피를 쪽쪽 빨아대겠지. 고기 먹는 백인들은 헌혈이라는 것도 자주 한다더라. 굳이 사람을 죽이지 않아도 혈액형 별로 뷔페를 즐길 수 있는 풍요로운 나라가 그곳이다……. 젠장! 그는 흡혈귀 사회의 양극화에 분노했다. 그리고 중대한 결단을 내렸다. 이 나라가 변할 때까지 잠들기. 그는 지리산 어느 암자에 머물던 스님이 김장독 묻으려고 파놓은 구덩이에 들어갔다. 그러고는 두 손으로 흙을 그러모아 자신을 덮었다.

김장용 구덩이에서 수십 년 만에 기어 나왔을 때 그는 너무나 기뻐 똥파리처럼 붕붕 날아다녔다. 부지런한 한국인들은 연일 야근에 휴일에도 출근해가며 그 보잘것없고 헐벗은 나라를 부자 나라로 바꿔놓았다. 그는 이제 한국인들이 과로사까지 해가며 만들어놓은 신나는 청룡열차에 무임승차만 하면 됐다.

어디 보자, 이 나라에서는 무슨 직업을 가지는 게 어울릴까. 그는 서울행 심야 우등버스에 몸을 싣고는 고민에 빠졌다. 흡혈귀는 대대로 귀족적인 이미지를 고수해야 했다. 그는 자본주의의 귀족이 되었다. 밤새도록 일할 수 있는 장점을 살려 심야 전문 대부업체를 차려 화려한 자본가가 된 것이다. 한밤중에 급전이 필요한 자들은 그를 찾았다. 그는 주로 고객의 신장을 담보로 돈을 꾸어 줬지만, 이자를 감당 못 한 고객은 사장실로 끌려가 피를 빨려야 했다. 급하게 사채업자를 찾아야 하는 인생 한둘이 실종된다 해서 관심 가져주는 이는 어차피 없다. 그는 금융권의 일원이 된 게 너무나 행복했다.

그는 돈이 돈을 벌어다 주고, 돈이 피를 공급해주는 자본주의의 마술을 사랑했다. 혈액원은 그에게 몰래 피를 공급해주었다. 좀비처럼 아무 생각 없는 공무원들은 대체 그가 왜 피를 필요로 하는지 궁금해하지 않았다. 그 많은 돈이 어디서 났는지는 더더욱 궁금해하지 않았다. 다만, 그가 이 맛깔스러운 거래를 계속할 것인지만 궁금해하며 애를 태웠다.

그러나 행복은 오래갈 수 없는 법인가. 그날 밤, 아, 그날 밤을 어떻게 잊을 수 있을까. 가뜩이나 교통체증이 짜증스러운 강남대로인데 도로 위에서 축제라도 벌이는 듯했다. 사람들은 도로를 점거하고 서로를 쓰러뜨리고 껴안고 키스를 해대는 것 같았다. 옆에서 그를 애무하던 모델은 덩달아 신났던지 문을 열고 뛰쳐나갔다. 마이바흐에서 내리는 미녀! 그녀는 모두가 자신을 주목해줄 거라

기대했다. 물론 관심을 받긴 했다. 괴물들은 순식간에 그녀를 에워쌌고, 그녀는 찢어진 팬티만 남기고 완전히 사라졌다. 악! 그녀가 내뱉은 단발마의 비명이 빌딩 숲에 메아리치며 새 세상이 열렸음을 알렸다.

무슨 일이 터졌나 보다! 본능적으로 차 문을 급히 잠근 그는 기사에게 얼른 출발하라고 지시했다. 하지만 기사가 갑자기 운전대에 머리를 찧더니 제 얼굴을 쥐어뜯기 시작했다. 변신을 위해 허물을 벗는 뱀 같았다. 뚝뚝 흐르는 피가 시트를 적셨고, 기사는 그걸 핥아 먹어댔다. 흡혈귀도 순간 본능적으로 그 피를 핥을 뻔하다가 정신을 번쩍 차렸다.

"이, 이, 이봐! 자네 뭐하나?"

기사는 대답 대신 흡혈귀 쪽으로 돌아봤다. 이를 드러낸 기사의 눈이 불길처럼 시뻘겋게 타오르고 있었다.

그날 흡혈귀 역시 잡아먹힐 뻔했다. 아무리 흡혈귀라지만 공포심을 잊은 괴물 수십만을 혼자 상대할 수는 없었다. 괴물의 인파는 물결을 이루었다가 성난 파도가 되었고, 파도는 마치 대양처럼 거대한 군집을 형성하여 그를 쫓았다. 거리에는 피의 강이 흘렀고, 비명과 울부짖음이 내장을 얼어붙게 했다. 여기저기 쓰러진 사람들은 스테이크가 되었다. 살을 다 뜯은 괴물은 피해자의 뼈를 사골처럼 핥기 시작했다.

천 년을 산 흡혈귀였다. 웬만한 일에는 눈 하나 꿈쩍하지 않을 만큼 세상일에 달관했다고 믿었던 그였다. 하지만 이건 십자군 전쟁, 흑사병, 마녀사냥, 세계대전을 다 합친 것보다 더 참혹하고 절망적이었다. 그래도 그때는 사람이 사람을 잡아먹지는 않았으니까.

눈물을 찔끔 흘리며 도망치는 그는 난생처음 신을 애타게 찾았다.

"부디 도와주소서."

신은 차마 그의 기도를 뿌리칠 수 없었다. 뚜껑 열린 하수구가 시커먼 입을 벌리고 그를 꿀꺽 삼켜주었다.

오물을 헤엄치며 흡혈귀는 이를 바득바득 갈았다. 일을 이 지경으로 만든 놈들은 벙커에 숨어 사태를 관망하고 있었다. 그 녀석들이 기어 나오면 멋들어지게 피를 뽑아 수하로 만들겠다고 다짐했다.

여기 상황이 이렇게 됐으니 다른 나라로 보내 달라고 흡혈클럽에 사정이라도 해볼까. 아냐, 아냐. 그는 이내 고개를 떨어뜨리고 한숨을 푹푹 내쉬었다. 글로벌 시대에 한국만 이 지경일 리가 없었다. 이미 다른 나라도 저 괴물 바이러스가 퍼졌을 게 뻔했다. 그러니 그가 한국을 뜬다 해도 딱히 갈 곳이 없었던 것이다.

"그렇지만 말이야, 그들도 굶고 있을 걸 상상하니 기분이 좋아지는걸."

흡혈귀는 선진국을 독점한 상류 흡혈귀들도 굶주림에 허덕일 걸 생각하자 크크큭 웃음이 새어 나왔다.

"그 자식들은 굳이 사냥을 안 다녀도 됐지. 헌혈 봉투를 주머니에 넣고 다니며 빨대로 쪽쪽 빨아 마신 자식들이잖아."

흡혈귀는 상류 흡혈귀들의 몰락이 너무나 고소하여 배고픔까지 잠시 잊을 수 있었다. 그때 굶주림으로 멍하던 그의 머리에 행복한 추억이 낭자한 선혈처럼 콸콸 흘러넘쳤다.

"나도 그랬지. 한국인들이 헌혈해놓은 걸 공무원들에게 뒷돈 찔러주고 빼돌렸었지. 내게 혈액원은 인간들에게 은행 같은 거였어. 내가 자본가가 되어 사채놀이를 한 대가로 피를 공급받은 건 일종의 법칙 같은 거라니까."

그때 그의 머리로 어떤 생각이 날카롭게 스쳤다. *이걸 왜 이제야 생각해낸 거야!* 그는 자기 머리를 몇 대 쾅쾅 때리고는 벌떡 일어났다. 그는 괴물을 이용한다면 혈액원을 찾을 수 있을지도 모른다고 생각했다. 아무리 괴물로 변했다지만 아침마다 천형처럼 감당했던 그 출근길을 저것이 어떻게 잊었을까. 괴물을 풀어놓는다면 저도 의식하지 못하는 새 혈액원 쪽으로 걸어갈지도 몰랐다. 게다가 인육을 탐하는 괴물들은 피에는 관심이 없었다. 그 많은 혈액이 고스란히 남아 있을 걸 생각하니 흡혈귀는 너무나 기분이 좋아졌다. 그는 당장 괴물의 포박을 풀고는 놓아주었다.

"연어도 자기 고향은 기억한다는데, 자넨 그래도 한때 사람이었잖아. 그곳으로 날 안내하게. 매일 탈출을 꿈꾸었지만 결코 떠날 수 없던 그곳으로."

흡혈귀는 고층빌딩 옥상을 넘나들며 괴물의 동선을 추적했다. 저 아래로 혈액원 출신 괴물이 어디론가 걸어가고 있었다. 우글거리는 괴물들 틈에 섞여 있지만, 흡혈귀가 머리통을 반쯤 박살 내서 표시해뒀기에 헷갈리지는 않았다.

괴물은 걸음을 멈추지 않았다. 이따금 횡단보도처럼 보이는 곳 앞에서 몇 분 서 있다가 다시 출발했을 뿐 그것의 관심을 끄는 것은 없었다. 괴물은 걸음만 느렸다뿐이지 정말 출근하는 직장인처럼 보였다. 아무것에도 관심 없던 존재, 왜 살아가는지조차 알지 못하지만 아침에 눈을 떴으므로 출근을 하던 존재, 살아있긴 하지만 생을 느낄 겨를조차 없던 존재. 그가 그때 모습 그대로 어디론가 걷고 있었다.

괴물들로 가득한 거리는 마치 출근길 지옥철처럼 혼잡하고 빽빽했다. 괴물들은 조그마한 소음에도 신경질적으로 반응하며 우르르 몰려갔다. 하지만 인간의 현실이 그랬듯 괴물의 현실에도 기쁨이라곤 찾기 힘들다. 소리의 근원에서는 기껏해야 비둘기가 푸드덕거리다 잡혀 해체되거나 쥐새끼가 정신없이 도망치는 소란 따위가 고작이었다.

괴물은 새빨간 핏방울 그림이 그려진 간판 아래에서 우두커니 서 있었다. 흡혈귀는 순식간에 혈액원 옥상으로 착지했다.

"좋아! 역시 자넨 해낼 줄 알았어! 이걸로 우리 거래는 끝이 났네."

흡혈귀는 짝짝짝 박수를 쳤다. 그는 괴물의 지장이 찍힌 차용증을 꺼내 북북 찢어 결혼식장 색종이처럼 기쁜 마음으로 흩뿌려 주었다.

옥상 문손잡이를 돌렸다. 다행히 잠겨 있지 않았다. 일자리가 있는 자들은 좀처럼 자살하지 않는다. 공공기관에서 일하는 자들이라면 더더욱 그렇다. 혈액원 옥상 문을 왜 잠가 놔야 한단 말인가.

흡혈귀는 여유롭게 아래로 내려가며 신나는 똥파리처럼 손바닥을 비볐다.

거대한 냉장고가 기다리고 있겠지? 나만을 위해 마련된 잔칫상에 앉아 오랜만에 포식을 즐기겠지? 싱싱한 피가 수백 리터는 있겠지? 그는 계단을 내려가며 달콤한 상상에 잠겼다. 상상 속에서 그는 걸귀처럼 정신없이 이 피 저 피 꿀꺽꿀꺽 마셨다. 양손에 각각 아이스크림과 과자를 들고 황홀경에 빠진 아이처럼 그는 혈액봉투를 두 손에 쥐고서 쪽쪽 빨아댔다. 에이형, 비형, 에이비형, 오형. 단맛, 신맛, 짠맛, 감칠맛. 임금님 수라상도 부럽지 않았다. 꿀꺽꿀꺽 입가에 피를 질질 흘리며 포식하는 그는 이제야 흡혈귀처럼 보였다.

"저 녀석이 이런 식으로 빚을 갚을 줄은 몰랐는걸!"

흡혈귀는 중얼거리며 대형 냉장고의 문을 열었다.

이런 젠장맞을! 냉장고가 텅텅 비어 있었다!

"피가…… 내 피가…… 다 어디로 간 거야!"

흡혈귀는 분노와 좌절로 시뻘겋게 달아오른 눈을 희번덕거렸다. 이 냉장고, 저 냉장고, 아래층 냉장고, 위층 냉장고 다 뒤졌지만 혈액은 없었다. 혈액원에 피가 없으면 대체 어디에 있단 말인가. 흡혈귀는 맥이 빠져 털썩 주저앉았다. 그간 애써 참았던 굶주림이 돌무더기처럼 그의 머리를 때렸다.

그때, 어디선가 조심스러운 발걸음 소리가 들렸다. 흡혈귀는 소리를 죽이고는 몸을 낮추었다. 괴물들이 몰려왔나? 그럴 리가……. 인육을 탐하는 놈들이 피 맛을 보고 싶어 할 리는 없었다. 하지만 만약 놈들이 이곳을 눈독 들인다면 흡혈귀에게는 절망만이 남는다. 안 돼! 절대 그럴 수 없어! 수백이든 수천이든 맞서 싸우고 말 테다! 그러나 내게는 지금 그럴 힘이 없지 않은가…….

혼자 씩씩거리던 흡혈귀는 혈액 저장고 뒤에 일단 몸을 감추고는 주변을 살폈다.

괴물이 주저앉아 뭔가를 우걱우걱 씹고 있었다. 그것은 한 번씩 신경질적으로 주변을 살피고는 다시 먹잇감을 입에 집어넣어 정신없이 씹었다. 마치 어린 가젤의 속을 파먹으며 사자를 경계하는 하이에나 같았다. 하지만 다음 행동에선 흡혈귀도 경악을 금치 못했다. 천 년을 살았지만 그런 괴기스러운 짓은 처음 봤기 때문이다. 게걸스레 속을 채운 녀석은 혈액 봉투를 쥐고 쪽쪽 빨아 마시는 게 아닌가! 피로 해갈을 하다니, 저 자식이 내 밥그릇에 숟가락을 얹겠다고! 괴물들이 피 맛을 알게 된 건가……. 그럼 정말 큰일인데……. 그는 머릿속이 복잡해졌다. 무엇보다 저 피를 당장 한 모금이라도 마셔야 했다.

흡혈귀는 괴물의 목을 뽑아버리려고 살그머니 다가갔다. 자칫 소란이라도 벌어진다면 밖에 있는 괴물이 군단을 이루어 몰려올 것이다.

흡혈귀는 괴물의 등 뒤에서 낫처럼 길고 날카로운 손톱을 세웠다. 한 방에 목을 베어버려야 했다. 그때 피를 빨던 괴물이 동공 풀린 눈으로 이리저리 두리번거리다가 흡혈귀와 눈이 딱 마주쳤다. 흡혈귀와 괴물 모두 아연실색했다. 자칫 괴물이 소리라도 지르면 안 되므로 흡혈귀는 들어 올린 팔을 괴물의 목을 향해 강하게 내려쳤다. 그런데 이게 웬일, 괴물이 말을 하는 게 아닌가.

"피, 피, 피 사장님 아, 아니십니까?"

괴물을 말을 한다……. 이놈은 보다 진화한 괴물인가. 그리고 내 성을 어떻게 알지? 흡혈귀는 괴물의 목을 향하던 팔을 거두었다. 하지만 손톱이 워낙 길고 날카로웠으므로 놈의 목에 붉은 생채기가 났다. 흡혈귀는 괴물의 핏자국을 보고는 혀로 입술을 한번 핥았다.

"피 사장님 맞으시죠?"

괴물이 자꾸 말을 한다. 흡혈귀는 고개를 갸우뚱하며 놈의 얼굴을 들여다봤다. 눈이 붉지 않았다. 살아있는 인간이다! 그러고 보니 놈은 혈액원 오 계장이 아닌가.

"자네는 오 계장이 아닌가?"

"예, 맞습니다. 오갑식입니다."

오 계장은 흡혈귀가 너무나 반가워 자리에서 벌떡 일어나 그를 얼싸 껴안았다. 그러고는 한참을 흐느꼈다.

"그렇게 된 거로군."

흡혈귀는 오 계장으로부터 전후 사정을 들었다. 멀쩡한 사람들이 괴물로 변하고부터 세상의 갑을관계는 뒤바뀌었다. 원래 갑이던 사람들은 사회적 지위와 돈을 이용해 생존능력을 높였지만, 을이던 사람들은 그러지 못했다. 약자들은 언제나 그랬듯 재난 앞에서 옴짝달싹 못 하고 당해야만 했다. 하지만 차라리 일찍 괴물로 변태한 을 쪽이 나았다. 가진 자, 높은 자, 흥청거리는 자, 온갖 유형의 갑들은 새로운 갑으로 떠오른 괴물들에게 모조리 도륙이 났다. 생존한 갑들은 이제 을에게 사냥을 당하는 처지에 놓였던 것이다. 갑을관계의 대역전! 민란은 대개 실패하게 마련이지만 이번엔 달랐다.

오 계장이 피 냄새를 풍기며 트림을 끄윽 했다. 그가 방금 마신

것은 혈액원에 남은 마지막 혈액 봉투였다.

"그래도 자넨 용케도 여기 숨어서 피를 마시고 연명을 했군. 설마하니 자네가 여기 피를 다 마셔버린 건 아니겠지?"

흡혈귀는 이 대목에서 화가 치밀어 올랐다. 오 계장이 자기 밥그릇에 숟가락을 얹었기 때문이다. 하지만 일단 화를 누그러뜨렸다.

오 계장은 다시 한번 끄윽 트림을 하고는 고개를 끄덕였다.

"예, 그랬습지요. 그거라도 마시고 살아야 하니까 말입니다요. 하지만 어차피 혈액 봉투가 몇 개 없었습니다."

"몇 개 없었어? 왜?"

"죄다 피 사장님 드렸잖습니까. 그걸로 뭘 하셨는지 원."

그렇군. 일이 그렇게 된 거로군. 이 점에 대해서는 흡혈귀도 할 말이 없었다. 다른 혈액원을 털 수밖에.

흡혈귀는 사실 평소 오 계장을 혐오스럽게 생각했다. 어차피 세상일이란 게 수탈하든 수탈당하든 양자 중의 하나라지만 놈은 정도가 심했다. 계약직 청소부 아주머니에게 계약연장을 미끼로 성관계 요구, 부하직원 공 가로채기, 승진 경쟁자 모함하기, 납품업체 간부와 어깨동무하고 룸살롱 들어가기, 나올 땐 고주망태가 되어 딸 같은 여종업원과 호텔행 택시 타기, 물론 그 모든 비용은 납품업체 법인카드가 카드리더기에 몸을 던져가며 막아주기……. 흡혈귀에게 뒷돈을 받고 혈액을 몰래 빼돌려준 주동자도 오 계장이었다. 놈은 그 돈을 국장에게 상납한 대가로 과장 승진을 목전에 두고 있었다. 그렇게 승진한 후에는 더 요란스레 '갑질'이란 걸 할 게 뻔했다. 놈의 인생은 괴물의 피부만큼이나 부패한 자들이 이 사회에서 하는 행태와 멀리 떨어져 있지 않았다. 오 계장은 이 사회 갑의 소박한 샘플이었던 셈이다.

약자의 피를 빠는 비열한 놈! 흡혈귀는 속으로 그를 욕했다. 자신도 사채업을 하며 돈이며 피며 뭐든 다 쪽쪽 빨았지만 제 잘못 살필 생각은 하지 않았다. 단지 오 계장만 나무라듯 노려봤다. 오 계장이 나쁜 놈인 데다 마지막 남은 피까지 빨아 마셨기 때문이다.

"왜 그렇게 보십니까?"

금방이라도 목을 뽑아버리고 싶었지만 참아야 했다. 이 나라에 혈액원은 많았고, 그 숱한 데를 다 돌아다니려면 놈을 살려둬야 했다. 수십 톤은 될 혈액을 그러모아 비축해둬야 이 난세에 살아남을 수 있으니까.

"자네 날 좀 도와줘야겠네."

"뭘요?"

"지금부터 나와 모든 혈액원을 순회하는 것일세."

"예?"

오 계장은 눈을 동그랗게 떴다. 밖에 괴물들이 우글거리는데 대체 그런 미친 짓을 왜 해야 하느냐는 표정이었다.

"지금 나를 미쳤다고 생각하는 건가?"

"예? 아, 뭐 꼭 그렇다는 건 아닙니다만, 여기는 구내식당도 있고, 통조림도 많은데 왜 그 짓을 해야 합니까?"

이 자식아, 너만 처먹고 뒹굴면 된다는 거냐! 하지만 흡혈귀는 화를 가라앉혔다. 역겨운 자식이지만 혈액을 다 수거한 후에 목을 뽑아버려도 늦지 않다.

"싫습니다. 어차피 피 사장님한테 더 얻어먹을 게 남은 것도 아니고. 이제 피 사장님 돈이 무슨 소용이 있습니까. 저는 여기 남겠습니다."

오 계장은 과장 진급을 목전에 뒀는데 이게 뭐냐는 둥, 그래도 자기는 살았으니 운이 좋다는 둥, 하지만 곰곰이 생각해보면 높은 놈들은 호사스러운 벙커에서 호의호식하고 있을 거라는 둥 툴툴거렸다.

흡혈귀는 더는 참을 수 없어 오 계장의 멱살을 잡고 흔들었다. 성질 같아서는 당장에라도 눈을 파내 으깨버리고 싶었지만 장님이 길잡이를 할 수는 없었다. 자기 생존밖에 관심 없는 오 계장은 흡혈귀의 손을 거칠게 뿌리쳤다. 그 바람에 옆에 위태롭게 서 있던 캐비닛 하나가 쿵 쓰러졌다.

"이 개자식아, 그러게 내 말을 순순히 들었어야지."

흡혈귀는 살기를 띤 눈으로 오 계장을 노려봤다.

"이 마당에 잘잘못 따져서 뭐합니까. 어차피 둘 다 죽은 목숨인데."

정말 그랬다. 오 계장이 쓰러트린 캐비닛은 혈액원 정문에서 서성이던 외로운 괴물, 그러니까 오 계장에게 허구한 날 괴롭힘 당하던 부하직원이자 애인을 위해 명품백 사다가 흡혈귀에게 인생을 저당 잡혔던 그 괴물을 불러들였다. 놈은 흡혈귀를 여기까지 안내하고서 다른 데로 가지 않고 있었다. 하긴 퇴근 시간도 아닌데 놈이 갈 데가 어디 있겠는가. 놈은 혈액원 정문을 머리로 쿵쿵 치기 시작했고, 그 둔탁한 소리는 다른 괴물들을 불러들였다. 괴물들에게도 군중심리란 게 있었던지, 몇 놈이 모이자 다른 놈들도 덩달아 합세하기 시작했다. 하나, 둘, 셋, 넷…… 수는 삽시간에 수천에 이르렀다.

놈들은 결국 혈액원 정문을 박살 내고 안으로 쏟아져 들어왔다. 흡혈귀와 오 계장은 혈액원 옥상 문을 걸어 잠그고 누가 더 잘못했는지를 따지고 있었던 것이다.

어디 먼 데서 칵칵 살기등등한 소리가 들렸다. 혈액원 부근의 고층빌딩에서 생존자를 잡아먹던 괴물들이 둘을 발견하고는 소리를 질러댔다. 그 소리는 혈액원에 몰려든 괴물들을 더 자극했고, 이제 허술한 옥상 문만이 한 장 남아 있을 뿐이다.

"저 문이 꽤 버텨주겠지? 튼튼해 보이는데."

흡혈귀가 물었다.

오 계장은 식은땀을 흘렸다. 멀쩡한 옥상 문을 현대식으로 리모델링해야 한다느니, 보안상 만전을 기해야 한다느니 그가 야단법석을 피워 갈아 끼운 옥상 문이었다. 물론 업자와 이면계약서를 작성하고 두둑한 수수료를 챙기는 것도 잊지 않았다. 하지만 저 문은 부실공사로 지어진 것이었다. 오 계장이 워낙에 뒷돈을 처먹어 댔기에 제대로 된 부품을 쓸 수가 없었다. 지금 그 돈 봉투가 펜치가 되어 오 계장의 숨통을 꽉꽉 조였다.

"저 문은…… 오래 버티지 못합니다……."

오 계장이 어휴, 어휴 듣기 싫은 한숨을 연신 토해냈다.

"이런 멍청한 놈 같으니라고! 네놈이 저 썩어 문드러진 괴물보다 더 부패했단 걸 좀 알아!"

흡혈귀는 굳이 듣지 않아도 전후 사정을 훤히 알 것 같았다. 그는 오 계장에게 일갈하긴 했지만 당장 여기서 빠져나가는 게 급선무였다. 아무리 흡혈귀라지만 수천수만의 괴물을 혼자 감당할 수는 없었다. 흡혈귀는 사람의 두려움을 이용하여 활개 치는 존재다. 하지만 식탐 외의 모든 것을 잊어버린 괴물들은 흡혈귀를 두려워하지 않았다.

쾅쾅쾅! 쿵쿵쿵!

놈들은 주먹이 아픈 줄도 모르고 문을 정신없이 두드려댔다. 그 소리가 날카로운 이빨처럼 둘의 내장을 파고들어 뒤흔들었다.

쾅쾅쾅쾅쾅!

나사 하나가 빠졌다. 겁에 질린 흡혈귀가 이를 다다다다닥 부딪히다가 송곳니로 제 혀를 깨물고 말았다.

쾅쾅쾅쾅쾅!

나사 두 개가 빠졌다. 거의 실성한 오 계장은 오줌을 질질 쌌다. 나사가 하나만 더 빠지면 똥이라도 지릴 것 같았다.

"자네를 살려준다면 다른 혈액원으로 안내해주겠나?"

흡혈귀가 떨리는 손으로 간신히 망토를 펼치며 말했다. 오 계장은 이 순간에도 득실을 고민했다. 지금 죽을 고비를 넘기려고 수십 번의 죽을 고비를 경험해야 한다는 건 너무나 가혹하지 않은가. 게다가 피 사장이 아무리 돈이 많다고 해도 그 역시 사람인데 어떻게 여기서 탈출한단 말인가. 차라리 여기서 죽어버릴까? 괴물들에게 뜯어 먹히면 많이 아플까? 나는 소화기관을 거쳐 똥오줌이 되고 마는 건가? 저것들도 똥을 쌀까? 가뜩이나 공포로 머리가 빙빙 돌았는데, 복잡한 생각까지 하자 오 계장의 조그마한 뇌는 터져버리기 직전이었다.

"그냥 여기서 죽을 텐가?"

오 계장 대신 괴물들이 대답을 대신 해주었다.

쾅!

육중한 문이 마침내 뜯어졌다. 문이 바닥에 쓰러지자 괴물들이 성난 피라냐 떼처럼 옥상으로 쏟아졌다. 그것들은 괴성을 내지르며 둘에게 달려들었다. 괴물들과의 거리 10미터. 놈들의 꼴을 제대로 목격한 오 계장은 바짓가랑이에서 오줌을 뚝뚝 흘리며 입에 게거품까지 물었다.

"결정하게. 이제 나는 뜨겠네."

흡혈귀가 마지막으로 말했다. 오 계장은 마침내 결정을 내렸다. 이래 죽으나 저래 죽으나 죽는 건 마찬가지였다. 일단은 살고 봐야 했다. 그는 행여나 놓칠세라 흡혈귀의 허리를 꽉 껴안았다. 결코 닿아선 안 될 부위가 서로 맞닿자 몹시 불쾌해진 흡혈귀는 오 계장의 얼굴을 빤히 쳐다봤다. 오 계장도 흡혈귀를 바라봤다. 마치 키스 직전의 연인 같았다.

"이봐, 거길 그렇게 껴안으니 자세가 뭔가 좀 부적절하지 않은가."

흡혈귀는 그냥 망토를 잡으라고 시켰지만 지린내 풍기는 오 계장은 그의 허리를 놓아주지 않았다. 어쩔 수 없었다. 더는 이런 일로 다툴 시간이 없었다. 괴물들에게 잡히기 직전, 망토 펼친 흡혈귀가 허공으로 떠올랐고, 오줌 냄새 폴폴 풍기며 오 계장도 덩달아 솟아올랐다. 옥상에 남겨진 괴물들이 짐승처럼 울부짖으며 허공을 할퀴어댔다.

그들은 보름달을 가르며 저만치 날아갔다. 오 계장의 면상만큼이나 둥글게 꽉 찬 보름달은 뉘엿뉘엿 지표 쪽을 향해 가고 있었다. 지린내가 진동하는 밤이었다.

"도대체 어떻게 된 겁니까? 하늘을 날지 않았습니까."

땅에 착지하자마자 오 계장이 물었다. 복지부동 철밥통 인생치고는 한꺼번에 너무 많은 풍파를 겪은 걸까. 그는 아직도 입에서 게거품이 흘러나왔다.

"쉿! 조용히 해! 저것들이 듣겠어."

정말 그랬다. 급한 대로 혈액원의 괴물들은 피했지만 도로에는 그 수가 더 많았다. 그것들은 오 계장의 목소리를 듣고는 또 반응을 보였다. 한 놈이 켁켁 소리를 내자 다른 놈들도 입에서 침을 튀기며 흥분상태에 빠졌다.

어디로 피해야 하나. 도로든 건물 안이든 죄다 괴물투성이였다. 흡혈귀도 더는 기운이 남아 있지 않았다. 이제 그도 평범한 인간 정도의 능력밖에는 없었다. 우선 피를 마셔야 했다. 일단 피를 마시고 기운만 회복하면 괴물 따위야 문제 될 게 안 됐다. 그는 오 계장과 함께 냅다 뛰기 시작했다.

"다음 혈액원은 어디 있나? 얼마쯤 가야 하나?"

흡혈귀가 헉헉거리며 물었다.

"아니 무슨 혈액원이 동네 편의점입니까. 종로까진 가야 합니다."

멧돼지 같은 오 계장이 금방이라도 허파가 폭발할 것 같은 목소리로 대꾸했다.

그들이 달리는 지점은 상도동 부근이었다. 노량진을 지나 한강 다리를 건너 용산을 뚫고 서울역을 경유하여 시청을 돌파하고 청계천을 넘어야 종로다. 그 지점들마다 괴물들은 또 얼마나 징그럽도록 버글거릴 것인가.

흡혈귀는 비행을 시도하려고 망토를 펄럭거려 보았지만 반응이 없었다. 바람 한 점 없는 밤이라 망토도 주인을 구해줄 수 없었다.

"정말 미칠 노릇이로구먼!"

한 번 힐끔 뒤돌아본 흡혈귀는 미치고 폴짝 뛸 노릇이었다. 쫓아오는 괴물들은 기하급수적으로 늘어났다. 그것들은 스키장에 구르는 눈덩이처럼 시간이 지날수록 더 거대한 무리를 이루었다. 그 옛날 중공군에 쫓겨 이리저리 도망칠 때가 생각났다. 흡혈귀는 자기도 모르게 서러움에 눈물이 핑 돌았다. 흡혈귀인 자신도 이렇게 살아가기 힘든 땅인데, 평범한 인간들은 얼마나 고생스러울까. 그는 새삼스레 한국인들에게 연민까지 느꼈다.

오 계장은 서늘한 뒷덜미를 느끼며 자꾸 뒤를 돌아봤다. 괴물들이 손을 뻗으면 뒤통수에 닿을 것 같았다.

"자꾸 뒤돌아보지 마! 그러다 엎어지면 바로 도살된단 말이야."

하지만 뒤룩뒤룩 살찐 오 계장은 갈수록 힘에 부쳤다. 둘의 간격은 점점 더 벌어졌다. 흡혈귀는 망토가 펄럭거릴 정도로 빠르게 달렸는데, 그 때문에 땟국 전 망토가 자꾸 오 계장의 얼굴을 가렸다. 가뜩이나 가쁜 오 계장의 숨이 더 컥컥 막혀왔다.

"피 사장님……. 잠시만…… 잠시만……."

오 계장이 흡혈귀를 간절히 불렀다.

"젠장!"

흡혈귀의 입에서 욕지거리가 연신 터져 나왔다. 그도 살아야 했지만, 저 구역질 나는 오 계장도 살려야 했다. 그래야 혈액원 순회를 다닐 수 있을 게 아닌가. 이 마당에 저런 돼지 같은 작자까지 챙겨줘야 하다니! 피가 부족한 흡혈귀였지만 혈압이 오르는 신기한 현상이 일어났다.

"살려주세요, 피 사장님!"

비명에 흡혈귀가 잠시 뜀박질을 멈추고 돌아봤다. 어차피 좀 쉬고 싶기도 했었다. 헉헉거리며 주저앉은 오 계장이 괴물들에게 둘러싸여 있었다.

"이런 제기랄!"

이제 어쩔 것인가. 버리고 혼자 도망칠 것인가. 그러면 오 계장의 피둥피둥한 인육이 시간을 끌어줄 것이다. 하지만 혈액원은 단념해야 한다. 그렇다고 오 계장을 구하자니 힘에 부치는 일이다. 함께 육포가 되는 수도 있다. 오 계장과 자신이 어느 괴물의 창자 속에 함께 갇힐 생각을 하니 차라리 굶어 죽는 게 나을 듯싶었다.

오 계장을 가운데에 두고 괴물들은 원을 그렸다. 원은 점점 작아졌고, 오 계장은 울고불고 난리가 났다. 그는 급한 대로 공무원증을 꺼내 암행어사 마패처럼 휘휘 여기저기 비추었지만 그냥 미친 짓으로밖에는 보이지 않았다. 어쩌면 이미 실성했는지도 몰랐다. 그는 정말 정신이 나갔는지 바닥에 이리저리 데굴데굴 구르며 엉엉 울고 있었다.

일이 이 지경이 되고서야 흡혈귀는 최선의 방법이 떠올랐다. 우선 오 계장을 죽이지 않을 정도로만 피를 빨아 원기를 회복한 후에 그와 함께 위기를 넘긴다. 그러고는 오 계장을 고문하여 전국의 혈액원 위치를 실토하게 한다. 그 후에는 남은 피를 몽땅 빨아 마신다……

"이런 멍청한 놈! 그 생각을 왜 이제야 한 거야!"

흡혈귀는 자학하듯 머리를 쾅쾅 쳤다. 단단한 두개골에서 정말 쾅쾅 소리가 났다. 아뿔싸! 그 소리가 괴물들을 자극했다. 괴물들은 쾅쾅 소리를 좋아하나 보다. 놈들은 오 계장을 일단 내버려 두고 흡혈귀에게로 몰려들었다. 오 계장은 그 틈을 타 냅다 도망쳤다.

"저 개자식을 그냥!"

욕이 터져 나왔지만, 수세에 몰린 흡혈귀는 정신을 바짝 차려야 했다. 대한민국 유일의 흡혈귀로서 반세기를 고독하게 살아왔지만, 지금 이 순간보다 더 외로웠던 때는 없었던 것 같았다.

"좋아, 와 봐!"

악에 받친 흡혈귀는 바보처럼 제 머리를 쾅쾅 때리며 괴물들을 더 불러 모았다. 침 흘리는 놈, 기어 오는 놈, 목이 꺾인 놈, 제 팔을 제가 씹고 있는 바보 괴물, 목욕탕에서 감염됐는지 팬티도 걸치지 않은 볼썽사나운 놈. 온갖 놈들이 흡혈귀 고기 맛을 보려고 꾸역꾸역 몰려들었다.

흡혈귀는 눈을 들어 동쪽을 바라봤다. 먼동이 희붐하게 밝아오고 있었다. 이제 한 시간이 지나면 아침이다. 이놈들과 싸우다 햇볕을 받아 가루가 되겠지……. 최후를 앞에 두니 문득 지난 천 년의 생을 머릿속에서 되감겼다. 엄마 심부름 가다가 트란실바니아 숲에서 선배 흡혈귀와 맞닥뜨린 후로 그는 수없이 많은 살인과 악행을 저질렀다. 그러고도 천벌을 받지 않았으니 신의 자비와 정의는 정녕 허구일 수밖에. 지금 세상을 덮은 괴물들의 꼴을 보니 신은 진작 인간을 내팽개친 게 분명했다.

인간들은 언제나 그를 두려워했지만, 그 역시 인간들을 두려워했다. 십자군 전쟁 때 이슬람 병사들에게 사로잡혀 얼마나 자주 참수됐던가, 흑사병이 돌았을 때는 오염되지 않은 혈액을 구하기 힘들어 얼마나 기아에 시달렸던가. 광기의 마녀사냥 때는 정말 제대로 죽을 뻔했다. 나폴레옹 군대가 퍼부은 포격에 배가 뚫린 적도 있다. 2차 대전 때는 유대인으로 오인을 받아 아우슈비츠까지 끌려갔다. 나치는 고맙게도 수송 열차를 판자로 다 막아주었다. 유대인들은 햇빛을 못 봐 고통스러워했지만, 그는 나치의 배려 덕에 목숨을 건질 수 있었다.

그렇게 버텨온 천 년이었다. 그런데 이제 오 계장 같은 놈 대신 죽어야 한다? 그럴 수는 없는 법이다. 흡혈귀는 맹수의 송곳니를 드러내고는 전의를 다졌다. 하지만 최후의 결전을 벌일 때 벌이더라도 마지막으로 망토를 한 번 믿어보는 것도 나쁘진 않았다.

이제 괴물들과의 간격 5미터. 죽음이 성큼 다가서자 악취가 진동했다.

"저주받은 망토여, 한 번만 더 도와다오."

그는 망토를 펼쳤다. 다행히 미풍이 조금씩 불고 있었다. 흑마법이 깃든 망토는 주인을 위해 미약한 바람을 불러 증폭시켰다. 어두운 밤공기가 암흑의 힘을 휘몰아치며 망토를 들어 올리기 시작했다. 수천의 괴물이 그를 향해 썩어 문드러진 팔을 내뻗었다. 수천 개의 팔이 고약한 냄새를 풍기며 뒤죽박죽이 되었다. 흡혈귀는 독사 같은 팔들을 뿌리치고 공중으로 떠올랐다.

"이 개만도 못한 자식, 뼈까지 아작아작 씹어줄 테다! 네놈 창자는 견과류처럼 말려서 두고두고 떼어먹을 테다! 오 계장, 이 개자식아, 어디 있어!"

곧 해가 뜬다. 그 전에 오 계장을 반드시 잡아야 했다. 지금 놓치면 내일 밤까지 기다려야 한다. 오 계장 따위가 그때까지 살아남을 리 없다.

"오 계장, 이 개새끼야!"

망토 걸친 흡혈귀는 마치 기구를 탄 듯 두둥실 떠다니며 고래고래 욕을 해댔다. 뚱보가 가봐야 얼마나 갔겠는가. 노량진을 지나 한강대교 부근에 이르자 곧 대답이 돌아왔다. 돼지 같은 놈이 멀리도 왔군.

"피 사장님! 살려주세요!"

언제나 같은 소리. 살려달라는 역겨운 소리.

"피 사장님, 절 버리지 말아 주세요! 저도 태워주세요!"

오 계장은 괴물처럼 침까지 흘려가며 징징댔다. 하지만 지금은 얄궂은 감정 같은 건 접어둬야 했다. 우선 놈의 피를 마신 후에 혈액원 위치를 알아내자! 눈을 뽑고 코를 베면 제 놈이 말 안 하고 배기려고.

흡혈귀는 오 계장을 낚아채고는 한강대교 북단을 향해 비행을 계속했다.

"정말 고맙습니다, 피 사장님. 이 은혜는 꼭 갚겠습니다!"

오 계장은 땅 위를 어슬렁거리는 괴물들을 내려다보며 눈물을 주르르 흘렸다.

"걱정 말게. 곧 갚게 될 걸세."

우선 은신처를 찾아야 했다. 곧 태양이 뜬다. 그럼 흡혈귀는 꼼짝없이 가루가 된다. 하지만 대체 어디에 숨는단 말인가, 어딜 가나 괴물이 득실거리는데!

그들이 한강대교 중간지점을 지나는데 갑자기 망토가 힘을 잃기 시작했다. 날이 점점 밝아오자 어둠의 힘이 소멸하고 있었다. 흡혈귀 바짓가랑이에 매달린 오 계장은 이 날개가 왜 이러냐고 난리를 피워대며 버둥거렸다. 그 때문에라도 망토는 더 빨리 힘을 잃어갔다.

흡혈귀는 깊은 한숨을 내쉬었다. 정말 이게 끝인가. 해가 뜨면 도저히 싸울 수가 없게 된다. 오 계장의 피를 마신댔자 태양 아래에서는 가루가 될 수밖에 없다.

그러나 고민을 할 겨를도 없이 망토는 그들을 지상에 내팽개쳤다. 흡혈귀는 쾅쾅 소리를 내지 않도록 조심스레 착지했다. 하지만 문제는 오 계장이었다. 비대한 데다 둔하기까지 한 오 계장에게 착지니 낙법이니 하는 건 승진시험 통과만큼이나 불가능한 일이었다. 그는 아무렇게나 주차된 자동차의 보닛에 떨어졌다. 그 때문에 쾅! 쾅! 요란한 소리가 사방을 흔들었다. 괴물들이 둘을 향해 일제히 고개를 돌렸다.

흡혈귀는 머리를 감쌌다. 이제는 정말 답이 없다. 그는 더 고민할 것도 없이 오 계장의 목을 조르며 물었다.

"혈액원 위치 말하게. 말 안 하면 목뼈를 부러뜨릴 테니."

"조, 조, 종로!"

"그건 아까 말했잖아."

"노, 노, 노원!"

"또?"

116

흡혈귀는 손가락에 힘을 꾹 주었다. 괴물들이 어슬렁어슬렁 다가오기 시작했다. 햇살이 동녘을 물들이고 있다

"또!"

흡혈귀가 거칠게 추궁했다.

"그게 끄, 끄, 끝입니다……."

"거짓말!"

"그, 그리고…… 그쪽으로 가봐야 피, 피도…… 어, 얼마 없을 겁니다. 비축된 야, 양이 거의…… 없어요. 그마저도 피 사장님께……."

"거짓말 마라!"

"이젠 아무도…… 허, 헌혈을 안 해요……. 타인을…… 위해 아무것도 안 하는 세상…… 아닙니까."

흡혈귀는 떠오르는 태양과 몰려오는 괴물들에 압박을 느끼며 더 세게 오 계장의 목을 졸랐다.

"한 번만 더 거짓말하면 네놈 목을 뽑아버릴 거야."

"하, 한 군데 더 있긴 합니다."

흡혈귀는 오 계장을 놓아주었다. 손톱 끝에 묻은 핏방울을 입에 가져가자 전신이 부르르 떨렸다. 오 계장이 켁켁 괴물 같은 소리를 내며 기침을 여러 차례 했다. 이제 해 뜰 때까지 남은 시간은 2분 정도. 괴물들과의 거리 30미터.

"어서 말해! 시간 없어!"

오 계장은 비밀혈액원에 대해 털어놓았다. 수입해온 혈액을 비축해두는 일종의 저장고였다. 모 대기업 산하 대형병원에서 비밀리에 관리하는 곳인데, 극소수의 고관들과 부유층만이 이용할 수 있

었다.

"여기서 아주 가까워요. 용산에 있거든요. 하지만 거긴 함부로 못 들어갑니다. 혈액관리본부 과장급 이상만 출입할 수 있습니다."

"자네는 들어갈 수 있겠지?"

제발 그렇다고 말해!

오 계장은 몰려오는 괴물들을 보며 하얗게 질린 채 재빠르게 대답했다.

"예, 이 난리가 아니었더라면 저도 지금 과장이니까요. 제 지문만 있으면 들어갈 수 있습니다."

오 계장은 엄지손가락을 자랑스레 들어 보였다. 그러니 어떻게든 자신을 여기서 또다시 살려내라는 의미였다.

하지만 모든 게 끝이 났다. 망토는 이제 날 수 없고, 태양은 잔혹한 빛을 쏘기 시작했다. 괴물들은 낮에도 활보하지만 흡혈귀는 밤에만 나다닐 수 있다. 흡혈귀는 급한 대로 망토로 몸을 덮고는 커다란 트럭 밑으로 숨어들었다. 오 계장을 질질 끌고서.

"이제 어떻게 하실 생각이십니까?"

오 계장이 물었다. 물어봐야 답은 없다. 이제 괴물들과의 거리 10미터.

"나도 잘 모르겠네. 하지만 이것만은 알고 있지."

말이 끝나기가 무섭게 흡혈귀는 오 계장의 목에 송곳니를 꽂았다. 며칠을 굶었던가! 그는 정신없이 탐욕스러운 자의 피를 빨고 핥고 삼켰다. 흡혈귀의 얼굴에 혈색이 돌았고, 오 계장의 얼굴에는 핏기가 가셨다. 피를 빨리는 동안 오 계장이 몇 차례 경련을 일으켰지만 흡혈귀는 그를 죽이지는 않았다. 아직 실토하지 않은 혈액원이 더 있을 것 같았다.

"같이 그곳으로 가는 거야. 비밀혈액원 말이야."

흡혈귀는 오 계장의 어깨를 툭툭 쳤다. 피를 마시고 자신감이 상승한 그였지만 이미 태양이 떠버린 상태였다. 이제 트럭 밖으로 나가지 못하게 됐다. 여기서 어떻게든 밤까지 버텨야 했다. 지금 기운이라면 해볼 만했다. 하지만 문제는 오 계장이었다. 저 작자까지 챙기는 건 아무래도 무리 같았다.

아니나 다를까, 그 순간 오 계장이 트럭 밖으로 쑥 끌려갔다. 너무나 순식간에 벌어진 일이라 흡혈귀도 어떻게 막을 수가 없었다. 피가 빨린 오 계장은 정신이 혼미해서 괴물들에게 저항도 못 했다. 흡혈귀는 오 계장을 구하려고 트럭 밖으로 팔을 뻗었다. 그 바람에 햇빛이 팔에 닿아 피부가 순식간에 부식됐다. 그는 살이 타는 고통을 참으며, 괴물들에게 막 뜯어 먹히려는 오 계장을 다시 자기 쪽으로 끌어당겼다.

오 계장을 빼앗긴 괴물들은 미친 듯이 날뛰며 그들을 끌어내리고 했다. 하지만 기운을 회복한 흡혈귀는 손을 뻗는 놈들을 모조리 작살냈다. 흡혈귀에게 당한 괴물들의 시체가 트럭 주변에 쌓이기 시작했다. 시체는 점점 성벽처럼 두텁고 높아졌다. 좋은 징조였다. 냄새는 고약하지만 시체의 성벽은 빛과 괴물들을 동시에 막아줄 터였다.

그렇게 반나절을 버티고 오후로 접어들었다. 아무리 빛은 피했다고 하지만 태양의 열기만은 어쩔 수 없었다. 달아오른 지열은 흡혈귀를 지치게 만들었다. 트럭 밑에 납작 누운 상태이므로 그는 지열을 온몸으로 받아내고 있었다.

"자네 괜찮은가?"

흡혈귀가 오 계장을 흔들어 깨웠다. 제정신이 들려면 아직 멀어 보였다. 피를 빨린 데다 괴물들에게 끌려가기까지 했으니 제대로 까무러쳐도 이상할 게 없었다.

"그래도 죽으란 법은 없군. 천 년을 살았는데 여기서 이렇게 죽을 수야 없지."

비록 지열 때문에 고통스럽긴 했지만 이대로 밤까지 버틸 수 있을 것 같았다. 어쩌다가 침입해오는 괴물은 순식간에 벽의 일부가 되었다.

해가 지면 오 계장과 함께 빌어먹을 비밀혈액원으로 향하기만 하면 됐다. 흡혈귀는 괜히 오 계장의 엄지손가락이 무사한지 확인하고는 만족스럽게 웃음을 머금었다.

그때였다. 갑자기 트럭이 흔들리기 시작했다. 지진이 일어난 건가! 흡혈귀는 바짝 긴장했다. 차라리 지진이었으면 좋았을 것이다. 수천은 족히 될 듯한 괴물들이 달려들어 트럭을 흔들고 있었던 것이다. 그것들은 트럭을 아예 뒤집어놓을 작정이었다.

흡혈귀는 마른침을 삼켰다. 그는 오 계장을 거칠게 흔들었다.

"이봐, 일어나! 어떻게든 여길 벗어나야 해!"

하지만 오 계장은 아직 정신을 차리지 못했다.

"일어나란 말이야! 이봐, 오 계장!"

소득이 없었다.

머리를 굴려야 해. 어떻게든 몇 시간만 더 버티면 돼! 흡혈귀는 흔들리는 트럭을 겁에 질려 바라보며 머리를 쥐어 짜냈다. 그러나 아무리 생각해도 수가 없었다. 차라리 망토를 뒤집어쓴 채 한강으로 뛰어들까? 극심한 고통이 따르겠지만 잠시뿐일 거야. 한강에 입수하자마자 강바닥을 파고 거기 숨는 거야. 흡혈귀는 이렇게 생각을 정했다. 그것만이 살길이었다. 그 전에 꼭 챙길 게 있었다. 오 계장의 엄지손가락!

"이봐, 오 계장."

흡혈귀는 오 계장 쪽을 바라보며 그를 불렀다. 그는 돌아누운 채 아직 기절해 있었다. 트럭이 곧 뒤집힐 것 같았다. 어서 오 계장의 엄지손가락을 잘라야 했다.

"내가 피를 너무 많이 빨아댔나 보군."

그는 오 계장의 어깨를 움켜잡고 자기 쪽으로 돌렸다. 오 계장은 아직 눈을 감고 있었다. 엄지손가락 두 개를 입에 문 채 잠들어 있는 게 꼭 아기 같았다.

"이봐, 정신 좀 차려 봐! 마지막으로 물어볼 게 있어."

흡혈귀는 손가락을 자르기 전에 비밀혈액원 외의 다른 혈액원들도 죄다 알아내려 했다. 하지만 오 계장은 좀체 눈을 뜨지 않았다.

"일어나라니까, 이 부패 공무원 새끼야!"

부패 공무원. 그 말이 주문처럼 효과를 발휘했다. 오 계장이 눈을 번쩍 떴다. 하지만 섬뜩한 분노로 물든 시뻘건 눈이었다. 안구에서 누리끼리한 점액이 흘러내렸고, 코는 쥐가 파먹은 듯 붕괴됐다. 피부는 빠른 속도로 벗겨지고 있었다. 아까 괴물들에게 잠시 잡혀갔을 때 감염되었던 것이다.

"부패한 새끼에게 어울리는 죽음이군."

흡혈귀는 달려드는 오 계장의 목을 후련하게 뽑아 내던져버렸다. 목뼈 끊어지는 소리가 트럭을 에워싼 괴물들을 더 자극시켰다. 흡혈귀는 빨리 오 계장의 엄지손가락을 챙겨 한강에 뛰어들려고 했다.

그러나 없었다. 엄지손가락이 없었다. 안 돼! 흡혈귀는 대경실색했다. 이 게걸스러운 놈이 그새 자기 손가락을 씹어 먹었단 말인가!

엄지손가락은 아직 오 계장의 입 속에 있을 것이다. 흡혈귀는 뽑아 던져버린 오 계장의 머리통을 찾았다. 하! 젠장! 무심결에 꼴도 보기 싫은 머리통을 저만치 던져버렸던 것이다. 썩어버린 오 계장의 머리통이 햇빛을 듬뿍 받으며 축구공처럼 이리저리 굴러다니고 있었다. 이제 모든 게 끝이다. 피를 구할 수가 없다. 여기서 살아나간들 굶어 죽는 수밖에 없다. 흡혈귀는 비명을 지르며 절망으로 몸을 부르르 떨었다. 트럭이 절규하듯 몸을 흔들어댔다. 어느새 괴물들이 더 몰려와 트럭을 흔들어댔다. 트럭은 곧 뒤집힌다. 괴물들과 햇빛이 함께 흡혈귀를 뜯고 쪼고 찢을 것이다.

그는 몇 초 동안 고민했다. 이대로 죽을 것인가, 어떻게든 삶을 이어갈 것인가. 그렇게 이어가는 것도 삶이라 할 수 있을 것인가. 그는 고개를 절레절레 저었다.

마침내 트럭이 뒤집히려는 순간, 그의 생존본능은 결단을 내렸다. 머리 없는 오 계장의 가슴팍을 콱 깨물고는 괴물의 더러운 피를 핥기 시작했다. 어떻게든 살아야 해! 어떻게든 살아남아야 해! 형식이 어떻든 존재한다는 게 중요한 거야! 그는 눈물을 머금고 괴물의 육즙을 삼켰다.

트럭이 뒤집히자 괴물들이 흡혈귀에게 달려들었다. 그러나 그것들은 곧 흥미를 잃고 발길을 돌렸다. 햇빛이 그에게로 쏟아졌지만, 그 빛도 흡혈귀를 태우지 못했다. 흡혈귀는 아직 부패가 시작되지 않았지만 확실히 몸의 변화를 느낄 수 있었다. 그는 피식 웃었다.

"결국 이렇게 되는군. 천 년을 버틴 결과가 이것이로군. 이제 피 대신 인육을 찾으러 다니면 되는 건가."

이게 그의 마지막 음성이었다. 그는 잠시 몸을 일으켜 보았으나 격렬한 경련을 일으키며 한강대교 위에 쓰러졌다. 엎어진 그는 몸의 변화를 느끼며 점점 변색돼 가는 피부색을 지켜보았다. 그의 피부색이 보통 괴물과는 달리 시커메지기 시작했다. 흑인처럼 어두운 피부색은 손가락부터 시작해서 점차 몸통 쪽으로 확산됐다.

그는 마지막으로 하늘을 보려고 몸을 돌려 똑바로 누웠다. 그토록 두려워하던 태양이었지만 반항하듯 똑바로 쳐다보고 싶었다.

허…….

그의 입에서 허탈한 웃음이 새어 나왔다. 어둠이 그의 얼굴까지 덮치자 그는 괴로움에 몸부림을 쳤다.

태양이 사라지고 있었다. 일식이 있던 날이었다.

슈퍼맨이 돌아왔다

손장훈

1. Man of Steel

나는 슈퍼맨이다. 강철의 사나이이며 크립톤 행성의 마지막 생존자고, 내일의 사나이다. 나에게는 세상의 질서와 정의를 수호할 의무가 있다. 그래서 나는 뒷골목을 전전하며 선량한 시민들을 상대로 돈과 순결을 뺏으려고 하는 놈들을 응징한다. 가끔 힘을 주체하지 못해 '조금' 심하게 다치게 하긴 하지만, 그것은 악당들이 감내해야 할 마땅한 대가라고 본다.

하지만 내가 한 가지 간과한 것이 있었다. 내게는 숙적이 있었다.

렉스 루터.

CEO, 과학자, 전직 미국 대통령. 그는 자신의 막대한 재력과 권력을 이용해 대한민국의 공권력을 매수한 후 경찰을 이용해 나를 납치하였다. 범죄자라면 모를까 같은 편인 정의의 사도인 경찰에게 차마 내 힘을 쓸 수 없었다. 결국, 나는 포박당한 채 렉스 루터의 본거지로 질질 끌려왔다.

렉스 루터는 한국에서 'OOO 정신병동'을 자신의 본거지로 삼고 있었다. 교활한 책략이었다. 이 곳에 가둬놓으면 그 누구도 내 말을 안 들을 테니까. 거기다 놈은 철두철미하기까지 했다. 병원 깊숙한 곳 어딘가에 나의 유일한 약점, 크립토나이트를 대량으로 숨긴 것이다. 크립토나이트. 나의 고향 행성인 크립톤이 폭발할 때 행성의 중심에서 발생한 폭발로 인해 행성 내부의 광물들이 변화되어 태어난 광물 크립토니움(Kryptonium). 녹색 방사능을 내뿜는 이것은 나의 힘을 평범한 지구인과 똑같은 수준으로 약화시킨다. 이 크립토나이트로 내 힘을 억누른 후 놈은 이제 안전해졌다고 생각했는지 드디어 내 앞에 모습을 드러냈다. 놈은 대머리에, 하얀 가운을 입고 마치 의사처럼 위장하고 있었다. 그러나 내 눈을 속일 수는 없었다. 놈의 약지에 크립토나이트가 끼워진 작은 녹색 반지가 끼워져 있었기 때문이다. 내가 자신의 정체를 눈치챘다는 걸 알면서도 렉스 루터는 뻔뻔하게 이렇게 내뱉었다.

"이건 결혼반지라네. 특이하지? 옥으로 만든 거야."

그러곤 내 눈앞에 크립토나이트를 들이대기에 나는 나 스스로를 보호하기 위해 놈을 때렸다. 놈은 피를 철철 흘리며 정신없이 빨간 버튼을 눌러댔고 그러자 놈의 부하들이 들어와 나를 옭아맸다. 반지. 크립토나이트로 만든 놈의 그 저주받을 반지만 아니었더라도 문제없이 다 때려눕혔을 텐데. 그러나 힘을 잃은 나는 속절없이 렉스 루터의 부하들 손에 붙들렸고 놈은 내가 아직 위협적이라는 걸 깨달았는지 한동안 내 앞에 나타나지 않았다. 대신 훨씬 잔인한 수단으로 나를 압박해 들어왔다. 나의 연인, 로이스 레인을 납치한 것이다.

로이스 레인. 나의 친구이자 연인. 아름답고 긴 머리카락을 지닌 그녀는 데일리 플래닛의 사회부 기자다. 따라서 분명 미국에 있어야 할 텐데, 바로 내 눈앞에 나타난 것이다.

"레인! 당신 어째서…… 여기에 있는 거요?"

그녀의 겁에 질린 사슴 같은 눈망울이 그동안 무슨 일이 있었는지 전부 말해주었다. 그녀가 렉스 루터의 손에 의해 어떤 수난을 당해왔는지 나는 속속들이 알 수 있었다. 그녀가 당했을 고문이 그녀의 정신에까지 영향을 미쳤는지 그녀는 자신의 이름조차 기억 못 했다.

"저는 로이스 레인이 아니고 이수영이에요. 당신도 슈퍼맨이나 클락 켄트가 아니고요."

나는 그녀를 제정신으로 돌리기 위해 모든 정신적 힘을 동원했다. 내가 발생시킨 초전자파가 그녀의 망가진 뇌를 조금 복구시켰는지 긴 시간의 노력 끝에 그녀는 자신이 로이스 레인이라는 걸 인정했다.

"좋아요. 전 로이스 레인이에요. 당신은 클락 켄트. 슈퍼맨. 자, 슈퍼맨. 당신에 대해 이야기를 해주세요."

나는 그녀에게 속속들이 이야기해 주었다. 내가 누구인지, 왜 지구에 왔는지, 어떻게 비열한 렉스 루터의 함정에 걸려들었는지. 그녀는 그윽한 눈으로 고개를 주억거리며 들었고 가끔 기특하게도 내 말을 메모까지 했다. 그걸 보며 렉스 루터가 봉인한 자신의 정체성과 기억을 되찾으려는 것이리라. 너무도 애처로워 구속구만 없었다면 그녀를 꼭 끌어안고 말았을 것이다. 그렇게 그녀에 대해, 그리고 나 자신에 대해 그녀와 이야기를 주고받는 시간은 사악한 렉스 루터의 비밀 기지에서 보낸 시간 중에서 유일하게 값진 것이었다.

그리고 이 저주받을 장소에는 로이스 레인 말고 또 하나의 어린 말동무가 있었다. 그도 나와 마찬가지로 이곳에 갇혀 있었는데 그의 본명이 뭐였는지 기억나지 않는다. 렉스 루터가 병원 안에 숨겨둔 크립토나이트가 기억력에까지 영향을 미치기 시작했기 때문이다. 다만 본명이 뭐든 간에 뚱뚱하고 예쁜 보조개가 있는 청년은 자신이 걸그룹 미쓰 에이의 수지라고 굳게 믿었다. TV에서 나오는 진짜 수지는 가짜고 자신이야말로 진짜라고 너무 믿어버린 이 젊은이는 어느 날, 친구들을 집에 감금한 후 자신과 그들의 고환을 한꺼번에 잘라버리려고 날뛰다가 이 병원에 갇히게 되었다. 실로 가엾은 정신병자였다. 그가 벽을 통해 내게 속삭였다.

"'진짜' 미쓰 에이가 뭔지 세상에 보여주려고 했어요. 그게 그렇게 큰 죄인가요?"

나는 그 미친놈에게 친절하게 설명해 주었다. 진짜 수지는 네가 가짜라고 우겨대는 그 예쁜 소녀이며 너는 지금 머리가 몹시 아픈 상태라고. 그 뚱뚱이는 몹시 불만스러워했다. 그리고 밉살맞게도 이렇게 비웃었다.

"슈퍼맨이라니, 만화를 너무 본 거 아니야?"

그가 내 정체를 어떻게 눈치챘는지는 모른다. 가장 유력한 가설은 내 정신을 교란시키려고 렉스 루터가 내 옆방을 쓰는 '수지'에게 나에 관해 귀띔해 줬다는 것이겠지. 어쨌건 그때만큼 내가 힘을 잃은 게 한스러웠던 때가 없었다. 내 원래 힘. 섬을 들어 우주로 날려버릴 수 있는 그 힘만 있었더라면 이런 시답잖은 감옥 따위 날려버리고 그 뚱땡이의 머리에 우주에서 가장 아픈 꿀밤을 먹일 수 있을 텐데. 하지만 그놈이 얼마나 싸가지 없고 재수 바가지인 놈이건 간에 그는 로이스 레인을 제외하고 내가 얘기를 나누는 유일한 상대였다. 나 자신에게 말 상대가 필요해서이기도 했지만, 정신이 병든 사람을 고독 속에 내버려 둘 수가 없었기 때문이다. 히어로로서 골치 아픈 천성이었다.

그렇게 몇 달, 몇 년이 지났을까. 긴 시간 동안 진전된 것이라고는 '수지'와의 관계뿐이었다. 수차례에 걸친 긴 대화 끝에 그와 나는 조용하면서도 극적인 타협을 이뤄냈는데 그 내용인즉슨 나는 그가 미쓰 에이의 수지라는 것을 의심하지 않고 그는 내가 크립톤별에서 온 슈퍼맨이라는 것을 의심하지 않는다는 내용이었다. 물론 나는 그 뚱뚱한 놈의 진짜 정체가 수지라는 미친 소리 따위 단 한 움큼도 믿지 않았다. '자칭 수지'도 내 말을 믿는 척만 했으리라고 생각한다. 어리석은 놈 같으니라고. 하지만 우리 둘의 속내야 어땠건 협정은 타결되었고 우리는 그 지옥 속에서 우정 비슷한 것을 쌓아 올렸다. 정신병자고 이상한 놈인 데다 날 의심까지 하고 있지만 언젠가 내가 힘을 되찾고 이 렉스 루터의 본거지를 때려 부수게 되는 날, 그도 함께 구해주겠다고 몰래 다짐하기에 이르렀다.

그러나 이뤄낸 것이라고는 그것뿐이었다. 찢어 죽일 렉스 루터는 여전히 건재했으며 연인 로이스 레인은 여전히 적에게 붙잡힌 채 내 정보를 캐내기 위한 첩보원으로 이용당하는 중이었다. 어느 날 오랜만에 내 앞에 나타난 렉스 루터는 로이스 레인에게 이렇게 속삭였다.

"저 환자, 솔직히 가망이 없지 않아? 영 차도가 없잖아?"

그건 날 '제거하자'라는 은어였다. 나는 레인에게 날 도와달라고 필사적으로 눈짓을 했고 레인은 그렇게 해주었다.

"할 수 있는 데까지는 해 봐야지요."

그녀의 분투에도 불구하고 렉스 루터가 나를 꺼림칙한 눈으로 쳐다보자 이대로는 놈의 손에 꼼짝 못 하고 죽고 말겠다는 느낌이 들었다. 그래서 나는 날 구속하고 있던 줄을 끊고 그놈을 제압하기 위해 달려들었다. 하지만 놈은 생쥐처럼 날쌔게 내 일격을 피한 후 또 빨간 버튼을 눌렀다. 놈은 어느새 크립토나이트를 자기 부하들에게 주사해 그들의 덩치를 산만 하게 바꾸어 놓았다. 렉스 루터의 부하들에게 잔뜩 짓눌린 채 나는 레인에게 고래고래 소리를 질렀다.

"크립토나이트를 이런 식으로 막 쓰면 안 돼! 엄청난 재난이 닥칠 거라고!"

레인은 손으로 입을 가렸고 렉스 루터는 고개를 절레절레 흔들었다. 이때 적게나마 차곡차곡 모아오던 크립토 행성인의 힘을 일순간 써버렸기 때문에 나는 그 후 몇 주 동안 꼼짝 못 하고 얌전히 침대에 묶여 있어야 했다. 나는 점점 더 힘을 잃고 무력해져 가고 있었다. 마침내 구속구에서 풀려날 무렵에는 팔다리에 힘이 하나도 없어 이제 모든 게 끝이라고 생각했다. 그리고 날 완전히 제압했다고 확신한 렉스 루터는 자신의 계획에 시동을 걸었다. 재난이 시작된 것이다.

시작은 국영방송의 짧은 단신으로부터였다. 시내에서 언어 능력을 상실한 채 '걸핏하면 사람을 깨물려고 드는 행려병자들이 출현하고 있으니 시민 여러분의 주의를 부탁한다'라는 내용이었다. 부끄럽게도 처음 이 뉴스를 들었을 때는 이것이 렉스 루터의 음모라고는 전혀 생각도 하지 못했다. 그의 악마적인 계획이 '행려병자' 같이 볼품없고 초라한 것으로 시작하리라고는 전혀 상상도 하지 못한 탓이다.

뭔가 심상찮은 일이 벌어지고 있음을 눈치챈 것은 병실 천장 한 구석에 달려 있는 TV 화면에서 군인들을 봤을 때였다. 가스마스크를 뒤집어쓴 젊은 병사들이 뭔가를 향해 미친 듯이 총을 쏘아대는 장면과 척 보기에도 심각한 부상을 입은 병사들이 국도를 따라 호송되는 모습이 방영된 것이다. 그로부터 며칠 동안은 온통 화마에 휩싸인 도시라든가 인육을 먹는 사람들의 동영상 같은 자극적인 화면이 전파를 탔고 그와 때를 같이하여 무장한 경찰 기동대가 정신병동 안으로 들어왔다. 기동대원들이 하는 말을 들어보니 그들은 '심각한 전염병 사태에 대처하기 위해' '의사들을 데리러' 이 병원에 왔다는 것 같았다. 나는 그 말이 은밀하게 암시하는 바가 뭔지 알아차렸다. 렉스 루터가 자신이 만든 난장판을 피해 안전한 후방으로 이동하려는 것이었다. 그는 그렇게 쥐새끼처럼 숨어 있다가 소요가 걷잡을 수 없이 커져 모든 질서가 상실될 때쯤 다시 나타나 혼란에 빠진 사람들을 지배하려 들 것이다. 젠장, 어떻게든 막아야 하는데. 하지만 나는 아무 도리 없이 병실 안에서 발만 동동 굴러야 했다.

계엄령이 선포되며 현 시간부로 모든 방송과 인터넷 서비스를 중지된다는 공고를 마지막으로 외부로부터의 모든 연락이 끊겼다. 그와 동시에 정신병동에 대한 공격이 시작되었다. 병실 바깥에서 정체 모를 신음과 함께 요란한 총소리, 비명이 연이어 들려왔다. 나는 바깥에서 들려오는 격렬한 총성에 크게 고무되었는데 정신병동에 쳐들어온 것은 정부의 군대고 그것은 마침내 렉스 루터의 진짜 정체를 알아챘기 때문이라고 생각했기 때문이다.

'빨리, 빨리 이곳에 와서 나를 풀어줘.'

간절히 기도했으나 아무도 오지 않았다. 날 구하러 정부군이 오지도 않았고, 날 죽이러 렉스 루터의 부하들이 오지도 않았다. 모든 시끄러운 소리가 그친 후로도 한참을 그러니 도대체 뭐가 어떻게 된 일인지 짐작조차 할 수 없었다. 병실 문을 두드리며 사람을 불러도 아무도 오지 않았다. 마치 죽어서 무덤 속에 묻힌 듯한 기분이었다. 마지막으로 들어온 식사인 K-레이션 속 김치에 거뭇거뭇한 반점들이 생길 무렵 병실의 등이 깜박이기 시작했다. 한동안 정신없이 깜박이던 빛은 얼마 안 가 흔적조차 남기지 않고 사라져버렸다.

'전기가…… 끊겼어.'

혹시나 심정으로 단단하게 닫혀 있는 병실 문고리에 손을 댔다. 무거운 소리와 함께 날 몇 년간 구속하고 있던 두꺼운 철제문이 열렸다. 나는 조심스럽게 병실 바깥으로 발을 내디뎠다. 돌아온 슈퍼맨을 맞이한 세상은 으스스할 정도로 조용했다.

2. First Floor

전기가 끊기자 좋은 일만 생긴 건 아니었다. 비단 병실뿐 아니라 병원 안의 불이란 불이 전부 나가버린 것이다. 힘을 쓸 수 없는 마당에 암흑천지라니, 곤란한 상황이었다. 기적을 빌며 모든 것을 꿰뚫어 보는 X선 시야를 발동시켰다. 다행히 아직 힘의 잔량이 남아 있는지 얼마 후 내 눈동자는 어둠에 익숙해지기 시작했다. 물론 만족스러울 정도로 보이는 것은 아니었지만 렉스 루터의 사악한 음모가 시작된 이상 지체할 여유가 없었다. 벌떡 일어나 행동에 들어갔다.

감옥을 나가 복도에 섰다. 정신병동은 온통 난장판이었다. 운반용 침상들이 몇 개는 엎어진 채로 몇 개는 귀퉁이가 완전히 무너진 채로 어지럽게 나뒹굴고 있었다. 종이와 정체 모를 액체가 바닥에서 뒤섞여 발걸음을 뗄 때마다 피부 껍질이 벗겨지는 듯한 소리를 냈다. 어둡게 물든 벽은 내가 태어난 뉴욕 브롱크스 뒷골목처럼 이상한 문양들로 범벅이 되어 있었는데 완전하지 못한 초시야로도 그것들이 피에 젖은 손바닥으로 그려졌다는 사실을 쉽게 깨달을 수 있었다. 몰려오는 소름을 애써 억제하며 초청각을 발동시켰다. 지구 전체의 소리를 듣고도 남을 힘을 지닌 귀가 청각 정보를 수집했고 결국 사방 100미터 이내에서 살아있는 것은 나뿐이라는 끔찍한 사실을 알게 되었다. 무슨 짓을 한 거냐! 렉스 루터, 이 개자식! 레인은? 내 로이스 레인은 어떻게 된 거지? 필사적으로 다리를 움직였지만, 대부분의 힘을 빼앗긴 채로는 기껏해야 개가 뛰어다니는 것 정도의 스피드밖에 낼 수 없었다.

달리다가 심각한 문제가 생겼음을 눈치챘다. 발바닥이 점점 차가워진 것이다. 이것은 가스가 끊어져 병원 전체의 난방이 작동하지 않는다는 뜻이며, 외부온도에 따라 실내가 영하권으로 내려갈 가능성이 있다는 말이다. 이건 몹시 심각한 상태다. 힘이 돌아올 때까지 약해진 내 피부가 추위에 견뎌낼 수 있을지 걱정됐다. 햇볕을 쬐면 나아지지 않을까 싶어 창문을 찾아 그 근처에 몸을 쭈그리고 앉았다.

입에서 막 허연 입김이 새어 나왔을 때 나는 이상한 소리를 들었다. 발바닥이 잔디를 즉즉 짓밟는 소리 사이로 윽윽 대는 묘한 신음이 병원 밖에서 들려오고 있었다. 초청력을 통해 상대방의 정체를 파악해 보고자 했지만, 아직 힘이 완전히 돌아오지 않았는지 쉽지 않았다. 결국 유리창 모서리 부근에 살짝 고개를 내밀었고 잠시 후 창틀 사이로 처음 그것을 보았다. 예순은 넘어 보이는 늙은 남자로 청진기를 목에 걸고 있었다. 렉스 루터는 아니었다. 그는 두개골이 박살난 채 주름진 뇌의 반구를 바깥으로 드러내 놓고 있었으며 거기서 흘러내린 검은색 피가 하얀 가운의 목 주위를 온통 물들이고 있었다. 그 남자 주위에서는 수십 명이 넘어 보이는 사람들이 무리 지어 비틀비틀 잔디밭을 걸어 다니고 있었다. 개 중에는 의사도 있고, 병자도 있고, 경찰도 있고, 얼핏 멀쩡해 보이는 일반인들도 있었지만 전부 어떤 형태로든 상처를 입은 상태였다. 어떤 남자는 배가 갈라져 내장이 밖으로 흘러나와 있었고 어떤 여자는 먹다 버린 과자처럼 좌반신 대부분이 통째로 잘려나가고 없었다. 그들의 피부는 물고기 배 같이 하얗고 눈동자는 하나같이 노란색이었다. 그런 치명상을 입고도 유유히 걸어 다니는 것을 보니 그들이 지구인이 아닌 어떤 것으로 변해버렸다는 사실에는 의심의 여지가 없어 보였다. 잔디가 밟히는 소리와 괴기한 신음이 계속 들려오는 가운데. 쭈그리고 앉아 잠시 생각에 잠겼다.

'저것들은 무엇인가? 도대체 무슨 일이 일어난 건가?'

피칠한 회벽을 뚫어지라 쳐다보고 있으려니 하나의 단어가 머릿속에 떠오른다.

'크립토나이트 피폭.'

우리 행성의 힘이 담긴 그 광석은 지구인들의 힘을 폭발적으로 증가시켜주지만 동시에 심각한 부작용을 동반한다. 비유하자면 그렇지, 운동선수들이 복용하는 스테로이드와 같은 것이다. 스테로이드가 운동 능력을 폭발적으로 강화시켜 주지만 발기부전, 피부병, 공격성 증대는 물론 심혈관 압박으로 인한 심장마비까지 불러올 수 있는 것과 마찬가지다. 한낱 스테로이드가 이런데 크립토나이트는 얼마나 엄청난 대가를 요구할 것이다. 당장 내게 미치는 영향만 봐도 이게 인간에게 노출될 경우 얼마나 나쁜 결과를 가져올지 짐작할 수 있지 않은가. 지금까지 단 한 번도 지구인들에게 크립토나이트가 대량으로 노출되었던 일이 없어서 어떤 부작용이 일어나는지 구체적으로 관측된 적이 한 번도 없었지만, 그 한 번이 아무래도 지금 일어난 것 같다. 가장 가능성 높은 가설은 렉스루터가 욕심을 부려 크립토나이트를 대량 생산하려고 발악을 하다가 원자로의 노심 융해를 일으켰다는 것이다. 그리고 유출된 크립토나이트를 쬔 사람들, 아무것도 모르는 죄 없는 시민들이 저렇게 변해버린 것이지. 렉스 루터! 이 개자식!

이제 내가 해야 할 일은 자명해졌다. 우선 렉스 루터를 찾는다.

그리고 그가 가진 크립토나이트를 파괴해 내 원래 힘을 되찾고 동시에 더 이상의 크립토나이트 누출 사고를 막는다. 그런 후 이 병원은 물론 세계를 돌면서 생존자들을 구하고 피폭자로 변해버린 사람들을 제압한다. 그 후, 로이스 레인을 데리고 크립톤 행성으로 떠나는 거다. 할 일이 명확해지자 힘이 솟았다. 머릿속에서 흥겨운 가락이 울려 퍼졌다. '루룰룰루 한 번쯤은 생각나 전화하겠지. 가끔씩은 내가 보고 싶겠지 바보 착각이었어. 그걸 나만 몰랐어.' 한참을 흥얼거리다 우뚝 멈춰 섰다. 지금 병원 어디선가, 진짜 노랫소리가 퍼져 나오고 있었다.

If I were a boy 어렵지 않겠지.

뿡뿡 방귀를 뀌는 듯한 음색이 층 전체에 울려 퍼지고 있다. 노랫소리가 커지는 것과 동시에 병원의 모든 불이 켜졌다. 몸이 따뜻해지기 시작했다. 어찌 된 영문인지 몰라도 병원의 전력이 정상 복구된 것이다. 지구인 같았으면 어딘가에 나와 똑같은 사람이 있다는 사실에 기뻐 날뛰었을 것이다. 그러나 나는 최신형 컴퓨터 수준의 연산과 정보 처리 능력을 대뇌 속에 보유하고 있는 슈퍼맨이다. 그래서 저 노랫소리를 바깥의 피폭자들이 듣고 병원 안으로 몰려올 일이 심각하게 염려되기 시작했다. 잔디밭에 있는 자들만 안으로 들어오더라도 현재의 내 힘으로는 처리하기 버거울 것이다. 전력이 들어온 이상 어둠 속에 몸을 숨기는 계책도 쓸 수 없다.

살짝, 아주 살짝 눈동자 하나만 내밀고 바깥을 엿보았다. 그랬더니 역시나, 잔디밭 위를 돌아다니던 피폭자들이 전부 병원 쪽으로 고개를 돌리고 있는 모습이 보였다. 그중 몇몇은 이미 현관 출입구를 향해 발걸음을 떼기 시작했다.

헤어지면 다 물거품처럼 다
사라지는 일처럼,
If I'm over u 너처럼.
Na na nana nah

멍청한 노랫소리가 부끄러운 줄도 모르고 커지고 있다. 분명 어디선가 들은 목소리인데 긴장한 탓인지 누구의 것인지 구별이 되질 않는다. 렉스 루터인가, 아니면 그 부하? 놈이 나를 곤경으로 몰려고 저 피폭자들을 병원 안으로 불러들이고 있는 건가? 하지만 이렇게 되면 병원 안에 있는 놈도 위험해질 텐데! 설마 이미 이 병원을 떠난 건가? 아니면 저 피폭자들을 조종할 수 있는 건가?

순간 발걸음 소리가 바로 뒤에서 들렸다. 분명 뒤에는 두꺼운 콘크리트로 된 벽과 창문이 있을 텐데, 라고 생각한 순간 유리를 거세게 두드리는 소리가 들렸다. 피폭자들이었다. 그 모습을 보자마자 정신없이 도망쳤다. 그 사이 힘이 어느 정도 회복되었는지 이제 치타 정도의 스피드는 낼 수 있을 것 같았다.

막 2층으로 올라가려는 순간 왼쪽 유리창이 와장창 깨지면서 팔과 머리가 동시에 튀어나왔다. 크립토나이트에 피폭되기 이전에는 어여쁜 처자이자 어엿한 간호사였을 여인이었지만 지금은 그저 눈을 노랗게 물들이고 아무거나 물어뜯고 싶어 하는 피폭자가 나타났다. 나는 미친 듯이 층계를 뛰어올랐다. 그러나 2층으로 연결되는 비상구를 목전에 둔 시점에서 나는 여성 피폭자에게 붙들렸다. 차가운 손이 내 발을 붙드는 느낌이 들어 아래를 내려다보니 그것이 광포하고 탐욕스러운 얼굴로 내 왼쪽 복숭아뼈를 향해 검붉은 이빨을 내리찍으려는 게 보였다. 피폭자의 앞니가 박히기 몇 초전 나는 곡예처럼 몸을 뒤틀어 그녀의 일격이 빗나가게 했다. 그 후 다른 쪽 발로 그녀의 얼굴을 내리찍기 시작했다. 그녀의 얼굴이 바닥에 부딪히며 이가 부서지고 코뼈가 부러지는 소리가 들린다.

그 순간 내 마음은 어떻게든 살아남고야 말겠다는 본능이 아니라 이렇게까지 해야 하는가 라는 참혹한 죄책감이 점령하고 있었다. 아무리 크립토나이트 피폭자라지만 여성을 구타하다니! 그것도 정의의 초인이자 이 세상 모든 선의 대변자인 내가 말이다. 내 힘은 여자의 대갈통이나 부수기 위해 생긴 것이 아니란 말이다. 렉스 루터, 이 개자식아!

이별이 쉽겠지,
If I'm over u 어렵지 않겠지,
헤어지면 다 물거품처럼.

그리고 아직도 노래를 부르고 있는 너, 너도 포함되는 말이야! 찾아내면 싸대기를 호되게 후려쳐줄 테다. 얼굴이 거의 부서졌음이 확실한 여자 피폭자는 그럼에도 불구하고 계속 으르렁거리고 있었다. 조금이라도 틈을 주면 달려들 기세였다. 더 끔찍한 사실은 바로 밑 계단에서 피폭자들 네댓이 더 올라오고 있었다는 것이다.

나는 여자의 정수리를 계속 발로 내리찍으며 정신을 집중했다. 혹시, 혹시 그 힘이 돌아왔다면 아직 희망은 있다. 지금 하고 있는 것처럼 더럽고 추잡한 공격을 하지 않아도 저 피폭자들을 무찌를 수 있다. 우선 숨을 있는 힘껏 들이킨 후 잠시 시간을 들였다. 그리고 한꺼번에 밑에서 올라오는 피폭자들을 향해 뿜어냈다. 입김만으로 태양을 이동시키고, 재채기만으로 은하계를 파괴할 수 있는 내 슈퍼 브레스의 힘이 조금이라도 돌아왔다면, 깔끔하고 신사적으로 저 피폭자들을 정리할 수 있을 터였다. 그러나 안타깝게도 아직 그 힘이 돌아오지 않은 듯했다. 피폭자들은 빠르게 내게 달려들고 있었다. 슈퍼 브레스가 작동하지 않는다면 눈에서 발사하는 열 시선도 마찬가지겠지. 깨끗하게 포기한 채 나는 최후의 힘을 다해 마지막으로 여자 피폭자의 관자놀이를 내리찍었다. '꾸엑' 하는 역겨운 소리가 들려옴과 동시에 나는 온 힘을 다해 뒤로 날아올랐다. 다행히, 천만 다행히 비행 능력이 아주 조금은 돌아왔는지 나는 계단 3개 정도를 한꺼번에 뛰어 순식간에 비상구 앞에 착지했다. 단단한 바닥에 수십 차례 얼굴을 추돌시킨 여자 피폭자는 눈알 두 개가 모두 빠져나온 채로 나 대신 계단 손잡이를 열심히 물어뜯고 있었다. 그사이 가장 선두에서 올라오던 피폭자가 여자 피폭자가 있는 장소, 즉 내가 방금 전까지 있던 장소에 도달했으므로 나는 쏜살같이 2층으로 들어간 후 비상구의 문을 닫았다. 서서히 뒤로 물러서다가 엘리베이터에 등을 부딪치고 주저앉았다. 부풀어 오른 발목에서 진한 통증이 밀려왔다. 주위에는 입구를 막을 수 있을 만한 무거운 물건, 하다못해 소화기 하나 없는 상태다. 만약 저 피폭자들이 문을 열고 들어온다면 나는 꼼짝없이 저놈들에게 잡아먹히리라. 한동안 숨소리조차 내지 못하고 눈앞의 'EXIT' 글자를 주시했다. 드디어 놈들이 이곳까지 도달했는지 비상구 문을 쾅쾅 치고 긁는 소리가 들려왔다. 한참을, 아주 한참을 1미터도 안 되는 곳에서 퍼져 나오는 끔찍한 소리 속에 잠겨 있었지만 문고리는 전혀 돌아갈 생각을 하지 않았다. 그것들은 오직 성난 목소리로 울부짖거나 문을 긁어댈 뿐이었다. 크립토나이트의 영향으로 불사의 지구력과 민첩성을 얻은 대신 지능은 퇴화하고 만 것이다. 천만다행이었다.

아픈 다리를 질질 끌고 2층으로 올라간다.

다 사라지는 일처럼,
If I'm over u 너처럼.

노랫소리는 아직도 들려오고 있다. 초청각을 쓸 필요도 없이 지금 내가 있는 2층에서 나고 있는 소리라는 걸 알 수 있다. 자, 이제 만나러 갑니다. 이 누군지 모를 바보 천치 자식아!

3. Second Floor

2층에도 환하게 불이 들어와 그 전경이 똑똑히 보였다. 이곳의 병실들은 꼭 감방처럼 쇠창살이 달린 철제문이 달려 있었다. 잠겨 있긴 했지만 평범한 문이 달려 있던 1층의 내 병실과는 그 삼엄함의 수준이 다르다. 여기에도 히어로들이 갇혀 있단 말인가. 렉스 루터가 나보다 더 경계하는 정의의 사자들이? 갑자기 흥미가 솟았다.

I need your help, 어서 구해줘,
너에게 빠져버린 내 맘을.

호기심을 방해하듯 그 지긋지긋한 노랫소리가 다시 들려오기 시작했다. 노래 부르는 바보가 어디에 있는지는 아주 쉽게 알 수 있었다. 그 앞에 피폭자들이 우르르 몰려 있었기 때문이다. 그래도 그 바보한테 문을 막아놓는 지혜는 있었는지 피폭자들은 두꺼운 철문 앞에 모인 채 뭉쳐 있을 뿐 노랫소리가 들려오는 곳 안으로는 들어가지 못하고 있었다. 나는 시체와 피가 즐비한 바닥을 엉금엉금 기어 문제의 그 장소에서 그다지 멀리 떨어지지 않은 곳에 놓인 의료용 카트 뒤로 질질 기어갔다. 바닥에 누워 있는 시체들은 대부분 경찰이나 군인들이었는데 나는 그들의 몸이 심하게 파먹힌 것을 보고 깜짝 놀랐다. 크립토나이트의 피폭 부작용에는 식인 현상도 있단 말인가.

I need your love, 내게로 와줘.

가까이 다가서자 노랫소리가 들려오는 방 앞에 걸린 명판이 보였다.

'방재실'

방재실 문은 다른 병실들과는 달리 평범한 출입문의 형태를 띠고 있었다. 피폭자들은 그걸 거칠게 두드리며 성난 목소리로 울부짖는다. 그러자 노랫소리도 지지 않겠다는 듯 덩달아 커진다.

이렇게 있다간 숨도 못 쉬겠어,
Help me.

"이봐."

엄청난 소음에 섞여 처음에는 알아듣질 못했다. 철을 콩콩콩 두드리는 소리가 나고서야 누군가 나를 부르고 있다는 걸 알아차렸다. 대각선으로 조금 떨어진 곳에 있는 철창 너머였다.

"거기 있는 너, 사람 맞지? 노래 부르는 게 너야?"

"아니, 내가 아니오."

제대로 된 대화가 가능한 거로 봐서 피폭자는 절대 아니다. 밀폐된 병실 안에서 들려오는 걸 보면 이 남자도 히어로인 걸까? 히어로라서 크립토나이트의 영향을 받지 않은 걸까?

"나는 슈퍼맨이오. 당신은 누구요? 배트맨? 원더우먼?"

한때 나와 같은 세계에서 활약했던 영웅 중 아는 이름을 주워섬겨보았다.

"망할, 무슨 개소리를 지껄이는 거야? 문 열어! 나는 대한민국 대통령이야!"

슬프다. 이 안에 갇힌 게 초인인지, 아니면 그냥 평범한 정신병자인지 구분이 안 되게 되어버렸다. 하지만 어쨌거나 이 사람을 구해야 한다. 그게 히어로의 사명이니까. 나는 아픈 발목을 끌고 대각선으로 돌아가 그 사람 닫힌 병실 문을 당겨보았다. 꿈쩍도 안했다. 내 쪽은 전기가 끊기자마자 자동으로 열렸는데. 여기는 그것하고 다른 시스템으로 작동하는 걸까.

"문이 열리지 않소. 내 슈퍼파워를 잃어서 힘으로 열 수도 없소."

"아까부터 도대체 무슨 소리를 지껄이는 거야! 이 정신병자야!"

문에 올렸던 손을 뗐다. 방금 이 말은 흘려들을 수 없다. 정신병자라니. 렉스 루터가 나를 세뇌시키기 위해 썼던 단어 아닌가?

"네 놈의 정체를 정확히 밝혀라. 렉스 루터가 고용한 자인가? 그자가 슈퍼맨을 해치라고 보냈나?"

"이 병신아, 무슨 정신 나간 소리를 하고 있어! 난 대통령이야! 대한민국 1990대 대통령! 너 이 새끼! 넌 나가자마자 투옥이야. 사면 없는 투옥인 줄 알아! 광복절에도 나올 수 없게 만들 거야!"

병실 안에 갇힌 자가 미친 듯이 웅얼거리기 시작했다. 결국 히어로가 아니라 그냥 정신병자였다. 그래도 구해주긴 할 거지만, 온몸에 힘이 쫙 빠지는 것은 어쩔 수 없었다. 동시에 궁금증이 일었다. 렉스 루터가 왜 정신병자들을 자기 본거지에 모아둔 걸까?

"빨리 문 열라고오오!"

그자는 마침내 큰 소리를 질렀다. 더 안 좋은 것은 그 소리에 공명하듯 다른 병실에서도 각자 울부짖기 시작했다는 것이다.

"주 예수를 믿으라!"

"핵미사일의 제조공식은 E=mc……"

그 와중에도 방재실에서는 노랫소리가 계속 흘러나오고 있었다.

너에게 빠져버린 내 맘을
I need your love 내게로 와줘.

피폭자들이 사방에서 들려오는 목소리를 듣고 고개를 갸웃거
리기 시작했다. 큰일이다. 그 순간 척추가 굽은 피폭자 소년 하나가
내 쪽으로 돌아섰다. 내 소리를 들은 걸까 아니면 내 냄새를 맡은
걸까? 어느 쪽인지는 모르겠지만 소년은 이상한 걸음걸이로 내 쪽
으로 걸어오기 시작했다. 다리를 질질 끌고 있었으므로 속도는 빠
르지 않았다. 하지만 그것은 정확히 내가 숨어 있는 카트를 향해
어정어정 걸어오고 있었고 남은 시간은 고작 몇십 초 정도로 보
였다.
  "아들아!"
  그때, 맞은편 병실에서 목소리가 들려왔다.
  "내 아들. 칼-엘."
  몇십 년간 누구도 불러준 적이 없던 내 원래 이름을 듣고 순간
눈물이 날 뻔했다. 저곳에 갇혀 있는 사람은 도대체 누굴까?
  "누구요? 당신 설마…… 크립톤 행성인인 거요?"
  "벌써 나를 잊었느냐! 나다. 네 아비다. 크립톤 행성의 조-엘이
다."
  아버지! 하지만 아버지는 크립톤 행성이 폭발할 때 돌아가셨다
고 알고 있었는데…… 어떻게?
  "설명은 나중에 하마. 지금은 내 설명을 잘 들어라. 너는 이대로
쭉 저 끝까지 가거라. 거기 보면 계기판이 하나 있어. 그리고 '5'라
는 숫자가 새겨진 버튼이 하나 있을 거다. 그걸 눌러라. 그러면 내

감방문이 열릴 게다."

"어느 쪽 끝이죠?"

"어느 쪽이든 상관없다. 계기판은 복도 양쪽 끝에 다 달려 있으니."

"하지만 아버지…… 지금 저는 크립토나이트의 영향 때문에 힘을 쓸 수가 없어요. 렉스 루터라는 악당이 저한테서 힘을 빼앗았어요."

이제 코앞까지 다가온 소년 피폭자를 바라보았다. 카트가 내 몸을 가려진 덕분에 그 아이는 최후의 순간에 먹잇감이 어디 있는지 포착하질 못하고 있었다.

"그리고 설상가상으로 지금 피폭자 한 명이 제 앞을 서성거리고 있어요!"

"이런 등신! 씨발! 옆에 뒈져 있는 경찰 놈 총을 빼앗아! 그걸 쓰라고!"

아버지의 것으로 들리지 않는 천한 음성이 들렸다. 이럴 수가. 렉스 루터가 아버지의 뇌에도 뭔가 손을 쓴 건가? 소년 피폭자가 아버지의 감방 앞으로 지그재그로 걸어갔다. 아버지는 한동안 자신의 언동을 애써 자제하려는 듯 보였다.

"미안하구나. 여기 너무 오래 갇혀서 고문받다 보니……"

이해한다.

"하지만 칼-엘. 아들아. 지금 믿을 수 있는 건 너밖에 없구나. 옆에 누워 있는 시체에서 총을 빼내거라. 그리고 그걸로 좀비들을 해치워. 할 수 있지?"

"좀비요? 그게 뭐죠?"

"괴물들 말이다! 지금 어정어정 걸어 다니고 있는 저 시체들!"

나는 그제야 아버지 말을 이해할 수 있었다. 그리고 그가 확실히 내 아버지 조-엘임을 확신하게 되었다. 총이라! 산더미 같은 군인과 경찰들 시신을 보면서도 왜 그 생각을 못 했던 걸까. 슈퍼맨인 나보다 머리가 좋은 건 같은 크립톤 인이자 행성 최고의 과학자였던 아버지밖에 없겠지. 나는 관자놀이에 구멍이 난 채 피바다 속에 누워 있던 경찰 한 명의 허리춤에서 권총을 빼 들었다. 나는 서투른 솜씨로 안간힘을 다해 총을 장전했다. 방아쇠를 당기자 땀이 눈 속으로 흘러들었다. 상황이 이러니 어쩔 수 없지만 총이란 건 정말 히어로한테 어울리지 않는 무기다.

총알은 소년의 이마에 정중앙에 박혔다. 소년은 뻣뻣하게 굳은 채 앞으로 푹 쓰러졌다. 하지만 상황은 오히려 더 나빠지고 말았는데. 총소리 때문에 방재실 앞에 서 있던 피폭자들 전원이 날 발견해버린 것이다. 서둘러야 한다. 노래 부르는 놈도 구하고, 여기 갇혀 있는 다른 히어로들도 구하고, 무엇보다 아버지를 구해야 하는데! 일단 아버지가 시킨 대로 복도 끝으로 향한다.

아버지 말씀대로 계기판 비슷한 것이 보이기 시작하는데 바로 앞의 병실 문이 삐걱 열리며 피폭자 한 명이 갑자기 튀어나왔다. 갑작스레 벌어진 사태에 제대로 대처할 시간을 벌 수 없었다. 권총을 쥐고 있었지만, 미처 장전할 시간도 없었다. 그래서 총의 손잡이 부분을 부여잡고 온 힘을 다해 피폭자의 관자놀이를 내려쳤다. 죽었는지는 모르겠지만 왼쪽 관자놀이가 부서진 채 땅바닥에 쓰러졌다. 병실로부터 뛰쳐나온 걸 보면 분명 여기 갇혀 있던 히어로 중 한 명이었으리라. 나는 나와 같은 사명을 등에 이고 외로이 악에 맞서 싸우던 친구를 무참하게 으깨어버린 것이다. 제기랄!

광포해진 나는 더 이상 이것저것 가리려 하지 않았다. 미친 듯이 소리를 지르며 방아쇠를 잡아당긴 후 총을 휘갈기기 시작했다. 그때 피폭자들과 나 사이의 거리는 겨우 몇 미터밖에 안 되어 아무리 정신없이 쏴 갈기는 상태라도 충분히 맞힐 수 있는 거리였다. 방아쇠를 당길 때마다 날카로운 금속성의 소리가 나며 피폭자들의 머리가 날아갔다. 두개골을 관통당한 피폭자들은 그 자리에 멈추어 서더니 둔탁한 소리를 내며 쓰러졌으나 팔이나 다리, 사타구니같이 머리 외의 부위에 총을 맞은 피폭자들은 여전히 엉금엉금 기어오고 있었다. 아무래도 체내에 들어간 크립토나이트는 신경계통이 자리 잡은 대뇌에 응집되는 것 같다. 초시야와 컴퓨터 같은 대뇌를 이용해 총알의 궤도와 피폭자들의 움직임을 예측한 후 그들의 머리를 향해 연신 방아쇠를 당겼다. 역시 아직 능력이 백 퍼센트 돌아오지 않은 탓인지 적잖은 탄환이 목표물에서 엇나갔다. 하지만 그럼에도 불구하고 꽤 많은 피폭자들을 쓰러뜨렸고 아버지가 말씀하신 대로 계기판에서 '5'라는 숫자가 새겨진 버튼을 누를 수 있었다. 누른 순간 '덜컹'하는 소리가 들리고 목소리가 들렸다.

"오빠?"

수지가 나를 바라보고 있었다. 방재실 바로 앞에 서 있었다. 문은 활짝 열린 채이다. 맙소사. 노래 부르던 멍청이가 바로 '수지'였단 말인가. 피폭자 중 몇 명이 뒤를 돌아보는 게 보인다.

"멍청한 녀석! 도망가! 어서!"

수지는 겁먹은 얼굴로 뒷걸음질을 치다가 그만 뒤로 꽈당 넘어져 버리고 말았다. 차라리 피폭자들이 저놈보다 민첩할 것 같다. 그런 내 느낌을 뒷받침하듯 후미에 서 있던 피폭자들은 빠른 속도로 수지와의 거리를 좁혀가고 있었다. 그때 또다시 문 열리는 소리가 들리더니 갇혀 있던 감방에서 수염을 덥수룩하게 기른 남자가 튀어나왔다. 그 남자는 도저히 피폭자라고는 볼 수 없는 날랜 몸놀림을 보여주며 반대 방향을 향해 달리기 시작한다. 수지를 쫓던 피폭자 중 몇 명이 무리에서 갈라져 남자를 뒤쫓았다.

"이 씨발것들!"

아버지의 목소리였다. 그는 수지 바로 곁에 멈춰선 채 바닥에 쓰러져 있는 경찰의 허리춤에서 총을 뽑아내려 애쓰고 있었다. 총에 의지하려고 하다니, 아버지도 나처럼 힘을 거의 다 빼앗긴 걸까. 하지만 정의로운 크립톤 인이라면 어떠한 상황에서도 해내야만 하는 일이 있다. 나는 아버지를 향해 외쳤다.

"아버지! 옆에 누워 있는 뚱땡이를 좀 구해주세요!"

그러나 내 목소리가 들리지 않았는지 아버지는 수지를 그대로 내팽개쳐 둔 채, 갑자기 일어나 홀로 도망쳤다. 그사이 나는 아버지와 수지를 향해 다가서던 피폭자 중 몇 명의 뒤통수를 쏘아 쓰러뜨렸다. 모든 일이 진행되는 동안 '수지'는 바닥에 누운 채 육수 같은 땀을 뻘뻘 흘리며 두툼한 목덜미를 나와 아버지 쪽으로 연방 돌려대고만 있었다. 바보 녀석 같으니!

"뭐해! 얼른 이쪽으로 와!"

아버지는 뭔가 할 일이 있으신가 보니 저 녀석은 내가 챙겨야겠지.

"조…… 좀비가 길을 가로막고 있잖아요."

멍청한 겁쟁이 같으니라고! 챙겨주는 데도 한도가 있다. 슈퍼맨인 내가 저열하게 총기까지 써가며 널 구하려고 하는데, 그 정도도 스스로 알아서 못한단 말이야! 못난 '수지' 년, 아니 놈 때문에 참으로 곤혹스러운 처지에 빠질 찰나, 철컹거리는 소리가 연이어 들리며 2층에 있는 모든 병실의 문이 열렸다. 소리가 들려온 쪽을 찾다가 맞은편 끝에 있는 아버지를 발견했다. 아버지는 벽에 붙은 뭔가에 손을 올리고 있었다. 그러고 보니 계기판은 복도 양쪽 끝에 모두 있다고 하셨었지. 병실 문을 연 게 아버지인 걸까?

"주 예수를 믿으라! 강림의 날이 가까워져 왔으니!"

"비서실장을 불러! 저 놈들을 청주 교도소에 처넣으라고 해!"

"여보? 여보? 여기가 어디야?"

흰색 환자복을 입은 사람들이 병실 안에서 걸어 나왔다. 렉스 루터가 가둬놨던 히어로들인가! 그렇군! 아버지는 저들을 풀어주시려고 한 거야. 하지만 저들도 힘을 다 빼앗겼을 텐데. 그렇지 않다면 여기에 얌전히 갇혀 있었을 이유가 없으니까. 아무리 히어로들이라도 힘이 없는 상태에서 피폭자들과 맞붙는 건 위험하다.

"어서 도망치시오! 어서!"

날 본 히어로 중 한 명이 발악하기 시작했다.

"저놈 말 믿지 마! 저놈은 국가 반역자다!"

목소리를 들어보니 2층에 들어오자마자 처음 이야기를 나누었던, 자신을 대한민국 대통령이라고 믿던 그 사람이었다. 아무래도 풀려나온 사람 중에는 히어로만 있는 건 아닌 모양이다. 그자가 시끄럽게 날뛰자 다른 사람들도 행동도 마구잡이가 되었고 피폭자들은 그들을 향해 달려들었다. 제일 처음 희생양이 된 건 '자칭' 대한민국 대통령이었다. 그는 피폭자들에게 덮쳐진 채로 볼살을 물어뜯기고 눈알을 뽑아 먹혔다. 피폭자들은 그 광경을 보며 절규하는 사람들도 공격했다. 발버둥 치는 팔다리를 붙든 채 살을 물어뜯기 위해 애썼다. 그들의 이빨이 옷을 찢고 살 안으로 파고들 때 사람들은 공포의 비명을 질렀다. 그 비명은 피폭자들의 입이 그들의 아래턱과 위턱을 깨물어 부숴버리는 순간까지 그치질 않았다. 인간의 뼈와 살을 물어 삼키는 소름 끼치는 소리, 그리고 피비린내가 사방을 메워가기 시작한다. 피폭자들에게 물어뜯긴 사람 중 몇 명은 피폭자들과 똑같이 어정대는 걸음걸이로 걸으며 살아있는 다른 사람들을 공격했다.

"빌어먹을! 힘만 다 돌아왔어도……"

아니, 원래 힘의 십 분의 오만 있어도 피폭자들을 전부 쓰러뜨리고 히어로 친구들과 환자들을 전부 구했을 텐데. 하지만 지금의 나는 꼴사납게도 괴성을 지르며 손에 들린 이 비열한 금속성 무기의 방아쇠를 연신 당겨대는 것밖에 할 수 없다.

'아버지라면…… 크립톤 행성, 아니 은하계에서도 손꼽히는 두뇌를 가진 아버지라면 이 상황을 어떻게든 타개할 수 있지 않을까?'

그렇게 생각한 나는 아버지를 향해 외쳤다.

"아버지! 어떻게 하죠?"

아버지는 여전히 맞은편에 가만히 서 계셨다. 뭘 하시는 거지? 초시야를 발동했다. 아버지는 사람들이 잡아먹히는 광경을 지켜보고만 계셨다. 자기가 아무것도 할 수 없다는 데 쇼크를 받으신 건가? 그럴 때가 아닌데!

"아버지! 정신 차리세요! 저를, 저 사람들을 도와주세요."

잠시 후, 아버지는 씩 웃으셨다. 믿을 수 없게도, 이 지옥도를 눈 앞에 두고 너무나 기분 좋다는 듯이 환하게 웃으셨다. 그러고는 순 식간에 눈앞에서 사라지셨다. 맙소사, 지금 내가 뭘 본 거지? 혼란 스러워하고 있는데 둔중한 몸뚱이 하나가 내 몸을 향해 달려들었 다. 지구인보다 100배 우수한 반사 신경이 아니었더라면 피폭자 중 하나로 착각하고 살집 많은 그 몸을 벌집으로 만들어줬으리라. 하지만 그건 피폭자가 아니라 수지였다. 피폭자들이 병자들에게 달려드는 통에 만들어진 틈새 사이로 도망쳐온 것 같았다.

"오빠, 어서 여기서 도망가요."

그 녀석은 백 킬로그램은 넘을 것 같은 몸뚱어리로 나를 바로 옆에 있는 층계 방향으로 질질 끌고 간다.

"무슨 헛소리냐! 사람들을 구해야!"

"이미 사람은 없어요! 시체 아니면 좀비뿐이라고요!"

또다.

아버지도 그렇고 이 녀석도 그렇고 왜 다들 피폭자들을 '좀비'라 고 부르는 거지?

4. Third Floor

3층 비상구 문을 열자마자 나는 피폭자와 딱 맞닥뜨렸다. 피폭 자의 모습을 가까이서 보는 것은 이번이 처음이었다. 정말 엄청난 냄새가 났고 머리에 난 구멍에서 끈적끈적한 액체가 흘러나와 발목까지 흘러내렸다. 피부는 노란 크레파스 같았고 얼굴에 핏줄이 거미줄처럼 도드라졌는데, 그 중심에 눈동자가 사라진 눈자위가 대왕 거미처럼 달려 있어 소름이 끼쳤다. 그 피폭자는 잠시 서서 쿵쿵거리더니 좀 전보다 성급한 걸음걸이가 된 채 앞으로 어정어정 부지런히 걸어 나갔다. 그것이 걸어 나간 방향에는 피폭자들 무리가 네다섯 정도 모여 돌아다니고 있었다. 2층의 피폭자들에 비해 그 숫자가 현격히 떨어진다.

"오빠, 여긴 좀비가 별로 없네요……."

내 겨드랑이 사이에 목을 끼운 채 내 몸을 떠받치고 있는 '수지'가 끙끙거리며 말한다. 본인 입으로 청순미와 성숙미를 모두 갖췄다고 주장하는 몸에서 역겨운 땀 냄새가 풀풀 풍긴다.

"좀비라니, 그게 도대체 뭐지?"

'수지'는 입을 딱 벌렸다.

"이 마당에 어떻게 그런 걸 모를 수 있죠?"

'수지'는 이런 이야기를 들려주었다. 무슨 이유에선지 전 세계에서 감염된 시체들이 되살아나고 있다는 것이다. 특정한 바이러스가 인간 몸에 들어가면 고열과 출혈을 동반한 통증을 일으키고 몇 시간 만에 사망에 이르게 된다. 그 후 일정하지는 않지만, 어느 정도 시간이 지나면 그렇게 죽은 자들이 다시 일어선다. 그것이 바로 좀비다. 좀비들은 살아있는 것들을 보면 모조리 공격한다. 인지 기능도 없고 어떤 형태의 커뮤니케이션도 불가능하다. 좀비들의 목적은 인간을 공격해 멸종시키는 것이며 그들을 막을 수 있는 유일한 방법은 그것들의 두개골을 부숴버리는 것이다.

시체들이 살아나 땅 위를 걷고 우리를 죽이고 있다, 라.

나는 렉스 루터의 교묘한 언론 호도 방식에 감탄을 금치 못했다. 크립토나이트 피폭을 그렇게 설명했군.

"그래서 너도 세뇌당한 건가. 렉스 루터에게……"

"네? 세뇌요?"

나는 '수지'에게 간단히 설명해 주었다. 우리 행성에서 나온 광석 크립토나이트와 그 효력, 그리고 그것을 이용한 렉스 루터의 계획에 대해.

"휴우. 난 또 뭐라고. 오빠의 그 같잖은 슈퍼맨 스토리였구나."

"뭐라고?"

"아무것도 아녜요! 근데 오빠가 말하는 그 렉스 루터가 도대체 누굴 말하는 거예요? 경찰? 군인? 기동대원?"

어떻게 이 놈은 매일 보는 그 얼굴을 모를 수가 있지? 의사로 위장해서 속아 넘어간 건가. 나는 대머리에 목에 청진기를 걸고 다니며 남모르게 사악한 미소를 짓는 렉스 루터에 대해 이야기해 주었다.

"아아, 원장님 말이구나. 근데 그분은 이미 여기 안 계실 거예요. 다른 선생님들 전부 어딘가로 떠나셨거든요."

빌어먹을! 역시나 벌써 꽁무니를 뺐군! 낭패다. 크립토나이트를 막을 수 있는 방법은 그 놈만 알고 있을 텐데! 나는 나의 로이스 레인도 안전한 곳으로 떠났느냐고 물어보았다.

"로이스 레인은 또 누구예요?"

이놈은 도대체 아는 게 뭔가! 화가 치밀어 올랐지만, 인내심을 가지고 로이스 레인에 대해 설명해 줬다.

"아아! 이수영 선생님이요? 수영 언니?" 수지가 씩 웃었다. "좋은 분이에요. '진짜' 미쓰 에이의 1호 팬이죠."

"그러니까 그녀는 어디로 갔냐고!"

"모르겠어요. 도망 다니다 한 번 보기는 했는데…… 헤어질 때는 지하 쪽으로 가는 것 같았어요."

지하? 그럼 탈출하지 못했다는 건가? 갑작스레 알게 된 엄청난 사실에 머리가 멍해진다.

"일단…… 로이스 레인을 구해야겠지. 하지만 지금 지하로 내려가 그녀들을 구하는 건 나 혼자 힘으로는 도저히 불가능해. 그래. 아버지. 아버지를 먼저 찾아야겠다. 아버지라면 어떻게 해야 하는지 아실 거야."

"아버지요? 오빠 아버지? 아까 제 옆에 있었던 그 사람이 오빠 아버지라고요?"

"그래. 크립톤 행성의 조-엘이라는 분이시다. 나중에 뵙게 되면 예의 바르게 굴어라. 알았지?"

"내 참. 또 그 망상이야?"

"뭐라고?"

"아무것도 아녜요! 다만, 그 사람한테 예의 바르게 굴 자신은 없어요. 노래 부르는 내내 나한테 닥치라고, 닥치지 않으면 우리 엄마를 나 보는 앞에서 강간한 후에 다음에는 우리 엄마가 보는 앞에서 내 후장과 멱을 동시에 따버리겠다고 했어요."

"거짓말 마!"

아버님이 그런 야비하고 천박한 소리를 하셨을 리 없다.

"정말이에요…… 자기가 여기 오기 전에 따버린 목만 스무 개가 넘는다고 했어요."

나는 견딜 수 없어 그놈의 멱살을 움켜쥐었다. 총을 쥔 오른손이 부들부들 떨린다.

"닥쳐! 더 이상 지껄이면 아버지가 아닌 내가 네 그 돼지 같은 멱을 따버릴 줄 알아!"

"하, 하지만 난 사실을 말한 건데……"

"닥치라고 했지!"

수지가 울먹이기 시작했다. 아아, 내가 도대체 여기서 뭘 하고 있는 건가? 부어오른 발목 때문에 제대로 걷지도 못하고 정신병자한테 부축받는 신세라니! 거기다 심지어 총기를 들고 '멱을 따버리겠다' 같은 말이나 퍼붓다니! 이건 슈퍼맨이 할 짓이 아니다! 렉스 루터의 감옥에서 보낸 시간이 나를 완전히 망쳐놓았다. 렉스 루터! 이 개자식!

수지는 꺼억꺼억 콧물과 눈물을 한꺼번에 삼켜대고 있었다. 잔뜩 부풀어 오른 그놈의 배가 가래를 삼킬 때마다 불룩거린다.

"너, 너무해요. 돼지 같다니? 어떻게 저한테 그런 소리를 할 수가 있는 거죠? 이 여린 몸이 안 보여요? '국민 여동생'으로서 내 이미지는요! 이제 네티즌들이 전부 '돼지 수지 = 수지 돼지 = 수돼지' 이런 별명을 지어낼 거라고요! 정말 너무해요! 제 커리어는…… 제가 고생해서 지금까지 쌓아온 것들이 전부…… 오빠 때문에……"

빌어먹을! 놈이 와앙 울음을 터뜨리기 시작했다. 복도를 거닐던 피폭자들이 일제히 동작을 정지하는 게 보인다. 놈들의 고개가 갸웃거리며 소리의 발신지를 찾아 돌아가기 시작한다.

"젠장!"

내 급한 목소리를 듣고 '수지'도 피폭자들, 그놈이 좀비라고 칭하는 것들이 우리가 숨어 있는 비상구 쪽을 향해 걸어오고 있는 걸 알아차렸다. 그래도 그놈은 울먹거리면서 한심한 소리를 그치지 않는다.

"오빠 때문에 들켰잖아요! 좀비들은 청력이 좋다고요!"

"그걸 아는 놈이 꽥꽥거리며 노래 부른 거냐."

"그건 미쓰 에이의 마지막 콘서트였어요!"

놈의 헛소리를 무시하고 대책을 세우기 시작한다. 이쪽으로 다가오는 피폭자들의 숫자는 넷. 아니 여섯…… 아니 열 명 이상. 엉금엉금 기어오는 놈들을 미처 보지 못했다. 권총의 탄창을 열어 남은 탄환 개수를 점검한다. 하나, 둘, 셋, 넷…… 남은 총알이 얼마 없다. 일발필중으로 명중시킨다 해도 놈들이 꽤 많이 남는다. 나는 고개를 들어 위로 올라가는 계단을 쳐다보았다. 크립톤 인의 컴퓨터 같은 두뇌가 계산을 시작한다. 계단을 올라가는 동안 이 빈약한 총알들로 놈들을 저지할 수 있을까? 순식간에 1만 가지의 시나리오를 검토한 나의 두뇌는 모두 '불가능'하다는 답을 내놓았다. 제기랄. 절망감에 몸을 떨다가 그만 미끄러질 뻔했다.

인간의 것으로 추정되는 살점이 조각조각 찢긴 채 발코니 한쪽 구석에 처박혀 있었다. 야수에게 공격받기라도 한 듯한 모습이었다. 고개를 들어 위를 쳐다보니 계단 손잡이에 내장이 마치 크리스마스트리의 장식처럼 길게 걸려 있는 모습이 보인다. 이 살점과 내장의 주인은 무자비한 포식자로 돌변한 누군가에게 순식간에 찢겨 죽은 것이다. 그 누군가는 아마도 피폭자겠지. 크립토나이트에 침식당하면 식인을 하게 된다는 내 가설은 아무래도 사실인 듯하다. 참담한 일이다.

"어, 어떻게 해…… 너무 끔찍해……"

수지는 입을 움켜쥐고 있다가 갑작스레 뚱뚱한 몸을 떨면서 토사물을 바닥에 게워내기 시작한다. 역겨운 냄새가 코를 찌른다. 토사물에 내장, 살점이라. 끝내주는군. 그때였다. 내 머릿속에 1만 1가지째의 아이디어가 떠올랐다. 나는 초청각과 초음파를 동시에 사용해 피폭자들이 여기까지 오려면 몇 초나 걸리는지 재본다. 12초 99. 충분한 시간이다.

"더 토해! 더!"

나는 수지의 펑퍼짐한 등짝을 마구 내리쩍었다.

"무, 무슨 짓이에요. 오빠, 우웨에에엑!"

뭘 먹었는지 벌그죽죽한 덩어리를 마구 토해내는 수지. 나는 계단 손잡이에 걸려 있는 내장을 집은 후 그걸로 그 토사물 덩어리를 밑으로 마구 밀어내기 시작한다. 이제 곧 피폭자들이 밟게 될 공간으로 말이다. 수지는 마치 빗자루로 쓰레기를 쓸 듯 내장으로 토사물과 살점을 밑으로 밀어내는 내 모습을 멍하니 바라보다가 또 토하기 시작한다.

"다 토하고 나면 따라 올라와! 나처럼 하면서!"

피폭자들이 도착하기까지 9초 82. 간신히 구토를 멈춘 수지는 허둥지둥 나를 따라 계단 위로 올라오기 시작한다. 그만큼 살고 싶었던 것일까, 돼지 같은 몸에도 불구하고 수지는 금세 나를 따라잡았다.

"나처럼 하면서 올라오라니까!"

내장으로 살점 조각들을 밑으로 털어내며 분노에 차 외쳤다.

"저, 저는 못 하겠어요. 지켜야 할 이미지가…… 있다고요……
우욱!" 놈은 두툼한 뱃살을 움켜잡았으나 속에 있는 걸 모두 게워
냈는지 더 이상 토사물은 나오지 않았다. "……토하니까 배고파요.
혹시 베이글 없어요?"

놈의 말에 일절 대꾸하지 않은 채 부지런히 미끄러운 물질들을
피폭자들이 밟게 될 땅으로 내려보낸다. 피폭자들이 도착하기까지
0초 00. 드디어 그들이 밑에서 모습을 드러냈다. 그들 숫자는 마지
막으로 봤을 때보다 상당히 불어나 있었는데 수지의 웩웩거리는
소리를 듣고 주변에 있던 피폭자들이 합류한 것 같았다. 그것들은
느려 보이지만 실제로는 매우 빠른 걸음걸이로 성큼성큼 우리를
향해 발을 디뎠다. 온몸에서 소름이 돋을 광경이었을 것이다. 크립
톤 인의 슈퍼 두뇌가 마련한 함정이 아니었다면.

첫 번째 쫘당은 가장 앞에 서 있던 피폭자가 수지의 토사물을
밟으면서 일어났다. 그는 발라당 넘어지며 거의 간격 없이 따라오
던 다른 피폭자 몇 명을 더 넘어뜨렸다. 우르르. 무너지기 시작한
도미노처럼, 잘못 쌓인 젠가처럼 피폭자들이 겹치고 쌓이며 서로
를 넘어뜨린다. 크립토나이트의 영향으로 강인한 근성과 지구력을
지니게 된 피폭자들은 기어서라도 우리를 쫓아오려고 했으나 그러
려고 짚은 손마저 내장과 살점을 디디는 순간 미끄러져 내렸다. 피
폭자들의 턱뼈가 계단에 요란하게 부닥치는 소리를 들으며 나는
수지에게 기댄 채 4층으로 올라갔다. 비상구 문을 닫는 순간, 실감
할 수 있었다. 나는, 총알은 하나도 안 쓴 채 이곳까지 왔다고. 역
시 총에 의지할 필요 같은 건 없다. 나는 크립톤 인 슈퍼맨이니까.

"어쩜 좋아! 꼴좋다! 좀비들아!"

옆에서 좋아 날뛰는 수지의 세 겹 뱃살을 꼭 찌른다.

"꺄악! 어딜 만지는 거예요! 오빠!"

"조용히 해! 2층에 있는 피폭자들이 들으면 어쩌려고!"

"들으라면 들으라죠 뭐! 오빠가 있는데!"

기특할 터이지만 그 순간에는 정말 한 대 때려주고 싶은 말이었다. 실제로 4층 어딘가에서 소리가 들려왔을 때는 주먹으로 놈의 머리통을 세게 내리칠 뻔했다. 하지만 들려온 소리는 피폭자의 신음이 아니었다. 인간의 목소리였다. 그것도 아주 익숙한 목소리.

"어떻게, 어떻게 네가…… 도대체 누가 탈출시킨 거지?"

렉스 루터의 목소리였다.

5. Fourth Floor

그건 참으로 기묘한 광경이었다. 4층의 광경을 보자면 우선 벽에는 피가 대량으로 묻어 있고, 바닥에는 시체들이 뒹굴고 있다. 그것들 속에 셋이 서 있었다. 아버지와 렉스 루터, 그리고 피폭자들. 좀 더 구체적으로 표현하자면 렉스 루터를 사이에 두고 아버지와 피폭자들이 서로 마주 보는 모양새다. 우리는 피폭자들의 뒤, 그러니까 4층의 끝자락에 숨은 채 위풍당당이 서 있는 아버지와 정신없이 총을 휘두르는 렉스 루터를 보고 있다. 우리의 눈앞은 피폭자들로 가득 차 있다. 그 광경은 참으로 역겨웠다. 크립토나이트로 인해 끔찍하게 부패해 들어가는 몸뚱이를 가진 피폭자들은 피와 장기가 말라붙어 있는 옷을 입은 채 흔들거리며 이쪽으로 다가

오고 있다. 렉스 루터는 다급한 표정으로 그들에게 총을 겨누었다가 다시 반대편의 아버지에게 총을 겨누었다가 정신이 없었다.

"정신없으시구먼. 원장 선생. 좀비들보다는 내 품이 더 편안할 텐데?"

"웃기지 마! 이 사이코패스 살인마야!"

렉스 루터가 소리를 지르자 자극받은 피폭자들이 우-우 신음을 흘렸다. 참으로 재미있는 광경이다. 저 끔찍한 피폭자들의 몰골을 생각해보면 두말할 것 없이 아버지 쪽으로 피신하는 게 옳은 선택이겠지. 하지만 저기에 서 있는 건 그 누구도 아닌 렉스 루터다. 슈퍼맨의 숙적. 조-엘의 아들 칼-엘, 그러니까 내 원수. 그에게는 피폭자나 슈퍼맨의 아버지나 그 위험성 면에서 본질적으로 차이가 없는 것이다. 그러니까 저렇게 당황해하는 거겠지. 그러고 보니 렉스 루터가 몸을 돌릴 때마다 그가 등에 네모난 검은색 함 비슷한 것을 메고 있는 게 보인다. 단단하게 생긴 그것에는 뭔가 복잡하게 생긴 기기들과 긴 줄로 연결되어 있고 지지직 하는 소리가 끊임없이 흘러나온다. 저게 도대체 뭐지? 슈퍼 두뇌가 기동을 시작하더니 순식간에 답을 도출해낸다.

'크립토나이트 제어기!'

렉스 루터가 저 지경에 처해서도 소중히 끌어안고 있는 게 있다면, 그것 말고 무엇이겠는가! 저것이다! 저것만 부수면 나는 내 힘을 되찾을 수 있다! 어떻게든 저것을 빼앗아야 한다. 그러자면 우선 눈앞의 피폭자들을 물리쳐야겠지. 아버지와 연합해 렉스 루터를 붙잡아야 한다. 뭔가 수가 없을까? 순간 맞은편 벽에 달라붙어 있는 의료용 카트가 눈에 들어온다. 아까 2층에서 내가 몸을 숨겼던 것과 같은 크기다. 3단으로 된 그것은, 충분히 쓸 수 있을 만한 모양새를 갖추고 있다. 나는 수지에게 명령했다.

"수지, 어서 저 카트 맨 아래 단으로 들어가."

"무…… 무슨 소리예요? 들어가서 뭘 하라고?"

"들어가서 바닥을 손으로 밀어. 쉽게 비유하자면, 카트는 자동차가 되고 네가 그 바퀴이자 엔진이 되는 거야."

"미쳤어요? 오빠?"

"나는 카트의 맨 위에 타서 놈들과 맞서 싸울 거야. 그러면 놈들의 시선은 나한테 집중되고 너는 안전하겠지."

"오빠가 죽기라도 하면요? 저는 카트에 낀 채로 좀비들 속에 고립되는 거잖아요!"

"난 안 죽어! 난 크립토 행성의 칼-엘. 슈퍼맨이니까."

"집어치워요! 이 정신병자 망상쟁이 같으니! 난 갈 거야!"

수지는 울부짖으며 도망치려 했지만 금세 내 손에 붙들렸다. 나는 놈의 두툼한 뱃살과 턱살을 동시에 잡아당겼다.

"잘 봐. 똑똑히 보라고! 여기서 도망쳐봤자 무사히 탈출하는 건 불가능해. 네 몸으로 그게 가능할 것 같아? 지금은 날 도와. 렉스 루터가 지닌 저 크립토나이트 제어기를 부수기만 하면 내 힘을 되찾을 수 있어. 하늘을 날고, 강철 벽을 날려버리는 힘을! 그러면 가장 먼저 널 여기서 탈출시킬 거야. 약속할게!"

놈의 눈에는 아직도 의심의 빛이 떠돌고 있었지만, 혼자서 피폭자들이 우글거리는 이 병원을 빠져나갈 수 없다는 것은 이해한 눈초리였다. 다행이다. 선천적으로 타고난 나의 자비로움은 여기서 빛을 발한다. 나, 슈퍼맨은 정신병 환자의 망상을 부드럽게 다독여준다.

"새 앨범 내야 할 것 아니야. 사람들한테 진짜 미쓰 에이가 누구
인지 알려야지."

결국 놈은 훌쩍거리면서 비대한 몸을 억지로 카트 맨 아랫단에
구겨 넣는다. 살집 때문에 녀석 혼자 힘으로는 들어갈 수 없어 나
도 상당한 힘을 소진해가며 놈이 거기에 들어가는 걸 도와야 했
다. 조금 후 헉헉 숨을 거세게 몰아쉬며 카트 아랫단에 몸을 집어
넣은 그놈은 마치 은색의 등껍질을 지닌 거북이처럼 팔다리를 쭉
내밀어 바닥을 짚었다. 카트의 바퀴가 덜컹거리자 민감한 피폭자
몇이 뒤를 돌아본다.

"안 되면 다 오빠 책임이야."

수지의 울먹이는 소리를 뒤로 한 채 나는 카트 윗단에 올라서
서 총을 뽑는다. 이제 피폭자 전원이 나를 쳐다본다. 아버지도 나
를 쳐다본다. 심지어 렉스 루터도. 모두의 시선 속에서 나는 렉스
루터를 주시한다. 내가 노리는 것 오직 하나뿐. 렉스 루터가 등에
멘 크립토나이트 제어기다.

"출발해! 수지!"

카트는 탄환처럼 운집한 피폭자들을 향해 달린다. 피폭자들의
쩍 벌린 이빨과 피로 물든 손톱이 순식간에 가까워진다. 놈들은
떼로 모여 위풍당당하게 내 앞길을 가로막고 섰다. 나는 일말의 동
요도 없이 권총을 꺼내 들었다. 오른손은 여전히 카트의 손잡이를
든든히 부여잡은 채 입으로 약실을 당긴다. '까득' 소리와 함께 총
알이 장전되는 소리가 들렸다.

"탕!"

키가 작은 피폭자는 카트에 밀려 넘어진 채 바퀴에 깔아뭉개졌고 바로 뒤에 있던 피폭자의 머리통은 총알에 박살이 난다. 총성이 연이어 울려 퍼지자 한 번에 한 놈씩. 피폭자들의 머리와 눈두덩이가 날아간다.

평범한 인간들이라면 게임에서도 못해냈을 곡예겠지. 실제로 그 렉스 루터마저 어안이 벙벙한 얼굴로 나를 쳐다보고 있다. 하지만 나는 해낼 수 있다. 왜냐하면 나는 슈퍼맨, 크립톤 행성 조-엘의 아들 칼-엘이니까. 보고 계시죠? 아버지? 응? 어째서 아버지도 멍한 얼굴로 나를 바라보고 있는 거지?

총을 맞고 쓰러진 피폭자들 몸에 걸린 피폭자들이 넘어지고 또 다른 피폭자들이 거기에 걸려 넘어져 쌓여 금세 인간 피라미드를 하나 만들어낸다.

"저 위로 올라가!"

카트 아래서 우는 소리가 들려왔지만, 수지한테는 선택의 여지가 없을 것이다. 카트의 바퀴와 수지의 손은 피폭자들의 이마며 눈이며 코머 입술을 거침없이 깔아뭉개며 점점 위로 솟구쳐간다. 그 사이 방아쇠를 당겨봤지만, 총알이 바닥났는지 껄끄러운 기계음만 울려 퍼진다. 나는 거침없이 총을 던져버린다. 그래. 애초에 기계로 된 발사 장치 따위, 슈퍼맨에게 어울리지 않았던 거다. 이윽고 카트는 시체 피라미드의 정점에 도달했다.

"오빠, 이제 어떻게 해요?"

"아래로!"

나는 메스 하나를 집어 들며 외친다. 이제 렉스 루터한테 도달하기까지 1미터도 남지 않았다. 무슨 생각을 하는 건지 모르겠지만 놈은 도망칠 생각도 하지 않는다.

"이제 네가 활약할 차례다."

나는 메스를 집어 들었다. 그것은 고공에서 일본도처럼 청명한 빛을 발한다. 추악한 피폭자들의 얼굴이 그 맑은 칼날 위로 반사되어 비치는 게 보였다. 놀라 쩍 벌어진 아버지와 렉스 루터의 얼굴은 덤으로.

카트는 한 마리의 준마처럼 달려나간다. 기수인 나, 슈퍼맨은 고개를 숙이면서 좌로 한 번, 우로 한 번 칼날을 크게 휘둘러 검술을 펼쳤다. 가장 앞에서 가장 크게 입을 벌리고 있던 피폭자 두 놈의 눈동자가 갈라졌다. 검이라는 뿔을 단 카트는 길을 막은 피폭자들을 거침없이 들이받으며 두 놈, 세 놈, 네 놈, 다섯 놈의 눈알을 연달아 갈라놓았다. 용케 검을 피한 머리통 하나가 나를 향해 날름 혀를 뻗어왔을 때는 정말 깜짝 놀랐다. 그러나 그 이빨이 내게 닿으려는 찰나 내 초인적 반사 신경은 거미줄 같은 결계로 이를 감지하고 팔꿈치로 그 머리통을 날려버렸다. 그리고 곧바로 밑에서 튀어 오르는 피폭자의 팔을 눈치챈 나는 몸을 숙여 길고 말라비틀어진 팔을 피한 후 나를 잡으려던 그놈의 왼쪽 눈을 머리통으로 들이받아 버렸다. 나는 연이어 나의 검을 놈의 배에 박아 넣고 '달려'라고 수지에게 지시했다. 카트는 거침없이 앞으로 전진하며 배가 뚫린 피폭자를 밀어 그 뒤에 있는 놈들까지 연이어 넘어뜨린다. 거기를 재보니 렉스 루터한테 도달하기까지 10초 정도. 놈이 뒤로 엉거주춤 물러서는 게 보인다. 이제 와서 도망치려고? 그건 안 돼!

"수지……" 나의 나직한 목소리가 수지에게 들렸기를 빈다. "꼭 붙들어라!"

허공으로 뛰어올라 복도 천장에 달린 전등을 붙잡는다. 다리를 튼튼히 카트에 말아놓은 채로. 결과적으로 카트는 공중에 붕 떠오른다. 수지의 괴악한 비명이 들렸다. 끊어질 것 같은 다리와 허리의 통증을 견뎌내며 카트와 수지가 합쳐진 체중이 앞으로 기울기를 기다린다. 공중에 시계추처럼 달려 있던 카트가 앞으로 기운 찰나, 나는 전등을 잡았던 손을 놓았다. 카트는 힘차게 피폭자 둘을 더 들이받으며 지상으로 추락했다. 카트와 수지의 대갈통이 바닥에 쾅 부딪히는 소리가 들린 직후 바로 눈앞에 렉스 루터의 하얀 가운이 보였다. 상상을 초월하는 힘과 스피드, 반사신경으로 그 끝자락을 움켜쥐었다.

"잡았다. 이 악당!"

렉스 루터는 내 몸에 깔린 채로 발버둥 쳤다. 놈의 크립토나이트 제어기에서 음향이 흘러나온다.

"……여 ……여기는, ……113연대입니다…. OOO 정신병동…… 들립니까?"

도중에 사람 목소리가 섞여 있는 것 같지만 착각하지 말자. 저건 크립토나이트의 효과를 활성, 증폭시키는 암구호다. 나는 있는 힘을 다해 루터를 제압한 후 놈의 등에서 제어기를 탈취했다. 그리고 그것을 피폭자들을 향해 있는 힘껏 던진다. 제어기는 피폭자 두 명의 얼굴을 맞히며 심하게 우그러졌고 직후 땅에 떨어져 박살이 난다. 그 강렬한 기계의 파쇄음이 내 가슴 속에 더할 나위 없는 환희를 불러와 주었다. 마침내! 크립토나이트의 영향으로부터 해방되었다.

"안 돼!"

왜인지 렉스 루터뿐만 아니라 아버지까지 절규한다. 이유는 나중에 물어보기로 하고 우선 눈앞에 다가온 피폭자들부터 처리하자. 나는 부풀어 오르는 힘을 차분히 가라앉히며 피폭자 무리를 바라보았다. 침착해야 한다. 저들을 저지해야 하지만 이 병원 자체를 박살 내서는 안 된다. 슈퍼 브레스의 힘을 제어해야 할 필요가 있다. 다섯 걸음. 네 걸음. 그야말로 코앞까지 피폭자들이 다가왔을 때 나는 비로소 끓던 피가 잠잠해졌음을 느꼈다. 그리고 거세게 앞을 향해 입김을 토해냈다. 질주하는 붉은 광선이 저 불쌍한 피폭자들의 영혼을 천국으로 인도해주기를 기도하면서.

"……."

하지만 아무 일도 생기지 않았다. 세 걸음. 두 걸음. 이번에는 힘을 집중한 눈동자를 놈들을 향해 부릅떴다. 역시 아무 일도 생기지 않았다. 뭐든지 녹여버리는 내 열시선조차 작동하지 않는다. 이게 어떻게 된 일이지? 분명 크립토나이트 제어기는 파괴해 버렸는데. 이제 한 걸음. 나는 렉스 루터의 멱살을 잡아챘다.

"이 개자식! 도대체 무슨 짓을 한 거야! 왜 내 힘이 돌아오지 않지?"

렉스 루터는 꼴사납게 엉엉 울고 있었다. 크립토나이트를 마음대로 다루지 못하게 된 게 그렇게도 분하더냐!

"이제 끝이야. 이제 우리는 완전히 끝났어. 그게 유일한 구조의 희망이었는데……"

"네 놈한테는 그 기기만이 희망이었겠지. 하지만 저걸 봐! 눈앞의 저 피폭자들을 보라고! 네가 크립토나이트를 함부로 다뤄서 사람들이 어떻게 되었나! 이 세상이 어떻게 변해버렸나 좀 보라고!"

"시끄러워! 이 미친 새끼야!"

놈은 이제 발광하듯 울부짖기 시작했다.

"어이! 그 놈을 데리고 얼른 이리로 와!"

어느새 복도 끝으로 달려간 아버지는 한 손으로 벽 속의 무언가를 잡고 계셨다. 그게 무엇인지는 카트에 끼인 채 바닥에서 버둥거리던 수지의 외침을 듣고서야 알았다.

"엘리베이터! 그렇지! 전기가 들어오니까 엘리베이터도 작동하지! 왜 그 생각을 못 했지? 오빠 바보!"

이제 반 보. 가장 앞에 서 있던 청년이 텅 빈 죽은 눈을 한 채 쿵쿵거리는 소리를 내며 나를 잡으려고 가는 팔을 앞으로 뻗어온다. 그래. 최소한, 최소한 원래 내 육신이 가졌던 힘이라도 돌아왔는지 확인해 봐야겠다. 나는 발을 뻗어 그 청년의 배를 걷어찼다. 배를 얻어맞은 청년은 뒤의 피폭자 동료들을 향해 몇 걸음 비틀비틀 물러났으나 그게 다였다. 맙소사. 티타늄도 구부러뜨리는 내 힘. 그 힘이 전혀 돌아오지 않았다. 도대체 뭐가 잘못됐는지는 모르겠지만 아직도 나는 평범한 인간과 전혀 다를 바가 없는 상태다. 절망적이다. 이 상태를 해결하려면 렉스 루터를 좀 더 족쳐봐야겠지만 그것도 이 상황에서 빠져나간 다음의 일이겠지. 나는 렉스 루터의 몸을 붙든 채 그놈의 고개를 저 너머의 아버지 쪽으로 향하고 팔에 힘을 넣었다.

"안 돼! 날 저 사이코패스와 단둘이 두지 마!"

놈의 울부짖음을 무시한다. 그래. 너한테는 정의로운 크립톤 행성인이 사이코패스로 보이겠지. 나는 마치 하키 퍽을 날리듯 렉스 루터의 몸을 던져 저 앞 엘리베이터에 몸을 반쯤 담은 채 나를 기다리고 있는 아버지에게 굴려 보낸다. 아버지는 엘리베이터에서 튀어나와 놈의 몇 안 남은 머리채를 잡고 질질 끌어당긴다. 나도 그 뒤를 따르려는 순간,

"오빠! 살려줘요!"

수지가 버둥거리는 것이 보였다. 카트 사이에서 뒤룩뒤룩한 살이 벌겋게 물들어가는 게 보인다.

"뭐해? 어서 안 뛰고!"

"카트에 몸이 끼었어요! 난 몰라! 오빠가 이렇게 하라고 했으니까 책임져!"

나는 있는 힘을 다해 그 비대하고 아무 쓸모없는 몸뚱어리를 향해 절뚝거리며 뛰어간다. 걸음을 내디딜 때마다 한쪽 발목에서 지독한 통증이 올라오지만 어쩔 수 없다. 수지의 말대로 이건 내 작전이었고, 무엇보다 나는 사람들을 구하는 히어로니까. 원초의 영웅이니까. 나는 수지의 뚱뚱한 몸을 카트에 낀 채로 끌어당겼다. 녀석이 껴 있는 모양새를 보아하니 그걸 빼내려다가 피폭자들 무리에 꼼짝 못 하고 둘러싸일 것 같았기 때문이다.

"아버지! 우리를 좀 도와주세요!"

하지만 아버지는 들은 척도 안 하고 붙잡은 렉스 루터를 엘리베이터 안으로 밀어 넣었다. 그래. 지금 렉스 루터의 신병을 확보하는 게 무엇보다 중요하다는 건 안다. 아버지도 크립톤 행성인이니까 제어기를 부쉈는데도 원래 힘이 돌아오지 않는 게 왜인지 궁금하시겠지. 하지만 아들이 사람을 구하고자 이렇게 필사적인데 완전히 무시하는 건 너무하지 않은가. 살짝 치솟아 오르려던 분노를

지극한 효성으로 인내한 채 카트를 옮겨준다. 다행히 인지를 초월한 크립톤 인의 슈퍼 두뇌는 제대로 기동한다. 이것만이 지금까지 내 유일한 희망이었다. 나는 있는 힘을 다해 수지의 몸이 껴 있는 카트를 벽을 향해 밀었다. 덜그럭덜그럭 구르며 굴러간 카트는 벽에 쇳소리를 내며 부딪친 후 대각선으로 밀려나 닫히려던 엘리베이터 문 사이에 끼었다. 나는 부지런히 그쪽으로 뛰어갔다. 엘리베이터 안에는 그 사이 입고 있던 가운으로 결박당한 렉스 루터와 카트를 밖으로 밀어내려 애쓰는 아버지가 보였다. 하지만 아버지는 곧 나를 보자마자 착각을 바로잡고 수지와 철제 구조물을 엘리베이터 안으로 끌어당기셨다. 곧이어 내 몸도 그 안으로 들어가고 문이 닫혔다. 이내 피폭자들이 종주먹으로 엘리베이터 문을 두드리며 안에 갇힌 우리를 향해 울부짖기 시작했다. 그 소리가 참으로 끔찍했다.

5. Elevator

'띵'하고 엘리베이터가 움직이는 소리를 들으며 나는 아버지에게 물었다. 꼭 확인해야만 했다.

"아버지. 아까 설마 저와 이놈만 남겨두시려던 건 아니죠?"

나는 크립토나이트가 아버지의 정신에 결정적인 영향을 미치지 않았는지 반드시 확인해야만 했다. 그렇게 물으면서 나는 처음으로, 아버지의 전신을 똑똑히 바라보았다. 그래도 렉스 루터가 굶기지는 않았는지 아버지는 육중한 몸을 하고 있었다. 크립톤 인답게

맹금처럼 잘 다져진 몸매를 지니고 계셨으며, 죄수복을 연상시키는 듯한 줄무늬 옷을 입고 있었다. 숱 많은 턱수염 여기저기에 핏덩어리가 덕지덕지 붙어 있었다. 아버지는 한쪽 입매를 심하게 추어올리며 웃었다.

"그럴 리가 있겠느냐. 아들아."

그러면 그렇지. 크립톤 인인 아버지가 그런 비열한 짓을 하실 리가 없다. 확인을 마친 나는 곧바로 꽁꽁 묶인 렉스 루터에게 달려들었다.

"이 자식! 렉스 루터! 도대체 무슨 짓을 한 거지? 왜 제어기를 파괴했는데도 아직도 크립토나이트가 작동하는 거냐! 무슨 짓을 했어?"

렉스 루터는 징징 울부짖었다. 피 칠갑에 뼈가 허옇게 드러난 그놈의 얼굴은 금세 눈물과 콧물로 뒤범벅이 되었다.

"몰라! 몰라! 나는 렉스 루터 같은 게 아니라고!"

나는 헛소리를 지껄이는 그의 얼굴을 한 방 갈겨주었다. 자신이 렉스 루터가 아니라니, 내가 슈퍼맨이 아니라는 소리만큼이나 헛소리다. 크립토나이트를 악용하더니 본인 정신까지 훼까닥 맛이 가버린 건가? 나한테 맞아 놈의 얼굴에는 물 외에 피도 넘치게 되었고 그럴수록 놈은 징징거렸다. 하긴, 이상한 일은 아니지. 원래 가면을 벗어던진 악당놈들은 대개 다 이렇게 비굴하고 나약하다.

"방금 전까지 똑똑히 봤겠지! 복도를 오가는 저 피폭자들을! 다 네가 크립토나이트를 함부로 써서 저렇게 된 거다! 괴물이 돼버린 사람들에게 미안하지도 않아?"

"난 잘못 같은 거 하지 않았어!" 렉스 루터가 빽 소리를 질렀다.

악당 놈이었건만 그 소리에는 다소 진심이 묻어 있었다. "비상 전원을 써서 병원의 전력을 복구한 건 나야! 군부대에게 연락해서 구조를 청한 것도 나라고!"

"군부대한테 연락이라니! 역시 등에 지고 있던 그게…… 오빠…… 오빠 설마……."

수지는 금세 렉스 루터의 감언이설에 넘어갔다. 귀가 얇은 정신병자 같으니!

"놈의 마인드컨트롤이다! 속지 마라! 수지!"

"속이려는 게 아니야! 네가 부숴버린 그건 크립토나이트 제어기 같은 게 아니라고! 그건 PRC 77이었어. 전멸한 부대의 군인들이 갖고 있던 거란 말이야! 그걸로 구조대를 보내 달라고 연락하고 있었다고! 크립토나이트 같은 건 있지도 않아!"

나는 놈의 턱에 세차게 주먹을 날려주었다.

"웃기지 마라!"

거세게 소리쳤다. 크립토나이트 같은 게 있지도 않다니! 그렇다면 밖에서 돌아다니는 저 괴물들은 어떻게 설명할 건가? 아니, 그 이전에 내가 힘을 잃어버린, 아직도 잃고 있는 이유는? 놈은 설마 내 존재를 부정할 생각인가? 내가 슈퍼맨 같은 게 아니라 평범한 정신병자라고 주장할 생각인가? 분노에 차서 나서려는데 아버지가 가만히 내 어깨를 내리눌렀다.

"그만두거라. 아들. 주먹으로는 한도 끝도 없다. 특히 이런 완고한 악당 놈들한테는."

아버지의 말씀이 옳다. 하지만, 이런 불가피한 경우에는 다소의 폭력을 써도 상관없는 것 아닐까? 그러나 나는 아버지의 의도를 착각하고 있었다. 아버지는 폭력을 쓰지 말라는 뜻으로 그런 말씀을 하신 게 아니었다. 꽁꽁 묶인 렉스 루터에게 다가가는 아버지의 손에는 메스가 들려 있었다. 엘리베이터 안으로 밀어 넣어진 내 애마에 실려 있던 것 같았다.

"주먹보다는 이게 더 잘 먹히지."

갑자기 지린내가 코를 찔렀다. 렉스 루터가 오줌을 지린 것이다. 놈의 사타구니에서 노란 물이 질질 흘러나왔다. 놈은 몸을 턱을 딱딱 부딪치며 애원하는 표정으로 우리를 바라보고 있었다. 놈도 아버지가 나보다 훨씬 더 강대한 능력자라는 걸 알고 있는 거겠지.

"뭐…… 뭐 하려는 거야. 저리 가!"

아버지는 필사적으로 버둥거리는 놈의 발을 움켜쥐더니 순식간에 구두와 양말을 벗겨냈다. 그리고 메스를, 엄지발톱과 발가락 살 사이의 그 촘촘한 공간에 밀어 넣었다. 아버지가 무슨 짓을 하려는 건지 눈치챈 수지가 내 옷으로 눈을 가렸다. 곧 '빠득'하는 소리와 함께 놈의 엄지발톱이 직각으로 꺾여 들어 올려졌다.

"아아아아아아악!"

렉스 루터의 비명이 엘리베이터 가득히 울부짖었다. 밖에서 들려오는 성난 신음도 순식간에 커졌다. 인간의 울음소리를 들은 피폭자들이 엘리베이터 밖에 몰려든 것이다.

"구조대를 불렀다고? 그래, 그렇겠지. 네 놈 혼자 탈출하려고 말이야!"

아버지는 나지막하게 읊조리시며 이번에는 놈의 새끼발톱을 들어 올리셨다. 또 뚝!

"아…… 아니야. 아니아니아니아니아니아니야!"

"아니라니! 로이스 레인은 어떻게 할 생각이었는데? 지하실에 갇혀 있는 그녀는?"

황급히 물었다. 나는 무엇보다 그녀의 안전을 확인하지 않으면 안 된다.

"로이스 레인이 누구야!"

"로이스 레인도 기억하지 못하나? 네 놈이 가둔 내 여자! 네 놈이 정신을 망가뜨린 여자! 매일 내 앞에서 눈물짓던 그녀를 말이다!"

"네…… 네 담당의? 이수영 선생?"

뚝! 이번에는 중지 발톱이 뽑혀 나갔다. 수지가 소리쳤다.

"이제 그만해요! 그만하면 됐어!"

"닥쳐. 돼지 새끼야."

아버지는 그분이 내뱉은 것이라고는 믿어지지 않는 천박한 말을 하면서 렉스 루터의 약지 발톱 사이로 메스를 집어넣었다. 렉스 루터는 목을 젖히면서 꺽꺽 울부짖었다. 아무리 아버지의 처사라도 이건 아니지 싶다. 고문은 절대 크립톤 행성인이 할 짓이 아니다. 역시 크립토나이트가 아버지의 정신에 심대한 영향을 끼친 것 같다.

"그래. 이 미친놈 말대로 이 건물 지하에 있는 사람들은 다 어찌할 생각이셨나? 응? 이제 살아남은 것들이라곤 거기 있는 사람들뿐일 텐데? 다 버리고 너만 튈 생각이었지?"

아버지가 으르렁거리신다. 그나저나 미친놈이라니. 수지를 말하는 거겠지. 설마 아들인 나를 일컫는 건 아닐 테다.

"아…… 아니야! 구조대가 오면 말하고 다 구해주려고 했어! 군인들을 끌고 구하러 가려고 했다고!"

"그럼 지하실 가까운 곳에 계셔야지. 옥상 바로 아래층에서 쥐새끼처럼 이리저리 돌아다니고 있으면 안 되지. 의사 선생. 꼭 그 사람들은 놔두고 당신 혼자 탈출하려는 것처럼 보이잖아."

아버지는 만면에 웃음을 띠며 놈의 검지 발톱을 떼어내려고 하셨다. 렉스 루터의 공포에 가득 찬 비명과 피폭자들의 신음이 겹쳐지며 듣기 싫은 코러스를 이뤘다. 나는 아버지의 어깨를 부여잡았다.

"그만두세요. 아버지. 이건 너무 심해요."

"꺼져. 이 미친 개새끼야! 씨발. 아버지라니, 놀고 앉았네."

그 말로 확신했다. 아버지는 지금 제 정상이 아니다. 어딘가에서 작동하고 있을 크립토나이트가 아버지의 고결한 정신을 흐려놓고 있는 거다. 나는 있는 힘을 다해 그분의 턱을 향해 주먹을 휘둘렀다.

'아버지. 용서해 주세요.'

아버지는 엘리베이터 구석으로 나뒹굴며 끙끙거렸다.

"잠시 쉬고 계세요. 아버지. 이제부터 제가 처리할게요."

옷을 찢어 피가 퐁퐁 배어 나오는 렉스 루터의 발을 부드럽게 감아준다. 고통으로 절규하는 와중에도 놈의 눈이 동그래지는 게 보인다. 악당인 놈으로서는 히어로인 나의 숭고한 자비심을 이해하기 쉽지 않겠지.

"고, 고마워…… 사, 살려줘…… 저 놈이 내 옆에 오지 않게 해줘."

"자, 이제 내 질문에 대답해. 어떻게 하면 크립토나이트의 영향으로부터 벗어날 수 있지?"

놈은 처참하게 일그러진 표정 속에서도 눈알을 뒤룩뒤룩 굴렸다. 뭔가 잔머리를 굴리는 모양새다.

"여…… 여기서 벗어나야 하지 않을까? 옥상에 올라가서 구조대의 헬기를 타고 여기를 벗어나면 네 초능력도 돌아오지 않을까?"

"웃기지 마! 로이스 레인을 버리고 가라고!"

나는 놈의 목을 한 손으로 틀어쥐었다.

"솔직히 대답해라. 아니면 나는 내 아버지가 널 다뤘던 방식이 옳다고 생각할 수밖에 없어. 지금 지하에 로이스 레인이 있나?"

놈은 대머리에 식은땀을 비질비질 흘리면서 대답했다.

"어, 어, 이수…… 아니 로이스 레인은 사람들을 데리고 지하로 도망갔어……. 그녀가 일행을 이끌고 밑으로 내려가는 걸 똑똑히 봤다고. 내가 아는 건 그게 다야."

"로이스 레인 말고 다른 사람들도 병동 지하에 갇혀 있다고? 그런데 넌 혼자 도망치려고 한 거냐!"

"사…… 살려줘."

놈은 비굴하게 울부짖었다. 피폭자들로 우글거리는 이곳에 사람들이 갇혀 있는 걸 뻔히 알면서도 탈출하자는 말을 지껄인 건가. 이놈은! 화가 치민다. 그러나 이걸로 내 행동방침은 정해졌다. 돌아오지 않는 힘 따위를 걱정하고 있을 때가 아니다. 물론 힘이 돌아왔다면 이 모든 문제가 좀 더 간단했겠지만, 그렇지 않더라도 크립톤 인으로서 해야만 하는 일이 있는 거다.

"수지. 지하층 버튼을 눌러. 사람들을 구하러 간다."

"말도 안 돼! 이미 다 죽었을 거야! 지금 이 병원은 좀비들로 득시글거리고 있다고! 우리밖에는 살아남은 사람들이 없어!"

렉스 루터의 헛소리 따위 무시했다. 하지만 수지는 머뭇거리고 있었다.

"오빠…… 내려가는 건 좋은데…… 그나저나 저분…… 우리 저분하고 계속 행동해야 하는 거예요?"

수지는 아직까지 엎드려 있는 아버지를 향해 고갯짓한다. 내가 너무 세게 때린 걸까?

"당연하지. 내 아버지니까. 모시고 가야지."

"저분……. 정말 오빠 아버지가 맞아요? 저분…… 오빠하고는 너무 달라요. 표정이 너무 안 좋아."

나는 잠시 욱욱거리는 아버지의 등을 바라보았다. 2층에서 나를 버리고 도망치던 일, 아까 나와 수지를 팽개치고 혼자만 엘리베이터에 타려던 일, 렉스 루터의 발톱을 뽑던 일…… 저 분이 나, 칼-엘의 아버지, 조-엘이라고 하기에는 미심쩍은 점이 많은 건 사실이다. 그 순간 렉스 루터가 간계를 부리기 시작했다.

"저…… 저 친구 말이 맞아……. 저자를 믿지 마……. 저자는 자네들하고는 달라……. 사이코패스 살인마야. 악마가 시킨 거라고 하면서 여자 친구를 고문 살해한 놈이라고……."

놈의 중상모략을 듣고 마음을 정했다.

"어쩌면 저분은 우리 아버지가 아닐지도 몰라. 아버지는 크립톤 별이 멸망할 때 돌아가셨다고 들었으니까."

"그런데 왜……."

"하지만 우리 아버지가 아닐지라도 크립톤 행성인인 건 확실해.

178

아무도 첫눈에 내가 슈퍼맨이라는 걸 알아보지 못했어. 하지만 저분은 그렇게 하셨지. 같은 크립톤 인이 아니라면 불가능한 일이야." 나는 자랑스럽게 가슴을 쫙 폈다. "크립톤 행성인이라면 믿어도 좋아."

"내 참. 한순간 진지하게 들을 뻔한 내가 바보지."

"뭐라고?"

"아무것도 아녜요! 저는 그냥……" 순간 '쿵' 하는 소리가 위에서 울려 퍼지며 엘리베이터가 흔들거렸다. "무슨 소리일까요?"

수지도, 나도, 심지어 렉스 루터마저 훌쩍이던 걸 멈추고 엘리베이터 천장을 주시한다. 방금 그게 무슨 소리였는지는 금세 밝혀졌다. 머리 위에서 피폭자의 울음소리가 울려 퍼지며 쇠를 긁는 소리가 들려온 것이다. 쿵. 쿠쿵. 쿠쿠쿵. 소리가 계속 울려 퍼지며 엘리베이터 천장이 들썩거린다.

"조, 좀비들이…… 좀비들이 몰려오고 있어. 이 엘리베이터로……."

"수지! 빨리 엘리베이터를 기동시켜!"

그렇게 외친 순간이었다. "타앙" 소리가 나며 고막이 찢겨나가는 듯한 통증이 귀를 덮쳤다. 목덜미를 만져 보니 피가 묻어나왔다. 뒤를 돌아보니 아버지가 총구를 나를 향해 겨누고 있다. 4층에서 렉스 루터가 들고 있던 바로 그 총이었다. 아버지가 총을 쏜 것이다. 나에게. 수지의 비명을 들으며 나는 분노에 차 아버지에게 돌진한다. 아버지는 또다시 방아쇠를 당기려 했지만 내가 조금 더 빨랐다. 나는 아버지의 두 손을 틀어쥐고 발을 걸어 넘어뜨렸다.

"무슨 짓이세요! 저한테 슈퍼-아우라가 없었다면 벌써 죽었어요!"

나는 아버지 위에 올라탄 채 고래고래 소리쳤다. 눈물이 나려한다. 아무리 크립토나이트의 영향이라고 해도 아버지의 타락한 모습을 이 이상 보고 싶지 않았다. 아버지의 눈알이 뒤룩뒤룩 굴러갔다. 입으로 뭔가 중얼거리시지만 알아들을 수가 없다. 나는 아버지한테서 총을 빼앗았다.

"이건 당분간 제가 가지고 있겠어요. 자. 렉스 루터. 사람들이 갇혀 있다는 지하로는 어떻게 가지?"

"거긴 엘리베이터로는 못 가. 지하층으로 간 후 비상 대피로를 이용해야 해. 그런데…… 정말 가려고?"

렉스 루터가 입을 딱딱 부딪치며 물었다. 위에서 피폭자들이 으르렁거릴 때마다 밧줄에 묶인 놈의 몸이 사시나무처럼 요동쳤다.

"좋아. 수지. 지하 1층 버튼을 눌러."

수지의 두툼한 손가락이 번호판 위에 겹쳐지고 곧 위잉 소리와 함께 엘리베이터가 하강하기 시작한다. 승강기 위에 붙어 있던 피폭자들의 몸이 위로 살짝 붕 떴다가 추락하며 연이어 쿵쾅거리는 소리를 냈다.

"오빠……. 저 좀비들은…… 어떡하죠?"

수지가 걱정스러운 눈빛으로 묻는다. 렉스 루터도 그렇고, 아버지도 그렇고, 수지도 그렇고 전부 피폭자들을 '좀비'라는 잘못된 호칭으로 부르지만 이제 더 이상 그런 건 신경 쓰지 않기로 했다.

"걱정 마. 제아무리 크립토나이트를 쬐었다 해도 지구인의 육체는 강화되는데 한계가 있으니까. 맨손으로 철판을 뚫지는 못할 테니 이 안으로 내려올 일 같은 건 없어."

다들 침묵하며 입을 다물었다. 내 말을 반박하는 건 아니었지만 그렇다고 해서 내 말을 수긍하는 것 같지도 않았다. 그들이 왜 그랬는지는 몇 초 후 알게 되었다. 아무리 지구인을 능가하는 아이큐를 지녔다 해도 나는 나의 판단을 너무 과신했던 것이다.

첫 징조는 요란한 소리로부터 왔다. 엘리베이터 안에서 섬광등의 불빛과 시끄러운 경보음이 미친 듯이 울려 퍼지기 시작했다. 곧이어 순조롭게 내려가던 승강기가 덜컹 소리를 내며 멈췄다. 나는 렉스 루터를 노려보았다. 애초에 이곳은 놈의 요새다. 이 개자식이 이 상황에서도 뭔가 수작을 부리는 건가? 놈이 중얼거렸다.

"예비 전원도 다 떨어져 가고 있어."

한 대 후려 패주려는데 놈의 말을 증명하듯 엘리베이터 안의 조명이 깜빡거리기 시작했다. 승강기의 변화에 피폭자들은 민감한 반응을 보여주었다. 위에 올라탄 피폭자들이 엘리베이터를 흔들기 시작했다. 도대체 위에 몇 놈이나 올라타 있는 거지?

거기에 대한 대답인 듯 엘리베이터의 천장이 둥그런 모양을 그리며 아래로 쑤욱 불거져 나왔다. 철로 된 합판을 구부러지게 하다니, 엘리베이터 위에 올라탄 피폭자들은 수백을 헤아리는 게 틀림없다. 피폭자들이 천장을 뚫고 내려오는 상상을 해보자 믿을 수 없게도 몹시 불안해졌다. 아무리 강화되었다 한들 지구인의 손으로는 철판을 뚫을 수 없으며 그러므로 우리는 매우 안전하다고 자기 암시를 넣어 보았다. 그런데도 그것들이 주먹으로 우리 머리 위를 쳐댈 때마다 몸이 벌벌 떨렸다.

나를 포함해서 뭔가를 하는 사람은 아무도 없고 피폭자들은 계속해서 자기들의 몸뚱이를 승강기 천장에 부딪쳐오고 있었다.

엘리베이터가 심하게 손상되었다. 그건 틀림없었다. 그 기계 장치가 마치 시소마냥 덜컹거리는데 그럴 때마다 속이 뒤틀렸다.

"오빠…… 우리 어떡해요……."

수지의 말과 동시에 엘리베이터 천장이 종잇조각처럼 찢어져 나갔다. 합판 안의 전선도 같이 찢어졌는지 공중에서 파란 불꽃이 일었다. 불꽃이 튀기며 끼익거리는 소리, 쇠가 갈리는 귀에 거슬리는 소리와 함께 피폭자들의 으르렁거림이 밀폐된 승강기 안으로 밀고 들어왔다. 천장은 중앙 부분부터 시작해서 좌우로 갈라지고 있었다. 금속이 짜부라지고 전깃줄이 끊어지며 엄청난 소리와 함께 불꽃이 튀고 있었다. 모두 너무 놀라 꼼짝도 할 수 없었다. 눈 앞에 정체 모를 불빛이 어른거리고 귀가 계속 울렸다. 마침내 몸을 움직여 이 상황을 타파하기 위한 뭔가를 하려고 했을 때 큰 진동이 엘리베이터를 덮쳤다. 바닥이 한쪽으로 심하게 기울어지며 나는 구석의 의료용 카트에 심하게 부딪혔다.

통증 때문에 몽롱해진 상태로 비틀거리며 일어서려는 순간 귀바로 옆에서 딱딱거리는 소리를 들었다. 펭귄 인형이 그려진 티셔츠를 입은 꼬마 한 명이 자기 머리를 거꾸로 내려뜨리고 있었다. 더럽고 찢어진 검정색 셔츠가 뒤집어진 채 흘러내려 척추뼈까지 드러난 복부를 그대로 노출시키고 있었다. 주춤거리며 한발 물러서자 그 작은 악마는 맹렬하게 으르렁거리며 내 목덜미를 잡고 물어뜯으려 했다.

모든 일이 순식간에 벌어졌다. 나는 재빨리 물러서며 무의식적으로 손에 든 화기를 녀석의 얼굴을 향해 발사했다. 총알은 작은 구멍 정도가 아니라 소년의 얼굴 정도로 커다란 구덩이를 남기며 핏덩어리와 뇌 조각, 뼛조각을 사방으로 날려 보냈다. 소년의 상체가 대롱대롱 매달린 채 거무죽죽한 피를 쏟아내기 시작했다. 수지가 요란하게 비명을 질렀다.

소년 말고도 부서진 천장을 통해 밑으로 내려오려는 피폭자들이 너무 많았다. 중년 남성, 청년, 노인, 아이들…… GAP 로고가 그려진 셔츠를 입고 머리 한쪽이 움푹 들어간 지저분한 장발의 청년은 계속 천장을 긁어대고 있었다. 손톱이 철판을 긁는 소리와 전선의 불꽃에 손톱 끝이 타들어 가는 냄새가 지긋지긋할 정도로 진하게 퍼져나갔다. 청년은 꽤 가까이 내려와 있었기 때문에 그의 피에 젖은 입과 핏줄이 불거진 창백한 피부가 선명하게 보였다. 얼마 후 청년은 허리까지 천장의 갈라진 틈새로 내려보냈다.

머리카락이 쭈뼛 섰다. 이제 곧 천장은 무너지고 피폭자들이 이 엘리베이터 안으로 쏟아져 들어올 것이다. 지금 깜빡거리는 승강기의 조명이 꺼지면 이 좁은 곳은 그야말로 지옥이 되겠지. 힘을 찾지 못한 나로서는 도저히 방법이 없다.

"이제 방법은 하나뿐이다."

아버지의 나직한 목소리가 들렸다. 쳐다보니 아버지의 눈은 내가 기억하고 있는 그대로, 안온하고 차분해져 있었다. 굳게 다문 입에서는 아무리 어려운 상황이라도 타파하고 말겠다는 굳은 의지가 느껴졌다. 너무 기뻤다. 이런 절망적인 상황에서 아버지의 정신이 돌아오다니. 힘을 잃었다 하더라도 크립톤 인 두 명이라면 얼마든지 이 난국을 타개할 수 있다. 그런 믿음이 들었다.

"아버지! 정신이 드신 거예요?"

"그래. 추태를 보였다. 미안하군. 저 렉스 루터 놈이 내게 주사한 크립토나이트가 너무 강력해서……"

아버지는 렉스 루터를 노려보았다. 렉스 루터는 두려움에 이를 딱딱 맞부딪치며 초조한 듯 눈동자가 흔들렸다. 아버지한테, 크립톤 인한테 크립토나이트를 '주사'했다고! 이 나쁜 자식!

"괜찮아요. 아버지. 저 악당 렉스 루터 놈이 나쁜 놈이죠. 다 이해해요. 그나저나 방법이 있다니, 어떤 방법이죠?"

아버지는 잠시 고개를 들어 고드름처럼 주렁주렁 매달린 피폭자들의 얼굴과 그들의 딱딱거리는 이빨을 바라보고 계셨다. 그리고 곧 일어나셔서 엘리베이터의 문 쪽으로 향하셨다. 잠시 허리를 굽혀서 뭔가를 하시나 싶더니 곧 크립톤 인의 엄청난 힘으로 엘리베이터의 문을 양손으로 잡고 열어젖히셨다. 차가운 바람이 들어오며 복잡한 배선으로 된 벽면과 어두컴컴한 공간이 눈앞에 펼쳐졌다. 그리고 피폭자들의 울음소리도 훨씬 더 광포하고 크게 들려왔다.

"내 아들. 칼 엘. 이 밑으로 뛰어내리거라."

아버지는 열린 승강기의 바깥을 손가락으로 가리키셨다. 인지를 초월한 슈퍼두뇌로도 아버지가 지금 무슨 말씀을 하시는 건지 잘 이해가 되지 않았다.

"예? 지금 무슨 말을……"

"네 비행 능력을 이용하는 거다. 이 밑으로 뛰어내린 후 엘리베이터를 들고 위로 밀어 올리는 거다. 이 건물의 천장에 닿을 때까지. 그렇게 해서 이 위에 탄 좀비…… 아니 피폭자 놈들을 압착해 버리는 거지."

순간 아연해졌다. 그런 일이…… 아니, 가능하겠지만, 가능할까?

"하지만 아버지……. 아시다시피 우린 아직 힘이 완전히 돌아오지 않았어요. 그 정도 힘이 있는지……"

"비행 능력은 아직 시험해 보지 않았잖니? 어쩌면 그 능력만큼은 돌아왔을지도 모른다. 그건 슈퍼맨, 아니 크립톤 인의 상징과도 같은 힘이니까."

과연 그렇다. 나는 살짝 열린 승강기의 문틈에 발을 걸쳐보았다. 그리고 그 밑으로 펼쳐진 광경을 주시했다. 엘리베이터가 오르내리는 공간에는 보이는 게 많지 않았다. 그곳에는 오직 심연 같은 어둠만이 펼쳐져 있었다.

"무슨 미친 소리를 지껄이는 거예요?"

수지가 꽥꽥거렸다. 아무리 아버지의 부탁이라도 살짝 불안해진다. 혹시 내 비행 능력마저 돌아오지 않았다면, 그렇다면 나는 저 어두컴컴한 밑바닥으로 붙잡을 것 하나 없이 추락하는 꼴이 아닌가?

"아버지……. 아버지도 도와주세요. 같은 크립톤 행성인이잖아요. 그럼 훨씬 위안이 될 것 같은데."

순간 아버지의 얼굴이 일그러졌다. 실망하신 걸까?

"너도 보았듯이 난…… 아직 힘이 돌아오지 않았단다. 넌, 아비한테 자칫 잘못하면 죽을 수도 있는 일을 시키려는 거냐? 아니면, 이 아비를 비난하고 싶은 거냐? 아무 도움도 못 된다고?"

아버지의 괴로워하시는 얼굴을 보고 깨달았다. 그렇구나. 말씀은 안 하시지만, 아버지는 힘이 돌아오지 않아 크립톤 인으로서 의무, 사람을 구한다는 그 숭고한 사명을 이행하지 못하는 걸 부끄러워하고 계신 거야. 내가 아버지의 상처를 건드렸구나. 이런 불효자식 같으니라고.

"내가 기억하는 내 아들 칼-엘은 그렇지 않았다!"

아버지의 그 말에 결심을 굳혔다. 나는 승강기 끄트머리를 향해 다가갔다. 바깥의 어둠을 향해 한쪽 발을 내밀었다.

"듣지 말게! 자네를 속이려는 거야! 거기서 떨어지면 자네는 죽어!"

렉스 루터의 이간질을 듣고 결심을 굳혔다.

"오빠! 안 돼요!"

수지의 저 외침은 연약한 인간의 본성일 뿐이다. 서둘러야 한다. 다른 한 다리도 바깥으로 내디디려는 순간 아버지가 내 어깨를 잡았다.

"아들. 가기 전에 총은 나한테 주고 가는 게 어떠니?"

그제야 지금도 피폭자들의 으르렁거림이 우리를 향해 내려오고 있다는 사실이 생각났다. 아아. 이런. 역시 나보다 아버지 쪽이 경험이 많고 노련하다. 내가 승강기를 들어 올리는 사이 피폭자들이 밀폐된 이곳으로 쏟아져 내리면 어떡할 텐가. 아버지와 수지, 그리고 마음엔 안 들지만, 렉스 루터에게도 몸을 지킬 수단이 있어야 한다. 나는 허리춤의 총을 뽑아 아버지에게 건네주었다. 그리고 남은 한 발, 통증 없는 성한 발 쪽을 허공에 내디디려 했다.

그 순간이었다. 까닭 없는 불안이 내 온몸을 덮쳐왔다. 나는 지금 옳은 판단을 내리고 있는 걸까? 혹시 돌이킬 수 없는 선택을 하려는 게 아닐까? 뒤돌아 수지와 아버지, 렉스 루터를 바라본다. 렉스 루터는 참으로 가련한 표정을 짓고 있다. 저놈이 저런 표정을 지을 줄 안다니 놀랐다. 도대체 지금 이 순간의 어떤 것이 놈의 양심을 깨운 것일까? 놈이 인간다움을 살짝이라도 되찾은 이상, 놈도 보호해야 하는 것 아닐까? 묶인 줄을 풀고 좀 더 인간다운 대접을 해줘야 하는 게 아닐까. 렉스 루터 다음으로는 수지를 바라본다. 그 통통한 볼이 살짝 떨리며 예쁜 보조개를 만들고 입은 계속 뭔가를 말하려는 듯이 달싹거린다. 알 수 없는 윤기에 젖어 깜빡이는 빛 아래서 반짝인다. 한순간 진짜 '국민 여동생'처럼 보였다. 갑자기, 저 둘을 이 승강기에 내버려 두고 밖으로 발걸음을 내딛는 게 용서받을 수 없는 죄악처럼 느껴졌다.

"아버지, 전······"

마지막으로 아버지를 바라보았다. 그리고 경악하고 말았다. 아버지의 눈이 개기름을 칠한 것마냥 번들거렸다. 아버지의 입가는 무엇인지 짐작하기조차 싫은 기쁨으로 자꾸 실룩이고 있었다. 내가 이때까지 봐온 그 어떤 악당의 얼굴보다도 잔인하고 비열한 뭔가가 그 아래서 꿈틀거리고 있었다. 젠장! 역시나 크립토나이트의 영향이 다 사라진 게 아니었다. 황급히 안으로 몸을 들어놓으려는 순간,

"잘 가라! 이 병신아!"

천박한 목소리가 울려 퍼지며 요란한 총성이 났다. 어깨 부근에서 지독한 통증이 나며 내 몸은 승강기를 벗어나 밑으로, 밑으로 가라앉는다. 마지막을 들었던 건 아마, 수지의 비명이었던 것 같다.

6. Beneath Floor

놀랍게도, 나는 그 아득한 높이에서 추락했으면서도 정신을 잃지 않았다. 그래서 더욱 비참해졌다. 총에 맞은 어깨에서는 피가 퐁퐁 새어 나와 뺨을 촉촉 때린다. 느껴지는 통증이 심각하지 않은 걸로 봐서 다행히 관통상은 아닌 듯하지만, 핏방울이 계속 새어 나오는 걸 보니 더럭 겁이 난다. 공포는 걸리적거리는 어디인지 모를 바닥에 누워 사방에서 일어나는 전기 스파크에 비추는 내 몸을 바라보았을 때 더욱 커졌다. 오른발이 기이한 모양으로 뒤틀려 있는 걸 발견했기 때문이다. 왼쪽 발은 다행히 똑바르다. 하지만 거기서 어떤 감촉도 전해져오지 않으니, 성해 보이는 살가죽 아래서 무슨 일이 일어났는지 어떻게 알랴.

척추가 부러진 걸까. 몸을 움직이려 하지만 허리 아래쪽이 전혀 반응이 없다. 뇌와 단절되어버린 듯한 느낌, 내 몸이 아니라 마치 내 하반신을 놀라울 정도로 정확히 재현한 고무 인형을 보는 듯한 느낌이 들자 소름이 끼쳤다. 결국, 모든 상해로부터 내 몸을 보호하는 슈퍼 아우라도, 비행 능력도, 그 어떤 것도 작동하지 않았다. 이 사태가 일어난 후, 아니 병원에 갇힌 후 처음으로 울고 싶어졌다. 부러지고 뒤틀린 몸 때문이 아니다.

내 기억, 내 인생, 내 모든 세계에 대한 의심이 단검처럼 가슴을 찔러온다. 아버지, 아니 이제 아버지라 부를 수도 없는 그자는 속임수로 나를 죽이려 들었다. 지독할 정도로 극악하다. 아무리 크립토나이트의 영향을 받았다고는 해도 이건 정도를 넘어섰다. 이젠 아버지가, 아니 그 남자가 크립톤 행성인이 맞는지도 의심이 간다. 하지만 내 정체성을 처음으로 명확하게 인정해 준 이가, 내 말을 처음으로 믿어준 이가 거짓말쟁이였다니. 크립톤이며 조-엘이며 능력이며, 내가 철석같이 믿었던 그자의 이야기도 전부 지어낸 것이었나. 그것뿐이었다면 그저 그놈이 사악한 악당일 뿐이라고 위안하며 넘어갈 수 있었을지도 모른다. 하지만 내 초능력이 작동하지 않는다. 슈퍼 아우라와 비행 능력이 발동하지 않는다. 모든 것을 태워버리는 열시선과 모든 것을 인지하고 꿰뚫어 보는 초감각에 이르면 이제 우스운 농담거리처럼 들릴 지경이다. 나는 내 몸이 순식간에 복구되어 저 어두컴컴한 공중으로 날아올라 그 나쁜 사이코패스를 응징하고 이 병원에 갇혀 있는 모든 사람을 구하고 싶지만, 현실 속에서는 아무것도 못 하는 부서진 몸으로 추레하게 바닥에 누워 있을 뿐이다.

사방에서 요란한 소리를 내며 튀겨지는 전선들이 마치 누군가의 부름처럼 들린다. 깨어나라. 깨어나라. 도대체 무엇으로부터 깨어나란 말인가. 크립톤 인이라 철석같이 믿었던 이는 렉스 루터를 능가하는 미친 악마 놈이었다. 이 모든 일이 단순한 우연의 일치에 불과한 걸까. 몇 달째 이 병원에 갇혀 있으면서 내가 슈퍼맨이라는 사실만을 생각하고 다른 것은 생각하지 않으려고 안간힘을 썼다. 하늘을 가르며 세상 두려울 것 없이 정의를 실천하던 지난날을 떠올릴 때마다 언젠가 그 시절로 돌아갈 수 있을 거라고 되뇌곤 했다. 그러나 이제는 자신이 없다. 나를 가두었던 곳에서 빠져나오고, 렉스 루터를 때려눕혀도 내 힘이 돌아오지 않는다. 주변의 모두가 내가 틀렸다고, 내가 망상을 하고 있는 거라고 한다. 내 말을 믿어준 유일한 사람은 사이코패스 거짓말쟁이였다. 이젠 정말 모르겠다. 나는 정말 슈퍼맨인 걸까?

눈에서 눈물이 흘러내렸다. 잡념을 털어 버리기 위해 심호흡을 한 뒤 머리를 흔든다. 일단 울기 시작하면 도저히 그칠 수 없을 것 같다. 여기서 무너지면 나는, 아니 무엇보다 갇혀 있다는 사람들은 어쩌란 말인가. 그 사이코패스와 같이 엘리베이터 안에 갇혀버린 수지는? ……아, 그래. 렉스 루터도. 마음의 상처로부터 의심이라는 냄새나는 고름이 새어 나오지만 일단 거기서 고개를 돌리고 코를 막는다. 언젠가 그것을 똑바로 바라보고 파헤치고 도려내야 하겠지만 지금은 아니다. 아직은 아니다. 지하실에 있는 사람들을 구해야 한다. 이제는 그것만이 내가 나 자신이라는 것을 증명할 유일한 방법이리라.

역설적으로 지금 내 신체에서 유일하게 내 마음대로 움직일 수 있는 부위는 그 사이코패스의 총에 맞은 어깨뿐이었다. 나는 꿈틀대는 어깨로 축 늘어진 하반신을 끌며 고장난 인형처럼 엉금엉금 기어간다. 다행히 지하 1층의 승강기 도어가 열려 있어서 나는 간신히 거기에 턱과 팔을 올려놓는다. 그리고 내가 막 들어가려고 했던 곳의 풍경을 보고 까무러칠 뻔했다. 좀비들 수십이 몰려다니고 있었던 것이다. 피로 물든 몸. 잘려나간 팔다리, 창백한 생기 잃은 눈을 한 굶주린 괴물들이 빈틈없이 복도를 채우고 있었다.

열린 승강기 문 바로 앞에는 경찰복을 입은 무언가가 비스듬하게 쓰러져 있었다. 굳이 '무언가'라고 밖에 할 수 없었던 건 목 윗부분이 깨끗하게 잘려져 나가 사람이라고 부르기에는 거부감이 들었기 때문이다. 그것이 사라지기 전 뇌가 내린 마지막 명령이었는지, 양 손은 승강기 도어의 문을 손톱이 뜯겨나갈 정도로 강하게 부여잡고 있었다. 좀비들에게 몰려 절망적인 상황에 처하자, 한 때 경찰이었던 이 몸통은 어떻게 해서든 승강기 도어를 열고 지금 내가 있는 이 어두컴컴한 통로로 피하려 했던 것이다.

덕분에 간신히 상반신만 움직일 수 있는 상태로 지하 1층에 올라왔지만, 이제부터 어떻게 해야 할는지. 감히 숨을 쉴 생각조차 하지 못하겠다. 내가 내는 소리를 듣고 복도를 가득 메운 저 좀비들이 눈을 번득이며 거의 무기력한 것이나 다름없는 내 몸으로 몰려드는 상상을 하니 소름이 돋는다.

하지만 그렇다면 도대체 어찌해야 좋은가. 무슨 수로 저 많은 괴물들을 뚫고 지하에 숨어 있을 생존자들을 찾으란 말인가. 새삼스럽게 지금의 내가 얼마나 히어로와 거리가 먼지 절절히 깨달았다. 그때였다. 병동 전체에 총성이 울려 퍼졌다. 그 많은 좀비들이 우뚝 멈춰 섰다. 그들은 마치 태양을 우러르는 아스텍인들처럼, 어울리지 않는 경건한 표정으로 총성이 들려온 고공을 응시했다. 탕, 타탕. 타타탕. 연이어 울려오는 총소리. 그 총소리는 점점 위로 멀어져간다. 순간 나 말고도 다른 사람이, 그것도 총을 가진 사람이 살아 있는 건가 기뻐했지만, 곧 그 요란한 소리가 내 머리 위 까마득한 곳, 승강기가 있을 어두컴컴한 공간에서 좀비들이 으르렁거리는 소리와 함께 들려온다는 걸 알고 낙담했다.

그러나 우연찮은 행운인지, 아니면 히어로를 위해 운명이 마련해 놓은 정교하고 기가 막힌 시나리오인지 복도에 가득했던 좀비들이 그 총소리를 듣고 위쪽으로 이동하기 시작했다. 놈들은 으르렁거리는 소리와 함께 100미터쯤 앞에 있는 계단을 향해 발걸음들을 옮기고 복도는 서서히 비워지기 시작한다. 나는 호흡조차 멈춘 채 그들이 전부 사라지기를 기다렸다. 몇 분이나 지났을까. 총소리는 계속 들려오고 복도에 있던 좀비들은 모두 사라졌다.

'좋아. 이 사이코패스야. 계속 총을 쏘라고!'

복도는 텅 비었지만, 나는 놈의 총질이 계속되기를 바랐다. 2층에 좀비가 하나도 남지 않았다는 확신을 위해서는 이 시끄러운 소리가 계속 나야 하리라. 하지만 총소리는 금세 멎었다. 다행히도 한참을 기다렸지만, 복도로는 누구도 돌아오지 않았다. 더 이상 지체할 수 없었다. 나는 고통에 비명을 지르는 몸을 다독이며 승강기 통로의 지하로부터 지하 1층 복도로 기어나갔다.

통로에는 핏자국과 총알 구멍, 그리고 시체들이 사방에 널려 있었다. 피가 빨간 페인트처럼 사방에 칠해져 젤리처럼 몸에 들러붙는다. 살아있는 사람들이 좀비들에 맞서기 위해 목숨을 걸고 싸운 흔적이다. 피가 말라붙은 부서진 유리와 흉측하게 긁힌 철문들을 볼 때마다 몸이 떨렸다. 이 처참한 사투에서 살아남은 사람이 있기는 한 걸까? 내가 어쩌면 헛수고를 하는 게 아닐까. 순간 생존자를 찾기 위해 초청각과 초시야를 쓸 생각조차 안 하고 있다는 데 생각이 미치며 헛웃음이 흘러나왔다. 물론 발동할 리도 없지만, 어느새 나는 내 몸이 평범한 지구인의 그것과 다를 바가 없다는 데 너무 익숙해져 버린 것이다.

그때 청색 면 옷을 입은 남자 간호사 하나가 화장실에서 나오는 것이 보였다. 얼굴을 반대쪽을 향하고 있어 바닥을 기는 나를 보지 못한 게 틀림없었다. 단정하고 흠 없는 모습에 순간 팔을 흔들며 그를 부를 뻔했다. 그가 고개를 돌리자 녹아내린 얼굴이 보였다. 한때는 온전했을 이목구비는 지금 반쪽이 날아가 하얀 두개골을 드러내놓고 있었다. 다른 모든 빌어먹을 좀비들처럼 그 남자의 눈은 공허해 보였다. 내가 꼼짝 않고 시체처럼 드러누워 있자 그 남자 좀비는 고개를 갸우뚱거리더니 바로 옆의 여자 화장실로 천천히 기어들어 갔다. 그 좀비가 몸을 감춘 후 좀 전에 느꼈던 안도감과 반가움이 생각나 하마터면 왈칵 울음을 터뜨릴 뻔했다.

하지만 진짜 끔찍한 광경은 좀 더 뒤에 숨어 있었다. '관계자 외 출입금지'라고 쓰인 문 앞에는 휠체어가 한 대 방치되어 있었는데 거기에는 몸에서 심한 악취를 풍기는 여자의 시신이 누워 있었다. 어떻게 얻은 건지 그녀의 손에는 M16 한 자루가 위를 향해 들려 있었다. 총구를 입에 물고 방아쇠를 당긴 건지 머리 위쪽이 모두 날아간 상태였다. 나도 모르게 비명이 나왔다. 어쩌면 그녀가, 이 끔찍한 시체가 로이스 레인일지도 몰랐기 때문이다. 그게 좀비들의 주의를 끌 수도 있다는 사실조차 잊어버릴 정도의 충격이었다.

으르렁거리는 소리와 함께 휠체어가 넘어지고 '관계자 외 출입금지'일 문이 활짝 열렸다. 하얀 팔 두 개가 두터운 문을 밀치며 뛰쳐나왔다. 신체 나머지 부위가 뒤를 이어 나타났다. 40대 중반의 사내로 유령처럼 창백한 피부 위로 무궁화 몇 개가 달린 군복을 입고 있었다. 눈은 죽고 입은 쉼 없이 딱딱 맞부딪치고 있었다. 좀비였다. 그 좀비는 빠른 속도로 내게 다가왔다 눈 깜짝할 새 그것의 손이 내 머리 위에 올라와 있었다. 갈고리 같은 손으로 내 머리털을 잡은 그것이 엄청난 힘으로 날 들어 올리자 엄청난 통증이 몸을 엄습한다. 그러나 날 들어 올린 괴물도 뻣뻣한 신체 때문에 곧 균형을 잃고 뒤로 넘어져 우리는 휠체어를 넘어뜨리고 그 위에 놓인 시신의 뇌수를 흩뿌리며 바닥에서 뒤엉키게 되었다. 좀비는 여전히 내 머리 위에 달라붙어 나를 내리누른다. 한 손으로는 그놈의 팔을 잡고 다른 한 손은 내 몸과 그놈의 몸 사이에 구부려 넣어 날 물지 못하도록 계속 밀어냈다. 좀비의 턱은 광견병에 걸린 개의 그것처럼 미친 듯 허공을 물어뜯고 있었는데 그 기세에 하마터면 손을 물릴 뻔하기도 했다. 하지만 놈의 얼굴에서 손을 놓을 수도 없는 것이 그랬다가 내 마음대로 움직일 수 없는 발로 놈의 이빨이 향할 수도 있기 때문이다.

젖 먹던 힘까지 짜내 엉덩이로 몸을 굴리자 그 좀비는 바닥에 얼굴을 꽝 부딪쳤다. 콘크리트로 만들어진 바닥재에 그 좀비의 코가 박살 나는 소리가 들린다. 나는 벽에 등을 기댄 채 손에 잡히는 것, 그것이 뭔지는 아직 보지도 못했지만 어쨌거나 그것을 잡고 괴물과 싸울 자세를 취했다. 좀비가 팔 길이만큼 다가오자 온 힘을 다해 두개골을 내리쳤다. 퍽 하는 소리와 함께 감염된 시커먼 뇌수가 사방으로 날린다. 통증을 느끼지 못함이 분명함에도 그 좀비는 요동치며 비틀거렸다. 두 번째 가격을 날렸다. 마침내 머리가 풍선처럼 터져버리고 좀비는 쓰러졌다. 그 후에도 나는 몸을 구부려 붉은 덩어리가 될 때까지 좀비의 두개골을 계속 내리쳤다. 혹 무언가 튀어 입에 들어가지 않을까 참았던 숨이 터져 나온 후에야 나는 손에 들었던 것을 내려놓았다. 이제 보니 그것은 곤봉처럼 생긴 철제 파이프였다. 잠시 손을 모으고 그 파이프에게 감사했다. 그리고 곧이어 서글픈 심정에 사로잡혔다. 이런 원시적인 무기를 든 채 수십 번에 걸쳐 인간의 머리를 내려치고 뇌수와 피에 흠뻑 절은 채 헉헉대는 슈퍼맨이라니. 세상에 이런 히어로가 어디 있단 말인가. 문득 조금 전 파이프를 휘두를 때의 내 표정이 어땠는지 상상하고 말았다. 아마 이 세상 누구도 본 적 없을 만큼 흉악하고 원시적이며 천박했겠지. 나는 타락했다. 정신적으로는 어떨지 모르지만 육체적으로는 확실히 타락했다. 차가운 현실이 나를 비참하게 만든다.

현실을 너무 똑바로 바라본 나머지 눈은 물론 기억력까지 멀어버린 모양이다. 방금 전 화장실로 들어갔던 경찰 좀비를 전혀 기억하지 못하다니, 게다가 그것이 바로 등 뒤로 다가올 때까지 알아차리지 못하다니 말이다. 등이 밟히는 느낌과 함께 그 괴물의 울음소리가 들렸다. 놈의 입김이 목덜미에 닿았을 때 나는 놈을 똑바로 노려보면서도 이제 정말 끝장이라고 생각했다. 그래서 그것이 입을 쩍 벌린 채 피와 뼛조각을 쏟아내며 바로 내 앞에 부댓자루처럼 쓰러지자 아주 잠시 내 힘, 구체적으로 말하자면 눈에서 뿜어져 나오는 열시선의 힘이 돌아온 것이 아닐까 하는 헛된 희망을 품었다.

그러나 아니었다. 그 좀비가 쓰러진 건 소녀 때문이었다. 고작해야 10살 전후로 보이는, 어린 소녀. 그녀는 화약 연기가 피어오르는 총을 그 자그마한 손에 쥐고 있었다.

7. Basement

내 구원자는 지저분하고 몰개성한 줄무늬 환자복을 입고 있었다. 열 살을 갓 넘긴 듯한 그 소녀는 아기자기한 검은 눈동자를 조그맣고 부드러워 보이는 얼굴 속에서 빛내고 있었다. 살색의 피부.

오물거리는 입. 겁먹은 눈동자. 총이라는 흉기의 무거움에 덜덜 떨리는 손. 틀림없는 사람이었다. 살아있는 사람이었다. 다행히 소녀도 나를 보고 사람이라고 생각한 것 같았고 그 순간 나는 내가 소녀가 생각하는 사람이 아닌 다른 행성 사람이라는 사실조차 완벽하게 잊어버리고 있었다. 나 스스로가 사람이라고, 평범한 지구인이라고 깜빡이는 눈동자로 열심히 소녀에게 호소했다. 우리는 한동안 침묵한 채 서로를 멀거니 바라보기만 했다.

마침내 소녀가 눈을 비비며 한 걸음 앞으로 걸어 나왔다. 나는 조심스럽게 양손을 올려 텅 빈 손바닥을 보여주었다. 소녀가 꿀꺽 침을 삼키는 소리가 들렸다. 마침내 내가 입을 열었다.

"안녕." 사람 목소리를 오랜만에 듣는지 소녀는 놀라 펄쩍 뛴다. 다시 한번 인사를 건넸다. "안녕. 이름이 뭐니?" 소녀는 망설이고 있었다. 소녀의 눈길이 내 얼굴과 오른쪽의 어둡고 긴 복도 사이를 불안하게 오갔다. "쏘지 마. 아저씬 좀비 같은 게 아니야."

소녀가 입고 있는 낡고 때 묻은 환자복이 움찔 떨렸다. 내 몸을 세세히 뜯어보는 소녀는 온몸으로 자신이 잔뜩 긴장해있음을 알리고 있었다. 꼭 사람이 다가오면 달아날 듯한 공원 안의 비둘기 같다.

"저는 영희라고 해요." 소녀의 목소리는 따뜻했다. 그러나 주인의 몸처럼 떨리고 있었다. "아저씬 누구예요?"

"아저씨는…… 슈퍼맨이야."

갑자기 구역감이 밀려왔다. 왜 그랬는지는 나도 모른다.

"슈퍼맨?"

이상한 이름이라고 생각했는지 소녀가 얼굴을 찡그렸다. 동시에 뒤로 한 걸음 내디뎠다. 마음이 급해졌다.

"미안, 미안. 그건 내 별명이고, 내 이름은…… 클락 켄트야. 뉴욕에서 살아."

맹세코 지금의 나는 진실을 말하고 있다. 나의 구원자인 이 작은 소녀를 농락하거나 속이려는 생각 따위 일절 없다. 그런데, 그런데 왜 이런 지독한 위화감이 드는 걸까. 겨우 이 말 한마디에 완벽한 병신이 된 것 같은 느낌이 드는 건 왜일까. 나는 그 위화감을 떨치려고 필사적으로 소녀에게 내가 그들을 구하러 왔다는 사실을 설명한다. 어린 소녀는 한동안 듣고만 있었다.

"믿어 줘."

필사의 설득 끝에 그렇게 말했을 때 소녀는 작은 가슴 속에 총을 품은 채 종종 다가와 주었다. 그리고 고사리 같은 손으로 내 볼을 살짝 쓸어주었다. 이런, 울고 있었던 건가. 기가 막힌다.

"믿을게요. 좀비가 아니라고, 말했으니까."

아마 소녀가 강조하고 싶었던 건 '말했으니까'라는 부분일 것이다. 지금까지 내가 봐왔던 그 극악한 괴물들 중 언어 능력을 가지고 있던 놈은 하나도 없었으니까, 소녀도 내가 말하는 걸 보고 인간이라고 믿었던 거겠지. 하지만 나는 소녀의 입에서 내가 그 괴물들을 '좀비'라고 말했다는 걸 깨닫고 새삼 충격을 받았다. 그러고 보니 요 몇 시간 동안 계속해서 저 괴물들을 지칭할 때 항상 '좀비'라고 했지 '피폭자'라는 말을 쓰지 않았다. 왜일까. 저 식인 시체들은 인간이 크립토나이트에 피폭되어 생겨난 것이다. 그러니까 분명 '피폭자'가 맞는 말인데. 내 의식은 계속 목구멍에서 '좀비'라는 말을 짜내고 있다. 이게 무슨 징조일까. 내 의식 깊은 곳에서 뭔가가 변화하고 있다는 걸까? 변화하고 있다면 도대체 뭐가?

그때 영희가 조용히 내 팔과 목 사이로 들어왔다. 영희는 마치 뺑소니를 당한 작은 동물을 돌보는 것처럼 나를 조심조심 다루며 낑낑거리는 소리와 함께 어두컴컴한 지하로 내려간다. 그 아이의 알 수 없는 의지와 힘에 이끌려 나도 부자유스러운 신체를 열심히 움직인다. 가끔 서로의 몸 때문에 비틀거릴 때면 '조심해', '괜찮아' 라고 속삭이며 우리는 둘 중 하나만이 알고 있는 장소로 나아갔다. 도중에 좀비를 한 마리도 만나지 않은 건 정말 천운이었다. 아니, 천운이라고만은 할 수 없으려나. 영희는 내 한쪽 팔을 업은 부자유스러운 자세로도 걷는데 망설임이 없었다. 어떻게 하면 목적지로 도달할 수 있는지, 지하 1층의 구조가 어떤지 훤히 꿰고 있는 것 같았다. 마침내 우리는 그 끝에 육중한 철문을 달고 있는 작은 층계에 도달했다. 그건 지하 1층에 존재하는 또 다른 지하였다.

"내려갈 수 있어요?"

나는 고개를 끄덕인 후 지렁이처럼 질질 기어 한 계단 한 계단 미끄러져 내려갔다. 여기까지 오면서 느낀 건데 어째서인지 기어 다니면 기어 다닐수록 허리와 다리의 통증이 점점 더 증폭되는 듯한 기분이 든다. 불안감에 사로잡힌다. 혹시 아까 좀비와 싸울 때, 나도 보지 못하는 곳을 그 괴물한테 물렸던 걸까? 나는 누군가의 도움을 간절히 바라면서도 옆에서 불안하고 걱정스러운 표정으로 나를 바라보는 영희에게 아무 말도 할 수 없었다. 그저 한심하게 '윽' '끄윽' 하는 소리를 연발하다가 문 앞에 다다라서는 이런 소리나 내뱉을 따름이었다.

"걱정 마. 이 아저씨는 슈퍼맨이야. 악과 싸우다 보면 이 정도 고통은 일상이지."

어딘지 모르게 나와 격리되어 외부에서 붕붕 떠도는 듯한 대사였다. 영희는 '이제 다 왔어요'라고 말하더니 종종걸음으로 뛰어가 손에 든 총으로 철문을 두드렸다. 두드리는 간격이 일정하고 누구 왔다고 알리는 목소리도 내지 않는 걸 보고 나는 이 안에 또 다른 사람이 있다는 것을 알 수 있었다. 영희의 저 행동은 안에 있는 사람에게 지금 밖에 와 있는 게 좀비가 아니라 엄연한 사람임을 알리는 표식 같은 것이다. 영희의 두드림이 일정하게 세 번 정도 반복된 후 마침내 문이 움직였다. 문의 두께나 삼엄함에 비추어보면 몹시 조용하고 부드럽게 열린 편이었다. 한 여자가 빠끔히 고개를 내밀고는 영희를 보고 놀라 안아주더니 몸 여기저기를 살폈다. 그러곤 왜 허락 없이 나갔던 거냐며 얘길 하는 와중에 내가 끼어들었다. 왜냐하면, 그녀는 제발 살아만 있어 달라고 그렇게나 애태우던 얼굴이었으니까.

"로이스 레인!"

그러나 나의 연인, 나의 여자 로이스 레인은 나를 바라보더니 '쯧' 하고 혀를 찼다.

"누구?"

그녀의 말에 나는 대단한 충격을 받았다. 분명 그녀는 렉스 루터에게 세뇌당해 기억을 조작당했다. 그러나 내가 클락 켄트인지 몰라볼 정도는 아니었는데.

"슈퍼맨이래요."

영희가 대신 대답해 주었다. 로이스 레인은 대단히 떨떠름한 표정을 지었다.

"아아. 그 환자."

"여하튼 좀 들여보내 주세요."

참으로 마지못해 할 수밖에 없다는 표정을 지으며 로이스 레인은 쥐꼬리만큼 문을 열고 내 몸을 안으로 질질 끌어당겼다. 안에는 로이스 레인 말고도 여남은 명의 사람들이 있었는데 다들 로이스 레인 못지않게 굳은 표정으로 눈썹 하나 까딱하지 않고 나를 쳐다보고 있었다. 그중 다 헤져버린 것이긴 하지만 유일하게 와이셔츠와 양복바지를 차려입고 있던 통통한 남자가 위아래로 나를 뜯어보며 회의적인 목소리로 물었다.

"구조대가 아니군, 그렇지?"

히어로라는 내 정체성이 첫인상에서 단박에 부정당했다. 내 모습이 어떨지 상상되었다. 피와 땀에 전 더러운 환자복을 입고 다리는 뒤틀린 채 엉금엉금 기어 다니는 볼품 없는 남자. 크립톤에서 온 절대 무적 히어로로는 보이지 않을 것이다.

"구조대 맞아요. 슈퍼맨이래요."

영희가 꼬물꼬물한 목소리로 대꾸했다. 와이셔츠 남자가 '헛' 하는 소리를 내며 자신의 이마를 쳤다. 로이스 레인은 말없이 담배 하나를 꼬나물었다. 치익, 하는 소리와 함께 조그만 담뱃불이 그녀의 얼굴을 노란색으로 물들였다. 지금까지 일어났던 일들 때문일까. 운명이 정해준 나의 연인인데도 지금 그녀가 너무도 낯설게 보였다. 그녀 주위에 모여 뚫어지게 나를 살피는 사람들의 태도가 불편하다. 그래서 목을 다듬고 '구조대'라는 게 무슨 뜻이냐고 물어보았다.

"당연히 군대를 말하는 거지! 우릴 구하러 와줄 사람들." 나와 마찬가지로 환자복을 입고 있던 중년 여성 한 명이 째지는 목소리로 대꾸했다. 그녀는 좀 조용히 하라는 로이스 레인의 만류에도 불구하고 계속 고성으로 떠들어댔다. "원장이 구조팀을 부르러 올라갔다고. 틀림없이 우리를 구하러 올 거야. 선생님, 당신이 그리 오래 걸리지 않을 거라고 했잖아. 그렇지?"

문득 렉스 루터가 등에 메고 있던 게 떠오른다. 크립토나이트 제어기. 거기서 '113연대'라는 소리가 들렸었지. 나는 내가 아는 렉스 루터의 외양을 묘사하며 그가 지금 말하는 '원장'이냐고 묻는다. 그러자 로이스 레인이 반색을 하며 내 어깨를 왈칵 움켜쥐었다. 연인이자 히어로인 나를 봤을 때보다 더 반기는 태도였다.

"원장님을 봤어요? 지금 어디 있어? 군대는 언제 온대?"

와이셔츠 남자와 영희를 비롯해 지하에 갇혀 있던 사람들 전부가 내 주위에 몰려들었다. 그들의 시선이 주는 무게감 속에서 허우적거린다.

"군대는 오지 않을 거야. 그리고 원장은…… 지금 사이코패스 한 명한테 붙들려 있어."

사람들의 얼굴에서 표정이 사라졌다.

"사이코패스한테 붙들려 있다니?"

나는 내가 한때 내 아버지이자 크립톤 인인 조-엘이라 믿어 의심치 않았던 남자에 대해 설명해 주었다.

"오 맙소사. 그 자한테……"

로이스 레인의 입에서 욕지거리가 터져 나왔다. 와이셔츠 남자가 헐떡거리며 황급히 물었다.

"군대가 오지 않는다는 건 무슨 소리야?"

나는 군대와 연락하기 위한 무전기가 부서져 버렸다는 걸 털어놓아야 했다. '누가' 그걸 부쉈는지, 주어는 완전히 생략한 채 말이다. 사람들의 눈치를 보아하니 그 사이코패스가 원장을 붙잡은 김에 무전기까지 부숴버렸다고 생각하는 모양이다. 중년 여성이 소리를 지르며 주저앉았다.

"주여! 이제 당신 곁으로 가나이다!"

"제발 조용히 좀 해요!"

로이스 레인이 으박지르자 생존자 중 한 명이 이렇게 말했다.

"놔둬요. 뭐 어때. 소리 듣고 좀비 좀 달려온들. 어차피 구조대도 안 와서 다 죽게 생겼는데."

그는 멍한 눈을 한 채 말을 이었다.

"아무도 오지 않을 거야. 씨발. 이 사태가 일어났을 때 목을 매고 죽었어야 했는데……. 어딘가 살아있을 가족들 생각을 하니 그럴 수가 없었어……."

말없이 내 얼굴만 빤히 바라보는 영희의 시선이 느껴졌다. 내가 숨긴 사실을 꿰뚫어 보는 듯한 그 시선에 몹시 두려워졌다.

"그럴 리가 없어." 와이셔츠 남자가 되뇌듯 말했다. "그럴 리가 없어. 누군가가 반드시 올 거야. 우릴 이렇게 버릴 리 없어……."

"우리 좀 솔직해지자고. 설령 원장이 군대에 구조 신호를 제대로 보냈어도 결과는 마찬가지였을 거야. 솔직히 당신 같으면, 정신병자로 가득한 이곳에 구조대를 보내겠어? 다른 곳에도 구해줘야 할 사람들이 넘쳐날 텐데!"

로이스 레인은 담뱃불을 빨아들이기만 할 뿐 아무 말이 없었다. 하지만 그녀의 얼굴에서는 핏기가 완전히 사라져 있었다. 그녀도 내가 뭔가를 속였다는 걸 눈치챘을까. 아아. 이 얼마나 한심한 일이란 말인가. 슈퍼맨이. 이 세상을 구원할 내가, 이렇게 꼴사납게 바닥에 누워서 거짓말이나 주절거리며 제발 속아 넘어가길 기대하는 눈빛으로 연인을 쳐다봐야 한다니. 순간 요란한 소리가 났다. 엄청난 충격을 받은 와이셔츠 남자가 다리를 휘청하더니 벽에 등을 부딪치고 그대로 바닥에 엎어진 것이다. 그가 더듬거리며 말했다.

"아무도 없다고. 아무도…… 이제 우린 어떻게 되는 거지?"

아무도 대꾸하지 않았다. 단지 로이스 레인이 와이셔츠 남자의 팔을 부축해서 일으켜 앉힌 뒤 부드러운 목소리로 그를 위로할 뿐이었다. 어른들의 눈치를 살피며 우물쭈물하던 영희는 곧 로이스 레인의 옆으로 달려가 와이셔츠 남자에게 '기운 내세요' 하고 반복해서 말해주었다. 이 절망적인 상황에서 그녀들이 얼마나 강인한 정신력으로 주위 사람들을 대하는지 보곤, 실로 놀라움을 금할 수 없었다. 그들에 비해서 나는 도대체 뭔가. 크립톤 인이라는 쓸데없는 자존심을 지닌 채 아무짝에도 쓸모없는 몸을 이끌고 그들 앞에 나타나 절망만을 선사했다. 아니, 절망뿐이라면 그나마 낫다. 그들의 유일한 희망, 군대와 연락된 무전기를 내 손으로 부숴버렸다는 사실을 숨긴 채 빵점 맞은 아이처럼 두려운 눈길로 주변의 분위기나 살피고 있다. 이게 슈퍼맨이란 말인가. 그야말로 발가벗겨진 채 성기와 항문, 그리고 그 주변의 음모 한 털 한 털까지 모조리 바깥에 드러낸 기분이 든다.

'넌 슈퍼맨이 아니야…….' 크립토나이트 피폭자들을 좀비라고 불렀던 뭔가가 나에게 그렇게 말한다. 발동되지 않는 초능력, 아버지라고 생각했던 사이코패스. 그런 기억들로 점철된 질척한 덩어리 하나가 뇌리 깊숙한 곳에서 말을 건다. '넌 단지 환자일 뿐이야. 그 것도 온몸이 부러진 환자……'

그런가.

나는 정말 슈퍼맨이 아닌가.

하늘을 날 수도, 강철 벽을 날려버릴 수도 없는 건가.

정의를 구현하고 사람들을 절망에서 구해낼 수도 없는 건가.

아니. 그렇지 않다.

내 속의 붉은 심장이 강하게 반발했다. 끓어오르던 그것은 붉은 망토로 변해 펄럭이며 서서히 위로 날아오른다. 파란색 바탕에 노란 오각형, 그 안에 새겨진 S 문자가 눈앞에 선명히 보인다.

"다들 살아날 수 있어요."

사람들이 나를 쳐다보았다. 그래. 나는 슈퍼맨이다. 능력이 발동되지 않는다는 것 따위, 초라하게 기어 다닐 수밖에 없다는 현실 따위 엿이나 먹으라지. 나는 정의를 실현할 것이다. 여기 있는 사람들을 구할 것이다. 무슨 일이 있어도 이들을 구원으로 인도할 것이다. 그래. 그러고 나면 나는 내가 슈퍼맨이라는 사실을 다신 의심하지 않으리라. 나는 힘차게 내뱉었다.

"나를 따라와요. 이곳에서 나갑시다. 당신들을 구원으로 인도해주겠소."

"당신이 도대체 뭐라고?"

생존자 중 한 명이 삐딱하게 쏘아붙였다. 아까 멍한 눈을 한 채 구조대 따위 오지 않을 거라고 했던 남자였다. 나는 그에게, 아니 세상을 향해 외쳤다.

"나는 슈퍼맨이오."

8. Benath Floor, Again

현재 나는 로이스 레인의 등에 업혀 있다. 한심한 몰골이지만,
로이스 레인의 주장에 굴복할 수밖에 없었다.

"좀비라도 만나면 어떡하려고요? 기어서 도망치려고?"

원래대로라면 이 구도는 반대가 되어야 할 것이다. 내가, 바로
이 내가 로이스 레인의 다리와 허리를 잡고 하늘 높이 솟아올라
위기에서 탈출하는 그런 그림이 되어야 마땅할 것이다. 그러나 그
런 명백한 모순에도 불구하고 지금은 어쩐지 이 자세가 마음 편하
다. 그녀의 등은 솜털처럼 부드럽고 아름다운 향기가 난다. 향수
냄새는 아니다. 이 난리판에 그럴 리가 있겠는가. 오히려 땀 냄새
에 좀 더 가깝다고 해야 할 것이다. 그러나 그 안에는 부드럽고 따
뜻한 인간의 냄새가 녹아 있었다. 그래서 마음 편히 그녀의 등에
몸을 기대고 허리와 다리를 쉬게 할 수 있었다. 몇 분 전, 날 살펴
본 로이스 레인은 이렇게 말했다.

"척추에는 이상이 없어요." 그녀는 내 다리를 들어 올려 굽혀보
았다. 지독한 통증이 몰려왔다. "……놀랍게도 뼈에도 별문제가 없
는 것 같고요. 쇼크 때문에 신경에 무리가 간 것 같은데 이거 맞고
조금 쉬면 괜찮을 거예요."

그녀는 내게 주사 한 대를 놓았다. 물어보니 진통제인 소듐의
일종이라고 했다. 얼마 안 있으면 걸을 수 있다고 했다. 그 사실에

마음이 부푸는 것이 우습게 느껴진다. 불과 얼마 전까지만 하더라도 하늘을 날고 슈퍼 브레스를 내뿜고 열시선을 발사하고 싶어 그리 발버둥 치지 않았던가. 그런데 단지 걸음마를 할 수 있을 것이라는 사실에 환희를 느끼다니. 그러나 어찌 되었건 마음은 편했다. 나를 업은 로이스 레인이 가끔 휘청거리는 게 미안했지만. 영희는 힘겹게 발걸음을 옮기는 로이스 레인을 가뿐히 추월해서 앞서 나가는 중년 여성의 옆에 따라붙었다. 그리고 이런저런 말을 던져보다가 쉼 없이 기도문만 중얼거리는 그 여자에게 질려서 다시 로이스 레인과 내 옆으로 되돌아오곤 했다.

"그런데, 이수영 선생. 지금 우리 도대체 어디로 가는 거야? 목적지는 있는 거겠지?"

와이셔츠 남자가 뒤에서 투덜거렸다. 순리대로라면 이 남자가 나를 업었어야 할 텐데 그는 나이와 관절을 이유로 거절했다. 그런 주제에 일행 중 가장 시끄럽다. 그렇다. 일행.

중년 여성, 영희, 로이스 레인, 와이셔츠 남자.

이 네 명이 지하의 대피실에서 나와 함께 나와준 사람들이었다.

이들 중 가장 먼저 나를 따라와 준 사람은 아이러니하게도 머리가 좀 이상해 보이는 중년여성이었다. 그녀는 십자가의 길을 가야만 한다고 끊임없이 중얼거렸다. 그리고 그런 그녀의 뒤를 따라 영희가 종종걸음으로 따라 나왔다. 로이스 레인이 말리고 나도 그녀가 위험한 바깥으로 나가기보다 안전한 이곳에 머물러주었으면 했지만, 조막만 한 그녀는 믿을 수 없을 정도로 독하게 고집을 부렸다.

"엄마, 아빠를 만나러 가야 해요!"

영희의 부모님은 여기서 근무하는 의사로, 로이스 레인의 동료였다. 난리통에 부모님과 헤어진 영희는 울면서 병원을 헤매고 다니다 로이스 레인과 만났고, 기가 막히게도 딱 그때 이 병원에서 최초의 좀비가 나타났다. 좀비들은 무시무시할 정도로 증식을 거듭해 그녀들이 사건 발생 직후 몇 시간 동안 본 좀비만 해도 육십이 넘는다 했다. 병원에 남은 의사들을 보호하기 위해 주둔했던 무장부대와 경찰들이 좀비들과 맞붙었지만, 그들이 쏘는 총기는 엄청난 소리와 더 많은 좀비들을 불러들일 뿐이었다.

그렇게 한 편의 지옥도가 구현될 동안 간신히 살아남은 생존자들, 내가 봤던 그 여남은 명의 사람들은 지하실로 내려가 문을 닫아걸고 '언젠가' 올 구조대를 기다리기로 했다. 그렇게 기다리는 며칠 동안 밖에서 요란한 총소리가 나더니 한 번은 폭발물이 터지는 소리까지 요란하게 울려 퍼졌다. 총소리는 가까워지다 멀어지다 하더니 어느 순간 완전히 그쳤다. 그 후로도 영희와 로이스 레인을 포함한 생존자들은 누군가가 와서 대피실 문을 열고 어서 안전한 곳으로 가자고 말해주기만 기다렸다. 하지만 아무도 나타나지 않았다. 마침내 그들과 함께 지하실로 대피해 있던 원장이 구조대를 데리고 오겠다며 문을 안에서 잠그라는 경고와 함께 밖에서 나갔으나 그도 한참 동안 돌아오지 않았다. 모두가 불안해했고 특히 부모님과 헤어진 어린 영희는 가족에 대한 걱정 때문에 잠도 못 잘 지경이었다. 마음을 굳게 다진 영희는 위험을 무릅쓰고 어른들에게 아무 말도 하지 않은 채 몰래 지하실을 나갔다. 그리고 힘을 잃고 부상당했으며 다른 어른들은 정신이상자라고 말하는 슈퍼맨과 마주치게 된 것이다. 그리고 지금, 다시 부모님을 찾기 위해 이렇게 길을 나선 것이다.

어린아이의 용기에 비해 어른들이 보여준 모습은 형편없었다. 생존자 중 두세 명이 어리석게도 지하에 남는 길을 선택한 것이다. 거기에 더해 그들은 영희가 가지고 있었던 권총마저 빼앗고 다시 돌아와도 열어주지 않을 것이라는 최후통첩을 날리며 쾅 문을 닫아걸었다. 그들은 불안해 보였고 화가 난 것 같았다. 그들에게는 안된 사실이지만, 혹시 내가 힘을 되찾게 된다면 가장 먼저 그들이 그렇게 믿어 마지않는 그 대피소부터 때려 부술 것이다. 그리고 그들을 마치 장난감처럼 집어 든 채 고공으로 날아올라 중요할 때 히어로를 믿어주지 않았던 믿음 없는 이들을 구조할 것이다. 잠깐 그런 상상을 해보는데 로이스 레인의 목소리가 들렸다.

"일단 엘리베이터로 가죠. 원장님이 그 안에 갇혀 계시다니까 일단 거기로 가봐야죠. 혹시 엘리베이터가 움직인다면…… 전기가 완전히 끊기지 않았다면 그걸 타고 이동할 수 있을 거예요."

"이동한다니? 어디로?"

"옥상이요. 혹 구조대가 온다면 헬기를 타고 올 가능성이 높지 않겠어요? 만약 아니라 하더라도 우리 병원 옥상은 바로 옆 건물 대형 주차장과 연결되어 있으니까 여차하면 거기로 빠져나가죠. 제 주머니에 손 좀 넣어주실래요?"

로이스 레인이 나에게 부탁했다. 그녀가 입고 있는 가운에 손을 넣으니 담배 몇 대와 라이터가 손에 잡혔다.

"담배하고 라이터요?"

"아니요. 그거 말고요."

조금 더 깊숙이 뒤적이자 확실히 금속의 감촉이 느껴졌다. 나는 그녀의 주머니에서 스마트키를 꺼냈다.

"병원 차량 몇 대가 거기 있어요. 여기 키도 이렇게 있고."

놀랍게도 와이셔츠 남자는 투덜거림을 멈추려고 하지 않았다.

"그런데 이렇게 무방비로 걸어도 괜찮은 거야? 좀비가 나타나면 완전히 무대책으로 잡아먹히는 거잖아⋯⋯ 이거."

"쉬잇! 아저씨 땜에 좀비한테 들키겠어!"

영희가 참으로 시기적절한 조언을 주었다. 와이셔츠 남자는 반성하기는커녕 얼굴을 붉게 물들인 채 어디서 어린놈이 설교냐며 열을 냈지만, 나와 로이스 레인에게는 그 모든 모습이 소소한 웃음을 가져다주었다. 작은 행복이었지만 이 끔찍한 세상 속에서는 참으로 귀하게 느껴졌다. 어느새 엘리베이터 앞에 당도하자, 와이셔츠 남자는 갑자기 그 누구보다 적극적이 되었다. 일행의 선두로 쑥 나서더니 위로 올라가는 버튼을 눌렀던 것이다. 잠시 조마조마하게 기다리는데 다행히도 층수를 표시한 네모 칸에 불이 들어왔다. 4층에 가장 먼저 들어온 불은 서서히 밑으로 내려오기 시작했다. 3층. 2층. 1층⋯⋯ 갑자기 중년 여성이 무릎을 꿇었다.

"뭐 하세요?"

"지옥문. 지옥문이 열릴 거야. 기도를. 주님께 구원을 바라는 기도를 드리지 않으면 안 돼. 하늘에 계신 우리 아버지. 이름이 거룩히 여김을 받으시오며⋯⋯"

모두가 그 여자를 멍하니 바라보았다. 하지만 그때, 그 여자처럼 기도를 올릴 걸 그랬다. 정말로 그 엘리베이터는 지옥의 입구였으니까.

'띵' 하는 소리와 함께 문이 열렸다. 엘리베이터는 지독한 피 냄새와 함께 그 속을 우리 앞에 낱낱이 드러냈다. 한때 나와 수지, 렉스 루터, 그리고 사이코패스의 유일한 피난처였던 승강기 안은 지금은 흡사 버려진 도살장 같다. 그늘진 내부는 온통 총알구멍이 나 있는데 녹 빛의 핏자국이 바닥과 벽 여기저기 묻어 있다. 어떤 곳은 누군가가 큰 양동이로 피를 부어놓은 것 같았다. 바닥부터 뻥 뚫린 천장에는 살덩이와 눈알, 내장이 사방팔방에 흩어져 있었다. 가장 끔찍한 광경은 그렇게나 명백한 죽음의 흔적이 있는데 막상 엘리베이터 안에는 어떤 시신도 없다는 것이었다. 이 안에서 어떤 일이 벌어졌는지 한때 이 안에 있던 사람들이 어떻게 되었는지 알 길이 전혀 없다. 승강장 내부를 본 영희가 울음을 터뜨렸고 중년 여성은 이제 팔을 공중으로 높이 치켜든 채 알아들을 수 없는 말을 꽥꽥거리기 시작했다. 와이셔츠 남자의 경악한 목소리가 들렸다.

"세…… 세상에…… 저거…… 저거……" 그는 바닥의 피 웅덩이 속 자그마한 덩어리 하나를 가리키고 있었다. "저거, 거시기 아냐!"

눈을 가늘게 뜨고 살펴보았다. 확실히 그랬다. 소시지같이 길쭉한 살덩이와 동그란 구체의 살덩이가 두 개. 명백히 남자의 성기였다. 온몸이 역겨운 소름으로 가득 찬다. 도대체 내가 떨어진 후 이 속에서 무슨 일이 벌어진 건가. 우리가 혼란에 빠져 있는 사이 영희는 계속 울어댔고 중년 여성은 계속 기도문을 외쳤는데 그걸 방치한 건 큰 실수였다. 좀비들이 소리를 듣고 몰려들었기 때문이다.

모퉁이에서 첫 번째 좀비가 몸을 흔들며 나타났다. 영희와 중년 여성의 야단법석을 듣고 쫓아온 게 분명했다. 그 좀비는 평범하게 생긴 처녀였는데 머리부터 발끝까지 온통 피 칠갑을 하고 있었다. 살아있을 적 잘 가꾸어놓았던 상체는 이제 가슴이 있어야 할 자리에 피로 물든 커다란 구멍만을 남긴 채 너덜거리고 있었다. 바로 다음에 나타난 좀비는 피에 젖은 더러운 군복을 입고 있었다. 불안정한 걸음걸이에 목에 걸린 군모가 벗겨져 탕탕 소리를 내며 굴러갔다. 팔에는 한때 체액인지 피인지 모를 것이 잔뜩 매달려 있었다. 우리를 발견한 그것들은 잠시 걸음을 멈추더니만 이쪽으로 팔을 뻗으며 으르렁거리기 시작했다.

"엘리베이터 안으로!"

로이스 레인이 고함과 함께 나를 승강기 안에 던져넣었다. 영희는 끙끙거리며 아직도 무릎을 꿇은 채 기도만 하고 있던 중년 여성의 몸을 끌어당겼다. 가장 먼저 엘리베이터 안에 뛰어든 와이셔츠 남자가 그런 영희를 전혀 도와줄 생각을 않기에 내가 몸을 질질 끌어 그 여자를 안으로 잡아당겨야 했다. 그 와중에 내 허리와 다리가 부자연스럽게나마 움직인다는 걸 알아차린 게 그나마 다행이랄까. 중년 여자가 타자마자 로이스 레인은 '닫힘' 버튼을 연타했다. 바로 그때 엄청난 무리의 좀비들이 첫 번째 괴물 무리가 나타났던 바로 그 모퉁이에서 쏟아져 나왔다. 수백의 괴물들이 좁은 복도를 따라 파도처럼 쇄도해 오고 있었다. 가장 선두에 선 처녀 좀비의 팔이 들어오기 직전, 가까스로 엘리베이터의 문이 닫혔다. 바깥에서 괴물들이 엘리베이터 문을 두드리는 소리와 으르렁거리는 성난 소리를 울리고 있었다.

"주여 감사하나이다. 주여 감사하나이다."

승강기 내의 그 지독한 정경에도 굴하지 않고 중년 여성은 피투성이인 바닥에 입맞춤을 하며 찬송가를 불러대기 시작했다. 하지만 그 찬양은 조금 더 기다렸어야 했다. 로이스 레인이 막 옥상으로 가는 버튼을 누르기 직전, '텅' 하는 소리와 함께 엘리베이터 안의 희미한 불빛이 모조리 나가버린 것이다.

"전기가 나갔어…… 씨발……."

와이셔츠 남자의 나지막한 목소리가 들렸다. 드디어 예비 전원도 다 떨어졌다. 우리는 꼼짝없이 이 안에 갇혀 버린 것이다. 좀비들은 밖에서 무자비하게 문을 두드리고 있다. 신경을 긁는 듯한 끔찍한 소리였다. 그것들의 수가 헤아릴 엄두조차 낼 수 없을 정도로 점점 늘어나고 있는 게 분명했다. 놀라운 건 상황이 이렇게 되자 더 이상 슈퍼 브레스나 열시선 같은 건 생각도 나지 않는다는 것이다. 심지어 슈퍼 두뇌조차도. 나는 그저 평범한 눈을 이리저리 굴려 이 밀폐된 공간에서 탈출할 수 있는 뭔가 기적적인 수단이 있지 않을까 찾아 헤맸다. 그리고 내 눈은 천장에 뻥 뚫린 구멍을 발견했다. 동시에 머릿속에서 기억이 되살아났다. 나와 사이코패스와 렉스 루터와 수지가 이 안에 갇혀 있었던 그때, 엘리베이터 위에 올라탄 좀비들이 천장을 부수고 내려오던 장면들이! 믿을 수 없다. 나는 사람들을 구조하는 길을 발견해낸 것이다. 초능력을 일절 쓰지 않고서도! 일행에게 천장을 보라고 했다.

"저기로 탈출하는 거예요!"

로이스 레인이 그 와중에도 침착하게 제안했다.

"영희부터 먼저 올려 보내죠."

와이셔츠 남자가 큰소리를 질렀다.

"무슨 소리를 하는 거야! 내가 먼저 올라갈게. 가서 잡아주면 될 거 아냐!"

그러고서는 우리 대답은 기다리지도 않고 구멍을 향해 뛰어올랐다. 그리고 바로 비명을 지르며 바닥에 엎어졌다. 고공에서 마치 박쥐처럼 좀비 한 놈의 머리가 쑥 내려왔던 것이다. 나와 헤어질 때 사이코패스 놈은 총을 지니고 있었다. 아마 그걸 이용해서 천장의 좀비를 처리했겠지만, 그 와중에도 살아남은 놈이 있는 모양이다. 초시야가 회복되지도 않았는데 어둠 속에서도 그 좀비의 얼굴 윤곽이 뚜렷하게 보였다. 몸에서 떨어졌는지 허공에서 달랑거리는 것까지도 전부.

나는 한 손으로 좀비 머리채를 잡고 잡아당기기 시작했다. 근육과 힘줄이 끊어지는 소리와 함께 검은 액체가 그 놈의 목에서 뿜어져 나왔다. 금속을 구부릴 때 나는 거슬리는 중저음의 소리가 들려왔다. 뚝 하는 소리와 함께 좀비의 머리는 살아있다고 말하기에는 불가능한 각도로 휘어져 버렸다. 진짜는 이제부터다. 나는 주먹을 꽉 쥔 채 목의 꺾어진 부분을 연타하기 시작했다. 그야말로 미친 듯이 내리쳤다. 이제 좀비의 머리통은 뭔지 모를 가느다란 줄기에 매달려 미친 듯이 딸깍거리고 있었다. 열 번째인가 열두 번째인가 그것의 목을 내리쳤을 때 마침내 그것의 목이 떨어져 나갔다. 그 와중에도 빌어먹을 머리통은 여전히 짤깍대며 이를 갈고 있었다. 폐가 없어서 소리를 내지는 못했지만, 화가 나 울부짖고 있다는 게 여실히 보였다. 그러거나 말거나 엘리베이터 천장의 구멍으로 머리를 확 던져버린 후 일행에게 어서 올라오라고 손짓했다. 로이스 레인이 꿀꺽 침을 삼키는 목소리가 들려왔다.

"엄청난…… 엄청난 힘이네요."

그녀가 처음으로 나를 인정해준 것 같아 기뻤다.

"빨리 올라오기나 해요."

"다리는 이제 움직일 수 있나 봐요."

우습게도 그 말을 듣고 난 후 지금까지 멀쩡히 내 몸을 지탱했던 다리와 허리가 부서질 듯한 통증을 호소했다. 쓰러지려는 나, 그리고 나를 부축한 로이스 레인을 놔두고 영희와 와이셔츠 남자, 그리고 중년 여자는 차례대로 천장 위 구멍으로 기어나갔다.

"이제 여기서 어디로 가?"

와이셔츠 남자가 큰소리로 묻자 로이스 레인이 지시했다.

"머리 위에 문이 있죠! 수동으로 열리니까 열어요! 거기가 1층 도어니까! 현관으로 빠져나가자고요!"

나는 로이스 레인의 말에 급히 덧붙였다.

"영희 챙겨요!"

그렇게 말했지만 비열한 와이셔츠 남자가 영희를 제대로 챙겨줄지 확신할 수 없었다. 나와 로이스 레인이 빨리 올라가 봐야 했다. 그녀의 어깨를 불편하게 밟은 채 천장에 손을 올리며 물었다.

"현관으로 나가서 어떻게 하죠?"

"병원 밖에도 주차장이 하나 있어요."

"아까 말한 그 대형 건물 말고 다른 거?"

"예."

"거기도 병원 차량이 있나 보죠?"

"있겠죠!"

로이스 레인은 내 몸무게를 지탱하는 게 버거운지 헉헉거렸다. 통증을 참고 위로 올라갔다. 역시나 내 예상대로 중년 여성과 와이셔츠 남자는 영희 혼자 엘리베이터 천장 위, 총알에 벌집이 된 좀비 시신들 속에 내버려 두고 빠져나갔다. 역시 못 믿을 연놈들이다, 라는 생각과 함께 울먹거리려는 영희를 꼭 안아주었다. 그리고 위로 올라오려는 로이스 레인에게 손을 뻗어주었다.

9. Ground Floor, Again.

몇 시간 전까지만 하더라도 조용했던 괴물들이 이제 엄청난 소동을 부리고 있었다. 당장에는 우리가 있는 곳을 눈치채지 못하지만, 시간 문제에 불과하리라. 그나마 허리와 다리에 감각이 돌아와 비틀거리는 자세로나마 뛸 수 있게 된 건 다행이다. 이젠 나 대신 영희를 안은 로이스 레인과 함께 가느다란 햇살이 곳곳으로 파고든 1층을 질주한다.

"정말 믿기지 않네요. 아무리 진통제를 맞았다지만 벌써 뛸 수 있다니……. 당신 진짜 슈퍼맨 같아."

로이스 레인이 급하게 숨을 몰아쉬는 와중에도 나를 칭찬해 주었다. 멀쩡한 상태로 들었다면 더없이 기쁠 말이었지만 아쉽게도 그때 나는 제정신이 아니었다. 1층의 잔혹한 모습 때문이다. 내가 한때 갇혀 있던 1층은 그 어떤 층보다도 커다랬고 미로처럼 복잡했으며 수 킬로미터에 걸쳐 회랑과 병실이 있었다. 그래서 현관까지 가는 동안 지금까지 중 가장 긴 시간 동안 참담한 지옥을 목격해야 했다.

유리창은 하나도 남김없이 산산조각이 나 있었다. 유리창이 깨진 구멍 속에서 피 묻고 갈기갈기 찢긴 꽃무늬 커튼 조각이 축 늘어진 채 삐져나와 있다. 하수관이라도 터진 건지 복도의 위아래에서 악취가 코를 찌르는 검은 점액이 퐁퐁 새어 나오고 있다. 그나마 그 더러운 점액이 없는 곳은 말라붙어 비틀어진 시체들로 온통 뒤덮였다. 마치 버려진 가구들처럼 부패한 시체들은 여기저기 성의 없이 널브러져 있다. 반쯤 썩은 시신들이 입은 옷 위로 이제 검은 빛이 돌기 시작한 핏자국과 체액을 흘려보내고 있었다. 뭐에 먹혔는지 눈알이 없고 뺨이 파인 서너 살짜리 어린 애기의 시신을 봤을 때는 속이 완전히 뒤집히는 것 같았다. 이런 것도 그나마 형상을 알아볼 수 있는 시신들의 이야기였고 어떤 것은 형체조차 알 수 없을 만큼 찢겨서 고약한 냄새가 나는 살덩어리만 남아 있었다. 그들 주위로 남은 피로 물든 손바닥 자국은 얼마나 생존하려 몸부림쳤는지 상상할 수 있었다. 그들의 나이와 연령대는 실로 다양하다. 군인, 부상자, 일반인, 의료진, 여자, 어린이……. 제기랄. 이들이 이렇게 처참하게 죽어가는 동안 아무것도 못 했다니! 가스로 부풀어 오른 여자 시신을 밟을 뻔한 순간 나도 모르게 천박한 욕지거리를 내뱉을 뻔했다. 드디어 지긋지긋한 경치가 끝나고 바깥으로 이어진 현관을 눈앞에 뒀을 때, 우릴 버리고 도망갔던 와이셔츠 남자와 중년 여성과 재회했다. 그들은 정신없이 뛰어오고 있었다.

"도망쳐!"

"주여!"

그들 뒤를 지저분한 환자복을 입은 좀비 두 마리가 어정어정 따라오고 있었다. 현관 바로 앞 회랑에는 적어도 여덟 마리의 좀비들이 있었다. 이제 그들은 가까운 곳에 싱싱한 먹잇감이 있다는 걸 눈치챈 것이다.

"창문으로!"

어차피 들킨 것, 나는 요란하게 외치며 절뚝이는 몸놀림으로 있는 힘을 다해 현관문 바로 옆에 있는 창문으로 뛰어가 몸을 날렸다. 목제 창틀과 유리가 와르르 부서지는 소리와 함께 잔디의 내음이 났다. 긁혔는지 피 냄새도 조금 났지만, 신경 쓰이지 않았다. 이제 안에 있는 사람들에게 탈출구가 생겼다는 사실만이 기뻤다. 그 기쁨이 조금만 오래갔으면 좋으련만.

바깥에서는 수십의 좀비가 주차장을 완전히 장악한 채 병동 쪽을 향해 비틀거리며 천천히 움직이고 있었다. 좀비들이 그렇게 많이 모여 있는 것을 본 적이 없었다. 상처 하나 없이 멀쩡한 것도 있었지만 대부분은 눈으로 보기조차 괴로운 부상을 안고 있었다. 거기다 옷까지 갈가리 찢겨 그들이 지닌 야수성을 생생히 증언하고 있었다. 특히 어떤 좀비는 온 피부가 불에 타 나이나 성별을 구분할 수 없을 정도로 검게 일그러져 있었고, 또 어떤 좀비는 사지가 절단된 채 몸통으로만 뱀처럼 기어 다니고 있었다. 너무 다종다양한 공포에 질려서 잠시 마비되어 있었다. 로이스 레인의 목소리를 듣지 않았더라면 그놈들이 나를 덮칠 때까지 그러고 있었을 것이다.

"제발…… 제발…… 한 대만 걸려라!"

그녀는 자동차 키를 주차장으로 향한 채 연신 어떤 버튼을 눌러대고 있었다. 천만다행으로 '삐삑' 소리와 함께 중형 승용차 한 대의 헤드라이트에서 불빛이 번쩍였다. 하지만 로이스 레인은 기뻐

하지 않았다. 차 바로 앞에 재가 덕지덕지 붙은 40대의 남성 좀비가 어슬렁거리고 있었기 때문이다. 거기서 멀리 떨어지지 않은 곳에서 눈알 하나를 볼 아래 길게 늘어뜨리고 있는 노인 하나가 자동차 헤드라이트가 번쩍거리는 걸 눈치채고 이리저리 부딪치며 달려오고 있었다. 나는 로이스 레인에게 지시했다.

"내가 주의를 끌 테니, 사람들을 이끌고 저 차를 향해 뛰어요!"

나는 로이스 레인이 뭐라고 하기도 전에 '와악' 소리를 질렀다. 하늘이 도우셨는지 남자 좀비와 노인 좀비가 동시에 나를 쳐다봤다. 그것들은 입을 벌려 으르렁거리며 나에게 달려들었다. 나는 비틀거리며 도망가기 시작했다. 그 두 좀비 외에 다른 괴물들도 내가 지르는 소리를 듣고 나를 따라오기 시작했다. 지금 내 몸으로는 그것들 한둘은 처리할 수 있겠지만 더 많은 것들이 계속 온다면, 필시 잡아먹혀 끔찍한 시신으로 변하고 말리라. 1층의 그 시체들처럼, 그리고 지금 주차장의 저 괴물들처럼. 그때만큼 두려웠던 적이 없었고 내 자신이 나약한 피해자로 느껴진 적이 한 번도 없었다.

그러나 그런 상념에 잠기지 말았어야 했다. 먼 곳에 있는 좀비보다 가까이 있는 것들에 좀 더 주의를 기울였어야 했다. 바로 앞차량의 백미러에서 갑자기 튀어나온 십 대 좀비는 내가 발견한 순간 이미 목구멍에서 신음을 내면서 내 어깨를 향해 튀어 오르고 있었다. 다행히도 그때 나는 매우 침착하게 대응했다. 일일이 대응하거나 비명을 지르는 대신 옆으로 몸을 날려 피하는 쪽을 선택한 것이다. 그 어린 것은 바닥에 코를 처박으며 마른 가지가 부러지는 우두둑 소리를 냈다. 간신히 공격을 피했지만 나를 쫓던 괴물들은 이제 코앞까지 다가와 있었다. 하나, 둘, 셋, 넷…… 아니 셋. 둘. 이제 한 걸음만 더 내디디면 놈들의 죽은 손은 내 몸을 만질 수 있을 것이다. 그 순간 끼익하는 소리와 함께 검은 차 한 대가 앞으로 달려들어 날 잡아채기 일보 직전이던 좀비 몇 마리를 몇 미터 바깥으로 날려보냈다.

"아저씨! 얼른 타요!"

차 안에는 일행들이 타고 있었다. 로이스 레인이 운전대를 잡고 있었고 중년 여자와 와이셔츠 남자는 뒷좌석에 타 있었다. 영희는 로이스 레인의 옆 좌석에 탄 채 차 문을 활짝 열고 나를 향해 손짓하고 있었다. 나는 그녀의 그 작달막한 손을 향해 몸을 날렸다. 그녀의 몸집이 너무도 작아 결국 나 스스로 차 안으로 기어올라야 했지만 그래도 그 절박한 순간에 그녀의 작은 도움은 무엇보다 큰 힘이 되어주었다.

일행을 태운 차는 병동의 정문을 향해 질주하기 시작했다.

10. Parking lot

차가 움직이며 서서히 풍경의 윤곽이 드러나기 시작했다. 수백 마리의 좀비들이 주변을 가득 메우고 있다. 그들 사이로 온갖 것들이 완전히 죽어 버린 고목처럼 서 있다. 자동차들은 서로 어긋난 채 주차장에 버려져 있고, 정류장의 표지판은 위태롭게 기울어졌으며 편의점과 약국은 텅 비어버린 채 안에서 산 시체들만 꾸역꾸역 토해놓는 신세다. 다종다양한 쓰레기들이 가득 들어찬 평원에서 거대한 빌딩 두 개만이 우뚝 서 있다. 가장 가까이에 있는 건물에는 'OOO 정신병동'이라는 초록색 네온사인이 빛을 잃은 채 걸려 있다. 그렇다면 바로 뒤에 있는 회색 건물이 주차장일 것이다. 우리는 그 두 개의 건물로부터 멀어지며 정문임이 분명한 구조물을 향해 질주하고 있었다.

그러나 승용차는 안에 탑승한 사람들을 이리저리 처박으며 갑자기 멈춰버렸다. 병원에 있는 모든 좀비들이 주차장에서 먹잇감들이 움직인다는 사실을 알아차렸고 그들 중 첫 번째 무리가 막 우리를 따라잡은 것이다. 로이스 레인의 발은 열심히 가속 페달을 밟아댔지만, 그것들은 몹시 끈질겼다. 타이어에 깔리고 보닛에 부딪쳐 검은 피와 살덩이를 사방에 뿌려대면서도 그것들은 도저히 길을 터줄 생각을 하질 않았다. 그것들의 신체가 차창에 들러붙은 채 검붉은 색을 남기며 흘러내렸다. 시간이 갈수록 자동차의 움직임은 더 둔해지고 위태로워졌다.

브레스, 브레스, 브레스! 이렇게 되니 슈퍼 브레스가 너무나 절실했다. 지금 나에게 몹시 절실한 것은 수십만 대군도 쓸어버릴 수 있는 초고온의 광역 숨결 공격기와 창공을 질주하는 고공비행 능력이다. 나는 차를 번쩍 들어 올린 채 날아올라 슈퍼 브레스로 사방에 운집한 좀비들을 쓰러뜨리는 모습을 떠올려 본다. 차 안의 생존자들은 환희에 가득차 웃고…… 그러나 현실은 문을 쿵쿵 두드리고 서로를 밟고 올라가고 시끄러운 소리를 내며 바닥에 쓰러지는 좀비들과 그들이 만들어내는 소름 끼치는 신음에 무기력하게 둘러싸여 있는 것이었다. 거기에 영희의 울음소리, 중년 여자의 기도 소리, 와이셔츠 남자의 비명까지 합쳐지자 그야말로 견디기 힘든 소음이 되었다.

"뭐해! 차 돌려! 저것들이 없는 곳으로 가자고!"

와이셔츠 남자가 참을성 없이 울부짖었다. 무리도 아닐 것이다. 평범한 인간의 정신력으로 이 소리들을 견디기는 힘들 테니까. 입을 있는 대로 짓이기며 냉정하게 전방을 주시하던 로이스 레인도 그의 얘기대로 정문 방향으로부터 자동차를 돌렸다. 유일한 탈출구를 눈앞에 두고 우리는 그 끔찍했던 병원 방향으로 돌아갈 수밖에 없었다. 수백 개의 발이 바닥을 질질 끄는 소리를 내며 우리에게 접근하는 상황이니 말이다. 그러나 얼마 지나지 않아, 정문으로부터 멀어지라고 소리치던 그는 이제는 다시 정문으로 돌아가자고 소리쳤다.

"다시 돌아가! 아까 거기로 다시 차 돌리라고오!"

"좀 닥쳐요!"

뒷좌석을 향해 일갈한 로이스 레인은 차의 속력을 올리며 병원 뒤에 서 있는 회색의 대형 주차장 건물로 차를 몰았다. 아무래도 처음의 계획으로 돌아간 것 같았다. 옆 건물 대형 주차장을 통해 옥상으로 올라간다는 계획 말이다. 구조대가 온다면 헬기를 타고 올 가능성이 높다고 했었지. 응? 반대 아니었던가? 주차장을 통해 옥상으로 가는 게 아니라 옥상으로 갔다가 옆 건물 주차장으로 빠져나간다는…….

잠시 기억에 혼돈이 온 사이 차는 어두컴컴한 대형 주차장 내부로 들어왔다. 가까이에 좀비들이 없긴 했지만, 다리 끄는 소리는 어느덧 주차장을 가득 메웠다. 스스스스. 스스스스스스 하는 소리가 여기저기서 끝없이 들려오는데 두려움 때문에 거의 공황 상태에 빠져버릴 것 같았다. 와이셔츠 남자가 불평불만을, 중년 여자가 기도를, 영희가 훌쩍임을 멈춘 것도 무리가 아니었다. 그것들은 눈에 보이지 않는 어딘가로부터 우리 차를 향해 다가오고 있다. 명백히 뭔가가 잘못 돌아가고 있다.

타이어에 뭐가 붙었는지 심하게 물컹거리는 느낌을 주며 우리의 중형 승용차는 어둠을 갈랐다. 1층, 2층, 3층, 4층…… 주차장 건물을 오르는 걸 보니 아무래도 이대로 옥상으로 간다는 계획이 맞는가 보다. 아니, 애초에 지금의 로이스 레인에게 '계획'이라는 게 있긴 한 건가? 사람들을 보살피고 앞장서서 위기를 타개하려는 그녀의 정신력은 높이 사지만 경직된 눈자위에 뻘건 핏줄을 올올히 곤두세운 채 핸들을 구명줄이라도 되는 양 격렬하게 부여잡고 들리지 않는 목소리로 뭔가를 중얼거리는 그녀는 틀림없이 평소의 모습이 아니다.

층수가 올라갈수록 주차장 도처에 소렌토와 스타렉스를 주종으로 한 중대형 승합차들이 더러운 몰골로 방치되어 있는 걸 볼 수 있었다. 군용 지프도 보였고, 심지어 전차도 보았는데, 그건 어둠 속에서 시뻘건 빛을 흘리며 활활 타고 있었다. 그 근처에 버려진 차들에 화재로 생긴 먼지가 두껍게 내려앉은 게 보였다. 그걸 보자 두려워졌다. 저 엄청난 전차도 저 꼴이 되는 이 주차장에서 우리의 이 보잘것없는 승용차가 과연 얼마나 버틸 수 있을 것인가.

주차장의 검고 긴 통로를 지나 막 푸른 하늘이 보이는 마지막 오르막으로 들어섰을 때 기어이 좀비와 마주치고 말았다. 키 큰 남자 하나와 소년 하나가 길 한가운데로 뛰쳐나온 것이다. 비켜 갈 여유가 없어서 그것들을 치고 말았다. 우선 소년이 범퍼에 부딪친 후 앞 유리를 정통으로 들이받는 바람에 유리가 산산이 깨져버렸다. 로이스 레인이 브레이크를 밟았다. 잠시 조용하던 뒷좌석 사람들이 또다시 시끄럽게 굴기 시작했다. 브레이크를 밟자 관성의 힘에 의해 차 앞에 있던 소년의 몸뚱이가 튕겨 나갔다. 그리고 그 직후 키 큰 남자가 우리 차를 따라잡았다. 적어도 예순 살은 되어 보이는 노인으로, 아래턱이 얼굴에서 떨어지기 직전인 흉측한 몰골을 하고 있었다.

주저해서는 안 되었다. 우리를 보호해주던 유리창은 깨져나갔지만 망설임 없이 치고 나가야 했다. 그러나 로이스 레인은 차를 멈춘 채 꿈쩍도 하지 않았다.

"뭐해요! 어서……"

내지르려던 소리는 그녀의 몰골을 보자마자 멈춰버렸다. 그녀는 핸들에 고개를 기댄 채 축 늘어져 있었다. 이마 위로 피가 흘러내리는 것이 보였다. 왜 에어백이 작동하지 않았던 걸까. 그랬다면 무슨 일이 일어난 건지 한 번에 알았을 텐데. 급한 와중에도 나는 그녀의 몸을 조용히 뒤로 눕힌 뒤 핸들을 잡고 가속 페달을 밟으려 했다. 그녀의 용태가 걱정되지만 그것도 여기서 무사히 빠져나간 후 살펴야 할 일이다. 지금은 육탄으로라도 그녀의 몸을 지키며 저 빌어먹을 것들로부터 빠져나가야 할 때이다.

굽은 몸을 이리저리 비틀며 막 운전석으로 이동하려던 순간, 도대체 무슨 생각이었을까. 뒷좌석으로부터 와이셔츠 남자가 불쑥 튀어나왔다. 그러더니 땀에 온통 절은 손목으로 기어를 후진에 맞추는 것이 아닌가! 와이셔츠 남자가 무슨 생각을 하고 있는지 짐작이 갔다. 하지만 그것은 안 된다! 후진했다간 당장 눈앞의 두 마리로부터는 도망칠 수 있겠지만 저 아래서 올라오고 있을 수십 수백의 좀비들 목구멍으로 뛰어드는 격이 된다.

"당신 뭐 하는 짓이야! 얌전히 있어!'

"닥쳐! 이 정신병자야!"

순간 몰캉하지만 단단한 무언가가 내 코를 강타했다. 아무래도 와이셔츠 남자가 그 오동통한 주먹으로 내 얼굴을 후려갈긴 모양인데 마치 부드러운 보자기에 싸인 망치로 얻어맞은 것 같아 나는 한동안 정신을 차릴 수 없었다. 그 사이 와이셔츠 남자는 어떻게 가속 페달까지 밟은 건지 승용차는 정신없이 뒤를 향해 후진하기 시작했다. 영희가 울음을 터뜨리는 소리가 들렸다.

그러나 와이셔츠 남자는 후진할 생각이었으면 기어와 가속 페달만이 아니라 핸들도 고려했어야 했다. 로이스 레인이라는 주인을 잃은 핸들이 널뛰듯 회전하는가 싶더니 차가 지그재그 형태로 뒤로 돌진하기 시작한 것이다. 간신히 정신을 차렸을 때 속도계 바늘은 100km를 가리키고 있었고 곧 차는 엄청난 충격음과 함께 뭔가에 와장창 부딪치고 말았다. 아마 기둥이나 주차되어 있는 다른 차에 부딪친 것이겠지. 뒤에서 뭔가가 타는 냄새가 났다.

와이셔츠 남자를 두들겨 패줄 생각으로 고개를 들었지만, 영원히 그럴 수 없었다. 그는 허리가 접히고 뇌에 큼지막한 유리 조각을 박아 넣은 채 깨진 차창 밖으로 몸을 반 정도 내밀고 있었다. 기묘하게 꺾인 몸을 보아 척추가 부러진 듯했으며 진절머리 나는 뇌수가 창문에 흩뿌려져 있었다. 부서진 두개골 조각이 피부를 뚫고 튀어나와 있었다. 마치 머리가 두 개 솟아난 것처럼 보일 정도다.

그 순간 아이의 울음소리가 들렸다. 뒷좌석을 돌아보니 그 정신

나간 중년 여성이 영희의 작달막한 몸을 안은 채 피를 철철 흘리며 차에서 뛰어내리는 모습이 보였다.

"안 돼!"

내 단말마를 뒤로 하고 중년 여자는 그 엉성한 몸매에서 나오는 것이라고는 믿을 수 없는 속도로 오르막을 올라 주차장 옥상을 향해 달려가기 시작했다. 참으로 놀라운 발놀림이었는데 저만치서 비틀거리며 그들을 향해 다가오던 소년 좀비마저 스피드로 따돌려버린 것이다. 물론 그 소년 좀비가 우리 차에 치이는 바람에 일반적인 몸놀림조차 보여줄 수 없었던 게 이유이긴 하겠지만. 어찌 되었든 저 미친 여자와 영희를 단둘이 오래 내버려 둘 순 없다. 광적일 정도로 신실해 보이는 저 여자는 자기기 위기에 처하면 신에게 바치는 제물이라는 핑계로 영희를 좀비들한테 던져버리고도 남을 여자다.

힘겹게 로이스 레인을 운전석에서 끌어내리려는 순간 쾅 하고 문이 열렸다. 아까 우리 앞에 나타났던 그 노인 좀비가 로이스 레인의 위에 올라타 입을 크게 벌렸다. 나는 있는 힘을 다해 그 노인의 떨어지기 직전인 아래턱을 움켜잡았다. 부실하게 덜렁거리는 입이야말로 지금 내가 가진 유일한 희망이었다. 가까이서 보니 그 노인은 눈이 없었다. 원래 눈동자가 있어야 할 부분이 뻥 뚫린 채 볼에는 검은색 핏줄기 두 개가 굳어 있었지만, 도대체 어떻게 된 영문인지 그 괴물은 내가 있는 곳을 정확히 알았다. 나는 점점 다가오는 그것의 아래턱을 잡은 채 끊임없이 되뇌었다.

'열시선, 열시선아 나와라!'

눈에서 파괴광선을 내뿜는 능력만 발동되면 지금 바로 이 좀비

노인의 상반신을 태워버릴 수 있을 텐데. 하지만 지금까지와 마찬가지로 끝내 열시선은 발동되지 않았고 결국 나는 젖 먹던 힘까지 다해 노인의 턱을 잡아당겨 그 머리 채로 박살난 앞창에 찍어버렸다. 노인의 이마에 붉은 구멍이 생기며 뼛조각과 뇌 조각이 바로 옆 차창에 뒤덮였다. 헉헉 정신없이 숨을 몰아쉬는 와중에도 그 뇌수와 피가 몸에 들어오지 않았나 신경 쓰는 일은 쉬운 일이 아니었다.

로이스 레인의 얼굴에 튄 피를 소매 깃으로 급히 닦아준 후 그녀의 몸을 공주님처럼 안아 들었다. 완벽하게 온전치는 않은 허리와 다리가 통증으로 불평불만을 쏟아냈지만 아랑곳하지 않고 달린다. 그것도 심지어 오르막을 오른다. 서둘러 이곳에서 탈출해야 한다. 밑에서부터 다가오는 좀비들의 울음소리로부터 도망가야 한다. 영희까지 찾으려면 급해지지 않으면 안 된다.

마침내 햇빛이 비치는 옥상으로 나올 때까지 다행인지 불행인지 좀비는 물론 사람과도 마주치지 않았다. 어떻게 된 일인지 중년 여성과 영희는 물론이고 그들을 따라갔던 소년 좀비마저 보이지 않았다. 오르막을 다 올라가 평평한 곳에 발을 디딘 나는 잠시 로이스 레인의 품에 땀을 닦으며 몸과 마음을 진정시켰다. 눈앞엔 주차장 옥상의 전경이 펼쳐졌다. 이 혼란스럽고 더러운 세계에서 이곳 하나만은 마치 별세계인 양 깨끗했다. 막 페인트칠을 마친 듯한 흰색 배기 구멍들이 청명한 하늘을 향해 우뚝 솟아 있었고 그것들 사이 사이로 금방이라도 전기가 흐를 듯한 철조망들이 든든하게 서 있었다. 그 철조망을 따라 천천히 걷다 보니 옆 건물 옥상, 그러니까 주차장 옥상에서 병원 옥상으로 이어지는 샛문이 하나

있었다. 로이스 레인이 말한 게 이거였나 보다. 거기에는 이런 간판
이 붙어 있었다.

'고압 전류. 감전 주의'

하지만 전기가 끊긴 지금 감전 같은 게 될 리 없다. 나는 별다
른 두려움 없이 로이스 레인을 안은 채로 철조망으로 이루어진 문
을 손으로 스윽 밀었다. 역시나 전기충격 같은 건 일어나지 않았
다. 하지만 신기하게도, 눈에 보이지 않는 전류 비슷한 게 흘렀는
지 지금까지 죽은 듯 늘어져 있던 로이스 레인이 정신을 번쩍 차
렸다.

"여…… 여기가 어디죠?"

머리가 떵한지 이마를 짚으며 그녀가 묻는다.

"병원 옥상이요."

"영희는…… 다른 사람들은요."

"와이셔츠 입은 남자는 죽었어요. 영희는 그 미친 아줌마가 데
려갔고요. 지금 쫓는 중입니다."

"영희…… 영희를요? 어디로?"

문을 닫고 빠져 있던 문고리를 끼우면서 모르겠다고 대답했다.
사실 내가 지금 이 순간 진정으로 알고 싶은 게 그거였다. 그 죄
없는 소녀와 미친 아줌마는 도대체 어디로 간 걸까? 여기까지 오
면 이제 저 하늘밖에 갈 곳도 없는데. 그래서 문을 걸어 잠근 직후
뒤에서 이런 소리가 들렸을 때는 정말 놀랐다.

"영희는 여기 있다!"

고개를 돌렸다. 맙소사. 아버지 조-엘. 아니, 한때 그렇게 착각했
던 미친 사이코패스가 나를 응시하고 있었다. 한 손에는 영희를,

다른 한 손에는 소년 좀비의 머리통을 든 채로.

11. Rooftop

"여성, 여자? 그러니까 *씹 달린 계집. 맞지?*"

그 놈이 우릴 보자마자 내뱉은 말이었다. 정확하게 말하자면, '우리'가 아니라 로이스 레인을 보자마자 그렇게 말했다. 천박한 놈 같으니. 저런 놈을 한때 정의로운 크립톤 인이자 나에게 피와 유전 자를 나누어준 아버지로 착각했다니 내 멍청함에 나 스스로가 질 려버릴 지경이다. 당장 달려들어 마음이 풀릴 때까지 놈을 때려 주고 싶지만 그럴 수가 없다. 놈이 거칠고 잔인한 악의가 담긴 손 으로 영희의 목깃을 단단히 움켜잡고 있기 때문이다. 영희는 울먹 였다.

"슈퍼맨 아저씨……."

아주 잠시 얼어붙어 있던 공기가 영희의 그 말로 인해 요란스럽 게 깨졌다. 사이코패스 놈은 미친 듯이 웃음을 터뜨렸다.

"우하…… 우하하하, 우하하하! 너 이 정신병자 새끼, 설마 사람 들한테도 네가 슈퍼맨이라고 말하고 다닌 거냐?" 한동안 폐에 있 는 공기를 다 쏟아내듯이 웃음을 터뜨리던 그놈은 갑자기 로이스 레인을 증오에 가득 찬 눈으로 바라보았다. "씨발……. 이런 놈들 은 1층에 두고 난 그 감옥에 처넣었단 말이지! 어!"

마지막은 거의 울부짖음에 가까웠다. 놈의 다른 한 손에 들려 있던 소년 좀비의 얼굴이 그 시끄러운 웃음소리가 거슬린다는 듯

이빨을 미친 듯이 딱딱거렸다. 다른 좀비들처럼 이 소년의 피부도 양초같이 희었으며 불쑥 튀어나온 수많은 실핏줄이 그 피부에 초현실적인 그림을 그려놓고 있었다. 다시 한번 더, 잃어버린 능력을 그리워했다. 열시선이나 슈퍼 브레스. 이 둘 중 하나만 있었더라도 원거리에서 놈을 저격할 수 있었을 텐데. 하지만 아까도 그랬듯이 나는 없는 능력 대신 이 초라한 몸뚱이를 이용해 위기를 타파하지 않으면 안 되었다. 일단 놈을 자극하지 않기 위해 최대한 화제를 돌리려 했다.

"렉스 루터는 어디 있지?"

"씨발. 렉스 루터는 또 뭐야?"

로이스 레인이 황급히 나섰다.

"원장님은 어디 계신 거야?"

놈이 또다시 활짝 웃음을 터뜨렸다. 놈은 극심한 감정 기복을 보여주고 있었다. 정신병의 전형적인 증세다.

"아아. 기억났다. 그러고 보니 저 미친놈이 그 엘리베이터 안에서 자꾸 렉스 루터, 렉스 루터니 했었지. 그게 원장 말하는 거였냐? 뭐야? 그럼 네 옆에 있는 그 년은 로이스 레인이냐?" 놈이 순간적으로 보여준 놀라운 통찰력에 깜짝 놀랐다. 단단한 몸 위에 달린 털 많은 얼굴, 언뜻 호쾌하게까지 보이는 그 얼굴에 곧 잔혹하게 일그러진 미소가 번져나간다. "그 새끼는 한참 전에 덩어리째 회쳐버렸지. 엘리베이터 안에 놔뒀는데, 보러 갈래?"

보러 갈 필요도 없다. 우리는 이미 엘리베이터 안의 그 참극을 보고 왔으니까. 맙소사. 그렇다면 승강기 안에 주렁주렁 걸려 있던 내장과 눈알이…… 렉스 루터의 것이었단 말인가.

"짜증 나니까 그렇게 노려보지 마. 이 연놈들아. 원장 놈을 해체한 건 내가 한 게 아니야. 여기 이 뚱보가 한 거지. 야, 뚱보. 이리나와. 이 미친놈아."

그 사이코패스 뒤에서 갑자기 수지가 나타나는 바람에 깜짝 놀랐다. 끔찍하게도 사타구니 부분에 피가 잔뜩 묻은 수지는 영혼 그 자체가 몸 안에서 완전히 소멸해버린 듯 보였다. 녀석은 좀비보다 더 좀비같이 걸어왔고, 좀비보다 더 좀비 같은 죽은 눈동자를 하고 있었다. 수지가 아직 인간이라는 유일한 증거는 녀석이 중년 여자의 시신을 소중히 안고 있다는 데 있었다. 아까 영희를 안고 먼저 도망갔던 아줌마는 시신이 된 채 축 늘어져 있었다. 180도 돌아간 목과 까뒤집힌 눈꺼풀은 그녀가 얼마나 고통스럽게 죽어갔는지를 생생히 증언하고 있었다. 그걸 먹지 않고 얌전히 들고 있다는 것만으로 수지는 아직 인간이었다. 아직은 말이다.

"이 병신 같은 뚱보야. 그 여자 시체는 왜 아직까지 가지고 있어? 응? 그 년도 미쓰 에이인가 뭔가 하는 집단 멤버냐? 응? 지껄여봐. 응?" 사이코패스는 나와 로이스 레인을 향해 뒤돌아서서 갑자기 싹싹한 표정을 지었다. "씨발. 야. 이 돼지 놈이 얼마나 웃긴 놈인지 말해줄까? 자기가 그 미쓰 에이의 수지란다. 자기 친구들도 진짜 미쓰 에이로 만들겠다며 성기를 자르려고 하다가 이 병동에 잡혀 들어왔대. 그래서 내가 존나 자비롭게 직접 이 놈의 거시기를 잘라 내줬지. 야, 고맙지 않냐? 응?"

그랬구나. 엘리베이터 안에 있던 남자의 성기가 바로 수지의…… 이로써 내가 떠난 후 그 승강기 내에서 어떤 참혹한 일이 벌어졌는지 모두 밝혀졌다. 토기가 치밀어 오르려는데 놈이 발끝으로 수지의 사타구니를 걷어차고 있는 게 보였다. 저런 잔인한 놈! 지금 놈의 표정은 놈의 손에서 으르렁거리는 좀비의 머리보다 더 흉측해 보인다. 당장 달려들고 싶지만 아직도 놈의 손은 영희의 머리통을 쥐고 있다. 어떻게든 놈한테서 틈을 만들어야 한다. 나는 놈의 진짜 정체를 폭로해 주기로 마음먹었다.

"당신은 내 아버지 칼-엘이 아니야."

"그걸 지금 알았냐. 존나 좋겠다? 병신아."

나는 놈의 눈을 똑바로 들여다보며 놈이 숨겨왔던 진짜 정체를 입 밖에 내버렸다.

"너는 쿠데타를 일으켜 크립톤 행성에서 추방된 범죄자, 조드 장군이야. 그렇지?"

순간 모두의 동공이 크게 떠지며 나를 주시하는 게 보였다. 나도 안다. 저놈은 조드 장군이 아니다. 놈은 그 반역자만도 못한 비천한 쥐새끼나 다름없는 사이코패스다. 하지만 놈이 이 말에 반응해준다면.

"아…… 아하하하하…… 저런 등신 새끼……"

놈이 좀비 머리를 든 손으로 내게 손가락질을 하는 순간 나는 있는 힘껏 도약해 그 사이코패스에게 달려들었다. 어떻게 해서든, 어떻게 해서든 영희만이라도 구출해야 한다. 허공을 날은 내 발이 그 자의 가슴을 강하게 강타했다. 그러나 그 자는 내 발을 맨손으로 잡아채더니 등이 휘청거릴 만큼 세게 내 허리를 쳤다. 빌어먹을, 이 사이코패스는 강하다. 그리고 교활했다. 놈은 내가 허리를 다쳤다는 사실까지도 간파하고 있었다. 아주 순간 놈을 진짜 조드 장군이라고 착각할 정도였다.

나는 바닥에 발라당 엎어진 채 나를 향해 날아오는 그놈의 발
길질을 최대한 방어하려고 애썼다. 가슴팍에서 뭔가가 우두둑 부
러지는 소리가 나며 입 밖으로 피가 뿜어져 나왔다. 젠장. 갈비뼈
가 부러진 건가. 엘리베이터에서 추락했을 때도 부러지지 않았던
게 겨우 이 사이코패스 놈 발길질 몇 번에 부서지다니 우습지도
않다. 내가 피를 뿜어내는 걸 보자 기세등등해졌는지 놈은 기괴한
소리를 지르며 날뛰었다.

"씨발 새끼. 씨발 새끼. 씨발 새끼!"

흥분한 놈의 동작이 커지자 나는 몸을 굴려 벗어나려 했다. 그
러나 멍청하게 그 와중에 넘어지는 바람에 나는 그 살인마에게 정
신을 수습할 기회를 주고 말았다. 그 개자식은 흥분을 가라앉히더
니 민첩한 몸놀림으로 무력하게 바닥에 누워 있는 내게 달려들어
으르렁거리는 소리와 함께 내 오른팔을 와락 꺾어버렸다.

"이 빌어먹을 새끼야!"

그 놈은 한 손에 들고 있던 소년 좀비의 머리통을 나를 향해 내
리치려 했다. 그 순간이었다.

"안 돼요!"

찌르는 듯한 고음과 함께 수지가 나와 그 사이코패스 사이에 끼
어들었다. 소년 좀비의 머리는 나 대신 수지의 목덜미를 있는 힘껏
물어뜯었고 수지는 괴로워하며 그것을 떼어내려고 애썼다. 마침내
수지는 소년 좀비의 머리를 자신의 얼굴에서 떼어 내버리는 데 성
공했다. 소년 좀비는 입에 수지의 살을 한 움큼 문 채 통통 굴러
로이스 레인의 발치로 굴러갔다. 그녀의 품 안에는 어느새 작은 영
희의 몸이 꽉 안겨 있었다. 그나마 영희가 잔악한 손에서 벗어났

다는 게 작은 위안이 된다.

"좋아. 씨발 것들. 아주 죽고 싶다 이거지? 응? 배때기 한 번 갈려 보고 싶다는 거지?"

사이코패스 놈은 사시미 칼 비슷하게 생긴 걸 빼 들었다. 저렇게 긴 칼날을 지금까지 도대체 어디에 숨기고 있었는지 궁금했다. 저 칼에 묻은 시뻘건 자국은, 렉스 루터의 피와 수지의 피가 섞인 것이리라. 이루 말할 수 없을 만큼 잔인한 짓을 저지른 그 길쭉한 칼날이 내 눈 앞에 다가왔다. 이렇게 절망적인 순간에 와서도 내 초능력은 일절 돌아오지 않았다. 나는 완전히 무력한 채로 정육사 앞에서 해체되기만을 기다리는 인간 고기 신세다. 놈이 칼을 길게 고쳐잡는 순간 로이스 레인이 놈을 향해 외쳤다.

"한번 해보고 싶지 않아?"

그녀가 무슨 말을 하는지 눈치챘다. 나는 비명을 지르며 로이스 레인에게 뛰어가려 했다.

"안 돼요!"

하지만 사이코패스 놈이 들고 있던 칼날이 그보다 먼저 내 허벅지로 날아와 박혔다. 놈은 고통스러워하는 내게 다가오더니 쑥 칼을 뽑아 들고 내 부서진 갈비뼈를 차서 나를 쓰러뜨린다.

"가만히 좀 있어 봐. 미친 새끼야. 어이. 거기 암컷. 지금 뭐라고? 나랑 한번 해보자고?"

"그래. 한 번 해보자고. 얼마든지 대 줄게. 대신 이 아이하고…… 저 사람들은 건들지 마."

로이스 레인이 바지의 지퍼도 풀었다. 안 된다. 그것만큼은…… 절대로……. 나는 출혈 때문에 어지러워진 머리를 붙잡고 어떻게

든 일어나려 애썼다. 그러자 사이코패스 놈의 발이 또 한 번 날 걷어찼다. 눈알이 튀어나올 것 같은 고통 속에서 로이스 레인의 강인한 목소리가 들려왔다.

"괜찮아요. 저보다 저 사람하고…… 영희를 부탁해요. 영희야. 괜찮아. 슈퍼맨 아저씨한테 가 있어."

품에서 억지로 영희를 떼어낸 로이스 레인은 당당하게 사이코패스 놈을 향해 걸어갔다. 놈이 음흉한 미소를 지으며 칼로 그녀의 옷을 등 뒤부터 갈라놓는 게 보인다. 그녀의 부드러운 살결이 공기에 노출된다.

'안 돼……. 안 돼……'

울고 있는 영희조차 내버려두고 로이스 레인을 향해 다가가려고 한 순간이었다. 등 뒤에서 좀비가 울부짖는 소리가 들려왔다. 수지였다. 그 흉측한 소리는 자신을 여자 아이돌 가수라고 주장하던 수지가 낸 것이었다.

중요한 부위가 잘려나간 사타구니는 몹시 딱딱했고 피부는 가죽처럼 뻣뻣하다. 어깨 부위는 소년 좀비에게 파 먹혀 커다랗게 잘려나갔고 몸 전체에서 열이 치솟고 있었다. 나는 수지의 머리통을 잡고 흔들어댔다.

"수지, 수지! 정신 차려! 수지!"

"오…… 오빠……"

좀비가 물어뜯은 상처가 붉은색으로 부어오르고 불쾌한 냄새가 검은 체액이 새어 나온다. 오늘 정말 많이 보았던 액체다. 옷으로 상처를 닦아 주려 하자 고통스러운 비명을 지르며 발버둥쳤다.

"미…… 미안해요. 원장님…… 죽인 거……. 제가 원해서 한

게 아니었어요……. 저…… 정신병자가…… 총을 대고 협박했어
요……. 그래서 그랬어요…….”

수지의 목에서 가래 끓는 소리가 나기 시작했다. 이빨 자국이
선명한 끔찍한 상처에서는 냄새나는 고름이 흘러내리기 시작했다.
죽음이 임박해 왔다는 게 너무나도 여실히 느껴졌다. 여기서 죽는
건가. 여기서 죽는 건가. 수지가? 이 정신병동에서 나의 유일한 말
동무가 되어줬던 녀석이? 이렇게 의미 없이? 녀석은 정신병자고 자
기 친구들의 거시기를 자르려고 했다. 그것은 분명 응분의 보상을
받아야 할 잘못이었다. 그러나 그 죄과가 이래서는 안 될 것이다.
이렇게까지 비참할 필요는 없을 것이다.

“사…… 사람을 죽였으니…… 이거 엄청난 스캔들이죠? 연예계
복귀는…… 힘들겠죠?”

수지의 심장은 상당히 오래전에 움직임을 멈췄다. 수지는 거친
숨을 몰아쉬다가 갑자기 물에 빠진 사람처럼 헐떡거리는 것을 반
복한다. 어느새 영희마저 그가 받는 지독한 고통 때문에 울음을
멈춘 채 안절부절못하고 있다.

“오…… 오빠…… 마지막으로 노래 한 곡만 부를게요…… 이게
끊어지면…… 죽여주세요……. 너무 괴로워요…….”

수지는 미친 듯이 떨리는 목소리로 노래를 부르기 시작했다. 틀
림없이 미쓰 에이인가 뭔가 하는 걸그룹의 노래이리라. 눈물이 나
올 것 같았다.

내 이름은 수지가 아닌데 자꾸만 실수로 수지라 부를 때

그때 알아차려야 했어 왜 애써 너를 믿어 주려 했는지 몰라

니가 어떤 앤지 알았어 괜히 울지 마
너의 물건을 다 내놨어 연기는 이제 그만

나는 눈물을 참기 위해 수지의 대리석같이 차가운 이마에 얼굴을 댄다. 몸에 가까이 다가가자 피범벅이 된 채 힘없이 덜렁거리는 그의 사타구니 안에서 피와 분뇨, 고름 냄새가 확 번져 나오는 게 느껴진다. 그 지독한 고통 속에서도 수지의 노래는 계속되었다.

Good bye, baby good bye 뒤돌아서 그대로 앞으로 가면 돼
아무런 말도 하지 말고 이대로 사라져 주는 거야
Good bye, baby good bye 즐거웠어 재미있었다고 생각할게
그러니 여기까지 하기 너의 쇼는 이제 끝난 거야
Baby good bye, good bye

갑자기 동전만 한 보라색 반점들이 수지의 온몸을 뒤덮기 시작했다. 그리고 몇 분 후 끔찍하게도 가느다란 실핏줄과 정맥들이 피부 위로 불거져 나오기 시작했다. 숨소리는 매우 불규칙했고 식어버린 몸에서 땀이 비 오듯 흘러내린다. 정맥이 불거지며 두꺼운 전선처럼 두드러졌다. 놀랍게도 수지의 얼굴은 그렇게 끊임없이 나를 괴롭혀온 좀비들의 그것으로 변해가기 시작했다. 마침내 그는 노래마저 멈췄다. 그리고 소리 질렀다.

"오빠…… 제발, 제발 죽여주세요! 단번에!"

입과 귀, 눈, 그리고 사라져버린 성기에서도 끝없이 피가 흘러나왔다. 나는 괴성을 지르며 수지의 얼굴을 내리쳤다. 그러나 코가 부서지는 소리만 들렸을 뿐 수지의 고통은 계속되고 있었다.

"오빠 제발…… 슈퍼맨! 도와줘요!"

수지가 경련을 일으키며 몸부림친다. 몸뚱이가 믿을 수 없는 각도로 휘어지며 아치를 이루고 단단한 바닥에 팔다리를 휘둘러댄다. 뒤통수는 규칙적으로 콘크리트를 들이받고 있었다. 나는 눈물을 뿌리며 병동에서 사귄 유일한 친구의 얼굴을 내리치고 또 내리쳤다. 그러나 끊어지라는 목숨은 끊어지지 않고 대신 고름과 배설물이 섞인 피를 사방에 흩뿌리며 괴로워하고 있었다.

그러다 별안간, 수지가 꺼억, 하는 소리와 함께 입을 다물었다. 고무처럼 변해버린 그 녀석의 눈에 핏발이 섰다. 입을 열고 목구멍 속에서 가래 끓는 소리를 뱉어낸다. 핏발선 고무질의 눈은 번쩍 뜨이더니 무시무시하게 나와 영희를 번갈아 쳐다보기 시작했다. 지금 녀석한테서 무슨 일이 일어나는 건지, 영희의 단말마가 충분히 설명해 주었다.

"좀비……."

처음엔 상반신만 떨리는가 싶더니 몇 초 뒤 수지의 몸 전체가 떨리기 시작했다. 나를 잡은 녀석의 손톱이 일그러지는 걸 보고 나는 인정하지 않을 수 없었다. 영희의 말대로다. 이대로 놔두면, 녀석은 좀비로 변해버릴 것이다. 이제 결단을 내려야 될 때였다. 나는 녀석의 몸을 질질 끌고 가까운 옥상 끄트머리로 다가갔다. 부러진 갈비뼈가 내장을 관통하는 듯한 느낌이 들었지만 지금 그런 건 중요한 문제가 아니었다. 나는 오로지 수지의 얼굴을 바라보지 않기 위해 필사적으로 애를 썼다. 녀석은 이제 노골적으로 좀비의 으르렁거리는 소리를 내고 있었다. 다행인 것은 몸의 경직이 아직 완전히 풀리지 않았는지 힘없이 내 손에 끌려오고 있었다는 사실이다. 아니면, 몸 안에 아직 남아 있는 수지의 의식이 나한테서 벗어나려는 좀비의 몸부림을 있는 힘껏 억누르고 있었던 걸까. 답은 영원히 알 수 없으리라. 내가 옥상에서, 수지를 내던져버렸으므로. 추락하려던 순간 수지는 내게 손을 뻗치며 뭐라고 말을 했다. 그것은 으르렁거리는 소리로도 들렸지만, 수지의 마지막 노랫소리로도 들렸다.

Good bye, baby good bye 뒤돌아서 그대로 앞으로 가면 돼
아무런 말도 하지 말고 이대로 사라져 주는 거야
Good bye, baby good bye 즐거웠어 재미있었다고 생각할게
그러니 여기까지 하기 너의 쇼는 이제 끝난 거야
Baby good bye, good bye

노랫소리가 멀어져가는 걸 들으며 나는 무릎에 얼굴을 파묻은 채 흐느꼈다. 방금 전, 수지를 보며 확신했다. 그는 크립토나이트에 피폭되지 않고도 괴물로 변해버렸다. 사람을 먹으며 돌아다니는 저 산 시체들은 '크립토나이트 피폭자' 따위가 아니다. 다른 사람들이 처음부터 말하던 대로, 그리고 내가 중간에 깨달은 대로 저들은 그냥 '좀비'다. 이 세상에 크립토나이트 따위 존재하지 않는다. 크립톤 행성 같은 것도 존재하지 않았다. 당연히 슈퍼맨 같은 것도 존재하지 않았다. 나는 저 사이코패스의 말대로 그냥 평범한 정신병자였다! 아아! 슈퍼 브레스니 슈퍼 두뇌니, 초청각이니 초시야니 열시선이니 이게 무슨 병신 같은 상상력이란 말인가. 내가 도대체 무슨 짓을 저지른 건가! 내가 렉스 루터, 아니 원장을 포로로 잡지 않았더라면! 내가 엘리베이터에서 멍청하게 뛰어내리지 않았더라면! 깝죽대면서 지하실에 있던 로이스 레인…… 아니 이수영이라고 불리는 여자와 영희를 끌고 나오지 않았더라면! 그러면 얼마나 많은 사람들이 목숨을 부지할 수 있었던 건가. 나는 부서진 내 갈비뼈를 있는 힘껏 쾅쾅 친다. 섬뜩한 고통이 닥쳐오지만 그것마저 지금은 축복처럼 느껴진다. 오히려 내가 지어낸 슈퍼파워가 없는 것이 한스럽게 느껴진다. 그게 있었더라면 단 한 방에 나 스스로 내 갈비뼈와 심장, 허파를 동시에 부숴버려 내 죄에 합당한 벌을 내릴 수 있었을 터인데. 나를 바라보는 자그마한 시선이 느껴졌다. 제발, 날 이렇게 비참한 몰골로 만들어버린 신에게 단 한 가지 바라는 것이 있다면 방금 전 내 모습, 그리고 지금의 내 모습이 영희의 뇌리에서 1초라도 빨리 잊히는 것이다. 아니, 비단 영희뿐만 아니라 모두에게 잊힌 채로 침묵 속에서 고요히, 고요히 죽어가고 싶었다.

그러나 그런 내 마지막 소원은 말끔히 묵살되었다. 정신을 차리니 희미한 소리가 들려오고 있었다.

"오빠! 슈퍼맨 오빠! 헬기! 헬기!"

영희의 다급한 외침을 듣고 고개를 들어보았다. 멀리서 헬리콥터의 소리가 들렸다. 영희는 조막만 한 손을 다급하게 흔들며 방방 뛰어다녔다. 적어도 이 순간에는 그 작은 소녀가 나보다 훨씬 더 밝고 생명력으로 넘쳐나고 있었다. 헬리콥터는 조금씩 가까워지고 있었다. 이쪽을 향해 오는 게 확실했다.

그때였다. 옥상 저편에서는 무거운 것을 들고 질질 끌고 가는 듯한 소리가 들려왔다. 건너편 대형 주차장 건물에서 사람이 아닌 괴물들이 우리를 향해 가까이 다가오고 있었다. 아까 주차장에서 우릴 쫓아오던 놈들이다. 정말 언제 봐도 끔찍한 광경이다. 수천의 좀비들이 한꺼번에 떼 지어 어슬렁어슬렁 몰려오는 꼴은 말이다.

놈들은 대형 주차장 옥상과 병원 옥상을 가로지른 철조망, 내가 걸어 잠근 바로 그 샛문에 바짝 달라붙었다. 수십의 그것들이 문에 부닥칠 때마다 삐걱이는 소리와 함께 철조망이 조금씩 휘어졌다. 어떤 괴물들은 이미 이빨로 구멍을 낸 후 그 틈으로 팔과 머리를 들이밀고 있었다. 저 철조망은 아마 몇 분 이상은 버티지 못할 것이다. 그런데도 나는, 도대체 뭘 해야 할지 모르겠다. 머리고 몸이고 텅 비어버렸다. 그 머리에 기운이 돌아온 것은 속옷 차림의 로이스……. 아니 이수영 선생을 끌고 오는 사이코패스 놈을 봤을 때였다. 놈은 만족스러운 얼굴로 트림을 하더니 곧 '어라?' 하는 얼굴을 짓고 하늘과 철망 근처를 번갈아 바라봤다. 그러더니 무슨 생각을 했는지 세상에서 가장 비열하고 과시욕이 넘치는 미소를 지었다.

"야. 너희 군인들, 그리고 너희 시체들. 거시기 쪼물딱 거린 지도 꽤 됐지? 오늘 너희들한테 인심 한 번 크게 쓴다! 아주 존나 화끈한 걸로 하나 보여줄게."

놈은 발걸음을 영희를 향해 옮긴다. 놈의 그림자가 영희의 작은 몸뚱이를 덮어갔다. 울먹거리며 싫다고 외치는 영희를 보자 완전히 돌아버릴 것 같다. 저 미친놈!

"야, 이 개자식아아아아!"

달려드는 순간 차가운 금속이 볼을 뚫고 들어오는 것을 느꼈다.

놈이 사시미 칼을 내 오른쪽 뺨에 쑤셔 넣은 것이다.

"저리 꺼지시지. 슈퍼맨!"

"그 사람들을 그냥 놔둬!" 이수영 씨가 거의 알몸이나 마찬가지인 몸을 가리며 필사적으로 소리쳤다. "그들은 그냥 놔두겠다고 약속했잖아."

"아, 그거. 거짓말이었어. 자기."

놀랍게도 그녀는 순간, 씩 웃었다.

"그럴 줄 알았어. 이 사이코패스 악마 놈아."

놈의 얼굴이 살짝 굳었다.

"이 년이 지금 무슨 소리를……"

"너 이건 새까맣게 잊어버렸나 보지?"

이수영 씨의 오른손에서 갑자기 소년 좀비의 머리통이 나타났다. 사이코패스 놈이 들고 있던 거다. 수지의 목덜미를 물어뜯어 그 녀석을 좀비로 바꿔놓은 머리통이다. 놀랍게도 그것은 아직까지도 이빨을 깔딱거리고 있었다.

"그게 뭐 어쨌다고."

"아까 내 팬티 벗길 때 좀 잘 보지 그랬니. 미친놈아."

이수영 씨는 자기 발목을 떡 하니 앞으로 내밀었다. 거기에는 잔인한 이빨 자국이 동그랗게 찍혀있었다. 지금 이수영 씨가 들고 있는 소년 좀비의 머리통을 갖다 대면 저 이빨 자국과 아귀가 딱 맞아떨어질 것이다.

"성교로도 전염되지? 아마?"

순간 머리가 노래졌다. 저 말은 사이코패스 놈이 곧 좀비가 되어버린다는 것이다. 하지만 동시에 이수영 씨도…… 오 하느님. 맙소사. 수영 씨. 왜 이런 짓을! 사이코패스 놈도 나와 같은 생각을 완전히 다른 맥락에서 떠올린 것 같았다. 그놈은 사악한 절규를 지르며 이수영 씨에게 달려들었다.

"모가지를 따버릴 테다! 이 년!"

이수영 씨는 덤벼드는 사이코패스를 향해 들고 있던 소년 좀비의 머리통을 휘둘렀다. 사이코패스는 짐승같이 울부짖으며 사시미칼을 몇 번 휘둘러 소년 좀비의 머리와 이수영 씨의 손가락을 동시에 조각냈다. 이어서 창백한 칼날이 이수영 씨의 목덜미를 향하는 것을 봤을 때 나는 그녀의 입가에 대담한 미소가 번지는 것을 보았다. 어차피 좀비로 변해버릴 것, 죽음 따위 두렵지 않다는 것일까. 그건 틀림없이 네가 나를 죽여 봤자 어차피 다 끝났다는 투의 무서운 도발인 것이다. 그녀의 강인한 정신력에 순간 홀리고 만다. 그녀야말로, 그녀야말로 슈퍼맨이라는 칭호에 어울린다.

그러나 막 칼날이 그녀의 목으로 떨어지려는 찰나 첫 번째 총성이 고공에서부터 울려 퍼졌다. 철조망 앞에 모여 있던 좀비들이 더더욱 시끄럽게 울어댔다. 사이코패스는 멍하니, 통째로 날아가 버린 자신의 오른쪽 손목을 바라보고 있었다. 그리고 고개를 들어 공중의 헬리콥터를 바라봤다. 총소리는 한 번 더 났다. 화약 냄새가 진동했다. 강철의 새가 지닌 화력은 정말로 무시무시했다. 사이코패스는 관자놀이에 주먹만 한 구멍이 뚫린 채로 피를 쏟으며 무너져내렸다. 영희가 또 울음을 터뜨렸다. 오늘만 그녀가 벌써 몇 번째 울음을 터뜨리는지 모르겠다.

12. Still, Rooftop

"어찌어찌 끝났네요."

브래지어와 팬티만 간신히 걸친 수영 씨는 따뜻하게 울고 있는 영희를 안아주었다. 나는 그녀에게 내 윗옷을 벗어주었으나 그녀는 거절했다. 그녀의 몸이 거세게 떨리는 것이 보였다. 이제 곧, 그녀가 수지와 똑같은 고통을 겪고, 그 녀석과 똑같은 것으로 변할 것이라는 징조였다.

헬리콥터는 공중을 선회하며 서서히 내려오고 삼사십 명의 좀비는 철조망을 거의 무너뜨리려고 하고 있다. 어서 여기서 빠져나가야 한다. 나는 흐느끼며 수영 씨에게 부탁한다.

"수영 씨. 저랑 영희랑 같이 여기서 빠져나가요. 제발요……. 나중에 어떻게 치료할 수 있을지도 몰라요."

"그건 무리예요. 그랬다간…… 저 헬리콥터도 위험해져요. 그리고 영희도, 당신도."

그녀는 속옷 차림으로 천천히 일어섰다. 나는 처음으로 로이스 레인이 아닌 이수영이라는 여자의 얼굴을 제대로 바라보았다. 눈빛이 총명해 보이는 30대의 명랑하고 멋진 여성이었다. 그녀는 비틀거리는 걸음걸이로 서서히 옥상 난간에 위태롭게 올라섰다.

"선생님!"

달려가려는 영희를 간신히 잡았다. 말려서는 안 된다는 걸 알면서도, 말리고 싶었다. 그러나 말릴 수가 없다.

"영희를 부탁해요. 그 애를 안고 저 헬리콥터에 타는 거예요. 할수 있죠? 슈퍼맨이니까."

"아니, 아니에요. 저는 슈퍼맨이 아니에요……. 저는 정신병자예요. 개새끼예요."

나 때문에 죽어간 수많은 사람들을 떠올린다. 원장, 수지, 와이셔츠 남자, 중년 여성……. 그리고 이제는 이수영 씨까지. 나는 나와 함께 했던 사람들을 아무도 구하지 못했다. 악당을 물리치지도 못했다. 목숨을 걸고 악마를 해치운 것은 내가 아니라 그녀다. 그녀야말로 슈퍼맨이고 히어로다. 그녀가 떠나면 나는 무기력할 뿐이다.

"아뇨. 당신은…… 슈퍼맨이…… 맞아요. 당신이 아니었다면…… 나는 아직도 그 지하에…… 갇혀 있었어……. 여기까지 올 엄두는 내지……도 못 했……. 당신한테는…… 정말 알 수 없는 힘이……."

이수영 씨는 탁탁 끊어지는 목소리로 쥐어짜듯 내뱉었다. 열이 올라오는지 온몸이 붉게 변해 있었다. 그 끔찍한 반점들이 그녀의 겨드랑이로부터 번져 나오기 시작했다.

"자, 이제…… 날아올라요."

그녀는 웃으며 눈을 감았다. 그녀의 몸이 뒤로 흔들거리며 지상을 향해 추락하려 하고 있었다. 나는 속수무책으로 그걸 바라보고 있을 수밖에 없다.

"잘 있어요. 클락…… 켄트. 슈퍼맨……."

휘청.

수영 씨가 떨어졌다.

"으아아아아앙!"

영희가 또 울음을 터뜨렸다. 나는 비틀거리며 기어가 아직 그녀의 온기가 남아 있는 난간에 몸을 기댄다. 저 아래 수영 씨의 몸과 그녀의 하얀 몸이 보인다. 그녀의 머리 주위에서는 붉은 동심원이 밀물처럼 밀려나가고 있었다. 새빨간 피와 반짝거리는 뼛조각들. 아아, 인간이 빌딩에서 추락하면 두개골이 부서지고 피가 튀는 거로구나. 처절하게 잔혹한 깨달음이 내 골수 속에 스며들었다. 곧 배고픈 좀비들이 수영 씨의 시신 근처로 모여들었다. 이제 저것들의 이빨이 수영 씨의 고운 살을 바르고 내장을 길게 뽑겠지. 이게 앞으로 벌어질 일이다. 내가 빛보다 빠른 속도로 건물 아래로 낙하해가 아스팔트에서 아슬아슬하게 가까운 곳에서 그녀의 여린 몸을 받아내고 다시 위로 치솟는 일 따위 절대 일어나지 않을 것이다. 그렇게 현실 세상이 내게 말을 걸어오고 있었다. 그 소리는 점점 크게 들려왔다.

투타타타타타. 머리 위에서는 헬리콥터가 요동치고 있었다.

쾅. 콰쾅. 콰콰콰쾅.

옆에서는 좀비들이 마침내 철조망을 무너뜨렸다.

고공에 뜬 헬리콥터에서는 방탄복을 착용하고 기관단총을 쥔 남자 하나가 나를 향해 뭐라고 소리치고 있었다. 저 평범한 군인도 아마 나보다 훨씬 강할 것이다. 나보다 훨씬 더 많은 사람들을 구해왔을 것이다. 이것이 내가 그토록 보기를 거부하던 현실이다.

군인이 나를 향해 손을 내밀었다. 헬리콥터는 옥상에서 약간 떨어져서 날고 있었기 때문에 그의 손을 잡으려면 고공으로 날아올라야 했다. 날 수 있을까? 슈퍼맨 클라크 켄트에게는 우스운 질문일 것이다. 하지만 내게는? 과연 가능할까?

문득 내 진짜 이름이 궁금해진다. 뉴욕에 사는 정체를 숨긴 슈퍼 외계인 클라크 켄트가 절대 될 수 없는 한국의 소시민. 그의 진짜 정체. 부모가 붙여주고 동사무소에 등록되고 정신병동의 표찰에 새겨졌을 세 글자. 세상에서 가장 한심한 정신병자의 이름. 눈동자에 고인 물이 주변 풍경을 부옇게 번지게 한다.

어느덧 좀비들이 코앞까지 몰려들자 군인이 엉거주춤한 몸짓으로 손을 거둬들이는 것이 보인다. 영희의 울음소리가 들린다. 수영 씨의 마지막 유언이 떠오른다.

'영희를 부탁해요. 그 애를 안고 저 헬리콥터에 타는 거예요.'

그녀는 이렇게 말했다.

'할 수 있죠? 슈퍼맨이니까.'

슈퍼맨인지 아닌지, 내가 도대체 무엇인지 전혀 모르겠다. 나 스스로는 아니라고 강하게 부정하는데 내가 본 여성 중 가장 강인하고 위대한 여성은 나에게 슈퍼맨이라고 한다.

문득 눈물을 닦는다. 내 정체가 실제로 뭐든 아무 상관없다. 이제, 뛰어야 할 시간이다.

날아오르느냐. 추락하느냐.

날아오르면 살고, 추락하면 죽는다.

날아오른다면 슈퍼맨, 추락한다면 인간

슈퍼맨이 되든, 슈퍼맨이 될 수 없는 이 끔찍한 세상과 이별하든. 갑자기 그 둘 다 나쁜 선택이 아니라는 생각이 들었다. 좋다. 뛰자. 뛰어보자. 내가 안 된다면 영희만이라도, 저 헬리콥터에 태워야 한다. 영희를 안아 몸이 더욱 무거워졌다는 것, 뜀박질로 고공을 나는 헬리콥터에 닿는 것 따위 불가능하다는 것 따위 신경 쓰지 않는다. 히어로니까, 아니 히어로가 아니더라도 나는 기적을 행할 것이다. 아까 벗은 상의를 길게 찢었다. 하의도 벗어 길게 찢었다. 팬티만 입은 채로 찢어낸 옷들을 묶어 연결한다. 내 몸에 폭 안겨 오는 영희를 두 팔로 든든히 감싸 안으며 거침없이 달리기 시작했다. 달콤한 공기가 몸속에 스며든다. 뒤에서 쇄도하는 좀비들의 기척이 느껴진다. 하지만 돌아보지 않는다. 헬리콥터가 점차 옥상에서 멀어지려 했지만, 전혀 신경쓰이지 않는다. 훤히 드러난 근육이 부풀어 오르는 듯한 느낌이 난다. 헬리콥터에 타고 있는 군인들의 눈동자에서 푸른색 바탕에 빨간색으로 새겨진 '에스' 자를 봤다. 그건 분명 내 가슴에 새겨져 있었다.

"꼭 잡아"

크게 외치며 마지막 발걸음을 옥상 난간 바깥으로, 수영 씨가 떨어졌던 그곳으로 날렸다. 내 손에서 긴 밧줄이 된 옷이 위를 향해 뻗어 나간다. 이제 발밑에는 아무것도 없다. 중력에서 벗어난 듯한 느낌. 한없이 자유로워진 기분. 그렇게 고공의 정점에 도달했다. 떨어지느냐, 비상하느냐. 내 운명은 찰나도 안 될 그 시간에 매여 있었다.

"……"

발끝이 살짝 무거워지며 중력이 차가운 소름과 함께 덮쳐올 때 내 몸은 덜컥 정지했다. 위를 올려보니 아까 그 군인이 내가 던진 밧줄을 붙들고 있었다. 그는 헬리콥터의 조종석을 향해 소리쳤다. *가, 가라고!* 내 몸은 서서히 위로 떠 올랐다. 끔찍한 좀비들이 멀어져간다. 소름 끼치는 정신병동도 함께 멀어져간다. 영희는 아직 안전하게 내 품에 안겨 있다. 가까워 오는 하늘에서 구름이 선명하게 다가온다. 날고 있다. 나는 날고 있다.

"하하하하……!"

크게 웃었다.

"그것 봐. 나는 슈퍼맨이 맞다니까."

볼을 타고 흘러내린 눈물이 혀끝에 닿았다. 그것은 몹시 짭조름했고 살짝 냄새도 났던 것 같다. 인간의 냄새였다.

아들에게

서번연

『로드(THE ROAD)』라는 소설을 본 적이 있다.

여자의 살 내음이 스쳐만 지나가도 한창 살에 불꽃 같은 정열이 치솟아 오르던 시절이다. 아버지는 아들을 데리고 그저 하염없이 걸었고, 나는 그런 아버지를 보며 답답하다 여겼다.

그리고 이제, 그 소설은 다시는 내가 볼 수 없는 것이 되었다. 책을 상자에 담아 중고서점으로 가져가며 생각했다. 이제 나는 날 가없는 먹먹함 속으로 몰아넣는 모든 종류의 비극은 보지 못하리라. 영상을 보다가도 책을 보다가도, 가끔씩 울컥하고 치밀어 오르는 것이 있다. 핏덩이 같기도 묵은 가래 같기도 한 것이 형태 없이 올라온다. 그것이 통증이 되었다. 하지만 그 통증은 그저 사진 하나에 풀어지곤 했다. 내 새끼, 내 아들. 날 닮고 아내도 닮고, 내게서 나왔지만 더 이상 내 몸이 아님이 그저 신기하기만 한…… 내 아들.

그 아들의 얼굴을 보며, 죽음을 생각했다.

아버지가 아들에게 끊임없이 속삭였던 말이 있다. 만일의 순간이 오면 총구를 물고 방아쇠를 당기라고. 아비의 마지막 정이었을 것이다. 그리고 나는 그 아버지를 이해하면서도 이해할 수 없어서 울었다. 나는 아이를 죽일 수 없다. 그렇다고 내가 아이의 삶을 얼마큼이나 유지할 수 있을지, 나는 내 능력을 가늠할 수도 없다. 나의 상황이 그 아버지의 상황보다 더 나쁠 것이다.

나는 내가 맨정신으로 군복무 시절을 그리워하게 될 거란 생각을 해 본 적이 없다. 하지만 요사이의 나는 내가 있는 이곳이 당시의 내무반, 아니면 연병장이었으면 좋겠다는 생각만을 끊임없이 떠올리곤 한다. 그렇다면 답은 두 가지겠지…… 내가 맨정신이 아니거나, 지금의 상황이 그때보다 더 나쁘거나.

나는 비탄 속에서 총의 감촉을 떠올렸다. K-2 소총 총신의 서늘하고 끈적이던 느낌과 총기 수입하던 헝겊의 퀴퀴함, 노리쇠 뭉치에서 내 손으로 옮겨 묻어나던 검댕들을 떠올렸다. 가끔 진저리치게 무겁게 느껴질 때가 있지만 대부분은 완전군장에 비해 하찮게 느껴지던 묵직함을 떠올렸다. 그 묵직함. 아들은 3.3kg으로 태어났다. 아들을 처음으로 안아본 날, 나는 아들이 소총보다 더 무겁다는 사실을 믿을 수 없어 했다. 생명의 무게란 건 그런 걸지도 모른다. 아들이 벌린 쪼그만 입이, 수입이 제대로 안 된 총구 안쪽보다 더 검고 무서웠다. 그 안에 생명이 들어차 있어서였을지도 모른다는 생각이 이제 와 들었다. 부질없는 일이다. 그 검고 무서운 공간에 익숙하게 아내의 가슴이 들이밀어 졌다. 아들은 탐욕스럽게 젖을 빨았다. 통증에 찡그리면서도 아내는 웃었다. 웃어 살짝 벌어진 그 입술이, 내가 눈감고도 감촉을 떠올릴 수 있는 그 입술이 살짝 떨리며 핸드폰 옆에서 움직였을 모습을 나는 지금도 종종 상상해 보곤 한다.

아내가 전화에서 마지막으로 한 말은 "미안해."였다. 나는 그보다 더 나은 말을 찾을 수 없었다. 나도 같은 상황이 왔다면 그렇게 말했으리라……

아내는 결국 돌아오지 못했다.

이 파국은 어디에서부터 시작됐을까.

뉴스에서 보도되던 소요는 하찮은 것이었다. 나는 상식을 믿는 사람이었고, 종교가 없었다. 생명이 태어나고 죽으면 그 육신은 한 줌 흙으로 돌아간다. 영혼의 존재도 미심쩍거늘 죽음 이후까지 생각하라니. 사후세계만큼 허황한 이야기들이 없다. 그런 사후세계에 기대고 있는 종교가 내게 와 닿을 리가 없었다. 아내는 가끔 그런 나를 낭만 1g도 모르는 지독한 공돌이라며 비판했지만 나는 아랑곳하지 않았다. 그리고…… 내가 부정한 사후세계에서 영혼들이 돌아왔다. 자신의 이미 끝난 몸뚱이에 들러붙었다.

아니다, 영혼은 없다. 인류가 검증하지 못한 바이러스가 등장한 모양이다. 죽은 몸들을 숙주로 삼았기에 숙주가 생명 없이 움직였다.

"시민 여러분께서는 정부의 발표에 귀를 기울여……."

바다에서부터 그것들이 기어 올라오기 시작했음을 알았을 때,

공포영화를 좋아하던 아내는 아들을 재운 후 내게 기대어 몸을 떨었다. 그 어깨를 감싸며 나는 피식 웃었다.

"뭔가 오해가 있을 거야. 그게 가당키나 해?"

"정말로 좀비 바이러스 같은 게 있어서 좀비들이 살아서 올라오는 거면 어떻게 해?"

"어떻게 하긴? 그놈들 알아서 다시 뒤질 때까지 살아남으면 되지."

"……좀비는 이미 죽어 있어서 안 죽잖아?"

"바이러스도 생명체에 가까워. 걔들도 증식해서 살아남는 게 목표라고. 시체에 기생해서 무슨 증식이 돼? 바이러스도 시체들에게서 영양소 다 빨아먹고 나면 죽을 거야. 시체가 썩어서 살점들이 탈락하기 시작하면 더더욱! 참 쓸데없는 걱정 한다."

그래도……라고 속삭이며 아내는 더더욱 몸을 기댔다. TV 뉴스 화면의 암울한 불빛이 아내에 얼굴에 긴 선을 남겼다. 그 긴 선에서 냉장고를 여는 아내 모습을 떠올렸다. 얼굴에 긴 선이 하나 비추어지면 아내는 냉기에 몸을 떨곤 했다. 냉장고의 작동 기제를 떠올리며, 나는 부연했다.

"봄이잖아. 날도 따뜻한데 얼마나 오래가겠어?

따뜻한 햇볕을 받으면 부패가 급속히 진행될 테고, 곤충들도 많이 접근할 테고, 육탈(肉脫)하고 나면 이게 무슨 게임 속 세상도 아닌데 무너진 해골이 될 테지. 걱정하지 말아.

"좀비 영화 못 봤어? 걔들 해골 안 돼. 물리 공격 외엔 안 죽어."

"그건 잘 팔리라고 만든 영화고. 썩어서 자멸하는 좀비가 나오면 주인공들이 살아남으려고 싸울 이유가 없잖아? 영화는 영화고 쟤들은 썩을 거야. 안 썩을 리가 있나?"

학력 과잉의 세상이다. 대다수의 사람이 공통과학까지는 배웠으리라. 사소한 과학적 지식들이 아내와 나의 대화에서 승리를 거두었다. 뉴스에선 군부대들이 그것들을 격퇴하고 있다는 뉴스를 그저 덤덤하게 내보냈다. 그런 식이었다. 뉴스에서 보도된 소요는 그렇게 정말로 하찮은 것이었고, 그래도 올라오고 있다며 불안해하는 아내와는 달리 나는 크게 불안을 느끼지 못했다. 하지만 계속된 아내의 불안에 결국 반년 치의 식량을 사들였다. 나쁜 일도 아니었고, 그렇게 어려운 일은 더더욱 아니었다.

정부에서 사재기를 금지한 지 며칠 되었기에, 걸어서 갈 수 있는 집 근처 모든 대형마트를 사흘에 거쳐 돌았다. 쌀과 라면, 물을 주로 사들였다. 모든 종류의 영화를 좋아했던 아내는 좀비 영화를 봤던 기억들을 되살려 참치통조림과 햄 통조림 중독자처럼 굴었다. 나는 아내를 존중하기로 했다. 하지만 내가 지나가는 농담으로 개사료엔 관심이 없다고 말했을 때, 아내는 좋은 제안을 들었다는 듯 시멘트 포대만 한 거로 개사료를 구입했다. 몹시 어이없어하는 나에게 아내는 말했다.

"책 안 봤어? 개사료는 안 상해. 약탈자가 빼앗지도 않아서 추천할만하댔어."

이 여자 이런 면이 좋아서 결혼한 건 맞지만. 그때의 나는 한숨을 쉬었다. 그리고 투덜거렸다.

"우리 아들이 안 먹으면 난 당신을 원망할 거야."

아내가 맑게 웃었다.

아내의 웃음이 사라지는 속도와 비슷하게, 그것들이 결국 도착했다.

햇살은 따뜻했지만 기대했던 육탈은 일어나지 않았다. 곳곳의 지역에서 군부대는 그것들을 격퇴했다. 하지만, 적극적으로 대민 지원을 하진 않았던 것 같다. 부대로 들어오려는 것들만 공격했을 뿐 군인들이 나와 돌아다녔다는 이야기, 난 들어본 적이 없다. 자의로 더 이상 출근하지 말아야겠다고 결정한 날엔 이미 모든 것이 늦어 있었다. "새끼들, 죄다 당나라 군대야. 그것들이 올라오게 그냥 두냐? 군기가 빠졌어!" 하고 외친 나를 아내는 피곤하게 웃으며 쓰다듬어 주었다.

군대뿐 아니라 파리마저 그것들을 외면했다. 창문 너머로 처음 그것을 본 날의 충격을 기억한다. 차를 타고 올라오는 것도 아니고 자전거를 이용하는 것도 아니기에, 그것들의 전진은 느렸다. 하지만 점점 세를 키우는 게 확실했고 꾸준했다. 한 달여를 걸어왔을 것이다. 그러나 아무도 내 예상만큼 문드러져 있진 않았다. 어떤 곤충도 그들에게 다가가지 않았던 모양이다. 그저 상한 고기처럼 썩어 있을 뿐이었다. 그 굉장한 냄새가 우리 층까지 치솟아 올라와 나는 처음으로 구토했다.

아내가 창백한 얼굴로 등을 두드려 주다, 중얼거렸다.

"좀비 영화들 외모 묘사 싸그리 다 틀렸네."

지금 그런 말이 나오냐. 하지만 그렇게 말한 아내의 안색이 그것들에 가까울 지경이라 나는 그냥 안기듯 아내를 안아주었다.

아내의 말대로 그것들은 푸르거나 붉다기보단 그냥 누렇고 회색이고 녹색이었다. 정확하게는 부패단계 중 신선기인 것들이 그렇고, 팽창기에 다다른 것들은 녹색을 유지하면서도 거무튀튀했다. 나는 붕괴기에 다다른 것들은 미처 발견하지 못했는데, 자다 깰 때마다 질긴 가죽으로 잘못 만든 폭죽이 터지는 듯한 소리가 종종 들려 그것들에게도 붕괴기 비슷한 게 있긴 하다는 걸 깨달았다. 그것들은 그 끔찍한 소리로 자신들이 시체가 맞으며, 시체의 부패단계를 그대로 보여줄 수 있다는 걸 증명이라도 하려는 듯했다.

아무도 밖에 나가지 않았다. 괜찮아, 안 나가도 돼. 저것들이 죽어 나자빠질 때까지 기다리자. 하지만 모든 사람이 우리처럼 생필품을 구비해 놓은 것은 아니었다. 더워질까 말까 햇살이 고민하는 것처럼 굴던 어느 날, 아내와 나는 듣고야 말았다. 아마 그 남자는 가족을 대표해서 먹을 것을 구하러 집에서 나온 것이리라. 그것들은 그가 나오든 말든 처음엔 별 반응을 보이지 않은 듯했다. 그랬으니 그 남자가 안심하며 자신의 차 리모컨을 눌렀겠지. 빵! 그 소리에 무슨 소리인가 호기심 많은 사람 몇이 베란다로 얼굴을 조심스레 들이밀었다. 그들 중엔 나도 있었다. 끔찍한 일이었다.

호기심을 가진 대가로, 우리는 보지 않아도 좋을 것을 보고야 말았다. 상처 입은 동물이 피라냐가 가득한 강에 그 몸뚱이를 들이밀었을 때 보이는 풍경과 비슷할 것이다. 별소리도 존재감도 없었기에 그렇게 그것들이 근처에 많이 있는지 몰랐다. 모든 것들이 시커멓게 몰려들었다. 그저 시커멓게…… 남자가 비명을 질렀다. 끊어내는 듯한 비명이었다. 남자는 나왔던 곳으로 다시 도망쳐 들어갔으나, 곧 그것들에게 끌려나왔다. 더 봐야 하는가, 도와줄 수도 없는데 더 지켜봐야 하는가. 고민하고 있는 나의 두 눈을 아내의 손이 덮었다. 나는 아내의 손 위로 내 손을 덮었다.

우리가 할 수 있는 일은 너무 미약했다.

우리가 누려온 것들도 너무 미약했다. 문명이 손바닥 위에서 먼지처럼 흩날려 갔다.

제일 먼저 가스가 끊겼다. 어떻게 도시가스가 공급되는지 정확하게는 모른다. 관련 직업에 종사하는 사람이 아니라면 당연히 알리 없으리라. 문제가 생기면 기사를 부르고, 수리할 일이 발생하면 요금을 지불하고 수리를 하며, 검침일이 되면 검침을 해서 사용료를 낸다— 이것이 그동안 우리가 도시가스에 대해 알고 있던 것들이었다.

가스가 자연스럽게 솟아나 탱크에 저장되고, 탱크에서 자연스럽게 각 가정으로 공급되는 것은 당연히 아닐 것이다. 하지만 탱크의 저장량이 고갈되었는지, 아니면 도관 파이프에 문제가 생겨 집에까지 오지 못하고 새어 나오게 된 것인지는 우리가 알 수 없는 영역이다. 우리에게 허가된 정보는 그저, 결과뿐이었다.

"아빠, 햄 못 구워요?"

"응. 대신 참치 먹을래?"

"아니? 아빠, 햄 못 구워요?"

"어, 햄 못 구워. 그러니 참치 먹자. 참치도 맛있어…… 이야, 이거 한 번 볼까?"

나는 아들에게 참치통조림을 따 주며 착잡함을 느꼈다. 하지만 그건 시작이었다. 우리는 그저 집 밖에만 나가지 못했을 뿐이었다. 그때까지도 너무나도 문명인처럼 살고 있다는 것을 그렇게 깨닫기 시작했다. 어리석게도.

며칠 후 설거지를 위해 물을 틀었을 때엔 펌프가 힘겨워하는 소리가 났다. 물은 쏟아지기보단 폐병 환자가 각혈이라도 하는 것처럼 산발적으로 나왔다. 괴상한 쿱 쿱 소리가 내 심정과도 같았다. 샤워기를 틀어 마지막 물을 쥐어짜듯 욕조에 받았다. 제발, 제발, 제발…… 반이라도 물이 받히길 바라며 초조해하는 나를 향해 아내는 창백한 얼굴로 중얼거렸다.

"안방 화장실만 쓰자. 물은 하루에 한 번 내려야 하는 걸까?"

쓸데없는 고민이었다. 나중에는 씻을 물조차 부족했으니. 하지만 그때의 우리는 그 사실을 몰랐으므로 그저 침통해했다.

관리비 고지서 항목 3종 중 전기는 가장 마지막까지도 무사했다. 이건 희극이기도 비극이기도 했다. TV를 틀면 멀쩡한 세상이 우리를 기다렸기에. 다만, 생방송은 더 이상 없었다. 드라마나 영화 같은 것들도 사태 전과 동일하게 방영했지만, 새로운 작품은 없었다. 몇 번 봤는지 명백히 숫자로 기억할 수 없는 재방송만이 무한히 반복될 뿐이었다.

누군가 끄고 퇴근하지 않아 홀로 기계가 무한히 할 일을 반복 중인 걸까, 아니면 영원히 퇴근하지 못한 누군가가 방송국에 갇혀 자신이 살아있음을 끊임없이 드러내고 있는 걸까? 어느 쪽으로 답을 내도 우울할 뿐이었다. 작은 소리로 틀어놓은 TV 너머로 아들이 헬로 카봇을 보고 싶다 칭얼거렸다. 나는 아들을 한 번 끌어안아 주고는 그저 트럼프 카드를 펼쳤다. 아들은 '돼지꼬리'를 제법 할 줄 알았다. 창백한 얼굴의 아내와 초췌해진 나는, 밖에 나가지 못하게 된 것과 원하는 TV 프로그램을 못 보게 된 것 외엔 별 불만이 없는 아들과 종종 카드게임을 하며 우울함을 삭혔다.

그리고 통신.

믿을 수 있는가? 현재가 위성 통신 시대라는 것이 문제인지, 밖의 그것들이 기지국 안테나에는 별 관심이 없다는 것이 문제인지…… 통신 수단은 무사했다. 더 이상 집으로 날아올 일 없는 통화료 고지서 때문인지 아내는 종종 전화 속으로 빠져들었다. 인터넷 또한 무사했기에 나도 종종 전화 속으로 빠져들었다. 인터넷 위에선 스스로 집안에 갇힌 온갖 사람들이 굶어 죽기 전까지 혼잡하게 떠들어댔다. 아무도 그 소리를 신경 쓰지 않았다. 하지만, 쓸만한 정보들이 종종 걸려들었다.

그것들의 시각은 형편없다.

그럴 수밖에 없다. 그 혼탁한 수정체와 망막에 대체 무엇이 비추어질 수 있단 말인가? 창밖 너머로 숫자조차 줄지 않고 종종 보이는 그것들의 희끄무레한 눈을 보며, 나는 고개를 끄덕였다. 하지만 다른 정보는 도통 의아하기만 했다.

후각은 사람 수준인 것 같다. 하지만 청각은 대단히 발달되어 있다.

다른 이가 공격당하는 걸 본 입장이니 저 의견은 반론할 수 없다. 하지만 대체 뭐가 남아 있어서 소리를 듣는지? 고막? 귓속의 작은 뼈들? 알 수 없는 일이었다. 어차피 과학적으로 규명할 수 있는 존재들도 아닌데 또 무얼 의심스러워하고 있나. 나는 더 이상의 호기심을 버렸다. 다만 그냥 알아두기로 했다.

어두워지면 거의 움직이지 않는다.

이 의견을 작성한 사람은 그 아래 자신의 예를 덧붙여 두었다. 여러 날 동안 창밖으로 그것들을 관찰하다 이 결론을 내고, 죽을

각오를 하고 집 밖 대형마트에 식량을 구하러 다녀왔다고. 몇 번 시도해봤지만 아직까지 무사하다던 그의 의견에 모두 문자화된 박수를 쳐 주었다. 나 또한 심정적으로 박수를 쳤다. 박수를 친 후 아내에게 이 의견들을 보여주었다. 아내는 착잡한 얼굴로 말했다.

"왜 정부는 움직이지 않을까?"

"응?"

"이런 것들을 안다면, 적외선 안경 씌우고 뭐 특수부대 그런 거 투입해서 밤에 다 쓸어버려야 하는 거 아냐? 왜 정부는 움직이지 않아? 왜 대통령이나 국무총리 등등이 나서서 해결책을 제시해 주지 않는 거야?"

"……그게 우리나라 스타일이니까?"

자력갱생도 할 수 없게 해서 다 불타 죽고 빠져 죽게 하는 게 우리나라 전통이니까? 이 사태가 전국적인 일이라서 아예 다 탱크로 쓸어버리지 않은 걸 고맙게 생각해야 할지도 몰라. 굳이 입 밖에 내기엔 영양가 없는 말이다. 생존에 대한 믿음을 꺾을 필요는 없으니까. 그래서 나는 그저 마우스 휠을 착잡하게 굴려댔다. 아내는 내 뒤에서 위로 위로 사라져가는 글씨들을 보며 입을 꾹 다물었다.

여름이 다가오고 있었다.

모두가 흩어지는 지독한 여름이었다.

부질없이 생존을 걱정하는 몇 개월이 지나가고, 예상했던 백골의 시기가 도래했다. 하지만 예상은 예상일 뿐이었다. 그것들은 정말, 지독하게도 썩지 않았다. 박테리아들도 코를 막고 고개를 돌려버릴 듯한 불쾌감이 치솟은 기온과 함께 곳곳을 떠다녔다. 청소 곤충들이 외면하고 청소 동물들도 외면했으니, 어떤 적(敵)도 없을 것이다. 그저 도시는 악취에 휩싸였다.

악취에도 불구하고, 나는 더위에 지쳐 전 창문과 베란다를 열기로 했다. 불안한 전기 수급 상황 때문에 다른 방법이 없었다. 열린 창문 사이로 어느 집에선가 아기 우는 소리가 났다. 어디에서든 아직 사람들이 살아있다는 건 확실했다. 다만 집에만 있었을 뿐이다. 소음이 발생하면 그것들이 일제히, 소름 끼치게도 정확하게 소음의 장소로 고개를 돌렸다. 그 광경을 보고 있자면 나가고 싶은 생각이 전혀 생기지 않았다. 궁핍하고 초췌하더라도.

그나마 다행한 것은, 그것들의 힘이었다. 그것들은 인체가 무너질 정도의 괴력을 발휘하진 못했다. 딱 사람 몸에서 낼 수 있을 정도의 파괴력만을 생성했다. 아파트를 무너뜨린다든가, 현관문을 부순다든가…… 그랬다면 우린 한참 전에 몰살했을 것이다. TV 소리를 키울 수 있던 시절엔 가끔 기성(奇聲)과 함께 문을 두드리기도 했지만, 그뿐이었다. 현관문이 열리는 일은 없었다.

아직 한참 어린 아들은 닫힌 현관문을 바라보다, 가끔 베란다 너머로 고개를 내밀려 하며 큰 소리를 냈다.

"나가고 싶어요!"

"나가면 안 돼. 나가면 위험해."

"밖에 사람들이 있는데요?"

"무서운 아저씨들이야. 나가면 저 아저씨들에게 잡혀 가. 친구들 보여?"

"안 보여요."

"거봐. 아저씨들이 다 잡아가서 그래. 모두 집에만 있을 거야."

아들이 소리를 지를 때마다 그것들은 또 일제히, 기계적으로 우리 집을 향해 고개를 돌렸다. 검고 녹색이고 퀭한 모습들. 다들 소리도 없고 몇은 눈알도 없이 오로지 쳐다보기만 하는 그것들. 그 흉흉한 모습에도 불구하고 그 광경은 내게 별 감흥을 끼치지 못했다. 하지만 그것들 사이에 어딜 봐도 며칠 전까지는 좀 굶주렸어도 생생한 인간이었을 것 같은 상태의 초췌한 것들이 끼어들기 시작했다. 그 모습은 날 상당히 심란하게 했다.

그 모습은 또한, 아내를 불안하게 했다. 종종 전화하던 아내. 아내의 통화 대상자는 보통 홀로 계신 장모님이었다. 그리고 요 사흘간 장모님과 아내는 전화를 하지 못했다. 아무리 전화를 걸어도 장모님이 받지 않는다. 나는 아내를 위로했다.

"괜찮으실 거야. 그쪽 전선이 며칠 전의 비로 끊어진 게 아닐까? 충전을 못 하시는 거지."

아내는 회색에 가까운 얼굴을 들어 나를 보며, 초조한 모습으로 손톱을 물어뜯었다.

"아냐, 무슨 일이 생긴 거라면 어떡해?"

"아닐 거야. 강단 있는 분이잖아? 잘 지내고 계실 거야."

'많이 드시는 것도 아닌데 뭘……' 그 말은, 입속으로 삼켰다. 아니다, 정말은 지금쯤 드실 게 다 떨어지셨을지도 모른다. 아니면 거동을 못 할 수준의 병을 얻으신 걸지도 몰라. 여러 불길한 생각들이 나를 스쳐 지나갔지만 나는 그저 꼭꼭 씹어 삼켰다. 하지만 아내는 씹어 삼키지 못한 생각의 파편을 흘려냈다. 아내가 고개를 저었다.

"아니야. 벌써 3일이나 지났어. 한 번 밤에 가 봐야겠어."

"미쳤어? 가긴 어딜 가?"

"엄마한테. 그것들, 밤에 안 움직인다며! 엄마한테 갈 거야, 엄마한테 가 봐야겠어!"

깡마른 얼굴 너머에서 불잉걸처럼 아내의 눈 속 어딘가가 흉흉하게 불탔다. 아내를 말려야 한다. 검증되지 않은 위험 속으로 아내를 밀어 넣을 수는 없다. 그렇다고 내가 갈 수도 없는 일 아닌가? 우리는 살아야 했다. 아들을 데리고, 우리는 어디까지나 언제까지나 살아남아야 했다! 꽤나 오래 아내와 투닥거리며 싸웠다. 하지만 나는 아내를 막을 수 없었다. 분을 못 이겨 나는 결국 속마음의 한 조각을 내뱉고야 말았다. 실수였다. 말해서는 안 되었다.

"우리가 살아야 해."

아내의 크게 뜬 눈을 바라보다 나의 실수를 깨달았다. 나는 급격히 내가 한 말을 수정하려 했다. 어설픈 덧이 꾀죄죄하게 달라붙었다. 그건 분명 외면과 닮아 있었다.

"장모님은…… 괜찮으실 거야."

나 자신을 속였다. 아내는 나의 외면을 예민하게 읽어냈다. 읽어낼 수밖에 없었다.

"우리 엄마야! 자기는, 자기 엄마 아니라고 어떻게 그렇게 함부로 말해?"

회사에 나가지 않게 된 날부터 나는 내 부모님께 연락을 드리지 않았다. 연락되지 않는 어느 날이 오면, 내가 그 날을 감당할 수 없을 것 같아서였다. 보라, 연락되지 않는 날이 정말로 오자 이렇게 행동하는 여자가 내 눈앞에 있지 않은가? 나의 대처는 충분

히 책임감 있고 이성적이었다고, 지금이 되어서도 난 그렇게 자부
한다. 하지만 아내는 그렇게 생각하지 않았던 모양이다.

함께 잠들었던 밤에 아내가 몰래 집을 나갔다. 식량의 일부를
들고, 그렇게 아내는 몰래 나갔다. 아침이 되어서야 나는 그것을
알아차렸다. 소리에 민감한 것들인데 어떻게 그들을 뚫고 갈 생각
을 했단 말인가? 아내에게 연락을 하고 싶었다. 연락을 해야만 한
다! 하지만 나는 핸드폰을 손에 쥐고, 그저 입술이 허옇게 질리도
록 입술을 감쳐 물었다.

다행히도 먼저 아내가 연락했다.

"안전해? 괜찮아?"

다른 모든 말 다 제쳐두고, 가장 먼저 나온 말은 그거였다. 전화
기 너머에서 아내가 말했다.

절대로 나오지 마.

"도대체 어디까지 가 있는 거야?"

아내의 친정은 같은 시 같은 구에 있지만, 같은 동에 있지는 않
다. 도보로 한 시간 조금 더 걸리는 거리. 청각에 민감한 것들이니
아마 그저 숨을 죽이며 조용히 그저 조용히 걸어갔으리라. 빛을
비추면 알아차릴 테니 희미하게 빛이 드는 동틀 무렵부터, 그렇게
걸어갔겠지. 아내는 대답하지 않았다.

*우리 아들…… 모자란 내 새끼 잘 돌봐줄 거지? 잘 돌봐줄 수
있지?*

"대체 무슨 말을 하는 거야, 어디야, 어디냐고!"

소리가 울리는 걸 봐선 넓은 실내일 텐데, 아내는 제대로 대답
하지 않았다. 다만 목소리가 더 작아졌다.

작게 말해. 들킬 거야.

"안전한 거지? 안전한 거 맞지?"

하지만 아내는 대답하지 않았다. 날 무섭게 하지 마. 대답을 해줘. 간절함 속에서 손바닥에 땀이 고였다. 그 땀을 못 견딜 즈음, 아내가 다시 말했다. 먹먹하고도 덤덤한 목소리였다.

미안해. 자기 말 안 들어서 미안해.

대답을 하지 못한 채, 그 말에 소리의 꼬리들이 따라붙었다.

뭔가 부딪히는 소리. 아내가 비명처럼 외치는 소리. 내가 침을 삼키는 소리. 귀 옆으로 내 심장이 거칠게 뛰는 소리.

미안해—!

그리고 아내는 두 번 다시 나에게 전화하지 않았다. ……아니, 돌아오지 못했다.

다시 둘이 된 풍경은 그저 지독했다.

높아진 해에 잠에서 깨어난 아들이 엄마가 없음을 알았다.

"아빠, 엄마는 어디 갔어요?"

"응, 바쁜 일이 생겨서 엄마는 할머니한테 갔어."

내 표정이 너무 처참하지 않기를 바라며. 아들은 내 얼굴을 한번 쳐다보고는 아침밥만을 요구했다. 아들은 타인의 표정, 특히 그 위에 떠 오른 감정을 읽는 것을 어려워한다. 그 말간 눈이 나를 한번 보고는 땅을 향했다. 아들이 감정에 무디다는 사실에 대해 순간 나는 고마움을 느꼈다. 비참하게도 감사할 수밖에 없었다. 비록 그 감사가 길지는 않았더라도. 점심때에도 아들이 한 번 내게 물었다. 저녁때에도 한 번 더 물었다.

"아빠, 엄마는 언제 와요?"

"엄마가 할머니랑 자고 싶은가 보다…… 나중에 엄마 오실 때까지, 아빠랑 자자."

아들은 내 얼굴 어딘가를 한 번 보고는 바닥을 한 번 보았다.

"엄마는 언제 와요? 엄마랑 못 자요?"

"응. 엄마랑 못 자. 아빠랑 같이 자자. 아빠가 꼭 안아줄게."

아들은 자리에 누워서도 몇 번 엄마가 언제 오냐고 물었다. 창문 너머로 열기와 지독한 냄새가 대답처럼 치솟아 올랐다. 문을 닫고 싶지만 더워서 그럴 수는 없다. 모기가 없다는 것에 아주 사소한 위안을 받으며, 나는 아이의 눈 위를 쓰다듬었다. 아들은 우리 둘을 교묘하게 섞어놓은 것처럼 생겼지만, 이 오밀조밀한 얼굴은 확실히 아내를 닮았다. 아내의 얼굴 형태를 손바닥 아래로 떠올리려 노력하다 울컥 하고 가슴 속 깊은 곳에서 무언가 치솟아 올랐다.

나는 처음으로 숨죽여 울었다. 울었지만, 길이 보이지 않았다.

비록 개사료이긴 하지만, 음식 섭취를 늘리기로 결정했다. 매정했지만 필요한 일이었다. 죽을 수 없다, 이제 아들을 감당해야 하는 건 나 혼자다. 아들을 굶길 수는 없어, 우리 둘의 식사만을 차차 줄여가고 있던 터였다. 약간이라도 배가 부르자 또 울음이 북받쳐 올랐다. 나도 내가 이렇게 눈물이 많은 존재인 줄 몰랐다. 나는 그저 숨어서 울었다. 하지만 그렇게 숨어 우는 나와는 다르게 아들은 숨지 않았다. 다만 끊임없이 칭얼거렸다. 나는 눈을 감아도 아들의 목소리를 들을 수 있었다.

"엄마는 언제 와요?"

글쎄. 아빠는 반대로 묻고 싶어. 아빠는 언제 엄마 옆에 갈 수 있을까?

"몇 번을 물었잖아. 이제 그만 물으면 안 될까? 엄마가 올 수 있을 때가 되면 올 거야."

아들은 말간 눈으로 켜지지 않는 전등을 쳐다보았다.

"엄마는 언제 와요?"

나는 내가 다정한 아빠라고 생각했다. 내겐 훌륭한 인내심이 있다고 자부했다. 아니었다. 이성이 그렇게 쉽게 끊기는 것인지가, 단지 옆에 있는 것만으로도 아내가 얼마나 많은 역할을 해 왔는지가 잠시의 분노 후 그렇게 회한처럼 찾아올 때까지도 스스로를 몰랐다.

"그만 좀 해!"

아들은 타인의 감정을 읽는 것을 어려워한다. 하지만 그 아이가 민감하게 느끼는 감정이 딱 하나 있다…… 분노. 아들은 다른 감정을 느끼지 못하는 것을 보상받고 싶어 하기라도 하는 듯, 모든 방향의 분노에 민감했다. 남을 향하든 자신을 향하든 모든 분노는 아들 앞에서 공평했다. 그 공평함에 아이가 움찔했다. 그것을 달래 줄 마음을 갖지 못해, 나는 비탄에 빠졌다. 나는 베란다로 달려나갔다.

감정을 삭이려 얼굴을 밖으로 향했을 때 내가 본 것은 수없이 많은 얼굴들이었다. 그것들이 내가 지른 소리 하나 때문에 온통 나를 보고 있었다. 그 흐릿한 눈들, 퀭한 눈들, 찌부러져 흘러내리는 눈들, 이미 흔적도 남아 있지 않은 눈들 — 그 많은 눈이 탐욕스럽게 나를 쳐다보고 있는 것을 보며 나의 숨이 멎었다. 차라리,

너희들이 우리 집으로 쇄도하면 좋겠는데. 그렇게 우리 모두 죽을 수 있었으면 좋겠는데. 아예 세상이 끝나버렸으면 좋겠는데.

불행히도 세상은 그렇게 쉽게 끝나지 않았다.

일주일도 안 된 짧은 시간이거늘, 아들과 단둘이 있는 시간은 너무나도 지독했다. 나는 아이를 사랑했다. 하지만 그만큼, 나는 아이에 대한 살의를 느꼈다. 버틸 수 있을까? 아내의 말처럼 정부는 대체 무엇을 하고 있나? 다른 생존자들은 또 무엇을 하고 있나? 아파트 창문이 열린 건 곳곳에서 보인다. 하지만 그들이 전부다 살아있긴 한 건가? 인간은 사흘만 물을 마시지 못해도 죽는다. 음식이 끊어지면 한 달이다. 이 도시에서, 살아있는 게 우리 둘뿐인 건 아닐까? 그렇다면 혹시 내가 죽기라도 하면······ 아들은 어떻게 될 것인가? 이 모자란 아이가 무엇을 어떻게 해서 생존해나갈 수 있단 말인가? 어른이 될 때까지 어떻게 살아남았다고 치면······ 제대로 한 사람 몫을 해낼 수는 있을까?

"고기 먹고 싶어요."

사태를 이해하지 못하는 단순함. 남을 이해하지 못하는 무신경함. 특정 사물과 사실에 대한 강박. 그리고······ 반복성. 아들의 눈과 눈이 마주칠 때마다 나는 녹슬어 갔다, 나날이 죽고 싶어졌다. 하지만 죽을 수 없었다.

군 복무 시절을 떠올렸다. 날 갈구던 선임을 떠올렸다. 페인트칠이 어설프게 벗겨지려 하던 내 관물대와 내 양말을 훔쳐 신곤 했던 모자란 동기, 총기 수입하던 꼬질대 등을 떠올렸다. 그때보다 더한 날은 오지 않을 거라 생각했는데 그보다 더한 날이 눈앞에 있다. 언제가 끝일지 짐작할 수도 없는 나날. 밤마다 아들의 목에 손을 얹으며 소설 속 아버지의 모습을 떠올리고선, 울었다. 그저 울었다. 제기랄, 죽일 수 있는 용기도 죽을 수 있는 용기도 없다. 군인에게 총을 쥐여주는 건 무기를 쥐여주는 것이 아니고 용기를 쥐여주는 것일 게다. 죽일 수 있는 용기, 죽을 수 있는 용기. 다시금 군 복무 시절과 총의 감촉을 그리워하며 어두운 밤, 나는 아들의 목을 쓰다듬었다. 누군가 보는 사람이 있다면 정말로 목을 쓰다듬는 것으로 보았을 것이다.

우울증이 이런 모습일까. 요새는 잠도 오지 않는다. 이런 내가, 살아남을 수 있을까. 죽을 수 없다는 것만 확실하다. 정신이 이미 사망자와 가까운데, 이런 나를 생존자라 할 수 있을까? 끊임없이 반복되는 질문, 질문들.

몇 번을 생각해봐도 길은 없다. 그래서 *세상이 끝났으면 좋겠다*고, 수도 없이 되뇌었던 그 문구를 또 입 대신 정신 어딘가에 올렸던 것 같다.

덜컥거리는 소리로, 대답은 문이 대신해 주었다.

분리수거함이 가득 찰 무렵, 현관의 스마트키를 제거했다. 건전지가 다 떨어지면 난감해진다는 판단에서였다. 대신 아래 손잡이 열쇠를 쓰기로 했었다. 열쇠는 언제 쓸지 알 수 없지만, 언젠가 쓸 거라 생각하며 아내와 내가 하나씩 나눠 가졌다. 바로 그 열쇠가 문고리의 미세한 틈을 날카롭게 파고들고 있다. 몇 번의 비명 같은 쇳소리와 함께 움직이던 손잡이가, 내 믿을 수 없다는 시선을 받으며 조용히 돌아가기 시작했다. 끼이익— 지옥문이 열리는 소리도 그것보다는 정감 있으리라. 하지만 아니다. 익숙한 형체를 문 너머로 보았다. 그 순간 나는 무엇이든 반가워할 수 있을 것 같게 되었다. 그 익숙한 형체가 지친 듯한 걸음걸이로 아주 천천히, 아주 천천히 걸어 들어왔다. 미칠 것 같은 반가움에 방 밖으로 뛰어나가려던 나는 문득 찾아든 이질감에 움직임을 멈췄다.

그것은 고개를 돌리지 않았다. 아내가 다시 문을 닫고 문단속을 하지 않을 리 없다. 그것은 신발을 벗지 않았다. 지금 집 꼴이 아무리 말이 아니라 해도 아내가 신발을 신고 거실에 들어올 리 없다. 그것은 아무 말도 하지 않았다. 아내는 쾌활한 여자였다. 그녀는 집에 아무도 없을 땐 사물에라도 인사를 하는 그런 여자였다. 나는 긴장 속에서 문 뒤로 몸을 숨겼다. 아니, 숨기려고 했다. 숨길 수가 없었다. 숨길 수 있을 리가 없다. 멍청하게도 내 발이 천천히, 그렇게 천천히 방 밖으로 향했다. 나는 문을 천천히 닫으며 손전등을 들어 올려 전원 버튼을 눌렀다. 빛이 그것들을 움직이게 한다. 어두워지면 거의 움직이지 않는 게 그것들 아닌가. 이 밤에, 아니야, 아닐 거야. 그것들은 밤에 안 움직여. 아내가 살아서 돌아온 거야. 내 미약한 희망을 숨기지 못한 채 매정한 불이 서늘하게 그것의 형체를 훑었다. 그 모습을 확인하며 나는 울고 또 웃었다.

"정말 좀비 영화들 외모 묘사 싸그리 다 틀렸네."

회녹색을 띤 그저 누런 피부. 녹아내린 것처럼 흘러내려 까뒤집어지기 시작하는 눈 아래 죽은 살. 흰, 아니 누런 자위 색과 그다지 다르지 않은 입술 색. 항상 내가 사랑했던 그 입술. 그리고 그와는 반대로 죽은 피가 쏠려 부어오르고 거대해진 손과 발, 시반(屍斑)을 만들 모든 피가 그저 쏠려 그렇게 보라색이기만 한 그 손과 발.

"정말 당신이 말한 그대로네, 여보. 외모 묘사 다 틀렸어."

쏟아낸 눈물이 하염없이 얼굴을 가리는 가운데에서, 아내의 모습이 남아 있는 그것을 바라보며 그저 죽음을 생각했다. 그래 죽자. 혼자 가기 외로워서 찾아온 거지? 그래, 죽자. 혼자 가게 해서 미안해. 내가 이제 손을 잡아줄게. 나는 뿌연 시야 사이로 발걸음을 옮겼다.

"어떻게 여기까지 왔어? 그것들 밤중엔 거의 못 움직이잖아. 우리 보러 온 거야? 같이 가려고 온 거야?"

당연히 대답은 없다. 움직임도 별로 없다. 그것은 그저 내게 대답해 줄 말을 고르기라도 할 것처럼 내 쪽을 바라보며 서 있었다. 그 시선 아닌 시선에 아들이 떠올랐다. 나를 보는 건 맞는 것 같은데, 어디를 보는지 도저히 모르겠는 그 눈.

아들 생각에 급격히 머릿속이 차가워졌다. 나의 길지도 짧지도 않은 발걸음이 멎었다. 나는 웃고 또 울었다. 죽으면 안 된다. 혼자가 아니다, 죽으면 안 된다. 식어버린 머릿속에서 아들이 하나뿐인 선택지를 들이밀며 강요 아닌 강요를 하고 있다. 나는 그것을 거부하지 않기로 했다.

"미안해. 인사만 할게. 나중에 갈 거니까 화내지 마. 우리 아들, 사람 만든 다음에 미련 없이 갈게."

작은 소리로 속삭이듯 말해봤지만 대답은 없었다. 그래서 거리를 두고 주저앉아, 나는 그저 어둠이 되었다. 어둠 속에서 온갖 생각들이 드나들 듯 떠다닌다.

다시 나갈 것인가, 아니면 영원히 서 있을 것인가? 해가 뜨면 움직이게 되나? 움직이면 우릴 공격하나? 아니, 해가 떠야만 움직일

272

수 있다면, 여기까진 어떻게 온 걸까? 이 모든 것은 단순히 기적의 한 갈래쯤 되는 건가…… 이 낭만 1g도 모르는 지독한 공돌이를 위해 아내가 죽어서도 깎이지 않은 모종의 유머 감각을 발휘하기라도 한 건가. 그러다 나는 문득 개목걸이도 떠올렸다. 만약 아내였던 이것이 나가지 않는다면 우리는 분명히 위험할 것이다. 안전을 위해 묶어두는 것이 좋으리라. 그렇다면 아내가 보던 영화에서 종종 등장하듯, 좀비 사육자가 되어야 하나?

그리고 그렇게 내가 쓸모없는 생각들에 몰두하는 동안, 방문이 미약한 소리와 함께 열렸다.

사태는 너무 쉽게 동전 뒤집듯 변했다.

"아빠? 아빠는 어디 있지?"

아들이 깨어나 버렸다. 내 불찰이다. 아들이 잠에 얕게 드는 편이란 걸 알면서도 오래 자리를 비웠다. 당황으로 입을 뻥끗거리는 동안, 눈앞에서 그것이 점차적으로 깨어나는 걸 보았다. 마치 시든 꽃이 다시 피어나는 것 같았다.

불행히도 평소와 똑같이, 아들은 이쪽으로 오지 말라는 내 간절한 표정을 읽어내지 못했다. 잠이 덜 깨어 눈을 비비던 아들이 그것을 보았다.

아들은 목소리 크기를 조절하는 법도 잘 모른다. 불이 꺼져 있으면 늘, 옆 사람만 간신히 들릴 정도의 소리로만 말하라고 강조해 왔거늘. 아들이 입을 열었다. 그 목소리는 근처 모든 그것들을 불러들일 수 있을 것 같았다.

"엄마?"

그것들은 청각이 예민하다. 아내였던 그것이 고개를 돌리는 속도도 지독하게 빨랐지만, 달려드는 속도는 더더욱 빨랐다. 정지된 듯한 시간 속에서 그것이 안방 앞에까지 질주해 들어왔고, 나는 아들의 위험 속에서 아무것도 생각할 수 없게 되었다. 내 덩치는 큰 편이 아니지만 어쨌든 평소 아내보다 내가 20킬로그램쯤 더 나갔었다. 내가 덮쳐들자 아내였던 것이 나동그라졌다. 우리는 한 덩어리가 되어 부엌 초입까지 굴러갔다. 하지만 그것은 제 위의 나를 신경 쓰지 않았다. 오로지 아들을 보고 있었다. 사람이었던 시절의 기억이 되살아나는 거라면 눈시울 뜨거워지는 정말 아름다운 광경이었을 것이다. 하지만 오로지 그것은 탐욕, 그 이상도 이하도 아닌 감정 비슷한 걸 혼탁한 눈에 올린 채 이빨만 딱딱 부딪힐 뿐이었다.

불안한 얼굴의 아들이 별 억양 없는 특유의 목소리로 새처럼 지저귀었다.

"아빠? 엄마한테 화내는 거예요?"

그것을 제압하려 애쓰며, 나는 쥐어 짜내는 듯한 목소리로 말했다.

"아니야, 들어가. 들어가 있어야 착한 어린이야!"

아들은 내 아래 깔린 그것을 한 번 보고, 나를 한 번 보았다.

"엄마한테 화내는 거예요?"

"아니라고! 들어가 있어!"

이번의 소리는 아까보다 거셌다. 아들의 눈이 더더욱 불안해졌다. 분노에의 민감성. 그놈의 민감성.

"나한테 화내는 거예요?"

나는 결국 폭발하고야 말았다.

"아니라니까? 들어가, 빨리 들어가! 위험하다고!"

"나한테 화내는 거 맞아요?"

"화낼 거야! 당장 들어가!"

아들이 울먹거리며 방문을 쾅 닫고 들어갔다. 으르렁거리고 이빨을 딱딱거리며 큰 소리를 향해 다가가기 위해 그것이 바닥을 긁었다. 아내의 형태를 하고, 그것이 몸부림쳤다. 단수일 경우 자기보다 강해 보이는 생명체에겐 반응하지 않다가 자기보다 약해 보이는 생명체에겐 반응하는 메커니즘 같은 게 있나 보다. 진저리가 난 나는 그것을 몸으로 깔아뭉개며, "어우, 여보, 좀!" 하는 소리와 함께 그것의 팔을 뒤로 꺾어 잡아챘다.

……화장실 문 앞에 허망한 그림자가 드리워졌다. 아내의 팔은, 마치 치킨의 다리라도 뜯는 양 옷만을 남겨두고 그리 어렵지 않게 뜯겨졌다.

나는 너무 놀라 그 팔을 멀리 집어던져 버렸다.

그냥 옆에 팽개치는 게 더 좋았을 것 같다. 내 절박함은 지나치게 질박했다. 절망에 빠진 내 팔은 내려오는 과정에서 식탁 의자를 후려쳤다. 고장 난 전자레인지가 올려져 있던 식탁 의자는 식탁 쪽으로 넘어졌다. 식탁이 도미노의 연쇄작용처럼 냉장고를 강타했다. 그 바람에, 믿을 수 없게도, 양문 냉장고가 우리 쪽으로 쓰러졌다. 나는 빠르게 굴러 피할 수 있었지만, 엎드려 있었던 아내는 그럴 수 없었다. 마지막으로 냉장고 위에 얹어놓은 것들이 우리 위로 쓰러졌다.

나는 몇몇 통조림을 맞긴 했어도 큰 피해를 입지 않았다. 하지만 아내는 아니었다. 쏟아져내리는 통조림들 사이로 그것의 입술을 보았다. 침인지 세포액인지 뭔지를 짐작할 수 없는 액체가 흘러내리는 걸 보았다. 곧 이빨이 딱딱거리는 것도 보았다. 하지만…… 모두 냉장고 아래로 사라졌다. 무서운 일이었다. 있을 수 없는 일이어서, 나는 비명을 지르지도 못했다.

오즈의 마법사에서 마녀는 집에 깔려 죽었다.

우리 집에서 아내는 냉장고에 깔려 또 죽었다.

남은 건 신발뿐인가.

남은 건 정말 신발뿐인가.

말도 안 된다며 발을 더듬고, 더듬고, 또 더듬어도 무너진 육체가 파들거리기만 할 뿐이다. 냉장고는 초췌해진 내가 더 이상 혼자서 세울 수 없는 물건이었다. 아니다, 핑계였다. 내겐 용기가 없었다. 그 아래에서 짓이겨졌을 그것의 모습을 확인할 용기가 없었다. 그 아래에서 그것을 구해낸 후, 그것을 다시 제압할 용기가 없었다. 파편이 묻어 엉망이 된 통조림들을 울음을 숨기며 더 이상 물이 나오지 않는 개수대 위에 올려놓았다. 비틀거리며 쓰러진 식탁을 세웠다. 깨지고 찌그러진 잔해들 사이로 전자레인지의 흔적들을 주워냈다. 식탁 의자를 주섬주섬 세웠다. 그 뒤에 남는 건 아내, 나의 아내, 나의…….

미친 거 아니냐. 냉장고가 이렇게 쉽게 쓰러지면 안 되는 거 아니냐. 이 사태 전보다 몸무게가 족히 20킬로그램은 더 빠진 것 같은데, 이런 반병신이 몸싸움 좀 했기로서니 이렇게 되면 안 되는 거 아니냐. 한탄하고 책임을 전가해도 일어난 일이, 그 결과가 바꿔지 않는다.

부패 중인 인체는 이렇게나 연약했다. 사람이었다면 출혈 약간, 몇몇의 뼈 손상 정도로 끝낼 수 있을 일인지도 모른다. 하지만 냉장고 사이에서 스며 나오는 그것은 지독한 냄새를 풍기는 곤죽일 뿐이었다. 아내의 발 앞에서 나는 하염없이 먼지처럼 떠다니다, 그저 가라앉았다.

도대체 나는 왜 살아있는 것인가.

몇 분, 몇 시간을 같은 자리에 앉아 아내를 바라보고 있자니 아무런 생각이 들지 않는다. 누군가 지나가다 나를 발견하면 앉은 채 말라 죽은 사람이라 생각하겠지. 정말로, 도대체 나는 왜 살아있는 것인가. 삶은 무엇을 위해 존재하는 것인가.

아내의 팔은 너무나도 쉽게 뽑혔다. 아내는 제압하기 어렵긴 했지만, 제압이 불가능한 존재가 아니었다. 체급이 비슷한 남자가 변한 것이었다면 지금의 내 상태로는 거의 제압할 수 없었으리라. 무장한 군인들이 없앨 수 없는 존재가 아니었다. 정부는 대체 무엇을 하고 있단 말인가. 그 새끼들은 자국민이 죽든 말든 망가지든 말든 전혀 상관하지 않는 개새끼들인가? 침몰하는 배 안에 움직이지 말고 그냥 있으라 하며, 구조할 수 있는 능력이 있는데 그저 가만히 사람이 죽어가는 걸 보기만 하는 그런 존재들인가? 우리가 익사해가고 있다. 왜 이 상황을 해결해주지 않는가? 왜 이 상황을 끝내주지 않는가?

아내가 돌아오지 않는다는 걸 알았을 때, 나는 죽음을 생각했다.

아내가 눈앞에서 부서지는 걸 보았을 때, 나는 또 죽음을 생각했다.

삶에는 의미가 없다. 도대체 무엇을 위한 삶인지. 끈적하게 흘러나온 검은 액체가 그저 거대한 구멍 같다. 그 검은 구멍 위를 핥아대듯이 아침 햇살이 도달했다. 그 햇살을 끔찍한 것으로 여기던 중에 나는 보았다. 보고야 말았다. 액체가 끓는 것처럼 움직이기 시작했다. 파편들이 일제히 빛을 본 꼽등이처럼 뛰었다. 아내의 신발이 경련하듯 흔들려댔다. ……그리고 누군가 옆에서 나의 옷자락을 쥐어뜯었다.

쥐어뜯었다. 쥐어뜯었다고. 그냥 잡기만 해도 충분히 놀랐을 것이다. 하지만 명백히 적의를 담고, 며칠을 입었는지 모를 퀴퀴한 내 옷자락을 쥐어뜯고 있다. 아침이 왔으니 아들이 일어날 것이다. 아들일 거야, 그렇겠지. 그래야만 해. 나는 아들의 얼굴을 예상하며 아래를 쳐다보았다. 곧 눈이 마주쳤다. 아니, 눈이 없으니 명백히는 마주쳤다라고 할 수 없을 것이다. 어쨌든 뜯겨 나간 팔과 내 눈이, 서로를 빤히 바라보았다.

나는 비명을 질렀다. 잡아 뜯어냈다. 집어 던졌다. 끔찍해하며 짓밟았다. 검은 자줏빛의 부어오른 손가락들이 거미의 다리처럼 꿈틀거렸다. 털을 다 밀어낸 타란툴라 같다. 맨발이라 효과적이진 못했지만, 어쨌든 정신을 차릴 즈음엔 손에 해당하는 자리는 짓이겨져 형체를 알 수 없게 되어 있었다. 아내에 대한 애상(哀傷), 미안함 같은 것이 순간적으로 휘발되어 날아갔다. 다만 발의 지독한 고통만 남았다. 그래도 상관없다. 찢어져서 피라도 났다면, 그래서 섞이기라도 했다면, 나도 저들과 같은 꼴이 되겠지. 차라리 그게 더

나을지도 모른다. 그냥 죽자. 아들과 함께 가자. 오히려 평화로울지
도 몰라.

결심의 모습처럼 방문이 조심스럽게 열렸다. 아들이 얼굴을 내
밀었다. 반가움을 가장하지도 않고 나는 조용히 얼굴을 들어 올렸
다. 아들의 얼굴과 눈이 마주쳤다. 아기 때부터 10년을 채우지 못
한 지금까지 눈을 보기 힘든 아이다. 눈이 마주쳤다면 그 눈빛에
결심이 흔들렸을 것이다. 하지만 아무것도 보지 못했으므로 아무
런 감정의 동요도 일어나지 않았다. 나는 아들을 향해 걸음을 옮
겼다.

드러난 아들의 목에 손을 얹었다.

손에 힘만 주면 된다.

힘만 주면 된다.

가느다랗다.

손바닥 아래에서

그저 볼락볼락 심장이 뛴다.

K-2의 묵직함. 그 검은 색상. 아들의 눈에서도, 바닥의 피에서
도. 아들을 안아보던 날, 팔 안에서 느껴지던 그 무게. 아내의 웃는
얼굴. 젖비린내. 기저귀의 쉰 냄새. 그리고 찌그러져 뾰족하게 올
라온 아주 작은 아기의 머리에서 간간이 올라오던, 그 달큼한 냄
새……

손에 힘만 주면 되는데. 아내도 이렇게 된 마당에. 힘만 주면 되
는데. 나는 왜 힘을 주지 못하고.

하염없이 자리에 서서 자세 그대로 굳어버린 내 좌절을 알지 못
한 채 아들이 이리저리 눈을 굴린다. 그 눈 아래에서, 문득 입이

열렸다.

"하몽이에요?"

아들은 그것이 하몽처럼 생겼다고 했다.

하몽(Jamon), 스페인의 전통 생햄. 그 이름을 입에 올린 아들의 눈은 아내의 오른팔이었던 물건을 향해 있다. 그래, 지금 보니 정말로 어쩐지 하몽처럼 생긴 것 같기도 하다. 나는 나도 그렇게 생각했다는 사실에 황당함을 느끼며 아들의 목에 댔던 손을 내렸다. 그리고 내 손을 바라보았다. 이후 시선은 자연스럽게 그 아래, 팔로 옮겨졌다. 팔이다. 가엾게도 기억보다 가늘어진 팔이다. 약간의 근손실과 영양부족이 여실히 드러난 내 팔.

그리고 아내의 것이었던 팔을 다시 본다. 작고, 말랐다. 형편없는 잔해 사이에 그저 누렇고 초록색이고 갈색이고 회색인 아내의 팔. 그 위로 누렇고 회색이고 갈색이고 거무튀튀한 하몽의 모습이 겹쳐졌다. 하몽 특유의 어딘가 꼬릿한 냄새도 어쩐지 같이 느껴지는 것 같다. 실제로는 비린내고, 부패의 냄새인데도. 감정을 잘 느끼지 못하는 아들이 팔을 한 번 보고, 나를 한 번 보았다가, 다시 팔을 한 번 보며 말했다.

"하몽, 먹고 싶어요."

아들은 며칠 전부터 고기가 먹고 싶다고 그렇게 내게 고통을 주었다. 원래 육식을 즐기는 아이다. 평범한 시절엔 적어도 일주일에 두 번 이상 꼬박꼬박 고기를 먹여왔다. 저 연령대엔 먹어 보지 않았을 육류도 꽤 먹어왔던 터였다. 나와 아내는 밥을 먹었다. 나와 아내는 햇반을 먹었다. 나와 아내는 전투식량을 먹었다. 나와 아내는 미숫가루와 마른 빵을 먹었다. 나와 아내는 시리얼을 생으로 씹었다. 나와 아내는 에너지바를 먹었다. 나와 아내는 뻥튀기를 먹었다. 여러 달에 걸쳐 그렇게 서서히 인간으로서의 건강한 식생활을 포기하는 동안에도 아들은 어찌 되었든 최소 참치통조림이라도 먹어왔다. 비축 식량은 6개월 치. 그뿐인 식량이라 해도 방의 여유 공간은 사라졌다. 1년 치를 준비할 걸 그랬다고, 개사료를 씹을 즈음 한탄하자 아내는 내 손을 잡아주었다. 우리는 아들에게까지 개사료를 먹일 수 없었다. 아이는 그저 날것의 햄을 씹었다. 구워달라고 종종 불만은 표시했으나 어쨌든 먹긴 했다.

아들은 아내의 팔을 보고 하몽을 떠올렸다. 아들의 의사 표현은 짧고 명료하며 일방적이다. 쌍방향의 대화는 아들이 할 수 없는 일이다. 아들과 내가 제대로 된 대화를 하는 날이 오면, 나는 팬티만 입고 근처 초등학교 운동장을 달리다 공연음란죄로 잡혀가도 행복할 거라고, 그렇게 주변에 이야기한 적이 있다.

어차피 죽을 것이다. 살 의지가 없다.

아이를 죽일 것이다. 살릴 수 있는 능력도, 기력도 이젠 없다.

밖으로 나가 감염되기엔 용기가 없다. 내가 아픈 건 참을 수 있을 것 같은데, 아이가 공격당하는 모습을 볼 상상을 하면 ……그냥 굶어 죽는 것이 나으리라. 볼 수 없다.

옥상에서 뛰어내려 함께 자살하기엔 옥상까지 가는 길이 어떨지 알 수 없고, 베란다에서 뛰어내리기에는 우리 집은 죽기보단 병신이 될 확률이 더 높은 그런 층이다.

우리 앞에는 그것이 된 아내가 있다. 저 꼴이 되어서도 미미하게 움직이는 그런 아내가 있다.

그리고 아들이 하몽을 원한다.

이 상황에서 내가 생각할 수 있는 건, 불행히도 한 가지뿐이었다.

감염되길 원하며, 불을 켰다.

겨울까지 살아남을 경우 얼어 죽지 않기 위해 모셔두기만 했던 가스버너를 꺼냈다. 작은 프라이팬도 꺼냈다. 불을 붙였다. 매캐한 냄새와 함께 불이 붙었다. 아들은 구운 고기는 잘 먹지만 생고기는 싫어했다. 햄까지는 어떻게 먹일 수 있었지만, 이것은 전혀 다른 문제다.

여보, 미안해. 이젠 진짜 안 되겠어. 곧 따라갈게. 그동안 전혀 손대지 않았음에도 여전히 날카로운 칼을 팔에 대어 살을 저미며 나는 속삭였다. 발라낼 만한 살이 그렇게 많지 않았지만, 어쨌든 아들은 눈에 띄게 행복해 보였다. 그러는 동안 프라이팬이 잘 달궈져, 나는 한 조각을 집어 내려놓았다. 치익 소리를 내며 그것은 삽시간에 회백색이 되었다. 인간은 돼지고기와 비슷할 거라 생각해본 적 있었는데, 오히려 말고기와 비슷해 보인다. 지방질이 적어 그저 회색으로 보이는 고기 한 점. 그저 흉악한 냄새의 고기 한 점.

아프지 않고 편안하게, 그저 그렇게 감염되길 바라며, 제비처럼 입을 벌리는 아들의 입에, 후후 불어 식힌 아내를 한 조각 넣어주었다. 맛있냐는 물음에 아들은 별 반응이 없었다. 하지만 다시 제비처럼 입을 열었다. 그 모습을 보며 시야가 흐려졌다. 눈물은 오른쪽 눈에서부터 순차적으로 흘렀다. 오른쪽, 왼쪽, 그리고 결국 입에서. 으흐흐 기괴한 소리를 흘리고 뚝뚝 눈물을 흘리며 나는 울었다.

"아빠, 나 하몽 주세요."

부패한 아내를 기계적으로 구워 아들의 입에 넣어주며, 나는 울었다. 아들은 나의 울음에 관심이 없었다. 나의 슬픔은 나만의 것이었다. 나는 세상에서 오직 홀로 남은 존재였다. 나도 구우면 회색의 꼬릿한 고기가 되겠지. 그저 고기 한 점이 되겠지. 아, 여보.

아들이 그만 먹겠다고 선언할 때까지 나의 슬픔이 계속되었다. 나는 더 이상 숨어 울지 않았다. 숨어도 숨지 않아도, 아들이 나와 공감할 수 없다는 건 이제 너무나도 확실했으니까.

"엄마는 다시 할머니 집에 갔어요?"

아들이 칭얼거렸다. 우는 나를 향해 칭얼거렸다. *아니, 네 뱃속으로 갔어.* 나는 대답하지 않았다.

"아빠가 엄마한테 화내서 갔어요?"

그러게. 아빠가 엄마 팔에게 화를 내서 엄마가 네 뱃속으로 갔나봐. 나는 또 대답하지 않았다. 나는 왜 팔에게 화를 냈을까? 아들을 방치한 채, 무한히 감정들만 반복하며 다시 쪼그리고 앉아 먼지처럼 울었다.

"엄마가 신발을 두고 갔어요?"

하지만 더 이상 방치할 수 없었다. 엄마의 신발을 발견한 아들이 짧은 질문 후 나에 대한 관심을 버리고 달려갔다. 아들은 뭉개진 파편을 손가락으로 훑어본 후, 비 온 날 진흙이라도 발견한 어린아이처럼 저지레를 시작했다. 나는 기함했다. 너는, 너는 그래선 안 돼. 너는 엄마에게 그래선 안 돼!

"만지지 마!"

아들은 내 큰 소리에 또 공포에 떨었다.

"아빠, 나한테 화내는 거예요?"

"……제발, 제발 그 말 좀 하지 마라. 제발. 진짜, 제발……."

"나한테 화내는 거 맞아요?"

아들의 작은 몸을 돌려 나를 향하게 한 후 아들을 쳐다보았다. 하지만 아들은 나와 눈을 맞추지 않아, 내 머리 위 어딘가를 응시하는 아들을 바라보다 결국 나는 아들의 가슴에 머리를 처박고 울었다.

저녁이 될 때까지 아들에겐 어떤 감염의 징후도 나타나지 않았다. 열로 바이러스가 파괴되는 게 아닐까 생각하며, 나는 이를 한번 꽉 문 후 아내의 파편에 얼굴을 묻었다. 엄청난 거부감과 욕지기가 엎드린 내 주변을 손잡고 빙글빙글 돌았다. 나는 주먹을 들어 거부감과 욕지기를 짓이겼다. 닦는 사람 없어 회색으로 탈색된 벽지 무늬 전부가 너울너울 춤을 추었다. 나는 손을 들어 귀신을 쫓는 손짓을 했다. 지진이라도 온 것처럼 창문들이 전부 한 번 크르렁 크게 울어 젖혔다. 나는 손가락을 들어 내 귓구멍을 틀어막았다. 그저 냄새가 지독했고 맛은 고약했다. 눈물은 짜고 콧물은 썼다.

하지만 다음날이 되고 그 다음날이 되어도 아무것도 변하지 않았다. 여보, *미안해. 그저 미안해.* 나는 울었다. 미친놈처럼 울어도 아내의 모습은 원래대로 돌아오지 않았다.

나는 아들을 망가뜨리고야 말았다.

"하몽 더 없어요?"

며칠, 또 며칠. 아들이 새처럼 억양 없이 그저 높은 소리로 지저 귀었다. 차라리 탠트럼(tantrum)을 하는 게 나을 것 같다. 오랜 치료의 성과로 아들은 이제 더 이상 탠트럼을 하지 않았다. 자해 습성이 남아 자기 머리를 때리는 일은 아직도 있지만, 모든 것이 다 예전에 비하면 좋아졌다.

아니…… 정말로 좋아졌다고 할 수 있을까. 생기가 사라진 눈으로 생기가 사라진 손으로 생기가 사라진 목소리로, 아직도 움직이는 아내의 발을 보고 아내의 발을 몇 번 쓰다듬으며 나는 아내를 향해 중얼거렸다. 여보, 나는 지금 아들이 차라리 중증이었으면 좋겠어. 탠트럼을 해 봤자 밖의 저것들이 이쪽을 보기밖엔 안 하겠지. 말을 하지 못했으면 좋겠어. 그럼 내가 이렇게 미칠 것 같은데 미치지 않는 자신을 욕하면서 아이를 무시한다는 자괴감을 느끼지 않아도 될 텐데. 아들을 무시하며 다른 말로 받아치는 자신이, 너무너무 괴로운데, 어디에 말할 수가 없어.

"하몽 다 먹어서 없어요? 내가 다 먹었어요?"

"햄은 어때? 햄 먹을래?"

"하몽 먹고 싶어요."

"……참치 좋아하잖아. 참치는 어떨까? 아빠가 정말 오랜만에 밥도 해줄 수 있을 것 같은데!"

"하몽 없어요?"

아들은 끈질기게 하몽을 찾았다. 아들에게 그만하라며 소리를 쳐 봤자 아들이 사태를 받아들이지 못할 거라는 걸 나는 안다. 분노하기보단 무시를 택했지만, 곧 나는 무기력해졌다. 대화처럼 보이지만 기실 대화가 아닌 대화가 몇 번 오간 후 나는 아들이 무슨 말을 하든 그냥 방치하게 되었다.

뜻대로 되지 않자 아들은 징징거리고 짜증을 내고 불안해했다. *나야말로 징징거리고 짜증을 내고 불안해하고 싶었다. 그건 하몽이 아니야. 넌 먹으면 안 될 걸 먹었어. 아빠가 널 그렇게 만들었지. 내가 그랬어. 내가 그랬구나. 왜 내가 그랬지? 죽어 마땅한 자식, 그냥 아들을 여기 두고 뛰쳐 나가버릴까. 나가면 모든 게 끝나지 않을까. 불가능한 것을 바라는 네가 괴물처럼 보이려 해. 널 버리고 그냥 죽을까?*

하지만 어떻게 이 상황에까지 도달해 놓고 아들을 버린단 말인가. 아들이 울기 시작했다.

"고기, 고기 먹고 싶어요."

아들의 울음엔 이기적인 데가 있었다. 나의 고통을 전혀 알아주지 않는 울음이다. 나는 아들의 울음을 외면했다.

그리고 나의 열이 시작되었다.

아들은 무사했지만, 나는 상당히 열이 나기 시작했다. 따지고 보면 부패한 음식이고, 게다가 날것으로 섭취하기까지 했다. 탈이 안날 리 없다. 병명은 식중독 또는 장염이겠지. 착잡하게 자신의 병을 진단하고 있으려니 슬픔이 사태의 심각성을 깨달으라며 머릿속을 한 번 강하게 치고 지나갔다. 깊고 강한 맛이 있는 두통이다. 나는 열 속에서, 상한 고기는 열을 가해도 식중독을 유발한댔는데…… 하고 전혀 쓸데없는 생각을 떠올렸다. 아들이 그런 나를 보며 물었다.

"아빠, 아파요?"

"웅, 아빠 열나."

열이 나고 으슬으슬 추워. 아들이 이불을 질질 끌고 와 내게 주었다. 사랑하는 아이, 그러나 마냥 사랑할 수도 없는 아이. 내가 없으면 도저히 살아갈 수 없을 아이.

"아빠, 아프지 말아요."

우러나온 말이 아니고, 훈련으로 습득한 말. 부족한 행동 양식과 예의, 일반인보다 훨씬 제어하기 힘들어하는 본능. 아들의 섬세한 얼굴을 바라보며 나는 고통 속에서 개연 없이 웃었다. 그 웃음을 표정 없이 쳐다보다 아들이 말했다.

"이제 안 아파요?"

"아니야, 아직 아파. 며칠 아플지도 몰라."

다 나아서 웃는다고 생각한 모양이었다. 나는 고개를 몇 번 저어 보이며 비상약을 털어 넣었다. 빨리 낫긴 해야 한다.

그러다 문득 이 열감과 통증이 그것으로 변하는 과정인 건 아닐까…… 하는 무서운 생각이 들었다. 원하는 바였지만, 원하지 않는 바이기도 했다. 이대로 변하면 안 된다. 아들에겐 어떤 변이의 전조증상도 보이지 않았기에. 이대로 변화가 일어나면, 제일 먼저 아들을 공격하게 될지도 모른다. 그런 건 절대로 바라지 않았다. 나는 아들을 나와 같은 상태로 만들어야겠다는 결론을 내렸다. 나는 아내의 파편을 먹었다. 아내의 날 것 그대로의 피와 살을 먹었다.

열이 나를 용감하게 했다. 나는 며칠을 방치된 아내를 향해 비틀거리며 다가갔다. 아직도 움직임을 멈추지 않고 있는 그것을 한번 보고, 잔해들을 보았다. 할 일이 명백했다. 나는 그것의 왼쪽 발목을 잡았다. 잡고선, 온 힘을 다해 잡아당겨 보았다. 하지만 뜻을 이루진 못했다. 뜯길 생각이 없다. 게다가 더 잡아당기면 의도했던 바와는 달리 그것을 구출하게 될지도 모른다. 다시 제압할 엄두가 나지 않아 나는 다시 칼을 꺼냈다. 보이는 부분들부터 해체하리라. 열이 아니었다면 할 생각도 못 했을 것이다. 그러나 칼을 댄 순간, 고열 속에서 이성이 돌아왔다.

아내야. 더 이상 아내의 존엄을 훼손해선 안 돼. 아들이 보고 있어. 지금은 무슨 일인지 몰라도, 아들이 더 크면 아빠가 무엇을 했는지 깨달을지도 몰라. 게다가 아내야, 아내라고.

전과는 달리 열이 눈물을 말려 더 이상 눈물은 흐르지 않았다. 나는 희미한 정신 속에서 무슨 일을 해야 할지 깨달았다. 아들에게 날고기를 구해 먹여야 한다.

창문에 기대 숨을 몰아쉬며, 그다지 수가 줄지 않은 채 밖을 이리저리 배회하는 그것들을 바라보았다. 누군가 나를 발견한다면 내 눈빛에 대해 잊지 못할 법한 강렬한 인상을 받을 것이다. 굶주린 동물의 눈빛이 나와 비슷하겠지. 열과 함께 이런저런 생각들이 떠다니고, 나는 그 생각들 중에서 쓸모 있는 정보를 몇 건져냈다. 그것들의 시각은 형편없다. 그것들의 청각은 대단히 예민하다. 그것들은 밤에는 거의 움직이지 않는다……

사고가 단순해졌다. 이대로 밖에 나갔다가 죽어도 괜찮을 것 같다. 지극한 통증 속에서 나는 한 달 치의 식량을 내려놓고는 아들을 불렀다.

"아빠가 아프니까, 네가 챙겨 먹어야 해. 할 수 있겠어?"

"네."

인공지능 같은 기묘한 억양으로 아들이 대답했다. 나는 씁쓸하게 웃고선 기절하듯 이불에 감싸여 잠들었다.

고열과 함께 밤이 찾아왔다.

아내가 떠나던 밤도 이런 모습이었을 것이다. 아들이 깨어나 나를 찾지 않길 바라며, 열에 달뜬 숨결을 한 번 내뿜고 나는 조용히 발걸음을 옮겼다. 대치할 생각을 하다니 내가 미친 게 확실하다. 하지만 이게 정말로 단순 식중독이 아닌 변화의 과정이라면, 아무리 미쳤다고 해도 나는 꼭 이 짓을 해야만 했다. 칼을 골프채에 묶어 창처럼 손에 들고, 수건으로 나오지 않는 땀을 닦은 나는 이를 꽉 물며 계단을 조용히 내려갔다.

보름달이 기괴하게 비추는 밤이었다. 열 때문에 달빛이 아지랑이 같다. 날이 더워 인지하지 못했는데 어느새 가을이 온 모양이다. 저것들 때문에 풀벌레가 하나도 울질 않아 더더욱 인지하질 못했다. 이상하게도 저것들 근처에는 곤충이 모여들지 않는다. 청소 곤충만이라고 생각했는데, 모기, 잠자리, 그 어떤 것도 보이지 않게 되었다. 아마 바퀴벌레도 다 사라지고 없겠지. 이곳은 지상낙원인가, 지상나락인가. 바닥에 드리워진 희미한 그림자들이 전부 거대한 바퀴벌레 같다.

사람이 감당할 수 있는 열이 나면 사람은 바닥에 드러눕게 된다.

사람이 감당할 수 없는 열이 나면 사람은 자신의 상태를 모르게 된다.

후끈한 열기가 치솟아 올랐지만 나는 나의 상태를 몰랐다. 맞아본 적 없는 각성제라도 맞은 것처럼 나의 시야는 기괴하게 밝았다. 그 밝은 시야로, 흔들리는 물살 속 형체들 같은 풍경 사이로, 나는 목표하던 것을 보았다. 여자였던 그것. 음전하게 서 있는 그 마른 형체.

통째로 가져가야 하나, 아니면 팔이나 다리를 잘라가야 하나? 멍한 머리로 생각해봤자 답은 보이지 않는다. 나는 그것에게 조용히 다가갔다. 다가간 후, 수건으로 얼굴을 덮었다. 그것은 놀란 듯 경련처럼 파드득거렸다. 하지만 이미 나는 아내와 대치한 적이 있다. 그 경험 탓에 아내보다 더 작은 그 모습은, 반쯤 제정신이 아닌 내겐 전혀 위협적으로 느껴지지 않았다. 하지만 다른 것들이 무리지어 다가오는 사태는 바라지 않았으므로 나는 더 신중하기로 했다. 숨도 쉬지 않는 것처럼 그저 조용히. 옷 쪼가리를 입에 물리고, 수건으로 몇 번 더 동여매고, 다리를 꺾어 둔탁하게 쓰러뜨리고. 머리를 자른 후 몸 부분을 통째로 가져가야지. 역시 머리가 제일 위험하니까. 등 위를 무릎으로 찍으며 올라탔다. 하지만 아니다. 너무 과하다. 팔 하나만 있어도 되지 않나? 들돌에 올라앉듯 올라앉아 그것의 오른팔을 뒤로 당기며 그런 생각들을 떠올렸다.

하지만 생각이라니, 너무 여유를 부린 것이 분명하다. 나는 굴러떨어졌다. 내가 굴러떨어진 곳에서 고개를 뒤튼 위험이 혼탁한 동공을 빛내며 내게 분노하는 모습을 보았다. 하지만 그 분노는 순수하게 그것만의 것이 아니었다. 내 분노가 그대로 거울처럼 비쳐 있었다. 나는 아팠다. 아프고 화가 났다. 나는 죽거나 다치면 안 된다. 비명을 질러도 안 된다. 시끄러워지면 안 된다. 팔만 하나 잘라가면 될 일을, 아픈 몸을 이끌고 왔는데 어차피 뒈진 몸 쓸데없는 저

항은 왜 해서 일을 복잡하게 만드는가?

나는 짜증과 열감을 담아 그것에게 덮쳐들었다. 그것은 상당히 오랫동안 꿈틀거렸고 아내 때와 같이 상당히 나를 힘들게 했다. 하지만 역시 제압할 수 없을 정도는 아니었다. 무릎으로 다시금 몸뚱어리를 찍어누른 채, 나는 어딘가 익숙한 자세로 바지를 벗었다. 착잡하긴 했지만 어쩔 수 없는 일이다. 윗옷을 벗는 것보다 바지를 벗는 게 더 유용하기에. 벗은 바지로 그것의 상반신을 동여맸다. 열 때문에 두 번쯤 쓰러지는 줄 알았지만 어떻게든 해낼 수 있었다. 덕분에 분이 치솟아, 나는 필요한 부분만 취하기보단 이것을 통째로 집으로 들고 가리라 결심했다.

결국 나는 상의만 입은 상태로 외간 여자를 들쳐 맨 채 집으로 돌아왔다.

살을 전부 발라내고, 고기를 구울 것이다.

열 때문에 제대로 된 사고를 할 수 없다. 오자마자 일단 식료품 방에 그것을 던지다시피 집어넣은 건 확실히 알겠다. 하지만 나는 집에 도착하자마자 쓰러지는 것처럼 잠에 빠졌다. 그래서 후회에는 적잖은 시간의 소요가 필요했다. 아침에 나는 내가 한 일에 놀라 주먹을 물어뜯었다. 물어뜯지 않을 수 없었다. 이게 무슨 미친 짓이란 말인가?

하지만 곧 아들의 고기 타령이 또 시작되었다. 한 달 치의 식량을 풀어준 건 전혀 소용이 없었다. 아들은 그저 하몽만을 끈질기게 요구했다. 돌아버릴 것 같은 느낌 속에서, 나는 아들에게 들어오지 말라 요구하고 방문을 열었다.

낮에 본 그것은 아내보다 조금 더 검게 말라붙어 있는 상태였다. 그 모습을 보며 먹일 수 있을까 없을까 고민하는 스스로에게 환멸을 느꼈다. 하지만 환멸은 길지 않았다. 적지 않은 시간이 흐른 후 나는 종아리 하나를 들고 방 밖으로 나왔다. 기분이 더러웠지만 아들이 신나 하는 건 불행히도 너무나도 잘 느껴졌다. 이 시커먼 절망은 오로지 나만의 것이었다. 어디에 공유할 수도 없다. 나는 방금 누군가를 공격했고, 그이는 원래 사람이었고, 내가 한 것은 명백히 범죄다. 있을 수 없는 일을 저질렀다.

하지만 이미 아내에게 저지른 짓이 있다. 죄가 더 더해진다 해도 크게 달라질 것은 없을 터였다. 누가 나를 치죄할 것인가? 신이 있어 내게 죄를 묻는다면, 애초에 나를 이런 상황에 빠뜨리지 말아야 할 것이 아닌가? 아들의 장애를 알았을 때도 초자연적 존재를 원망하지 않았던 나였다. 하지만 지금, 세상의 모든 것이 나의 원망을 받기에 마땅했다. 그저 원망하고 원망할 것이다. 분노하고 분노할 것이다. 하지만 그렇기에…… 미안해하고 미안해할 것이다. 그저 다만 인간으로서 미안해하고 또 미안해할 것이다. 아들을 위해서 이런 짓을 저지른 나를 용서하면 안 된다고, 입 열어 말하고 거듭 말할 것이다.

울지 않으려 했는데 또 눈물이 흘렀다. 손에 들린 다리 위로 아내의 팔을 겹치며 입술을 깨물며 흐느꼈다. 결국, 한 번 엎드려 울면서도 바꾸지 못함을 알았기에, 내 손에 들린 칼이 그저 태양이 움직이는 것만큼이나 꾸준히 움직였다.

나는 아들에게 또 회색 고기를 먹였다. 아들은 행복해하며 넙죽넙죽 잘 받아먹었다. 가장 상태가 좋은 부위를 다져 간간이 아무엇도 아닌 척, 아들의 입에 밀어 넣었다. 아들은 의심스러워하면서도 잘 받아먹었다. 나는 울다가도 희미하게, 아주 희미하게 웃을 수 있었다.

나의 열은 서서히 떨어졌다. 하지만 아들은 그저 건강했다. 아들에게서 어떤 열의 징조도 발견할 수 없었던 나는 안도하면서도 불안해했다. 그 불안은 열과는 상관이 없었다. 아들은 간간이 하몽을 찾았다. 지치지도 않고 하몽을 찾았다. 나의 마음은 점점 무뎌져 갔다. 그것들의 혼탁한 눈알, 그게 내 정신세계의 모습일 것이다. 이제 나의 머릿속은 혼탁하고, 나의 손은 오염되었다.

아무리 씻어도 깨끗해지지 않을 죄에 나는 침전하였다.

익숙해지기 싫은 일에 익숙해져 가며, 나는 사람을 생각했다.

죽은 사람, 살아있는 사람. 죽었어도 걸어 다니는 고기, 살아있는 사람. 회색의 누릿하고 들척지근한 가운데 묘하게 씁쓸한 풍미가 있는 지방질이 적은 고기.

종종 나는 베란다에 기대어 지친 눈길로 밖을 바라보았다. 누군가 나를 발견한다면 구조를 바라는 사람이라 생각하겠지. 반은 맞았고 반은 틀렸다. 일주일쯤의 시간 간격을 두고, 나는 종종 밤 외출을 했다. 천천히 기력이 붙었고, 천천히 익숙해져 갔다. 익숙하고 싶지 않았지만, 필연적으로 나는 빨라졌고, 스스로의 안전에 대한 확신을 키워나갈 수 있었다. 결국 시간이 좀 흐르자 아파트 주위에는 하나같이 사람이었을 때 꽤 어깨빨 좀 있다는 소리를 들었을 법한 것들만 남게 되었다. 초조한 눈길로 또는 걱정스러운 눈길로 나는 바깥을 훑었다. 언젠가 버릴 수 있길 바라며 재활용품 쓰레기를 쌓아뒀던 방에 이제 꽤 많은 양의 잔해가 쌓였다. 잔해? 그걸 잔해라고 할 수 있을까? 움직이는 잔해다. 공구를 휘둘러 이빨을 다 박살 내어놓긴 하지만, 어쨌건 내가 들어가면 일제히 입이었던 부분을 마주쳐 움직이는. 저것들도 다 삶거나 구우면 움직이지 않게 될지 가끔 궁금하긴 했지만 알고 싶지는 않다. 그런 식으로 가스를 낭비하고 싶지도 않고.

아내는 여전히 냉장고를 겨울 이불처럼 덮고 부엌에 엎드려 있다. 해가 뜨면 경련하듯 움직이고, 해가 지면 조용해진다. 아들은 거기에 대해 어떤 소감도 없는 모양이다. 종종 엄마는 왜 안 와요? 엄마 신발은 왜 여기에 있어요? 하고 묻긴 하지만, 그것뿐이다. 나는 평소처럼 아들과 놀아주었다. 베란다 옆에서 가을볕을 쬐며, 언젠가 산과 들에 나갈 수 있게 될 때가 올 거란 이야기를 종종 해주었다. 아들은 나를 보지 않는 듯 보는 듯 애매한 시선으로 내 쪽을 바라보다, 배시시 웃었다.

나는 이제 더 이상 군대를 떠올리지 않게 되었다. 불행함 속에서 생생하게 떠오르던 복무 시절이었거늘, 이젠 어떠한 광경도 떠오르지 않았다. 생각이란 것이 점차 사라졌다. 감정이란 것이 점차 사라졌다. 세상은 그저 색상만으로 가득 차 있다. 깊고 얕음이 전혀 없는 색상뿐이다. 사람의 소리가 있었던 듯도 한데, 그저 조용할 뿐이다.

생존자도 없고 구원자도 없다. 개인이 없고 집단이 없다. 윗대가리들을 생각해 보았다가, 평범한 사람들을 떠올렸다. 모두, 위(胃) 속에 있다. 위장 속에 도시를 짓고 산다면, 그 안의 사람들은 그저 와글와글 바글바글 시끄럽게 소요 속에 살아가겠지. 나는 그 위장

도시의 보이지 않는 위정자쯤 되겠고.

하지만 이젠 사람의 소리가 들리지 않고 조용할 뿐이다.

기대하는 것도, 생각하는 것도, 무의미한 일이다.

시간이 흐르면 모두 다 그저 까만 시체가 되겠지. 다만 그뿐. 그러한 무상(無常) 속에 오래도록 세상이 침묵했다.

오래도록 조용했었던 세상에, 검은 점이 보였다.

깊고 얕음이 전혀 없는 색상 속에서 그 점은 나타났다. 깊은 점이었다. 소리가 가득 차서 더더욱 깊은 점일 수밖에 없었다. 손에 닿지 않는, 높다 못해 깊은 점. 타타타타 프로펠러 도는 소리와 함께 확성기 소리가 들렸다. 웅웅거리는 소리를 점차 또렷한 사람의 소리로 변화시키며, 하늘 위로 날아오고 있었다.

사람, 반년 만에 보는 사람의 흔적이었다.

"헬리콥터예요?"

아들이 곁으로 와 큰 소리로 물었다. 나 혼자만 보고 있는 게 아니야. 실물인가 봐. 군용 헬리콥터에서 소리들이 쏟아졌다. 먼 부대에서 온 건지, 가까운 부대에서 온 건지는 분간할 수 없었다. 나는 그저 멍하게 입을 벌리고 소리를 받아들일 준비를 했다.

"남아 있는 생존자 분들께 말씀드립니다. 치료제가 개발되었습니다."

아니야. 소리를 받아들일 준비를 했을 뿐인데, 소리가 몸통에 내리꽂혔다. 어제와 오늘이 전혀 다른 종류의 것이 되었다. *무슨 말이야, 우리를 구해주지 않았잖아, 그런 말 하지 않았잖아, 그럴 거란 기미도 보이지 않았잖아, 치료제라니?!*

"다시 한번 말씀드립니다. 치료제가 개발되었습니다. 사흘 안에 소탕 작전이 개시될 예정입니다. 남아 계시는 생존자분이 계신다면, 생존자분들께선 구조대 방문에 대한 마음의 준비를 해주시기 바랍니다."

무슨 치료제냐고 물어볼 필요도 없다. 나는 제일 먼저, 충혈된 눈으로 부엌을 돌아보았다. 여전히 그 자리에 있는 냉장고를 보았다. 그 아래 아내의 신발도 보았다. 바닥의 검은 점들이 마치 환영받지 못하는 얼룩 같다. 그 얼굴들이 허공에서 벽지 위에서 그저 꿈틀꿈틀꿈틀거렸다. 타타타타 소리가 위잉— 하고 귀울림이 되었다. 귀울림 속에서 아내가 웃었다. 내게 손가락질을 하며 웃었다. 빨간 입술로 웃었다. 모든 종류의 영화를 좋아했던 아내가 좀비 영화를 틀어놓고는, 그렇게 영화 좀 같이 보자고 했는데 안 보고 버티더니 하며 나를 보고 웃었다.

"남아 있는 생존자 분들께 말씀……."

눈을 비비고 귀를 비비고 입을 틀어막고. 나는 그동안 내가 했던 일들을 떠올렸다. 하나하나 기억이 선명하게 되살아났다. 나는 눈물을 흘리며 주저앉았다. 미친 듯, 그저 미친 듯이 바닥에 머리를 찧으며 울부짖었다.

마지막으로, 아들에게

우리 집 문을 열었던 군인들은 우리가 살아있다는 걸 발견하곤 반가워했다. 하지만 곧, 부엌의 엎드린 아내를 발견하고 나를 쳐다보았다. 나는 우리 집을 찾아왔던 아내에 대해 설명했다. 측은한 표정으로 우리를 보던 군인들은 고개를 저었다. 그들이 들어 올린 냉장고 아래의 아내는 짜장 소스 같았다. 더 이상 눈물을 흘릴 기력이 없었던 나는 표정을 일그러뜨리지 않으려 애쓰며 아들의 눈을 가렸다. 내 어깨를 두어 번 토닥여주고는, 군인들은 방문 곳곳을 열어 소독을 실시했다. 나는 굳이 그들을 말리지 않았다. 아무렇지도 않을 테니까. 하지만 그들이 쓰레기 방을 열었을 때의 표정은 잊히지 않을 것이다. 방문을 열고 난 그들이 모두 똑같은 표정으로 나를 쳐다보았다. 나는 홀가분해졌다. 가벼워졌다. 나는 그저, 환하게 웃었다.

다른 군인들이 아들을 내게서 보호하듯 에워쌌다. 아이가 보지 못하게 하며, 나를 끌고 가던 군인이 내 아들의 안위를 걱정했다. 아들이 받을 상처를 걱정하는 그를 보고 나는 그저 맑게 웃었다.

"아들은 네 살 때 자폐 스펙트럼 판정을 받았습니다. 어쩌면 아빠와 떨어졌다는 사실을 모를 수도 있으니 괜찮을 겁니다."

사회는 빠르게 원상태를 회복했다. 농산물 쪽에서 큰 타격을 입긴 했지만, 어떻게든 해결이 가능했다고 한다. 나 같은 방식으로 살아남으려 하는 건 아니겠지 하며 속으로 웃었다. 어찌되었든, 나중에 답을 알아낼 수 있었다. 굶어 죽은 자들이 너무 많았다고 했다. 그래서 적은 비축 식량으로도 버틸 수 있게 되었다고도 했다. 사람들의 생존율은 가지각색이었는데, 치료제 개발을 지시하고 다른 어떤 지시도 내리지 않은 채 벙커에 처박혔다가 기어 나온 사회 지도층들의 생존율이 제일 높았다. 사회 약자의 생존율은 저어바닥에 있었다. 내가 살아남은 건 기적이었다. 하지만, 사람을 희귀하다 칭할 수 있을 만큼 인간의 가치가 높아졌기에 나의 기적은 껄끄러운 것이었다.

"살인죄가 될 겁니다. 선생님은 지금 연쇄살인범으로 매스컴을 타고 있습니다."

"장애인인 아들을 속여 인육을 먹이고, 적극적으로 죽은 사람들을 사냥한 연쇄살인범…… 말입니까?"

"네. 사태 이전이었다면 사체손괴죄를 적용할 수 있었을지도 모르겠습니다만……, 이해하실 겁니다. 이젠 죽은 사람들에게 더 강한 인권이 적용된다는 것을."

동생이 자폐였다는 변호사는 나를 이해한다고 했다. 하지만 그건 일반적인 이해가 아니었다. 장애인을 가족으로 둔 사람만이 온전히 장애인이 가족인 사람을 이해할 수 있다. 여자가 아니면 완전한 페미니스트가 될 수 없는 것과 마찬가지다. 게다가 나는 이해를 바라지 않았다. 나는 아내의 입술을 떠올렸다. 내 얼굴을 만지던 아내의 손바닥 감촉을 떠올렸다. 돌아올 수 있었을 것이다. 굶어 죽은 사람들만 불쌍한 일이었다. 굶어 죽은 사람은 다시 일어나지 못했다. 사태 탓에 치료가 중단되는 통에 병사한 사람들도 다시 일어나지 못했다. 오로지 그것들만이 치료 가능했다. 그것들에게 물려 그것이 된 사람들만이 치료 가능했다. 신선기에서 부패기에 머무른, 붕괴기 전까지의 비교적 신선한 그것들만이. 그것에게 잡아먹히지 않고 물리기만 해서 온전한 그것이 될 확률, 얼마나 높았겠는가? 적은 확률 속에서 그것들의 인권이 높아졌다. 허나, 지극한 부조리 속이지만 어쨌든 살아남을 가능성이 있었던 사람들…… 나는 우리의 위 속으로 초대했다. 내가 나를 용서할 수 없는데, 감히 법이 어떻게 날 용서한단 말인가. 선례를 남기지 않기 위해, 살아남은 자들을 위해, 법이 더 강화되었다. 더 이상 사형을 선고하기만 하고 집행하지 않는 일은 없으리라.

유족들이 울부짖는 소리가 생생했다. 나는 씁쓸하게 웃었다. 그들도 아내처럼 집으로 돌아갈 수 있었을지 몰라. 북으로 북으로 올라왔던 그것들 모두 사실 지방에서 일하다 집으로 가는 길이었을지도 몰라.

집으로 갈 수 있는 자들에게 기회를 박탈하고, 동의를 얻지 않은 채 위장으로 초대해버렸어.

나는 나의 선고를 들으며 웃었다. *여보, 이제 당신 곁으로 갈게. 아들은 걱정하지 마. 사회가 책임져 준대. 다행히 나만 죽으면 된다고 했어.* 아들의 오밀조밀한 얼굴 조형을 떠올리며, 나는 그저 웃었다.

네가 내 삶이었는데. 그저 널 한 번만 더 볼 수 있으면 바랄 게 없겠는데.

나는 그저 마지막으로 속삭였다. 내게 마땅한 결말일 것이 분명하여 미련은 없었지만, 그래도 나는 모두가 들을 수 있도록 분명하게, 마음을 담아 속삭였다.

제 유언입니다, 아들에게 ……를 전해주세요.

아비의 사형집행일, 아들이 칭얼거린다.

"고기 먹고 싶어요. 하몽 먹고 싶어요."

위탁 가정의 사람들이 당황하며 돼지고기를 굽는다. 아들이 고개를 젓는다.

"하몽이 아닌데? 하몽 먹고 싶어요. 아빠는 왜 안 와요?"

위탁 가정의 사람들은 서로의 얼굴을 쳐다본다. 아들이 그들의 얼굴을 한 번 보고 땅을 한 번 본다. 대답이 있어도 아들은 관심이 없다. 아들은 오로지 밖의 세상엔 관심이 없다. 내부의 목소리에 귀를 기울이고, 내부의 색상만을 볼 뿐이다. 돼지고기 굽는 냄새를 코로 들이키며 아들이 속삭인다.

"하몽은 회색이고, 달고, 쓰고, 불에서 치익해요. 하몽 먹고 싶어요."

그 아이가 좋아할 것을 전해주세요, 내 ……를 전해주세요. 아비의 목이 덜컥, 고개를 떨궜다.

성모 벨트 요양원

유권조

좀비가 나타났다고 해서 현대사회가 영화에서처럼 무너지는 일은 없었다. 좀비들은 말 그대로 죽지 않은 정도로만 살아있었고 타격을 입은 건 주로 장례전문업체였다. 각종 비누와 영양제는 뜬금없이 판매량이 폭증했다. 변화의 바람은 학원가에도 불어서 요양 관련 자격시험에 대한 수요가 나날이 높아지기만 했다. 사태가 일어나고 딱 일 년이 지나서 나는 요양원에 보안 요원으로 취직했다.

"혜원 씨, 점심 어떻게 할 거예요?"

접수창구에서 수진이 한가로이 사탕 봉지를 접으며 말했다. 그녀는 이십 대 중반이나 될까 싶은 얼굴이었는데 듣기로는 요양원에서 제일 오래 근무를 한 사람이었다. 내게는 절대 나이를 알려주지 않으면서 존댓말을 했는데 하는 행동을 보면 도저히 또래로 느껴지지 않았다.

"글쎄요. 자장면 시킬까요?"

수진은 내 제안을 듣자마자 입을 비죽이 내밀고 고개를 저었다. 그 표정이 참 밉상이었으나 나로서는 거기 대고 불쾌하다고 말할 수가 없었다. 나와 그녀는 서로 부서도 다르고 업무도 달랐으나 종일 얼굴을 맞대고 지내는 탓이었다. 거기에다 원장도 그녀만큼은 함부로 대하지 않는 점이 나는 못내 신경 쓰였다.

자장면 이후로 나는 여러 의견을 냈으나 그때마다 수진은 퇴짜만 놓았다. 결국 나는 조끼 주머니를 열었다. 원래 탄창을 넣어두던 곳이었는데 반년 전부터는 광고 책자가 그 자리를 대신했다. 나는 거기 적힌 메뉴를 하나씩 차례대로 읊었다. 오전부터 줄곧 책상에 엎드려 의욕이라곤 조금도 보이지 않던 수진은 김밥이란 말에 눈을 동그랗게 떴다.

배달 주문은 내 몫이었다. 영수증을 챙겨오라는 당부를 하면서 전화를 끊고 나는 시계를 흘끔 봤다. 농땡이를 피우느라 아직 오전 순찰을 다녀오지 않은 게 생각이 났다. 난 기지개를 켜면서 수진에게 위층에 다녀오겠다고 말했다.

요양원은 총 4개 층이었는데 원장을 비롯한 직원들은 대부분 1층에 있었고 위층은 전부 격리 병실로 썼다. 나는 낡은 승강기를 타고 위층으로 올라갔다. 한 개 층을 오르는 데만도 시간이 꽤 걸렸는데 건물에 계단이 없는 탓에 다른 방법이 없었다. 나는 까닭 없이 권총집을 만지작거렸다. 언젠가부터 손에 붙은 습관이었다.

4층에서 내리니 승강기 앞에 있던 보안 요원 종건이 날 맞았다.

그는 휴대용 망막 스캐너를 내 눈에 들이밀면서 말했다.

"혜원 씨, 이번 달에 휴가 간다고 했죠?"

"예, 종건 씨. 고향에 좀 다녀오려고요."

망막 검사를 끝낸 나는 체온 검사기를 지났다. 그런 내 모습을 보는 종건의 눈빛이 심상치 않았다. 그런 것이 어제오늘 일은 아니어서 나는 별로 심각하게 받아들이지 않았다. 유일한 여성 보안 요원인 점이나 순찰 외에 별 업무가 없는 것이 처음에야 눈치가 보였으나 지금에 와서는 그럴 것도 없었다.

격리 복도에서는 퀴퀴한 냄새가 났다. 일 년을 맡아도 도저히 익숙해지질 않아서 나는 매번 손으로 코를 가리고 안으로 들어갔다. 벽부터 문까지 특수 유리로 만든 병실은 안이 훤히 보였다. 볼이 푹 파인 환자들의 면면을 보면서 나는 펜을 꺼냈다. 병실에는 문마다 일지가 붙어 있어 순찰마다 이상 유무를 적게 되어 있었다. 나는 일지에 적힌 환자들의 이름을 눈으로 읽어 내려가며 그 옆에 동그라미를 쳤다.

열댓 명의 환자들은 날 보자마자 복도 쪽으로 달려들었다. 그들은 유리에 찰싹 붙어 겨울철 잉어가 얼음 너머 먹이를 노리듯이 입을 뻐끔댔다. 처음 요양원에서 일을 시작했을 땐, 그 광경에 놀라 순찰을 한 번 도는데 한 시간이 넘게 걸리기도 했다. 나는 장난스럽게 유리를 두드리면서 그들의 반응을 구경했다. 왜 환자들도 바깥을 볼 수 있는 유리를 설치했는지는 여전히 의문이었으나 그들이 날 해칠 수 없을 것이란 확신에는 흔들림이 없었다.

일 년 전, 인천에서 좀비 사태가 발발했다. 그날엔 온종일 전화가 먹통이었다. 각종 방송에서는 공항을 통해 들어온 미심쩍은 화물을 이유로 지목하거나 중국에서 날아든 황사를 원인으로 삼기도 했다. 한 케이블 방송에 등장한 대학교수는 구제역 바이러스가 변형을 일으킨 것이라고 했다. 나는 개인적으로 그 의견에 동의해 한동안 채식주의자처럼 지내기도 했지만, 오래가지는 않았다. 좀비는 좀비였고 고기는 고기였다.

사태에 대한 얘기로 돌아가자면 좀비들은 현대 군대 앞에 속수무책이었다. 예비군이 소집되기도 전에 좀비들은(당시 뉴스에서는 폭도라는 말을 썼다.) 소탕됐고 그 장면은 전파를 타고 전 세계에 전해졌다. 당시 휴대폰으로 그 모습을 보던 나는 두 가지 사실에 충격을 받았다. 첫 번째는 국군이 생각보다 무력하지 않았단 점이었고 두 번째는 좀비가 사람들이 기대한 것보다 훨씬 무력했단 점이었다. 당시 인터넷에서는 좀비 무리를 응원하는 글마저 돌았으니 말 다 했다.

한 달여간 계속된 진압이 마무리될 즈음 한국 사회는 새로운 문제를 직면했다. 바로 살아남은 좀비의 처리문제였다. 독감 걸린 오리를 처분하듯이 좀비들을 구덩이에 쏟아붓는 장면이 유출되면서 논란이 일었다. 처리를 지시했던 군 관계자들은 법정에 섰다. 의회에서는 연일 고성이 오가며 과연 누구에게 좀비를 죽일 자격이 있는가 하는 문제를 두고 싸움이 오갔다. 자세한 사정이야 모르겠으나 나는 국회의원이 그렇게나 일을 열심히 한 적이 없었던 것으로 기억한다. 어쨌든 셀 수 없이 많은 법안이 제정됐고 발병 원인과 치료법이 밝혀지지 않은 상황에서 갑자기 좀비가 된 수만 명이 모두 격리됐다.

당시 나는 9급 공무원 시험에 계속 낙방하던 차였다. 여성 보안 요원은 상대적으로 경쟁률이 낮았고 결국 나는 온종일 좀비를 구경하며 지내는 신세가 됐다.

나는 마지막 동그라미를 치고 시시티브이를 봤다. 내 모습을 보고 있을 종건의 얼굴이 떠올랐다. 그는 사태가 벌어졌을 때 군대에 있었다고 했다. 얼굴만 보자면 간부로 전역했나 싶은 정도이나 그의 말을 빌리자면 한껏 풀린 말년병장이었다고 했다. 가끔 진압 작전 이야기를 할 때면 그는 무용담을 늘어놓듯 당당한 얼굴이 됐다. 그는 아지랑이가 피듯 총구가 아른거리는 것은 처음 봤다고 했다.

승강기로 돌아온 나는 분무기에 담긴 소독약을 몸 구석구석에 뿌렸다. 겉에 소독약이라고 이름표를 붙여놨지만 나는 그 안에 들어있는 게 그냥 수돗물이란 사실을 알고 있었다. 정부에서 지원하는 예산이 나날이 주는 탓에 어쩔 수 없다는 게 원장의 입장이었다. 요양원에 있는 모두가 그 사실을 알았고 가끔 들르는 구청 직원도 모르는 바가 아니었으나 그렇다고 해서 어떤 문제가 생기는 것 역시 아니었다.

"휴가 언제부터예요?"

종건이 추근거리는 투로 말했다. 나는 그의 겉늙은 얼굴이 불편해서 괜히 분무기질만 몇 번 더 한 후에 승강기 버튼까지 누른 후에 대답했다.

"오늘부터요. 오후에 출발이에요."

나는 더 말을 붙이려는 종건을 무시하고 승강기에 올랐다. 점심

배달이 도착하기 전에 2층까지 순찰을 마치려면 서둘러야 했다. 휴가를 떠나기 직전에 원장에게 붙들려 한소리를 듣고 싶은 마음은 없었다.

이어지는 순찰에서도 별다른 점은 없었다. 사실 좀비가 몇 명이나 있는지 아무도 관심을 가지지 않는 업무가 몇 년째 이어졌기에 나는 콧노래를 부르며 1층으로 내려갔다. 수진은 이미 도착한 점심을 혼자 먹고 있었다. 나는 서운한 마음을 내비칠 새도 없이 앉아 소매를 걷어붙였다. 정오를 조금 넘은 때였다. 휴가는 오후 두시부터였으니 식사를 마치고 조금 여유를 즐기다 원장실에 들르면 될 것이었다.

원장은 평소 환자나 직원들에게 전혀 관심이 없는 사람이었으나 유독 휴가를 떠나기 전에는 직원들을 불러다 면담을 했다. 그렇다고 딱히 대단한 얘기를 하는 것도 아니어서 난 그 시간이 불편하기만 했다.

"혜원 씨, 종건 씨가 막 끼 부리고 그러지 않아?"

식사하다 말고 수진이 뜬금없이 말했다. 평소에는 방송 프로그램 얘기 아니면 화장품 얘기만 하던 그녀가 갑작스레 꺼낸 화제에 나는 곧장 대답하지 못했다. 그녀는 모든 걸 알고 있다는 듯이 음흉한 표정을 지었다.

"한참 어린걸요."

나는 그렇게 대답하고 말았다. 정확한 나이야 모르지만, 얼추 듣기로 종건이 나보다 서너 살은 어린 것 같았다. 딱히 연상이나 연하를 따져 남자를 고르는 취향이나 없으나 여러모로 종건은 내게 연애대상으로 보이질 않았다. 같은 직장을 다니기에 불편한 것과는 다른 문제였다.

"흐음, 그럼 혜원 씨는 요즘 만나는 사람 없어?"

"없어요."

딱 잘라 말하면서 나는 속으로 아차 하고 수진의 눈치를 살폈다. 너무 정색한 표정으로 대답했나 싶은 생각도 들었다. 그러나 그런 내 마음을 아는지 모르는지 수진은 별 반응 없이 식사를 했다. 이런 식으로 그 속을 알 수 없어 나는 항상 수진이 불편했다. 어쩌면 좀비에 둘러싸인 생활이 너무 평온한 탓에 이런 엉뚱한 곳에 긴장하는 것일지도 모른다고 나는 생각했다.

식사를 마치고 나는 쟁반에 그릇을 정리했다. 주문도 내 몫인데 뒤처리도 내 몫이었다. 그래도 그게 싫지만은 않았다. 나는 쟁반을 들고 수진에게 말했다.

"수진 씨, 그릇 내놓고 한 대 피우고 올게요."

그러면 나는 그녀가 뭐라고 말할지 알고 있었다.

"혜원 씨, 피부 상해요. 피부."

나는 기쁘지도 않고 부끄럽지도 않으면서 괜히 미소를 짓고 밖으로 나왔다. 현관 아래 쟁반을 놓고 나는 담배를 한 대 꺼내 물었다. 요양원을 둘러싼 풍경이 한눈에 들어왔다. 온통 논밭뿐인 땅에 덜렁 솟은 요양원은 이질적이다 못해 괴기스럽기까지 했다. 좀비 사태로 개발 계획이 물거품이 되면서 격리 구역으로 지정된 탓에 도로를 다니는 차도 없었다. 격주로 들르던 신부나 수녀들도 요즘은 나타나지 않아 배달부 전용 도로나 마찬가지였다.

나는 라이터를 꺼내 담배 끝자락에 불을 붙였다. 차가운 공기와 함께 담배 연기가 목구멍으로 넘어갔다. 일단 의료시설이라는 이유로 요양원에서는 담배를 피울 수 없었다. 담배를 한 대 피우고 나니 시간이 조금 남아서 나는 연달아 몇 대를 더 피웠다. 나는 때 이른 추위에 손을 비비며 안으로 들어갔다. 수진은 날 보자마자 원장실에서 전화가 왔다고 알려줬다. 나는 고개를 끄덕이고 탄약고로 향했다. 종일 탄창 없이 근무하는 보안 요원들도 출퇴근 때에는 탄약고에 들르는 시늉이라도 해야 했다. 나는 탄약고 내부에 있는 시시티브이를 등지고 탄약고에 탄창을 집어넣는 몸동작만 취한 후에 밖으로 나와 원장실 문을 두드렸다.

"원장님, 김혜원입니다."

대답이 없어 몇 번 더 두드렸으나 여전해서 결국 나는 문을 열고 안으로 들어갔다. 책상 아래에서 부산하게 팔을 움직이던 그는 나를 보고 화들짝 놀라며 헛기침을 했다. 나는 그가 뭘 하던 중이었는지 상상하고 싶지 않았다. 그는 고갯짓으로 제 맞은편 의자를 가리키며 앉으라고 했다. 나는 입술을 앙다물고 거기 앉았다.

"어, 흠. 혜원 씨, 그래. 어…… 고향이 칠곡이었나?"

증평이다. 그걸 지적하거나 바로잡아봐야 어차피 다음 면담에서 똑같이 엉뚱한 곳을 얘기할 게 분명하기에 난 적당히 고개를 끄덕였다. 원장은 책상 위에 놓인 서류를 뒤지면서 얘기를 이었는데 난 그가 무얼 보는 것인지 도통 알 수가 없었다. 그는 난데없이 정치 얘기를 하다가 운전 조심하란 얘기를 하더니 일순간 표정을 바꾸며 말했다.

"요즘 불법으로 조, 좀비를 다루는 일이 많던데 그런 데 연루되지 않게 조심하시고."

표정이야 한없이 진지했으나 좀비라는 말에서만 말을 더듬는 그의 모습은 우스꽝스럽기 그지없었다. 그는 그런 단어를 쓰는 것이 의사로서 자존심이 상하는 일이라고 생각하는 듯이 보였다. 사실, 공식적으로 좀비라는 말이 쓰인 것은 얼마 되지 않았다. 의학계도 아닌 정부에서 발표한 좀비는 여러 단어를 섞은 합성어였는데 나는 그게 정확히 무얼 의미하는지 지금까지도 이해하지 못했다. 일부 국회의원은 좀비라는 말로 관광 특수를 노리는 게 아니냐는 지적까지 했다.

"걱정 마세요. 그냥 집에서 죽은 듯이 있다가 올 테니까요."

나는 시계를 흘끔흘끔 보면서 얼른 이 시간이 지나기만을 기다렸다. 원장은 두 시까지 말을 멈추지 않을 것만 같았다. 나는 고문처럼 느껴지는 시간을 견디고 견뎌 그의 방을 나왔다. 탈의실에서 옷을 갈아입은 나는 야구 모자를 푹 눌러썼다. 수진은 그런 내 모습을 보며 가식적인 미소를 지었다.

나는 요양원을 나오자마자 담배를 꺼내 물었다. 반경 몇 킬로미터가 격리 구역인 탓에 제지하는 사람이 아무도 없었다. 요양원 근처에는 남는 것이 공간이어서 나는 마음 가는 대로 차를 주차했다. 나는 운전석에 앉아서 숨을 가다듬었다. 그리고 요양원에서 가져온 권총과 탄창을 뒷좌석에 놓고 시동을 걸었다.

차를 몰아 검문소까지 가는 길이 나는 너무나 길게 느껴졌다. 인근 군부대에서 나온 군인들의 모습이 가까워질수록 나는 이 떨림이 그저 차를 산 지 얼마 되지 않아 그런 것이라고 스스로를 속였다. 나는 뒷좌석에 있는 담요로 대충 권총과 탄창을 가리고 바리케이드 앞에 차를 세웠다. 내가 운전석 창문을 내리니 코가 빨개진 군인이 경례하며 말했다.

"필승, 수고 많으십니다. 신분증과 출입증 확인하겠습니다."

나는 글러브 박스에서 지갑을 꺼내 군인에게 내밀었다. 출퇴근 때마다 마주치는 사이였지만 검문은 전혀 익숙해지지 않는 과정이었다. 내 신분증을 확인한 군인은 뒤이어 내가 내민 출입증을 받아 초소에 전했다. 그가 곁눈질로 차 안을 살피고 다시 경례했다.

"협조해 주셔서 감사합니다."

나는 바리케이드를 피해 검문소를 지났다. 속도를 높이면서 나는 라디오를 켰다. 집도 들르지 않고 나는 충주까지 차를 몰았다. 라디오에서는 격리 구역에 대한 토론이 한창이었다. 나는 왠지 그 내용이 흥미로워 소리를 높였다.

"얼마 전에 야당 대표가 정부의 격리 구역 정책을 강하게 비판했습니다. 거의 비난에 가까웠는데요. 북한에 핵이 있으니 이제 우리는 좀비로 싸우겠다는 거 아니냐······ 는 말이 큰 파장을 빚고 있습니다. 실제로 격리 요양원 대부분인 강원도에 집중되어 있고 특히 민간인출입통제구역 인근에 밀집되어 있는 것이 사실입니다. 정부에서 발표한 내용에 따르면 임차 비용과 경비 인력에 어려움이 많아서 그렇다는 것이 이유인데 어떻게 생각하십니까?"

사회자의 말에 나도 모르게 웃음이 났다. 좀비와 핵으로 대변되는 남북대결은 직원들끼리도 몇 번 얘기했던 주제였다. 토론자는 두 명의 대학교수였는데 그 중 한 명의 목소리가 낮이 익어 나는 귀를 기울였다. 그는 잔뜩 성이 난 목소리로 말했으나 나로서는 그가 무엇에 화가 난 것인지 알 길이 없었다.

"지금 중요한 건 이 사람들이 언제 어떻게 죽는지 모른단 것입니다. 처음 사태가 났을 때, 군대에서 이 국민들을 어떻게 했습니까? 쏘고 때리고 차로 밀어버리고 말이에요. 학살이고 생체 실험을 하듯이 일반 시민들을 대상으로 말이에요. 그때, 그 자료들 다 어디 있습니까? 다 어디에 숨겨 놓고……"

"이봐요, 지금 그런 얘기를 하자는 게 아니잖습니까? 왜 자꾸 옛날얘기를 해서 주제를 그렇게 막 요리조리 피해가지고 말이야…… 현실적으로 생각을 해야 하는데 그렇게 감정적으로 하면은 안 된단 말이에요."

토론은 결국 서로 말을 끊고 끊는 싸움으로 이어졌다. 그러다 결국 토론자 중 한 명이 소리를 질렀다.

"거, 옛날에도 구제역이 문제였느니 뭐니 하면서 집회나 가고! 시위하고! 교수라는 사람이 말이야!"

"야, 이……"

뒤이어 알아들을 수 없이 소리가 커지고 사이사이 욕설이 섞여 들렸다. 방송이 갑작스레 중단돼서 나는 채널을 돌려 음악을 들었다. 오랜만에 만난 좀비와 구제역의 상관관계 얘기에 나는 웃음이 났다. 그러면서 괜히 오늘은 고기를 먹지 말아야겠다는 생각이 들었다.

음성을 지나 증평에 들어서자 해가 뉘엿뉘엿한 때였다. 나는 곧장 집으로 가지 않고 보강천에 맞닿은 주차장에 차를 세웠다. 언니에게서 걸려오는 전화를 무시하고 나는 차에서 내리자마자 보닛에 걸터앉아 담배를 피웠다. 내 차를 사면 언젠가 꼭 해보고 싶은 일 중 하나였다. 담배꽁초를 손가락으로 튕기고 나는 권총과 탄창을 챙겼다. 가방이 있었으나 나는 허리춤에 권총을 쑤셔 넣었다. 이것 역시 영화를 보면서 항상 꿈꾸던 일 중 하나였다.

군청 가까이 위치한 주공 아파트 맨 위층에 언니가 살았다. 아버지는 사태가 났을 때 죽었고 그날 이후로 안방은 엄마 혼자 썼다. 현관문을 열자 언니는 맥주 캔을 들고 나를 맞았다. 얼굴이 벌겋게 달아오른 것이 이미 제법 마신 듯이 보였다.

"하여튼 너는 전화를 하면 받는 법이 없어요."

"운전하면서 통화를 어떻게 해."

나는 신발을 벗고 안으로 들어섰다. 부엌에서는 국이 끓었고 이어진 거실에는 아무도 없었다. 나는 가방을 언니에게 건네면서 물었다.

"엄마는?"

"벌써 자, 많이 피곤했던 모양이더라고. 야, 무슨 가방이 이렇게 무거워?"

"숙소에 세탁기가 고장 나서 좀 챙겨왔어."

나는 투덜대는 언니를 뒤로 하고 내 방으로 들어가 불을 켰다. 형광등이 껌뻑이는 게 눈에 보였다. 내가 고등학교를 졸업한 후로 크게 달라진 것 없는 방에는 언니가 쓰던 걸 물려받은 책상 하나에 천으로 된 옷장이 하나 있었고 스프링이 삐걱대는 소리가 시끄러운 침대도 있었다. 옷장 안에는 교복부터 해서 지금은 입지 않는 옷이 가득했다. 나는 권총과 탄창을 옷장 속에 숨기고 편한 옷으로 갈아입었다.

언니는 손수 끓인 국에는 손도 대지 않고 맥주 캔만 비웠다. 빈

캔을 쌓으면 천장에도 닿을 것만 같았다. 나도 입맛이 별로 돌지 않아서 술이나 마시려고 했지만, 언니는 전부 자기 것이라며 내게 뺏기지 않으려고 들었다.

"아, 엄마 깼나 보다."

새가 알이라도 품는 듯이 맥주를 지키던 언니가 갑자기 허리를 펴면서 말했다. 아무 소리도 듣지 못한 나는 무슨 소리인가 싶어 언니를 바라봤다.

"엄마 소리는 내가 알아, 이 년아."

언니가 한 손에는 맥주 캔을 들고 일어서 당당하게 걸었다. 나는 혹시나 싶어 그 뒤를 따라 안방으로 갔다. 언니가 안방 불을 켜니 정말로 엄마가 깨어 있었다. 누인 장롱에 묶여 버둥대던 엄마는 나와 언니를 보자마자 입에서 침을 흘렸다.

"내 말 맞지?"

언니는 기세등등해져서 맥주를 단숨에 마시고는 밥을 가져오겠다며 부엌으로 갔다. 나는 안방에 덩그러니 서서 엄마를 내려다봤다. 비쩍 마른 몸에 입에는 재갈을 물린 것이 볼 때마다 소름 끼치는 건 어쩔 수 없었다. 그런 내가 한심하게 느껴졌는지 언니는 내 팔을 툭 치면서 말했다.

"야, 너는 엄마 좀 그렇게 보지 말라니까."

언니는 그렇게 말하면서 작은 봉지의 귀퉁이를 뜯었다. 처음 보는 것이었으나 언니가 거기 든 것을 그릇에 담으니 약간 비릿하고 짠 냄새가 났다. 포장을 자세히 보니 애견사료였다. 내가 묻기도 전에 언니가 방문을 닫고 엄마의 재갈을 풀면서 말했다.

"요즘에는 사람 밥보다 이게 더 좋아. 맛이 없다뿐이지 몸에는 좋아야, 나도 혀만 마비됐으면 평생 이거 먹고 살겠다."

그렇게 말하는 언니의 표정에는 한 점 거짓도 느껴지지 않아서 나는 때로 엄마보다 언니가 더 무서웠다. 엄마는 무슨 뜻인지 모를 소리를 하면서 사료를 먹어치웠다. 입에 넣는 게 반이고 흘리는 게 반이었다. 그나마 입에 넣은 것도 씹다가 반은 흘렸다. 엄마가 그릇을 비우면 언니는 몇 번이고 사료를 부었다. 나는 벽에 기대 그 모습을 지켜봤다. 흡음재를 덕지덕지 붙인 벽은 문만 닫으면 거의 완벽한 방음실이었다.

봉지를 전부 비운 후에 언니는 활짝 웃으면서 엄마에게 다시 재갈을 물렸다. 나는 매번 아무런 보호 장구도 없이 그런 일을 해내는 언니가 대단하게 느껴지기도 했다. 아무튼 언니는 모든 일을 마친 후에 뿌듯한 표정을 짓고 다시 부엌으로 가서 맥주를 마셨다.

"언니, 그러다가 위에 구멍 나겠다."

언니는 내 말을 듣는 둥 마는 둥 하더니 결국 의자에 앉은 채로 잠들었다. 나는 언니를 부축해서 겨우 침대에 누이고 내 방으로 돌아갔다. 결국 나는 식사를 제대로 하지 못해 허기가 졌으나 그렇다고 입맛이 생기지는 않았다. 나는 잠들기 전에 권총과 탄창을 한 번 더 확인했다. 잠이 쉬이 오지 않아 밤이 유난히도 길게 느껴졌다. 결국 나는 거실 소파에 앉아 텔레비전을 틀었다. 소리를 죽이고 나른한 기분으로 심야 뉴스를 보는데 흥미로운 기사가 나왔다.

국회의원 중 한 명이 환자 격려차 요양원에 들렀다가 좀비에게 목을 물렸단 내용이었다. 나도 모르게 웃음이 터지려는 걸 겨우 참았다. 그가 무슨 생각으로 그런 모험을 했는지 이해가 됐지만,

그를 문 좀비의 생각 역시 이해가 됐다. 내일 일어나면 언니에게
이 얘기를 꼭 해줘야겠다고 생각하면서 나는 소파에서 잠이 들
었다.

다음날, 일어나니 언니가 집에 없었다. 내 이마에는 '근무교대'란
네 글자가 적힌 메모지가 붙어 있었다. 나는 언니에게 전화를 걸어
볼까 하다가 그만두고 안방 문을 열었다. 엄마는 어제와 동일하게
묶여 버둥대고 있었고 나는 안도의 한숨을 쉬며 문을 닫았다. 나
는 부엌 찬장을 뒤져 사료 봉지를 찾았다. 과연 무슨 맛일까 싶어
한 번 먹어 볼까 했으나 왠지 스스로가 비참해지는 기분이 들어
그만뒀다.

냉장고에는 언니가 남긴 메모가 있었다. 내가 휴가를 나올 때마
다 같은 내용이어서 이제는 외울 지경이었다. 거기에는 안방에 방
향제를 뿌리는 횟수부터 쓰레기를 버리는 날까지 애완견을 키우
는 것처럼 엄마 관리법이 적혀 있었다.

좀비 사태 이후로 평생 엄마와 살아온 언니는 내가 휴가를 나
올 때마다 어디론가 사라졌다. 한마디로 언니가 휴가를 얻는 셈이
었는데 어디서 시간을 보내는지는 아무리 물어봐도 알려주지 않
았다. 이번에는 주말을 끼어 월요일까지 나흘짜리 휴가를 냈으니
언니는 내일 늦은 시간에나 집에 돌아올 터였다.

요양원과 별반 다를 것이 없는 집에서 텔레비전만 보는 휴가는
전혀 즐겁지 않았다. 뉴스에서는 좀비에게 물린 국회의원에 대한
얘기가 계속 나왔다. 보도를 들어보니 물린 건 오전이었는데 소식
이 뒤늦게 풀린 모양이었다. 나는 어제 차에서 들었던 것보다도 흥
미로운 내용에 빠져들었다.

문제는 해당 국회의원의 자격을 박탈할 수 없는 것이었다. 그가 속한 당 대표가 침통한 표정을 짓고 기자들 앞에 선 것을 보고 나는 웃음을 멈출 수 없어 냉장고에서 맥주를 꺼냈다. 나는 소파에 앉아 그가 원고를 읽어 내려가는 장면을 감상했다. 당 대표가 해당 의원의 쾌차를 기원한다는 부분에서 나는 맥주 한 캔을 비웠다. 내 방에서 담배를 가져오니 당 대표는 눈물을 흘리고 있었다. 이로써 한국은 좀비 국회의원을 보유한 국가가 되었으니 사상 초유의 인권 보장 국가가 아닌가 하는 생각이 들었다.

케이블 방송에서는 사건을 제법 비중 있게 다뤘다. 초반부는 좀비 요양원(공식 명칭은 좀비 현상 피해 국민 요양원이다.)의 관리 실태에 대한 고발이었으나 후반부로 갈수록 고위 공직자와 사업가의 비리가 주를 이루었다. 그 부분은 재미가 없어 나는 채널을 돌렸다. 기분 탓인지 모르겠으나 유독 좀비가 등장하는 영화를 자주 하기에 세 편을 연달아 봤다.

저녁때가 돼서 나는 냄비 가득한 국을 끓였다. 언니가 끓인 것 중에 먹을 만한 것은 이 콩나물국뿐이었다. 언니는 어려서부터 나보다 잘난 게 별로 없었으나 그나마 나보다 나은 것이 세 가지 있었다. 첫 번째는 이 콩나물국이었고 두 번째가 엄마랑 친하다는 점이었다. 마지막 세 번째가 나보다 가슴이 조금 큰 점이었는데 그야말로 미세한 정도였다.

식사를 마친 나는 사료 봉지를 꺼내 들었다. 옆구리에는 방향제를 끼고 나는 안방 문을 열었다. 엄마는 어제보다 더욱 격렬하게 몸을 비틀었다. 그런 걸 보면 엄마도 나보다는 언니를 좋아하는구나 싶은 생각이 들었다. 나는 엄마가 밥을 먹는 분홍색 그릇에 사료를 채웠으나 엄마의 재갈을 맨손으로 풀 자신이 들지 않았다. 전에도 몇 번 시도하다가 손톱에 할큄 뻔했던 적이 있었다. 나는 부엌에서 고무장갑과 오븐용 장갑을 끼고 엄마의 재갈을 풀었다.

엄마는 몇 개 남지도 않은 이빨을 번뜩이며 날 노려봤다. 엄마는 흡사 굶주린 개처럼 식사를 하면서도 틈틈이 날 보면서 컹컹댔다. 사료를 부을 때면 고개를 쭉 내밀고 내 손을 물려고 했다. 결국 식사를 끝내고 다시 재갈을 물릴 때 나는 엄마의 머리채를 잡아야만 했다. 입에서는 침인지 피인지 모를 것이 계속 흘렀다.

"미안해, 엄마. 미안."

나는 안방 문을 열어둔 채로 내 방에 가서 옷장을 열었다. 나는 권총에 탄창을 끼우고 슬라이드를 당겨 한 발을 장전했다. 그대로 안방에 간 나는 안전장치를 풀고 엄마를 겨눴다. 팔이 바들바들 떨려서 나는 호흡을 가다듬었다. 눈을 감았다 뜨고 나는 방아쇠울에 검지를 넣었다. 이제 방아쇠만 당기면 머리카락이 빠져 볼품없는 엄마의 머리에 구멍이 날 것이었다. 거기까지는 몇 번이고 상상했던 일이었으나 그 다음은 잘 떠오르지 않았다. 비장하게 눈물을 흘리면서 내 머리에도 한 발을 쏴야 하는 것일까 하는 데에 생각이 미쳤다. 세상일이라는 게 닥쳐봐야 안다고 하지만, 그럴 일은 없을 것 같았다. 나는 내 머리에 총을 쏘는 미친년만큼은 되지 않으리라 확신했다. 나는 결국 총구를 떨구고 탄창을 뺐다. 약실에 들어갔던 총알도 빼서 다시 탄창에 끼웠다.

그렇게 나는 또 엄마를 죽이는 데 실패했다.

아무리 손을 뻗어도 닿지 않을 만큼 떨어져 앉아서 나는 엄마를 바라봤다. 지치지도 않고 버둥대는 엄마는 눈물도 흘렸고 콧물도 흘렸다. 최소한의 식사만 제공하는 요양원과 달리 사료를 먹고 지내는 엄마는 좀 더 활기찬 듯이 보였다.

여기저기 멍들고 상처 난 엄마의 얼굴을 보면서 나는 괜히 미안한 마음이 들었다. 엄마는 분명 언니보다 날 더욱 미워할 것이라는 생각이 들었다. 나는 엄마 주변에 방향제를 잔뜩 뿌리고 안방 문을 닫았다. 그날도 잠이 잘 오지 않아서 나는 해가 뜰 즈음에야 눈을 감았다.

일요일 아침에 나는 양손에 제각기 권총과 탄창을 쥔 채로 잠에서 깼다. 그 꼴이 우스워서 나는 사진이라도 찍을까 싶었으나 나중에 후회할 것이란 생각이 들어 그만뒀다. 엄마가 잘 있는지 한 번 확인하고 나는 베란다 난간에 기대 담배를 피웠다. 멀리 보천강 말고는 딱히 보이는 게 없었다.

문득 하루에 담배를 얼마나 피우면 엄마나 언니보다 먼저 죽을까 하는 궁금증이 들었다. 분명 처음 담배를 피운 날에도 그런 생각을 했다. 고등학생이었던 나는 좋아하는 아이돌 그룹이 해체한 것이 분해 아버지의 담배를 훔쳤다. 라이터가 없단 건 나중에야 알았으나, 다행스럽게도 편의점에서 라이터를 사는 건 문제가 되지 않았다. 그날도 아마 엄마 얼굴은 멍들었을 것이고 언니만 엄마를 챙겼을 것이었다. 집에 돌아왔을 때 아버지는 날 때리지 않았다. 그 이유는 아직도 모르겠다.

오후 열 시가 넘도록 언니는 집에 돌아오지 않았다. 열한 시가 넘어서 전화를 걸었으나 언니는 받지 않았다. 초조한 마음에 나는 문자 메시지도 보내고 전화도 계속 걸었으나 아무런 소용이 없었다. 자정 가까이 돼서 나는 언니의 휴대 전화 전원이 꺼져 있단 메시지를 들었다. 나는 휴대전화를 거실 구석에 던지고 언니 방을 뒤졌다. 텅 빈 옷장을 보고 나는 어처구니가 없어 웃음이 났다.

나는 소파에 앉아 밤을 새웠다. 날이 밝기까지 권총을 쥐고 몇 번이나 안방에 들락거렸으나 결국 나는 엄마와 함께 휴가 마지막 날 아침을 맞았다. 짜증이 나서 나는 머리를 쥐어뜯었다. 언니에게 사고가 생긴 것은 아닐까도 생각했으나 이미 내 마음은 의심으로 가득 찬 뒤였다. 지금 당장 언니가 나타나면 총으로 쏠 수도 있을 것만 같았다. 난 버둥대는 엄마를 두고 시계만 보다 결국 내 방으로 들어가 여행용 가방을 꺼냈다.

과연 엄마의 몸을 잘 접으면 가방에 들어갈까 가늠하던 나는 생각을 멈췄다. 크기야 둘째 치고서라도 나는 엄마를 힘으로 누를 자신이 없었다. 여성 보안 요원이라고 해서 맨몸으로 모든 좀비를 제압할 수 있는 건 아니었다. 특히 상대가 엄마라면 더더욱 그렇다.

결국 나는 엄마를 비롯한 모두가 잠든 틈을 노리기로 했다. 당장 내일 출근해야 하는 나는 자정을 넘겨서까지 집을 떠나지 않았다. 나는 소파에 앉아 머릿속으로 계획을 점검했다. 우선 이불로 엄마를 돌돌 만다. 그 다음엔 엄마를 장롱에 묶은 밧줄을 풀고 그 걸 써서 이불을 동여맨다. 여기까지 성공하면 엄마는 움직이지 못하게 되고 나는 그대로 엄마를 끌고 승강기에 탄다. 지하 주차장에 도착한 나는 자가용 트렁크를 열어서 거기 엄마를 싣는다. 그대로 요양원까지 곧장 간다. 그 다음부터는 머리가 새하얗게 질려 아무런 계획도 떠오르지 않았다. 한 가지 확실한 것은 그것 말고는 어떤 방법도 생각나지 않는 것이었다.

　계획은 세 번째 단계에서 실패했다. 엄마가 움직이지 못하게 한
것까지는 성공했다. 내 예상을 벗어난 건 그 사이 입에 물려 있던
재갈이 풀려 엄마가 괴상한 소리를 지른 것이었다. 놀란 나는 안
방 문을 닫았다.
　"엄마, 일단 조용히 해봐. 응? 엄마, 진짜로 좀!"
　내가 아무리 얘기해도 엄마는 진정하지 않았다. 시간은 계속
흘러서 어느새 한 시였다. 더 늦었다간 어떻게 될지 몰라서 나는
입술을 깨물고 말했다.
　"미안해, 엄마. 그런데 진짜…… 미워서 그런 건 아니야."
　나는 허리춤에 꽂았던 권총을 뽑아 들었다. 번뜩 떠오른 생각
을 실천에 옮기기까지는 오래 걸리지 않았다. 난 권총 손잡이로 엄
마의 정수리를 내려쳤다. 그렇게 하면 과연 엄마가 입을 다물고 조
용히 할 것인지에 대한 확신은 없었다. 그럼에도 나는 멈추지 않고
엄마의 이마를 찍고 입을 후려쳤다. 그러다 나도 감염이 되지 않을
까 하는 생각이 퍼뜩 들어서야 나는 휘두르던 팔을 멈췄다. 엄마
는 조금 얌전해져서 고개를 떨궜고 나는 재빠르게 재갈을 다시 물
렸다. 잠시 가만히 있으니 고개가 다시 움직여 나는 안심했다. 이
제 이불에 동여맨 채로 엄마를 지하 주차장까지 데려가는 게 문제
였다.
　새벽이라 아파트 복도는 조용했고 난 몇 분이나 낑낑대며 엄마
를 승강기에 실었다. 지하 주차장까지 가는 길에 누군가 마주치면
어떻게 해야 하나 하는 질문이 머릿속을 맴돌았다. 구체적인 방법

은 떠오르지 않는데 우선 권총부터 뽑아 들고 봐야겠다는 생각이 자꾸 나서 머리를 흔들었다. 아무래도 영화를 너무 많이 본 탓인가 싶었다. 특히 좀비 영화들. 승강기는 지하까지 멈추지 않고 내려갔다.

승강기 문이 열리는 동안 시간이 천천히 흐르는 것만 같았다. 엄마를 옮기는 게 힘에 부쳐서 나는 고개를 약간 떨구고 벽에 기대있었다. 살짝 열린 문틈으로 사람의 발이 보였을 때, 내 손은 권총으로 향하지 않았다. 온몸에 소름이 돋은 나는 두 손으로 얼굴을 가리고 꼼짝도 하지 않았다. 그렇게 정적이 잠깐 흐르자 앞에 있던 사람이 승강기에 올라탔다.

"미쳤어, 미쳤어! 이거 진짜 또라이 아니야?"

익숙한 목소리에 나는 조심스레 손을 내렸다. 이유야 모르겠으나 내 앞에 서 있는 게 언니란 걸 알자마자 난 다리에 힘이 풀리고 웃음이 났다. 그러나 내가 말 한마디 하기도 전에 언니가 내 뺨을 세게 후렸다. 난 어안이 벙벙한 얼굴로 언니를 봤는데 곧장 손바닥이 날아왔다. 언니는 사정없이 내 머리와 어깨, 등을 때렸다. 승강기가 맨 위층에서 멈추기까지 언니도 멈추지 않았다.

"아, 그만 좀 해!"

나는 언니를 밀치고 외쳤다. 승강기 벽에 있는 거울로 보니 사이사이 긁혀서 얼굴이 벌겋게 달아올라 있었다. 그러고 보니 언니는 본 적 없는 옷을 입고 커다란 여행용 가방을 들고 있었다.

"너 정말 미쳤어? 이 시간에 엄마 데리고 어디 가는데?"

언니가 삿대질하며 내게 소리를 질렀다. 나는 손짓으로 조용히 하라고 하면서 언니를 복도로 밀었다. 언니는 계속 씩씩대더니 결국 나와 함께 엄마를 동여맨 이불의 양 끝을 잡았다. 그래도 둘이서 드니 훨씬 수월하다는 생각을 하면서 나는 엄마, 언니와 함께 집으로 돌아갔다. 현관문을 닫자마자 나는 언니에게 연락도 받지 않고 어디로 사라졌느냐고 따지고 들었다. 언니는 전혀 위축되는 기색 없이 내게 맞받아쳤다.

"일본 다녀왔다! 왜? 나는 오사카도 가면 안 되냐?"

"그런 말 한 적 없잖아!"

"네가 전화를 안 받으니까 말을 못 하는 거지, 어차피 해도 듣지도 않았을 거잖아!"

나는 언니가 말할 때마다 내게 삿대질을 하는 게 마음에 들지 않았다. 나는 그 손을 괜히 툭 건드리면서 말했다.

"야, 나 오늘 출근이야. 출근하는 날이라고. 너도 그렇고 엄마도 다 내가 버는 돈으로 살잖아."

"너 지금 언니한테 야라고 했어?"

"그래, 했다. 네가 언니면 언니……"

언니가 먼저 내 머리채를 잡았다. 둘이 거의 동시에 잡았으나 먼저 달려든 건 분명 언니였다. 우린 누워서 버둥대는 엄마를 옆에 두고 한참을 싸웠다. 바닥에 구르기도 했고 소리도 질렀으나 다행스럽게도 옆집이나 아랫집에서 올라와 문을 두드리는 일은 없었다.

새벽 세 시가 넘어서야 싸움이 끝났다. 언니는 이불에 둘러싸인 엄마를 그대로 안방에 넣었다. 나는 직접 건네기는 민망한 마음이 들어 식탁에 맥주 캔 두 개를 올렸다.

"야, 김혜원. 너 좀 가까운 데서 일하면 안 되냐?"

언니가 맥주 한 캔을 단숨에 비우면서 말했다. 나는 대답하지 않고 맥주 한 캔을 땄다. 운전 생각이 잠깐 났으나 말 그대로 잠깐이었다.

"싫어, 거기가 제일 많이 준단 말이야."

월급을 더 주는 곳이야 널리고 널렸으나 나는 그렇게 말하고 입을 닫았다. 그러고는 언니와 눈을 마주치는 게 거북해서 의자에 앉은 몸을 조금 틀었다. 언니는 별말이 없다가 여행용 가방에서 초콜릿을 한 상자 꺼냈다. 면세점에서 샀다며 건넨 상자는 겉보기에 가격이 제법 나갈 것처럼 보였다.

내가 단 것 싫어한다고 몇 번을 얘기해야 언니가 기억할까 싶은 생각이 들었다. 그러나 말다툼을 더 할 기운도 없고 해서 고맙다고 말하고 그냥 받았다.

"안 좋아하는 거 알아, 이 년아. 그냥 거기 사람들하고 같이 먹고 그래."

"그럴 거야. 나 늦었어. 간다."

나는 일어나서 가방을 챙겼다. 언니는 식탁 앞에 앉아 손만 흔들었다. 나 역시 그 정도로 인사하고 집을 나왔다. 차마 엄마한테 인사할 생각은 들지 않았다. 승강기를 타고 주차장으로 가면서 나는 권총을 한 번 더 확인했다.

운전석에서 라디오 채널을 이리저리 돌리며 마음에 드는 노래가 나오길 기다리던 나는 새벽 네 시가 되기 직전에야 증평을 벗어날 수 있었다. 노래의 하이라이트 부분에서는 거의 비명을 지르다시피 따라 부르면서 나는 차를 몰았다. 가사를 모르는 팝송도 흥얼거렸다. 돌아가는 길에 졸음이 몰려와 중간에 거의 열 번은 차를 세웠다. 갓길에 차를 멈추고 담배를 피우거나 괜히 운전대에 머리를 들이박기도 했다.

검문소 가까이 도착해서야 나는 가방을 두고 온 사실이 기억났다. 입에서 절로 욕이 나왔다. 애써 참지 않았다면 검문하는 군인에게도 욕을 했을 것이었다. 해는 이미 높이 떴고 나는 평소 출근 때보다 조금 이르게 검문소를 통과했다.

나는 요양원 근처에 있는 성당 앞에 차를 주차했다. 성당이라고 해봐야 남은 건 성모 석상뿐이었다. 나는 음주 후 졸음운전을 했음에도 아무런 사고 없이 출근한 것에 괜히 감사한 마음이 들어 성모 앞에 서서 두 손을 모았다. 기도를 어떻게 하는 것인지는 알지 못해 눈을 감고 묵례한 후에 돌아섰다. 나는 언니가 준 초콜릿 상자를 들고 요양원까지 걸었다.

요양원에 들어서자마자 수진이 날 반갑게 맞이했다. 내가 곧장 초콜릿 상자를 꺼내자 그녀는 한눈에 봐도 가식적인 웃음을 지었다. 그녀는 망설이지 않고 초콜릿 하나를 꺼내 입에 넣었다. 그러면서 복도 한편에 쌓인 종이 상자들을 가리키며 말했다.

"자, 나도 혜원 씨한테 선물."

"저게 다 뭐예요?"

"에이, 휴가라고 뉴스 안 봤구나? 선거철이잖아. 홍보물 나왔어요."

수진이 말하기로 좀비는 투표소에 갈 수 없으니 부재자 투표를 한단다. 나는 얼마 전 좀비에게 물린 국회의원이 과연 좀비의 표를 얻으러 간 것인지, 그들의 가족에게서 표를 받으려고 한 것인지 궁금해졌다. 종이 상자는 수가 꽤 많았다. 그러나 온종일 순찰 말고 할 일이 하나 더 생겼을 뿐이었다.

어쨌든 내가 이 일을 시작하고 좀비에게 선거 홍보물을 나눠주는 건 처음 하는 일이었다. 나는 긴장이 풀려 수진이 계속 수다를 떠는 것도 무시하고 의자에 앉았다. 졸음이 몰려와 고개를 꾸벅꾸벅하고 있으니 참다못한 수진이 창구에서 나와 나를 툭툭 치면서 물었다.

"내 말 못 들었어요?"

"에, 예? 아, 미안해요. 어제 잠을 별로 못 자서."

나는 손을 저으면서 말했다. 그러자 수진은 의미심장한 표정을 지으면서 내게 물었다.

"혜원 씨는 누구 뽑을 거예요?"

이 지역에 어떤 사람이 출마하는지도 모르는 나로서는 머리가 새하얘지는 질문이었다. 그럼에도 무슨 생각에서였는지 나는 졸린 목소리로 말했다.

"좀비한테도 여권 발급해주는 사람이요."

내 말을 농담으로 받았는지 수진이 깔깔대며 웃었다. 나는 거기 대꾸할 마음이 전혀 들지 않아 그대로 잠을 청했다. 어차피 아무 일도 하지 않는다고 날 욕하거나 내쫓을 사람은 없었다.

왕국의 도래

조성희

그들이 왔다. 중무장한 군대와 용감한 시민들은 결코 방관하지 않았다. 대부분이 나타난 자리에서, 길어야 하루를 버티지 못하고 오체분시 당해서 쓰레기봉투에 담겼다. 움직이는 시체답게 덧없음의 미학 같은 건 어디에도 없었다. 도대체 무슨 수로 한날한시 동시다발적으로 나타났는지? 종말론자들조차 혐오하는 그들에 대해서는 가이아 이론이거나 말거나, 그래서 인간을 견디다 못한 지구가 좀비 바이러스라는 항체를 분비했거나 말거나, 사실 왜 나타났는지는 나와 전혀 상관없는 일이었다. 그들은 조직된 군대와 경찰 앞에 끝없이 무력해 보여서 조지 오웰이나 하인라인의 소설처럼 상상이 현실로 나타나는 또 다른 해프닝이구나 싶었고, 어떤 취미가들은 조금은 세상이 흥미진진해질 거라는 기대감을 품었지만 어림없는 백일몽이었다. 미디어가 '가만히 있으라'를 외치는 동안,

가려진 우리의 눈 밖에서 흰개미처럼 득실거리며 세상의 뿌리를 갉아 먹었고, 농익은 포자처럼 부풀어 올랐다. 좀비와 접촉한 적도 없었던 사람들이 이미 보균자였다고 누가 알았을까? 그들은 스위치가 눌러진 것처럼 일거에 급성 변이를 일으켰고, 그 수는 트로이 목마라고 하기엔 주객전도가 아닐까 싶었다. 세상은 어, 놀란 소리를 내기도 전에 폭삭 내려앉을 수밖에. 만약, SNS와 커뮤니티 게시판으로 살길을 찾아 나간 진실의 목소리가 '괴담'으로 취급되지만 않았어도 괜찮았을 것이라 누군가는 외쳤지만 코웃음만 나올 뿐이었다. 나는 최초의 사건부터 주목했고 모두가 조작이라고 하던 초점 흐린 사진의 리얼리티를 믿었다. 준비를 했고, 도사리면서 도대체 왜 '가만히 있으라'가 효과적인지 의문을 가졌다. 뒤늦게 밝혀졌지만 그 이면에는 유례없는 정치권의 실력행사가 도사리고 있었다. 강력한 군사력이 오염지역을 봉쇄했고, 정부 인사들이 모든 미디어와 인터넷 포털, 데이터센터에까지 상주하며 실시간 검열에 혼을 불살랐다. 그것이 우리를 지옥으로 떨어뜨렸다. 하나둘씩 특정 지역으로 연락이 끊겼다던가, 탈영병과 무장헌병이 자꾸 보인다는 '괴담'은 이미 모든 것이 늦었다는 증거였다. 늦었다고 생각했을 때가 가장 빠른 때라고? 아니, 아니다. 두 번 말할 필요가 없다. 보균자들은 이미 우리와 함께 있었으니까. 그러니까 이 모든 것이 정해진 역사였고, 필연적인 멸망이었다.

이마에 손을 얹었다. 햇빛으로 달구어져 따끈따끈했다. 두 팔을 뻗고 늘어지게 기지개를 켰다. 소리는 내지 않았다. 자동차를 비롯한 모든 문명의 소리가 사라진 지금은 숨소리마저 놀랍도록 멀리 날아갔다. 매사에 조심하라, 쉬지 말고 입 닫아라, 범사에 경계하라. 좀비 발생 전에는 소심해서 못쓰겠다며 일터마다 쫓겨나던 나이지만 지금은 어떤가? 좀비 세상에서 팔다리 쭉 뻗은 채로 잘 수 있는 사람은 나뿐이며, 아직도 뜨거운 음식을 먹는 사람도 나뿐이었다. 가스레인지를 켜서 프라이팬을 달구고, 두툼하게 썬 스팸을 굽고, 압력솥으로 지은 흰쌀밥 위에 후추를 살짝 친 스팸을 얹어 후후 불며 한입 가득 우물거리면서 먹어 치운다. 스위트콘 깡통을 따서 탱글탱글하고 달콤한 옥수수알이 혀 위에서 데굴데굴 구르는 것을 느끼며 달짝지근한 국물까지 모두 비우곤 후우, 만족스러운 숨을 내쉰다. 얼마나 꿈 같은 이야기인가? 가끔 궁상스럽게 느껴지기도 하지만, 발판 위에 올라서서 담벼락 밖을 내다보면, 이야말로 천국의 경계에 서 있는 철조망에 달라붙어서 저편으로부터 전해지는 유황불의 뜨끈한 열기와 비명을 들으며 지옥을 구경하는 듯하다. 거름에서 굴러도 이승이 좋다, 자취생 식사조차 과분한 행복이다. 아니, 지금 세상에서는 손에 꼽을 만큼 호화스러운 식사였다.

배를 문지르며 현미동을 바라보았다. 렌즈에 모기장 덮은 망원경을 통해서 보는 조금 일그러진 골목길과 담벼락, 창문들은 오늘도 똑같았다. 안심이 된다. 뒷문을 열고 나가자마자 좀비 두 마리가 서 있었지만, 이들은 허수아비였다. 만드는 법은 간단했다. (아마도) 먹지 못해서 영양 상태가 극도로 나쁜 좀비들은 가사상태에 빠진 것처럼 우두커니 서서 사냥감이 먼저 나타나기를 기다리다가 자극을 받으면 갑작스레 덤벼드는데, 이런 놈들을 찾아다가 부지깽이로 눈과 귀를 찔러주면 완성이었다. 카우보이 로프로 휘

감아서 끌고 오는데 한 달이 넘게 걸렸다. 결코 이름을 윌슨이라고 붙인다든가 옷 갈아 입히려고 데려온 건 아니었다. 집 근처에 세워두면 다른 생존자나 약탈자들이 접근하지 않을 것 같아서였는데, 실제 효과가 있었다. 약탈자로 보이는 생존자 무리들이 몇 번이나 멀찍이서 살펴보다가 발길을 돌렸던 것이다.

허수아비가 쿵쿵거리기 시작했다. 나는 깡통에서 햄을 끄집어내 좀비의 발밑에 던져놓고는 현미동을 향해 걷기 시작했다. 도중에 뒤돌아보니 허수아비는 제자리에서 두리번거리다가 쪼그리고 앉아 흙을 퍼먹기 시작했다. 좀비는 정 다급하면 돌멩이도 소화할 수 있는 것 같다. 그러다가 햄 덩어리에 손이 닿자, 손끝에서 끈적한 기름기를 느낀 녀석이 아귀 같은 본색을 드러내곤 얼굴을 들이밀었다. 흙을 파먹는지 햄을 파먹는지, 이윽고 기세에 못 이긴 허수아비는 자기 손가락까지 두 개나 물어뜯고는 개껌처럼 씹기 시작했다. 왠지 하품이 나왔다. 하품이라니, 당신 미쳤군요.

그 말 동감인데, 그래도 내게는 계획이 있었다. 소중한 계획이었고 모든 게 수첩 속에 있었다. 한희 8, 우성 14, 인혜 5, 금자 5. 허수아비 3번에게는 먹이를 주었으니 표시를 해놓고 한희의 집을 향해 걷기 시작했다. 한희(그린코아 빌딩 301호) 바깥 좀비 30마리 이상, 안쪽 4마리. 그린코아는 배스킨라빈스 모퉁이를 지나 4차선 도로 방면이었다. 그린코아를 지나면 본격적으로 도심이 시작되어서 여기저기 뒤질 곳도 많지만, 아쉽게도 그린코아가 경계선이었다. 인구가 많은 만큼 좀비도 많으니까.

배낭에서 장난감 잠망경을 꺼내 골목 밖으로 내밀었다. 딱히 묘사할 방법이 없다. 그저, 좀비들이 차선을 가득 채우고 있다. 있었고, 있었으며, 있을 것이다. 다만 잠망경을 조금 비틀면, 상체만 남아서 기어 다니는 좀비들이 보였다. 차에 깔린 채 썩어버린 하체가 떨어져나간 좀비들은 느려터지긴 했지만 어느 날은 보이고 어느 날은 보이지 않는 무시무시한 놈들이었다. 담백한 심정으로 무섭다고밖에 말할 수 없다. 차체 아래로 기어 다니거나, 혹은 멍하니 기다리다가 휘발유를 뽑고 있으면 소리 없이 기어 와서 발목을 물어뜯으니까. 나도 한번 잡혔다가 바지에 오줌을 싼 적이 있었다. 목이 길고 질긴 통가죽 군홧발이었기에 망정이지? 명심할 것, 좀비에게서 살아남으려면 가볍고 빠른 것이 최고지만, 길 한가운데만 다닐 게 아니라면 보호장구는 필수다. 물건을 뒤지거나 좁은 복도, 골목, 문, 창문 옆을 지날 때, 불가피하게 노숙할 때, 눈치채지 못한 모서리나 물건에 긁힐 때, 이때는 민첩함이 소용없다. 그러니 굳이 오래된 미제 가죽 전투화를 찾아 신고 팔뚝과 정강이에는 축구용 각반을 연결해 두르고 미군용 팔꿈치와 무릎 보호대에 머리에는 비니 모자, 재킷의 어깨와 뒷덜미에는 가죽가방을 잘라 얼기설기 덧대고 목에는 가죽을 덧댄 목도리를 두른 미치광이 몰골이라 할지라도, 거울을 지날 때마다 얼굴이 붉어지는 모습이지만 이 시대의 셀럽이며 패셔니스타로서 자부심을 가져야 한다.

잠망경을 접었다. 저 수많은 차에 들어 있는 경유며 휘발유가 욕심났지만 아직은 어림없는 것 같았다. 주유소도 기웃거린 적이 있지만, 그때 주유기가 작동하지 않았고 저장고의 무거운 강철 뚜껑에는 그만한 잠금장치가 걸려 있었기에 실패했다. 사무실을 몇 번 뒤져 보았지만, 주인이 가져가 버렸는지 찾을 수도 없었다.

등 뒤에서 신음이 들려왔다. 축축한 털 뭉치가 목덜미를 타고 굴러떨어지는 것 같았다. 유독 걸걸하고 목젖을 울리는 신음. 귀에 익은 소리였다. 나는 천천히 뒤돌아 보았지만, 골목 안에는 아무것도 없었다. 좀비의 신음이 반사된 것 같았다. 술집 골목을 향해 달팽이처럼 걷기 시작했다. 모퉁이에서 잠망경을 내밀었다. '대부'가 있었다. 몸집에 맞지 않게 크고 추레할 뿐 아니라 한쪽 팔이 뜯어져 나간 양복, 시연하느라 팔에 끼고 있던 파란 쿨토시와 건강 팔찌, 형광 주황색 끈을 따라 목에 걸린 채 덜렁거리는 구형 휴대폰, 좀비답지 않게 화색이 도는 얼굴. 대부는 돌연변이 좀비라서 지능을 가진 것도 아니고 악취를 뿜어서 좀비들을 통솔하는 것도 아니지만 근처에서 얼쩡거리는 좀비들의 숫자만 봐도 사냥 성공률을 알 수 있었다. 극도로 위험한 녀석이다. 생각 같아서는 한희를 건너뛰고 싶지만, 외과의 인턴은 소중한 자원이다. 그녀가 음식을 찾아 밖으로 나오게 했다가는 십중팔구 잃고 말리라.

쓰레기통 뒤에 웅크리고 배낭을 열었다. 좁쌀 같은 고무 조각으로 만들어진 방울공과 스펀지 뭉치가 네 개 남아 있었다. 나는 공을 내려놓고 스펀지 뭉치를 열기 시작했다. 방울공에 들어 있어야 할 방울이 모습을 보였다. 이쑤시개로 방울 속에 채워 뒀던 솜을 끄집어내곤 독극물처럼 다루어 공에 난 칼집으로 밀어 넣었다. 배낭을 메고, 공을 쥔 손을 당기고, 투포환 던지듯이 밀어 던졌다. 공은 대부의 머리를 넘어가 반대편에 떨어지며 천둥 같은 방울 소리를 냈다. 장승처럼 서 있던 좀비들이 일제히 돌아서며 신음을 내기 시작했다. 하지만 대부만은 공이 아니라, 공이 날아온 곳을 향해 고개를 돌렸다. 나는 잠망경을 쥔 오른손을 움켜잡고 떨리는 것을 참았다.

좀비들이 공을 향해 가다가 발로 차버렸다. 다시 방울 소리가 나자 좀비들이 신음을 키우며 아무것도 없는 곳으로 움직이기 시작했다. 대부는 멍하니 내가 있는 곳을 바라보다가, 한 좀비가 어깨를 치고 지나가자 고개를 돌렸다. 곧 대부도 좀비 떼의 뒤를 따라 걷기 시작했다. 이걸 보면 돌연변이 좀비는 존재하지 않는 것 같다. 이것들은 무작정 자극에 반응해 먹으려 하는 것 같지만, 다른 좀비의 이동을 보고 따라가는 주머니쥐 같은 행동을 보여준다. 이 행동이 너무나도 섬뜩하다…….

슬그머니 일어서서 맞은편 골목을 향해 걸어갔다. 저것들은 연구 대상이 아니다.

대부 패거리를 따라다니다 낙오한 좀비들이 여기저기서 어슬렁거렸다. 덕분에 평소보다 세 배는 느리게 도착해 337 노크를 하자마자 벌컥 문이 열렸다. 문짝과 뽀뽀를 할 뻔했지만, 신경이 날카로워져 있던 나는 가볍게 물러나서 피했다. 한희. 목 주변이 쭈글쭈글해진 검은 셔츠에 낡아빠진 잠옷을 입고 있었다. 불상사가 닥치면 도망갈 생각은 하고 있는 걸까? 이런 한심함을 느끼기는커녕 오히려 기뻤다. 그녀는 훌륭한 나의 백성이었다. 내가 주는 것만을 먹으며 내가 허락하지 않는 한 밖으로 나오지 않는.

"위층에 있는 거 같으니까 빨리 들어가요."

그녀를 밀며 안으로 들어갔다. 오랫동안 신지 않아서 먼지 쌓인 신발이 군홧발에 채여 뒹굴었다. 방바닥은 빗자루만으로는 청소할 수 없는 끈끈한 먼지가 앉아 있었고, 방구석엔 침대 시트와 이불이 까치둥지처럼 말려 있었다. 창문에 쳐진 커튼은 수건 대신 썼는지 때와 얼룩으로 지저분했고 공기 중으로 지린내가 떠돌고 있었다. 거지소굴, 천만에. 이 정도면 별이 세 개다. 두 개는? 한 개는? 없다. 세 개 아래로는 좀비가 문 열리기만 기다리고 있을 테니까.

"죽은 줄 알았잖아요."

"좀비는 문제없어요."

"그럼요?"

"먹을 거 찾기가 힘들어지고 있어요."

한희의 표정이 굳어갔다. 그녀는 턱을 떨면서 말했다.

"어떻게 되는 거예요……?"

나는 문을 닫으며 말했다.

"모르죠, 아직은."

"바깥은 요즘……?"

"여전해요. 차도 쪽은 얼씬도 못 하겠고 뒷골목도 좀비들이 나갈 생각을 안 해요. 혹시 나갔다 온 거 아니에요?"

"내가 미쳤어요? 절대 안 나갔어요."

"어…… 창문가에 서 있거나 소리를 내거나 그랬어요?"

"있잖아요." 한희가 주저앉았다. 그녀는 방구석의 까치둥지를 보며 말했다. "나 이 주일 만에 처음 말하는 거 알아요?"

그녀가 울먹이기 시작했다. 이를 꽉 물고 있었지만, 낙엽만 떨어져도 통곡을 할 것 같았다. 나는 서둘러서 배낭을 뒤집어 내용물을 쏟았다. 항균 물티슈, 1.5리터 생수통 3개, 스팸 1개, 꽁치 통조림 4개, 골뱅이 통조림 2개와 콩 통조림 4개, 깻잎 통조림 2개와 새 칫솔과 치실, 독한 리스테린과 두루마리 휴지 2개. 한희는 스팸을 보자마자 감격하며 손을 뻗었다.

"햄이다!"

그녀는 숟가락을 가져와서 스팸을 허겁지겁 파먹기 시작했다. 그 모습이 숟가락만 들었지 영락없는 좀비 같았다. 먹던 도중 나도 먹었느냐고 한 번 물었을 뿐이었다. 그녀는 양치질을 하고 물티슈로 얼굴을 박박 문지르고 나서야 제정신이 들었는지 얼굴을 붉혔다. 나는 짐짓 어두운 표정을 하며 텅 빈 배낭을 끌어당겼다.

"올해는 넘길 수 있을까 모르겠어요."

"그렇게 심각해요?"

"우리만 살아남은 게 아니었잖아요."

"그럼 다른 사람들은요? 그 사람들이랑 합치면 어때요?"

나는 미간을 찌푸렸다.

"지금 살아남은 사람들은 기본적으로 약탈자예요. 아니면 도둑이든가."

"그럼 시한 씨는 어떻게……."

그녀가 말끝을 흐렸다. 나는 기분 나쁘다는 표정을 연기하며 일어섰다.

"내가 미쳤지."

"아니요, 아니에요!"

그녀가 다리를 붙잡았다. 나를 올려다보며 다급하게 변명하고 있었다. 눈물까지 글썽이며 혹시나, 진짜 아닌 것 같아서 물어본 거였다고.

"또 올게요. 곧 무슨 수를 내볼 테니까 운동이나 하고 있어요."

"운동요……?"

"슬슬 떠나야 할 것 같아요."

"떠나요……?"

그녀가 말꼬리를 늘였다. 표정이 조금씩 무너지기 시작했다. 나는 고개를 저었다.

"무지개다리 건너자는 거 아니니까 이상한 생각 마시고요. 체력이나 기르고 있어요."

하지만 저거 갖고는. 한희는 물끄러미 통조림들을 쳐다보며 중얼거렸다. 나는 이때다 싶어 배낭 앞주머니에 손을 넣어 사탕 깡통을 끄집어냈다. 제과점에서 주운 독일제 과일사탕이었다.

"단 거다."

한희는 고개를 푹 숙인 채 사탕을 빨았다. 그녀는 갑자기 입을 틀어막고 흐느끼기 시작했다. *시발, 더러워서. 이게 어떻게 사는 거야. 미안해요, 이런 말 하고 싶은 게 아닌 데.* 나는 할 말이 없었다. 연기로라도 위로를 하거나, 의지를 가지라고 엄하게 다루지도 못했다. 안심시켜줄 수도 없었다. 안전한 장소가 있다는 사실을 알려주는 것만으로도 나는 큰 위험에 빠지니까. 그녀가 약탈자에게 붙잡힌다면, 틀림없이 계속 음식을 찾아오는 나와 안전한 곳에 대한 이야기를 털어놓을 게 자명하니까.

그러니까 어깨를 두드려주는 것이 할 수 있는 전부였다. 나는 문에 귀를 대고 좀비 소리를 찾다가 문을 열었다.

"문단속 잘해요. 다음에 올 때는 달달한 거 더 찾아올 테니까."

그녀는 내가 문을 닫을 때까지 꼼짝도 하지 않았다. 다음에 오면 천정에 목이 매달려 있거나 신입 좀비가 되어 있는 것 아닌가, 불길한 생각이 들어 다시 손잡이를 잡았다.

참자.

그녀는 석 달이 지나자 우울증이 걸릴 것 같다고 말했다. 꽤 냉철하게 자신이 처한 상황과 미래에 대해 생각하면서 이런저런 의견을 내놓았고 주변에서 쓸만한 물건들을 모으고 다녔었지만, 내가 데려온 좀비들 때문에 점점 나가는 걸 포기하고 방에 틀어박혔다. 어려운 일이었지만 어떻게 해서라도 의사가 필요했다. 미친 짓이라고? 예전 같으면 그랬지, 하지만 좀비 밥이 될 게 뻔한 사람을 안전한 장소에 머물게 하고 먹여 살리는 건? 제 몸 간수하기도 힘든 시대에, 좀비와 약탈자를 피하며 5명분의 식량을 긁어모아 대가 없이 나눠주는 건? 물론 조그만 왕국을, 아니 공동체를 만들기 위한 준비지만 게으름뱅이들의 목숨을 구해주고 있다고. 이래도 미친놈이라고, 사이코패스라고?

고개를 흔들었다. 죽은 가치관이 잠시 되살아났다. 추억, 그리움, 습관까지…… 잠깐만 방심하면 뭐든지 좀비처럼 되살아나려 했다. 나는 성자다, 나는 영웅이다, 나는 희망이다. 혼잣말을 중얼거리기 시작했다. 나는 스스로 성자며 영웅이라고 칭하는 게 아니다. 성우, 인혜, 금자 아줌마, 한희가 먼저 성자며 영웅이며 희망이라고 불러주었다. 그렇다고 내가 그 소리 듣자고 5명분의 생명을 책임지고 있는 건 아니다. 항상 되뇌듯이 내게는 '계획'이 있었다.

2번 아지트에 도착했다. 한가람 아파트 1동 601호. 주변을 면밀히 살피고 가슴 포켓에서 바늘꽂이 뭉치를 꺼냈다. 귀퉁이가 잘려 있었는데, 나는 이 솜뭉치 안에 아지트 열쇠들을 넣어두고 있었다. 열쇠 부딪히는 소리가 나지 않아 아주 쓸만했다. 나는 소리가 안 나도록 천천히 열쇠를 돌리고 문을 열었다. 들어가서는 삼중으로 문단속을 한 뒤 거실을 향해 두 팔을 펼쳤다. 통조림 상자, 과자 상자, 생수와 쌀, 보리, 부탄가스 따위가 수북하게 쌓여 있었다. 내 돈으로 샀을 리는 만무하고, 약탈한 것도 아니다. '좀비 폭발' 초기, 먹거리가 넘쳐나서 행복에 겨운 좀비들은 정신을 못 차리고 우왕좌왕했고, 누구든지 제정신인 사람들은 어디든지 다른 동네로, 다른 도시로, 다른 도로 빠져나가고 있었다. 나는 발 빠르게 물류창고 열쇠를 손에 넣었다. 전국의 이마트를 향해 상품을 보내는 맥의 한 곳이니만큼 대대로 먹어 치워도 모자랄 식량들이 쌓여 있었다는 것을 말하면 입에 주름이 생길 지경이다. 무엇보다 계약직으로 일하며 생활비를 벌던 곳이니만큼 어디에 무엇이 쌓여 있는지도 밝았기 때문에 순식간에 중요한 물건들을 선점할 수 있었다. 나는 그 많은 것들을 화물 트럭에 싣고 숨겨놓았다. 단 한 대지만, 통조림과 물이 가득 찬 트럭은 왕국으로 가는 열쇠다. 그만큼 정신병에 걸릴 정도로 신경 써서 숨겨놓았다. 덕분에 좀비 폭발이 끝나고, 약탈자 시대가 오기 전까지 트럭은 안전했다. 약탈자들이 트럭을 뒤져보지 않을 리가 없었으나, 뒤질 방법 역시 없었다. 벽을 무너뜨리거나 화물칸을 뜯어낼 수단이 없었으니까.

그들은 시끄럽고, 항상 서로 싸웠으며, 죄 없는 사람 한둘 죽여본 경험만으로 자신감이 넘쳤다. 결코 상대가 아니었다. 우리는 서로 마주치지 않았고, 존재조차 알지 못했다. 그러므로 마지막까지 살아남은 자들은 좀비 폭발이 시작되자마자 귀신도 못 찾게 꼭꼭 숨어 있던 나 같은 사람들이었다. 나는 공사 중이던 빌딩에 올라가 임시계단을 모조리 부숴 놓고 공중요새를 차려놓고 있었더랬다. 용접용 가스를 보관하던 철판 캐비닛 속의 침낭에서 벌벌 떨면서. 그곳에서 몇 번이나 한계에 부딪혀 사다리를 내리려고 했는지, 아직도 기억하기 싫다.

나는 아지트와 아지트를 건너다니며 남은 사람들에게도 음식들을 나누어주었다. 새 속옷이나 부탄가스와 커피믹스, 장편소설의 다음 권 같은 소소한 행복을 전하는 것도 잊지 않았다. 완급 조절은 정말 중요했다. 자연스럽게 개개인의 기호품을 파악하는 것도 어려웠고, 구하는 것도 힘들었다. 다행히 마지막 멤버인 우성이는 담배 한 보루만 주면 세상을 잊어버리는 단순하고 신경 굵은 녀석이었다. 기계공고를 졸업하자마자 한전에서 전봇대 매설하는 일이나 전기 배선업자의 조수, 보일러 설치 기사를 전전했는데, 자전거를 개조해서 발전기를 만들 줄도 알았다. 우성이의 가치는 이게 전부지만 그래도 귀중한 구성원이다. 단점이라면 담이 너무 커서 가끔 집을 나가곤 하지만, 근래 들어 자신의 무능함을 인정하곤 내 입만 바라보기 시작했다. 우성이는 자기 전공 외에는 조금만 힘이 들어도 금방 포기하는 버릇이 있었다.

"우리 합치는 게 좋지 않아요?"

"어?"

"우리밖에 없는데…… 각개격파 당하는 것보단 둘이 있는 게 좋잖아요."

"인마, 난 지존 안전한 데 살아서 나올 생각 없거든? 근데 좁아서 둘이 못살아."

"아 형. 우리 죽으면 인류도 종말인데."

"걱정 마 인마. 나도 너 계속 먹여 살리긴 싫거든."

"에이, 농담도."

놓치지 않았다. 녀석이 능글맞게 웃었지만, 눈이 흔들렸다. 알수 있었다. 균열이 생겼다. 무너지기 시작한다. 드디어. 좀비와 내가 손을 잡으면 누구라도 나를 향해 무너질 수밖에 없다. 나는 두꺼운 소설책을 던져주며 또 오겠다고 말했다. 커피를 엎어 누렇게 변하고 책장이 달라붙은 책이지만, 우성은 두 손으로 받아 들며 언제 오느냐고 되물었다.

"한 일주일은 넝마주이 해야 두 명 풀칠하지 않겠냐."

"형."

"또 왜?"

"나도 가면 안 돼요?"

"날 죽이려고?"

"따라다니면서 배우면 되잖아요."

"한 번만 실수하면 둘 다 죽는 거야. 꿈 깨."

"만약에 형 안 돌아오면요?"

그를 빤히 쳐다보다가 주먹을 내밀었다.

"우린 뭐다?"

그가 주먹을 마주쳤다.

"한배를 탄 거다. 그러니까 같이 다니는 게 말이 되지 않아요?"

"시끄러워. 뭐 먹고 싶은 건 없냐?"

"초콜릿. 아니 딸기잼."

"찾아보고 안 상한 거 있으면 갖다 줄게."

"꼭이요. 단 걸 못 먹어서 죽겠어요."

나는 갑자기 목소리를 낮추고 말했다.

"나 간다. 문단속 잘하고, 소리 내지 마. 그리고……." 녀석이 침을 삼켰다. "운동하고 있어라. 하체 위주로."

녀석이 웃으며 고개를 끄덕였다. 나는 곧 후회했다. 왜 그랬을까? 멋대로 희망을 가지는 게 아닐까? 한희가 무너져버린 게 너무 기뻐서 들떠 있었던 걸까? 나는 한숨을 쉬었다. 한희가 신경 쓰인다. 의사는 필수다. 그녀가 한계에 다다랐을 때 떠나면 좋은데, 아직 다른 사람들이 너무 멀쩡해서 문제다. 우성이는…… 운동하라는 소리에 오해해서 멋대로 희망을 가지면 안 되는데. 내가 너무 후하게 배급을 준 것도 같으니, 이제부터라도 줄이고…… 메모. 한희에게 비장의 무기로 기분전환. 무엇? 아깝지만 노트북? 전원 때문에 불가능. 스마트폰이라면 태양광 충전기와 대용량 축전지로 충분. 드라마를 잔뜩 넣은 메모리 카드와 축전지를 꾸준히 교환해주면 한두 달은 충분할 것…… 밟아서 충전하는 재난용 충전기를 주면 운동 효과? 불가능, 소음이 있다…… 메모.

조금 피곤했기에 아지트로 돌아가서 하룻밤을 보내려 했지만, 곧 생각을 고쳐 건홍 아저씨의 집으로 향했다. 독한 술이 당긴다. 좀 늦더라도 내 집 마루에서 한 잔 마시고 싶다.

까치발을 서서 2층 창문을 들여다보았다. 복도 위로 뿌려진 유리창 파편과 바닥에 뿌려진 밀가루들이 그대로였다. 좀비도, 사람도 오지 않았다. 안심하고 플라스틱 의자를 세운 뒤 창문으로 기어서 들어갔다. 창문 옆 문의 우유 투입구를 돌려 열고 열쇠를 끄집어낸 뒤 문을 열었다. 안에서 문을 잠그고 열쇠를 제자리에 두고, 베란다로 가서 아래를 확인하고, 베란다 창고의 화재 대피용 벽을 가리고 있는 서랍장을 치운 뒤 옆집으로, 또 옆집으로 가서 베란다 옆에 바짝 붙은 전신주를 타고 내려갔다. 지루한 과정이지만, 좀비도 아닌데 사람 씹어먹는 약탈자들에게 흔적을 남겨줄 수는 없으니까.

약탈자. 건홍 아저씨도 약탈자였다. 그도 세상이 바뀌자마자 이것저것 긁어모아선 아지트에 꽁꽁 숨었지만 여러모로 어설펐다. 아지트도 변두리로 정했으나 하필이면 탁 트인 장소 한복판이었고, 집을 둘러싸는 담장도 없었다. 그와는 먹을 것을 찾으러 다니는 걸 몇 번 마주치면서 알게 되었다. 그는 벙커라도 가진 듯 의기양양했지만, 한 번 따라붙은 좀비를 따돌리는 것이 얼마나 어려운지, 따라서 여러 가게에 진열된 물건들이 그림의 떡이라는 걸 깨닫기까지는 오래 걸리지 않았다. 그는 점점 초조해하며 내 뒤를 밟으려 했지만, 결과는 눈앞에 보이는 바와 같다. 그의 집 주변에 좀비들이 어슬렁거리고 있었던 것이다. 사방으로 듬성듬성 흩어져 있었지만 모여드는 건 순식간이다. 도시 밖으로 도망쳐도 어디까지 쫓아올지 모르고, 도시 안으로 도망치면 달리는 소리에 또 모여든다. 아저씨는 필생의 결단을 내려, 자전거를 타고 야외의 산으로 좀비를 데려가서 멋지게 따돌리고 왔지만, 행복한 잠을 자는 동안 내가 갖다 놓은 지원군을 보고는 절망해서 포기하고 말았다. 나는 그 선물들을 바라보며 야시경을 썼다. 좀비가 한 다스쯤 늘어나 있었지만 문제없었다. 별빛도 희미한 밤이었고, 소리만 조심하면 충분히 피해갈 수 있었다. 나는 좀비가 가장 적은 방향으로 천천히 걷기 시작했다. 자갈이나 풀 밟는 소리가 나지 않도록 '기도비닉' '기도비닉'. 좀비들은 우두커니 선 채 흔들거리거나 느릿느릿 제자리를 맴돌고 있었다. 갑자기 먼 곳에 서 있던 좀비가 고개를 들었다. 정확히 나를 쳐다보는 것 같았지만 그뿐이었다. 정말로 무언가가 있다고 느꼈다면 즉시 두 팔을 뻗고 신음을 흘리며 다가왔을 테니까. 야시경의 녹색 화면은 정말이지 한낮처럼 어둠을 밝혀줘서 오히려 내가 불안할 지경이었다. 기도비닉, 기도비닉, 달팽이처럼 걸으며 건홍의 집을 향했다. 좀비를 하나둘 지나칠 때마다 식은땀이 솟아났다. 괜히 가는 거 아냐, 그냥 돌아가서 안전하게 잠이나 잘걸. 지금이라도 돌아가면 되는데 하면서도 계속해서 좀비들을 지나쳤다. 어느새 꽤 많은 좀비들이 나를 향해 고개를 돌리고 있었다. 그들이 쳐다보는 것이 느껴졌다. 그러자 공포는커녕 자신감이 솟았다. 봐, 못 보잖아. 단순한 좀비라고.

늘 그렇듯 현관문은 잠겨 있었다. 열쇠는 인터폰 위에 있었기에 열고 들어갔더니 아저씨가 거실에 널브러져 있었다. 공기 중으로 역한 술 냄새가 떠돌고 있었다.

"누구야?"

혀가 잔뜩 꼬여 있었다.

"나예요."

"어, 저기. 저기."

그가 손을 휘저었다. 청주 병을 쥔 채였기 때문에 들어 올리지도 못한 채 땅바닥에서 흔들거렸다. 나는 가까이 가지 않고 통조림과 생수를 내려놓았다. 그는 엉금엉금 기어 생수통을 열고 얼굴을 향해 쏟아부었다. 쯧쯧, 나는 혀를 차면서 큰방으로 향했다. 문을 열자마자 야시경의 녹색 화면에 은하수가 펼쳐졌다. 돈다발, 귀금속, 손목시계, 명품 가방과 금괴.

입을 떡 벌리고 하품을 했다. 쓰레기들. 유일하게 쓸만한 건 한

쪽에 쌓여 있는 상자들이었다. 나무 뚜껑을 열자 고급 와인들이 모습을 드러냈다. 아저씨가 와인셀러에 살림을 차린 악덕 건물주를 두들겨주고 가져왔다고 자랑했는데. 한 잔에 30만 원이랬던가 50만 원인가 하는 귀중품이랬던가. 건홍 아저씨는 딱 한 모금만 얻어먹어 보자고 해도 비웃으며 거절당한 걸 잊을 수 없었다고 했었다. 사람이 사람을 무시하는 것만큼 죄가 없으니까 그 놈은 맞을 짓을 했고 자신은 잘못이 없다고. 변명하는 실력도 시궁창에서 뒹굴고 있는 쓰레기 양반이다.

준비한 수건에 둘둘 감아서 배낭에 채워 넣으며 보물 더미를 바라보았다. 아주 유혹을 느끼지 못하는 건 아니다. 어느 순간 최전방에 있던 군부대가 전차나 장갑차를 몰고 내려와서 좀비들을 납작 짓뭉갤지도 모르고, 미국처럼 군사력이 강한 나라에서 파병할지도 몰랐다. 만약 그렇게라도 된다면, 이 산더미에서 반지 한 개, 금괴 한 개 슬쩍하는 것만으로도 남은 인생이 바뀐다. 게토의 디아스포라 유대인들처럼 보석상자로 식빵 한 봉지 얻어먹던 꼴만 면한다면 말이지.

어느새 손을 뻗고 있었다. 흠칫 놀라며 주먹을 쥐었다. 미쳤어, 세상은 이미 끝났다고.

"갑니다."

아저씨는 빈 생수통을 쥔 채 꼼짝도 하지 않았다. 불과 두 달 전만 해도 칼을 품고 내 뒤를 밟던 사람이지만 결과는? 자신도 모르게 통제당하면서 죽어가고 있었다. 고급 양주 생각이 날 때만 들르지만, 앞으로 얼마나 더 버틸까 조금 궁금했다. 죽어버리면 소중한 식량이 절약된다…… 죽이는 게 합리적이지만, 난 그들 같은 쓰레기가 되기는 싫었으니까. 나는 너희와 다른 세상에서 살아왔고, 지금도 그렇다는 증명일지도…… 하지만 누구에게 보이려고?

집에 돌아왔다. 와인 한 병을 모조리 마시고 쓰러지듯 누워버렸다. 잡생각을 지우지 않으면 살아남기 힘들어진다…….

아니나 다를까 머리가 반쯤 깨진 것 같았다. 관자놀이를 꾹꾹 문지르며 마루로 나가 생수를 들이켜는데 귓속에서 털썩하는 소리가 났다. 귓병이 났나 싶어서 후비다 보니, 마당에 처음 보는 빨간 배낭이 서 있다가 스르르 쓰러지고 있었다. 헛것을 보나 싶어 간장이 서늘했는데, 청바지에 흰 셔츠를 입은 사람이 담벼락 위에 다리를 걸치곤 낑낑거리고 있었다. 그 사람은 조금 버둥거리다가 그대로 뛰어내렸고, 한동안 웅크리고 있더니 무릎을 짚고 일어섰다. 그리고 눈이 마주쳤다. 생머리를, 뭐였더라, 깔끔한 뱅 헤어 스타일을 한 여자였다. 대부분의 생존자들이 야만 전사 스타일을 선호하는 시기였기 때문에 꽤 놀라웠다. 혼자가 아니라 미용사와 함께 다니는지도 몰랐다. 그런데 그녀는 나를 보더니, 갑자기 입을 틀어막고 훌쩍거리기 시작했다. 그녀는 필사적으로 울음소리가 새어나가는 것을 막으며 엉엉 울어댔다. 보자마자 도망치거나, 구걸하거나, 당장 꺼지라고 위협을 하지도 않고 무기를 들고 달려들지도 않은 사람은 처음이었기 때문에 어쩔 줄 모르고 구경했다. 이윽고 울음이 잦아들자 K2A1자동소총을 겨누었다. 그녀는 움찔거리더니 벌 받는 아이처럼 두 손을 들고 말했다.

"만세."

미쳤나. 이런 나사 빠진 사람은 경험상 대부분 미쳐 있었다. 조울증, 조현병 저리 가라 할 정도의 감정 변화와 불시에 발휘하는 공격성이 공통적이다. 나는 자극하지 않으려고 총부리를 슬쩍 내리곤 생수통을 던져주었다. 약탈자 대비용으로 갖고는 있지만, 총을 쏘았다간 사방 수 킬로미터의 좀비를 불러모으게 된다. 나까지 끝장내는 그야말로 최후의 수단이다.

그녀는 사막을 건너온 것처럼 벌컥벌컥 물을 마셨다. 입가로 흥건하게 흘러내린 물이 셔츠를 적셨고, 까만 스포츠 브래지어가 비치기 시작했다. 갑자기 심장이 뛰기 시작했다. 나는 고개를 돌리지도 않고 똑바로 그녀를 쳐다보았다.

"살았다."

"미안한데."

그녀가 코를 훌쩍이며 쳐다보았다. 나는 총부리로 마당 한쪽을 가리키며 말했다.

"저기 가서 개 목걸이 차시죠."

그녀가 어이없다는 표정을 지었다.

"안 물렸는데……."

"알겠는데, 안 물려도 감염되는 걸 많이 봐서 그래요. 하루만 거기서 지낼 수 있겠어요? 아니면 나가주셔야겠는데."

알몸이 되라는 말은 내뱉었다간 좋은 관계를 맺기 힘들겠지.

"아니요, 할게요. 해요."

그녀는 순순히 개집으로 가서 커다란 사냥개용 목걸이를 목에 걸었다. 사슬이 잘그락거렸다. 나는 슬리퍼를 신고 그녀에게 다가갔다.

"왜 울었어요?"

"사람 처음 봤어요……."

거 누구더라. 연예인 그 누구처럼 머릿속이 사차원인가. 나는 실소를 하곤 뒤로 물러났다.

"뭐 좀 먹을래요?"

"물 좀."

생수통을 가져오자, 그녀는 말라비틀어진 오징어를 씹고 있었다. 오징어라니. 게다가 열려 있는 배낭에는 옷가지밖에 없었다. 나는 가까스로 태연한 얼굴을 유지하며 생수통을 주곤 주방으로 가서 쌀을 씻었다. 만약 그녀가 정말로 혼자서 살아남았다면 꽤 믿음직한 아군이 될 수 있었다. 보균자가 아닐까 하는 염려도 있었지만, 특유의 안색이 아니었고 무엇보다 보균자의 증거인 공수병이 없었다. 나는 소중한 레토르트 김치와 참치캔을 뜯어 김치찌개를 끓이고 스팸을 구웠다. 늘 강조해도 모자라지만 야채는 소중했다. 지방이 아니면 설탕만 잔뜩 들어있는 고열량 식품을 먹고 살면 꿈을 꾸어도 메뚜기가 된 꿈을 꾸게 되니까.

마루 위에 상을 차리기 시작했다. 그녀가 군침을 질질 흘리며 쳐다보기 시작했다. 정말이다, 마른 입술에서 침이 반짝거리는 게 보였다. 나는 소총을 내려놓고 숟가락을 들며 손짓했다. 그녀는 검지로 자기를 가리키더니, 허겁지겁 개 목걸이를 풀고 달려와선 고맙다는 말도 없이 밥과 찌개를 먹기 시작했다. 나는 천천히 밥을 뜨며 그녀를 관찰했다. 모기에 물려 부은 듯한 상처가 목에 하나 있었을 뿐, 얼굴, 목덜미, 팔, 적어도 드러나 보이는 곳에는 생채기 하나 없었다. 그녀가 찌개를 먹느라 고개를 숙이자 검은 머리칼이 흘러내렸다. 한 손으로 움켜잡고 등 뒤로 넘기면서 목덜미와 쇄골이 드러났다. 가까이서 보니 피부가 희면서도 따뜻해 보였다. 군데 군데 때가 끼어 있었고, 이상하게 톡 쏘는 황토 냄새가 풍겨왔다. 비린내도 지린내도 아니었다. 나는 등을 곧추세웠다. 그녀의 얼굴은 꽤 갸름했고, 달라붙는 셔츠로 보이는 몸매는 발레리나나 체조 선수 같았다. 믿을 수 없이 건강했다. 빤히 쳐다보고 있었더니 그녀가 밥을 우물거리면서 고개를 들었다. 그녀도 빤히 쳐다보다가 꿀꺽 삼키고 물을 마셨다.

"이름이 뭐예요?"

"최시한……."

"송아리요. 오빠 같은데…… 몇 살?"

"서른둘."

"동안이시네……요?"

"동생이네?"

"그런데요."

"왜?"

아리가 집안을 둘러보며 말했다.

"도대체 어떻게……"

"개판이었죠. 청소하고 고치고 큰일이었어요."

"그랬구나…… 밖에 장승들은 일부러 세워 놨어요?"

"장승? 그렇게 부르나?"

"저는요."

"그러고 보니 아네?"

"예…… 지방도로에서 자주 봤어요. 돌을 던져봤는데, 맞을 때만 허우적거리더라고요. 좀 상태가 안 좋으면 그렇게 되나 봐요."

소름이 돋았다. 비명만 꺅꺅 지르지 않고 살아가려는 의지를 가진 사람이 또 있었다.

"어디서 왔어요?"

"인제요."

"거기서 여기까지? 아니 어떻게?"

오히려 내가 아연실색했다. 인제에서 부산이면 국토종단이잖아. 산을 타면서 왔다면 모르겠지만 그게 가능할 리가 없기에 토끼 눈을 하고 쳐다보자, 아리는 밥이 달다, 중얼거리며 주걱을 들었다. 그녀는 자꾸 대답을 피하려 했다. 밥을 다 해치우자 그녀는 혹시 물이 많냐고 물었고, 나는 욕조의 물을 쓰라고 말했다. 그녀가 욕실에서 설거지를 하는 동안 나는 드디어 비장의 무기를 꺼냈다. 지하실로 내려가서 발전기를 켜고 지하수 펌프를 작동시킨 것이다. 위험한 행동 같긴 하지만, 소형 발전기라는 것이 크게 시끄러운 물건은 아니다. 가끔 주택가로 와서 전기구이 통닭을 파는 트럭 옆을 지나가 보면 알 것이다. 바로 옆이 아니면 발전기 소리를 듣지도 못한다. 주변에 상자를 쌓아 올리고 창고 문에 이불을 매달아 놓는 정도로 완벽히 차단될 정도니까.

냉장고를 켜고 냉동실에 맥주캔을 집어넣었다. 다시 마당으로 올라와 태평하게 마루에 앉아 소총을 만지작거리고 있자 아리가 놀란 고양이 얼굴로 뛰쳐나왔다.

"저기요! 수도가 나오네요?"

"지하수 펌프 돌렸어요. 비누랑 샴푸는 있는 거 쓰면 돼요." 크흐으! 아리는 두 주먹을 꼭 쥐고 못 참겠다는 표정을 지었다. "뜨거운 물도 나와요. 태양열 보일러 달렸거든요. 열매체 교환해서 쌩

쌩해요."

그녀는 벌써 몸이 녹아내리는 듯한 황홀한 얼굴로 어깨를 흔들었다. 그녀는 허둥지둥 욕실로 가서 문을 잠갔고, 나는 두 손으로 턱을 괴고 고민하기 시작했다. 그녀가 마지막 한 조각이 될 수 있을까? 성격은 마음에 든다. 붙임성도 있어 보인다. 생존능력으로 봐도 더할 나위 없다. 문제는 나와 의견이 맞느냐인 것이다. 혼자서 지금까지 살아왔다면 자신만의 생존전략과 방침을 세웠을 터, 마찰이 생기지 않을 수 없었다. 생존자들은 누구나가 자신의 방식대로 하지 않으면 몽땅 죽는다고 믿으니까. 나 또한 조금도 용납할 수 없다만,

욕심이 났다. 무너지지 않은 건강함이, 인간 세상의 생명력을 아직도 간직하고 있는 송아리가. 나는 스스로 놀라서 고개를 들었다. 이런 생활에 질렸는지도. 라이벌을 원하다니? 하지만 송아리라면 선의의 라이벌이 되어줄 것 같았다.

자, 조금만 더 솔직히. 사실 라이벌 이상이 되고 싶었다. 처음 본 주제에, 잘 알지도 못하는 사람을? 그런 말은 필요 없었다. 이런 세상에선 좀비가 아니라는 공통점만으로도 얼마든지 하나가 될 수 있었다. 지금껏 찾아낸 수많은 생존자들은 살아있다는 점 하나만으로 인종을 극복하고 나이 차를 극복하고 심지어 성별까지 극복하고 있었다. 이런 상황에서 남녀가 만난다는 건 아담과 이브가 만난 거나 다름없는 사건이다. 나는 바닥을 짚고 일어나서 욕실로 다가갔다. 이미 30분이 넘게 물소리 하나 없었다. 불안해서 문에 귀를 대자 가느다란 노랫소리가 들려왔다. 엄마가 섬 그늘에 굴 따러 가면, 아기는 혼자 남아 집을 보다가 바다가 불러주는 자장노

래에 팔 베고 스르르르 잠이 듭니다. 스르르르 문 옆에 기대앉아 그녀의 노래를 들었다. 전자음이 아닌 진짜 사람의 목소리로 부르는 노래였다.

눈물이 났다. 우리 부모님은 전화도 받지 못하고 돌아가셨다. 내가 했던 최고의 효도는 당신들이 자식의 손으로 묻히고 무덤과 묘비를 갖는 것이었다.

물소리가 났다. 욕조에서 나오는 듯한 소리. 서둘러 지하실로 가서 발전기를 끄고 냉장고를 열었다. 살얼음이 얼기 시작한 맥주를 안고 거실로 오자, 아리가 발갛게 달아오른 얼굴로 문을 열었다. 그녀는 물이 뚝뚝 떨어지는 빨래 뭉치를 끌어안고 있었다. 차가운 캔맥주를 건네자, 그녀는 빨래 뭉치를 떨어뜨리곤 두 손으로 받아서 캔을 따선 숨도 쉬지 않고 마시다가 캑캑 기침하며 캔을 내밀었다.

"오늘 죽을 줄 알았는데."

캔을 받았다. 한 모금이 남아 있어 마셔버렸다.

"그거 간접 키스."

그녀가 장난스럽게 말했다. 나는 움찔거렸고, 그녀가 덮쳐오는 것을 막지 못했다. 그녀는 내 목을 끌어안고 얼굴을 파묻었다. 나는 어떻게 해야 할지 몰라 두 손을 벌린 채 엉거주춤하게 서 있었다. 울음소리를 내지 않으려는 듯 내 옷을 연거푸 깨물다가, 목을 물어버렸다. 따끔거리는 통증에 깜짝 놀라자, 그녀가 물러나서 나를 빤히 바라보았다.

목을 문지르자 피가 조금 묻어나왔다. 절로 가슴이 두방망이질 쳤다. 바깥에서 이랬다가는 전염될 수 있으니까. 하지만 이곳은 심혈을 들인 안전지대였다. 두근거리는 심장이 진정할 때쯤 그녀는 두 손으로 입을 틀어막았고 괴음을 내면서 울음을 삼켰다. 그녀는 실컷 울고 나자 아저씨처럼 캔맥주를 비워 대면서 아픈 기억들을 쏟아내기 시작했다. 한경대 농대 3학년이었고, 농학 전공에 축산학 부전공이었다. 공부하고, 연구하고, 농사짓는 실습도 하고, 송아지도 받아보고, 방학이 되면 집에 잠시 내려갔다가 다시 올라와서 논밭을 돌보고 직접 받은 송아지를 데리고 다니다가 교수님에게 구박을 받고 조교수와 연구실에 '통조림'을 당하고, 그러다가 어느 날 좀비 폭발이 일어났다. 반더포겔(산야와 시골을 순회하는 도보 여행) 동아리 회원이던 그녀는 당장 배낭과 뜯어놓고 먹지 않은 보리건빵 한 자루를 챙겨 집으로 가려 했지만, 교통망은 벌써 죽어 있었다. 도로 지도를 구해서 고속도로로 갔지만 이미 버려진 자동차들과 좀비들이 득실거리는 걸 보고 꽁지가 빠지라 도망쳤고, 지방도로를 찾아 지도에 의지해 남하했다. 여정 끝에 집에 갔지만 부모님은 이름 대신 신음으로 그녀를 불렀다. 그녀는 가까스로 신발장 위에 있던 그녀의 책가방을 움켜쥐고 도망쳤다. 고등학교시절의 책가방에는 열지 않은 생수병과 함께 집 안에서 모을 수 있는 돈과 건조식품이 부스러기까지 모여 있었고, 혼미한 정신으로 쓴 편지가 한 장 들어 있었다. *도망쳐라 내 딸아, 우린 이미 죽었으니 끝까지 도망쳐서 배를 타라. 울지 말고, 우릴 위해서 살아라, 부탁이다. 제발 살아라. 아리야, 아빠다. 바깥에선 군인들이 서로를 죽이고 있구나. 방금 위층에서 사람이 뛰어내렸어. 앞으로 어떻게 될지 모르겠다. 이런 상황에서 살아남으라는 말이 저주가 되지 않을까 너무 걱정스럽다. 도대체 어떤 말을 해야 할지 모르겠다. 미안하*

다. *천국이 있어서 다시 만났으면 좋겠구나. 용서를 빈다. 미안하다.*

그녀는 서로의 손발과 목을 묶어준 어머니와 아버지를 등 뒤에 두고 나오면서 살 것을 결심했지만 아무래도 혼자라는 것만은 견딜 수 없었던 모양이었다.

"지방도로는 안전해요?"

"차 한 대쯤 다닐 수 있는데, 안전하진 않아요."

"차는 어느 정도……? 중형? 아니면 트럭 정도?"

"흔히 보이는 택배 트럭 정도……?"

나는 맥주 캔을 구겼다.

"혹시요."

"뭔데요?"

"여기 다른 생존자도 있어요?"

그녀의 얼굴에 기대감이 어려 있었다. 나는 새 맥주캔을 입에 대며 찌푸려지는 미간을 감추었다.

"있는데."

"진짜요! 얼마나?"

"있는데……."

아리와 쳐다보자 시선을 맞추기 힘들었다. 어차피 다 만날 사람들이다. 아리 같은 외부인은 불똥이 될 수 있다. 양털은…… 불에 잘 탄다.

"다 자기 집에 있어요. 지쳐 있어서 주기적으로 먹을 걸 갖다 주고 있는데, 아무래도 좀비들 때문에 자주 가기가 힘들어요."

"같이 안 살아요?"

"흩어져 있는 게 좋아요. 한 명이 실수하면 전부 끝장이니까. 게

다가."

"게다가?"

"그래도 여긴……."

고개를 저었다.

"허수아비 봤죠. 아직은 모여서 살 만큼 안전한 데가 없어요."
아리는 석연치 않은 표정이었다. 나는 허겁지겁 말을 이었다. "봐
요, 이 시국에 바깥을 돌아다니는 건 목숨을 거는 일이에요. 내가
지금 몇 명이나 먹여 살리고 있는데. 그만큼 중요한 '계획'이……."

"계획? 뭔데요?"

"그런 게 있어요. 곧 사람들을 모을 거예요."

그녀가 기어왔다.

"진짜요?"

"진짜라니까."

"왜 말을 안 할까?"

"때가 되면 말하지."

"눈치 깠어. 오빠 허세 쩐다. 인스타 좀 했나 봐?"

"아니야!"

나도 모르게 버럭 외쳤다. 전기 전문가에 채집 전문가에 건축
전문가까지 있다고. 그녀는 눈을 동그랗게 뜨더니 무릎으로 기어
왔다.

"다 내가 찾아낸 사람들이야. 때가 되면 한데 모여서 공동체를
만들 거라고."

"대장은 오빠고? 왜 지금까지 안 모이고 있었어요?"

착잡한 손이 어깨를 짚었다. 나는 말을 더듬었다.

"왜냐면."

"왜냐면?"

그녀가 나를 짓눌렀다. 나는 마루에 털썩 드러누웠다. 검은 머리카락이 흘러내려 검은 커튼을 쳤다. 홍조가 떠오른 하얀 얼굴밖에 보이지 않았다.

"기다려야 하거든."

"왜요?"

그녀가 오른팔을 잡아당겼다.

"약탈자가 많아. 한 명이라도 붙잡혀서 불어버리면 다 끝이야. 가는 길도 위험하고. 그러니까 준비가 끝나기 전엔 전부 모르고 있어야 해. 좀비와 싸울 일도 있을 거야. 사, 사기가 오른 직후라야 무서움도 덜할 테고."

횡설수설이다. 의심을 피할 수 없다. 왜 이렇게 안전한 곳을 두고 따로 있냐는 간단한 말로 내 행동은 정당성을 잃어버린다. 의심하려면 끝이 없을 것이다……. 말할 수 없다. 검은 머리 짐승들을 믿지 않는다고. 고쳐 쓸 수 없는 건 산산이 부수고 다시 만드는 수밖에 없다고. 하지만 아리는 실실 웃으며 팔을 감아왔다.

"오빠야."

"어."

"보기보다 냉정하다. 철학 전공?"

"토목과 갔었는데…… 일 학년 중퇴했어."

"각목 잘 쓰게 생겼더라."

그녀는 내 오른팔을 베고 몸을 웅크렸다. 잠시 뒤 고른 숨소리가 들려왔다. 나는 꼼짝 없이 누워서 저려오는 팔을 꿈틀거렸다.

해가 지고 공기가 차가워지자, 아리는 고양이처럼 겨드랑이로 파고 들었다. 나는 그녀의 이마에 손을 대보았다. 뜨거웠다. 턱 아래의 맥박도 조용하게, 규칙적으로 뛰고 있었다. 안도의 한숨이 나왔다. 목덜미가 따가웠다.

아리가 내 머리카락을 잘라주었다. 그런데 가위가 너무 무거웠는지 이발이 끝나자마자 곰처럼 퍼먹고는 쿨쿨 잠들어버렸다. 그 사이 삐쩍 마른 몸도 조금씩 살이 올라 보기 좋게 변했고, 팔 굽혀 펴기나 윗몸 일으키기 같은 맨손 운동을 시작하더니 마당의 바벨을 지하실로 옮겨서 데드리프트나 스쿼트 같은 운동을 했다. '있잖아요! 결국엔 힘이 최고더라고요! 나 완전 헐크 될 거야!' 절대로 농담이 아니었다. 결국 나도 경쟁적으로 식사량을 늘리고 운동을 하다 보니, 공사장을 전전하던 시절의 근력이 돌아오는 것 같았다. '오빠야, 안 그래도 말근육인데 멸치 되겠다.' 그녀는 사탕발림도 잘했다. 열흘 만에 사람 몸이 바뀌는 방법은 살찌는 것밖에 없으니까…….

돼지처럼 먹고 전사처럼 운동한 열흘 지나자 엉뚱한 생각이 나기 시작했다. 만에 하나, 우성이와 아리가 눈이 맞아버리면? 한희가 내게 특별한 감정을 갖고 있어서 질투를 하면? 만화나 책을 보면 지겹도록 나오지 않는가, 기껏 히로인을 구해줬더니 친구에게 가버린다거나 질투에 눈이 멀어 경쟁자를 함정에 빠뜨리는 스토리가. 영화처럼 만나자마자 물고 빨고 하지는 않았지만, 우리 잘되고 있는 게 아니었어? 아리는 진작에 허물없는 태도였지, 그런데 누구에게나 그러는지도 몰라. 정말, 낡은 세상에서 그녀와 만났다면 날 쳐다보기는커녕 슬금슬금 피해갔을걸? 우연히 가는 길이 같아서 등 뒤를 걷고 있으면 힐끔힐끔 돌아보다가 후다닥 달려가 버릴걸? 엘리베이터에 타려고 걸어가면 다급한 표정으로 닫힘 버튼을 마구 눌러댈걸? 터벅터벅,

불안함이 발소리를 내며 다가왔다. 그게 아니야. 난 진짜 좋은 놈이야, 능력도 있고 건전한 이성도 갖고 있어. 이 새로운 세상에서 나보다 좋은 녀석은 없단 말이야. 하지만 아리도 이 세상에 완전히 적응했을까? 아직도 구시대적인 눈으로 나를 보고 있다면? 진실을 알려줘야 해.

나를 보여줘야 해. 나는 아리를 찾아 지하실로 내려갔다. 까만 탱크탑과 스포츠 팬츠 차림의 아리가 땀에 젖은 채 바벨 손잡이에 걸터앉아 있었다. 그녀는 책상다리를 한 채 턱을 괴고 쌓여 있는 물자들을 바라보았다.

"농땡이 봐라……"

"진짜 저걸 미리 모아둘 생각을 했다니."

"조금만 생각해도 답이 나오잖아."

"진짜 유튜브나 커뮤니티 보고 바로 판단이 섰어요?"

"응."

"조작도 많고 가짜 영상도 많고 그러잖아요. 우리나라에선 커뮤니티 글이 가장 빨랐던 거 같은데, 사실 그렇잖아요. 커뮤니티 글 보면 대부분 재미있게 보이려고 지어냈거나 어디서 퍼온 농담투성이라서. 전문가 주제에 합성 같은 거 올리기도 하고. 다들 합성이나 광고라고 떠들썩했잖아요, 뉴스나 신문에서도 괴담이라고 했고."

"자기 생각이 없으니까 못 알아보는 거지. 애당초 여론을 그대로 받아들인다는 건 자아를 포기하는 거 아냐? 인터넷이든 뭐든."

"우와…… 자아…… 어려운 말도 하고."

"진지하게 고민을 하면 결국 철학이니 뭐니 하는 걸로 연결이 되잖아…… 그런 걸 유치하다느니 하는 놈들은 개똥철학도 안 해 본 거지."

"오빠 사춘기 때 엄청났겠다."

나는 뒤통수를 긁었다. 엄청나긴커녕 미야자와 누드집이 갖고 싶어서 눈이 뻘건 채로 보냈었지…….

"얌전했어."

"있잖아요."

"응."

"계획이 뭐예요?"

"왜?"

"당연한 거 아녜요? 나도 도와야죠."

"응, 어디서부터 말해야 하지. 안전한 장소를 하나 아는데, 사람 모으면 거기서 공동체를 꾸리려고. 그게 다야."

아리는 실망한 표정을 지으며 고개를 들었다.

"왜 굳이 목숨 걸고 음식배달을 하는 건데요?"

"그거." 침을 삼켰다. 유난히 꿀꺽하는 소리가 크게 났다. "생각 해봐. 정착이 가능한 장소야."

"정착…… 아?"

"좀비가 없고, 농사도 지을 수 있어."

"말도 안 돼. 진짜예요?"

"얼마나 조심해야 하는지 알겠지."

정적이 흘렀다. 사락, 머리카락 흐르는 소리가 났다. 그녀는 꿈을 보는듯한 눈으로 식량 상자를 보고 있었다. 그녀가 멍하니 말했다.

"이런 사람 대통령 안 뽑고 뭐 했나 몰라."

"그치."

"진심인데요."

아리가 고개를 들었다. 주인을 올려다보는 고양이처럼 나를 보았다. 결심이 섰다. 나는 식량 상자 옆의 화장실 휴지 상자로 걸어갔다. 커다란 점보롤 상자를 치우자 뒤에 숨어 있던 신발 상자가 나타났다. 운동화나 슬리퍼 하나 없이 전투화로 가득 찬 상자였다. 두 손을 쑥 집어넣고선 경량화니 뭐니 하면서 천과 스웨이드 가죽을 섞어 만든 것들을 치우며 두껍고 질긴 가죽만으로 만든 구형 미제 전투화를 찾았다. 230mm짜리가 딱 한 켤레 있었다. 상자 밖으로 던지자, 아리는 앉은 채로 팔을 쭉 뻗어 끈을 잡고 끌어갔다. 발을 넣어본 그녀는 고개를 끄덕이더니 벽을 향해 고개를 돌렸다. 아무것도 없는 벽을 향해서.

아리는 절대로 그런 꼴은 하기 싫다며 한사코 거절했다. 언제라도 도망치기 쉬운 가벼운 차림이 최고이며, 걸어 다니는 넝마 덩어리 같은 꼴을 하고 있다간 좀비로 착각한 사람에게 총 맞을지도 모른다나. 신발과 장갑만으로는 제대로 보호가 되지 않으며, 녹슨 목에 긁히기만 해도 파상풍 같은 끔찍한 병에 걸릴지도 모른다고 바닥을 구르며 애원했지만 도무지 황소고집이었다. 막상 집을 나서 현미동에 들어왔을 때는 겁먹은 기색이었으나, 담을 기어오른다든가 지붕을 타는 것도 어려움 없이 해내며 잘 따라와 주었다. 하지만 그야말로 지옥행 4차선을 보자 창백한 안색으로 내 옷깃을 잡았다.

"소리만 안 내면 괜찮아."

그녀의 손을 떼어놓으려고 살며시 잡자, 차가워진 손가락이 얽혀왔다. 마음 한구석에서 무언가가 벅차올랐다. 이런 일은 처음이었다.

"어떻게 아무렇지도 않아요?"

그녀의 두 손을 잡아주었다. 바닥에 앉아 겁먹은 얼굴을 보며 말했다. 간단해,

"전부 보는 대로야. 벌써 이런 세상이 되었고, 좀비는 이미 세상의 일부야. 동물들처럼 습성이 있고 법칙이 있어."

"괴물이라고요, 죽은 사람이 움직인다고요."

"게다가 우릴 잡아먹으려 하지. 아주 느린 사자나 호랑이랑 다를 게 뭐야?"

그녀가 내 눈을 바라보며 말했다.

"이해를 못 하겠어요."

나는 손을 놓았다.

"무슨 말이야?"

"어떻게 그런 거랑 비교를······."

"맞아. 좀 많지."

그녀의 어깨에서 멜빵을 벗겨냈다. 가벼운 배낭을 내려놓고 빈 페트병을 꺼내 길 위에 내려놓았다. 물론 사이사이 수건을 끼워 두

었다. 이러면 가득 채우고 달려도 소리가 거의 나지 않는다.

"만약 들키면."

그녀가 길 저편을 보며 말했다.

"당연히 갑자기 튀어나올 수도 있지. 그런 놈들 있어, 계속 돌아다니는 녀석들. 빠르고 예민하니까 조심해야 해."

"지금까지 본 것들은 느리고 천천히 움직였어요. 먼저 들키지 않으면 멍하니 서 있거나 널브러져 있었는데."

"신선하니까."

"신선?"

"보면 많이 썩은 놈이 있고 거의 안 썩은 놈들도 있고 그래. 왜, 먹을 것도 상할수록 좀…… 그렇잖아. 뭐든지 그래."

"아. 맞아요. 그런데 그 정도로, 좀 이상한데 그 정도로 신선한 좀비는 못 봤어요."

"뭐?"

의외였다. 분명, 그녀는 좀비 폭발 시기를 경험했다고 말했었다. 내가 쳐다보자 그녀가 말을 이었다. 사실…….

"바로 집으로 갔던 게 아니에요. 동아리 야영장에서 한참 숨어 있었어요. 그, 뒷산에 우리 동아리가 몰래 만든 오두막이 있어요. 동아리에서 회식할 때 쓰고 좀…… 그런 데가."

그녀가 어금니를 깨물었다. 눈가가 젖어 들고 있었다. 나는 손을 뻗어 어깨를 잡아주었다.

"잘했어. 무리해서 집에 갔다간 도중에 죽었을 테니까. 아무튼……." 겁쟁이가 살아남는 세상이야. 나는 말을 이었다. "이 부근에도 하나 있어. '대부'라고. 좀비들도 빈대 근성이 남아서 졸졸 따라다니거든."

"일부러 따라다닌다고요?"

"그냥 움직이니까 끌리는 거야. 엎드려."

그녀가 차도를 향해 납작 엎드렸다. 달라붙는 셔츠가 말려 올라
가서 그녀의 허리가 보였다. 이제 때가 없다. 가만 보니, 청바지 허
리춤 위로 검은 속옷이 조금 올라와 있다.

"만약 한 놈이라도 이쪽을 보면……."

"또 저기에서 튀어나와도 말이지."

"사실 이렇게 잡담할 시간도 없는 거 아니에요?"

"괜찮아."

킹콩이 와도 여기선 좀비 밥이지. 평소엔 잔머리만 돌아간다고
욕을 얻어먹었지만, 지금은 그게 최고라고. 나는 배낭에서 비장의
무기를 꺼냈다. 손수 조립하고 개조를 마친 비밀무기. 그녀는 '복실
이2000'을 보자마자 눈물이 그렁그렁한 눈으로 웃으면서 귀엽네,
귀엽네, 그러면서 내 옆구리를 쥐어박았다. 안색은 여전히 창백했
지만 긴장이 조금 풀린 것 같았다. 나는 그녀의 손등을 찰싹 때려
주곤 천천히 도로 가장자리를 향해 기어갔다. 승용차 뒤에 숨어
있는 아리가 보이지 않는 곳까지 가서 복실이2000을 내려놓고는
스위치를 켜자마자 나는 꽁지가 빠지라 도망쳤다. 드디어 비장의
무기가 벌떡 일어섰다. 등에 자명종을 멘 복슬복슬한 강아지 인형
이 끼익끼익 태엽 소리를 내면서 걸어가기 시작했다. 좀비들은 태
엽 소리가 가까워지자 두리번거리기 시작하더니, 강아지가 발밑을
지나가자 땅에 떨어진 건데 주워 먹어도 될까, 고민하는 표정으로
쳐다보았다. 그러다 멀찍이 떨어지자 발을 끌며 쫓아가기 시작했

다. 몇몇 좀비들은 멍하니 있다가 다른 좀비들이 움직이기 시작하자 반사적으로 따라가기 시작했다.

그때 자명종이 울기 시작했다. 폭탄보다 총보다 파괴적인 소리가 텅 빈 빌딩들을 울렸고, 그에 화답하듯 거리에서, 또 자동차 밑에서 좀비들이 노래를 불렀다. 그런데 많아도 너무 많았다. 우당탕. 한 블록 저편에서 쓰레기통이 굴러 나왔다. 쓰레기통은 정지 버튼을 누른 것처럼 우뚝 서 있더니, 순식간에 엄청난 수의 좀비 떼를 불러냈다. 거리를 가득 메운 좀비들의 돌격. 이마가 차갑게 식어왔다. 알고 있으면서도 이렇게까지 될 거라고는 생각하지 못했다. 도시란 말이야, 사방에 도사린 빌딩은 전부 벌집이란 말이야, 편하게 살다 보니 다 잊어버렸어, 이 멍청이가……!

장갑 위로 뾰족한 것이 느껴졌다. 아리가 손톱을 세우고 있었다. 그녀는 눈을 크게 뜬 채 꼼짝도 하지 못했다. 그녀의 핏발선 눈동자로 좀비들이 날아올랐다…… 아니, 떨어져 내렸다. 빌딩의 창문에서, 옥상에서, 고기 압출기로 밀려 나오는 살코기처럼 꾸역꾸역 쏟아져 나와 비처럼 쏟아져 내렸다.

퍽

퍽,

퍽.

터져 나간 살덩이가 하늘로 솟아올랐다. 검게 변한 뼈가 유리창을 때리고, 붉게 변한 내장이 뱀처럼 꿈틀거리며 허공을 날았다. 끊어진 창자가 뒤편 쇼윈도를 때렸다. 철픽, 끈끈하게 달라붙더니 떨어질 기미조차 보이지 않았다. 혓바닥이 달린 아래턱이 자동차 지붕을 때리더니, 얌체공처럼 튀어 올랐다. 공중에서 몇 바퀴나 빙글빙글 돌던 턱이 아리의 앞에 떨어졌다. 그녀의 얼굴이 눈처럼 하얗게 질렸다. 눈동자가 커졌다 작아지기를 반복하고 턱이 부들부들 떨리고 있었다. 나는 그녀의 등 뒤에서 입을 틀어막고 뒤로 끌어당겼다. 그녀가 발버둥 치며 내 팔을 떼어내려고 했다. 어쩔 수 없었다. 나는 그녀를 땅 위에 눕히곤 목을 졸랐다. 그녀는 눈을 크게 뜨면서 내 얼굴을 할퀴기 시작했다. 나는 고개를 숙이고 눈을 감으면서 그녀의 목을 더듬었다. 부드럽게 눌릴수록 반발하며 맥동하는 동맥이 느껴졌다.

증발하듯이 그녀의 몸에서 힘이 사라졌다. 나는 물 젖은 인형처럼 축 늘어지기 시작한 몸을 받치고 겨드랑이로 손을 집어넣었다. 그녀의 몸을 끌어당기며…… 보았다. 하늘에서 좀비들이 떨어지고 있었다. 창문에서 끝없이 쏟아져 내리는 좀비들의 우박이. 이쪽 거리라고 해서 다를 게 없었다. 금방 근처에 떨어진 좀비에서 다리가 날아와 어깨를 치고 떨어졌다. 지독하게 아팠지만, 나는 움직이기 시작했다. 아리의 몸을 반쯤 둘러업고 5번 아지트로. 무사히 도착할 수 있을 거라는 낙천적인 생각도, 그러지 못할 거라는 걱정도 들지 않았다. 머릿속은 비어 있었고, 눈과 귀가 명령하고 있었다. 어깨 뒤를 힐끔거리면서 필사적으로 먼지 쌓인 복도를 뒷걸음질 쳤다. 질질 끄는 소리, 깡통과 유리 조각이 채는 소리, 참지 못한 거친 숨소리가 복도 안을 울렸다. 사방에 달려 있는 문이 일제히 나를 향해 시선을 보내고, 활짝 열리며 좀비들을 쏟아낼 것 같았다. 제발, 제발…….

기적적으로 아지트에 도착했다.

무언가가 얼굴을 문질렀다. 끈적이고 미끈거리는 점액이었다. 문 단속! 화들짝 놀라 얼굴을 더듬던 손목을 잡아챘다. 아리의 손이 마데카솔을 쥐고 있었다. 내가 그녀의 손목을 놓아주자, 아리는 고개를 돌렸다.

"저, 저기……." 목소리는 여전히 떨리고 있었다. "죽이는 줄 알 고……."

"미안해. 어쩔 수 없었어."

"내가 정신이 나갔나 봐요. 잘못했어요."

그녀가 슬그머니 뒤로 물러났다. 나는 머리맡의 배낭에서 잠망 경을 꺼내 얼굴을 비쳐 보았다. 마데카솔 떡칠을 해놓아서 대머리 처럼 번들거리고 있었다.

"얼굴에서 빛이 난다 야."

"……."

"기절 놀이 알아?"

"……."

그녀가 나를 보았다. 나는 잠망경 거울을 들여다보면서 말했다.

"거 왜, 목에 여기랑 여기 한 오 초 누르면 잠깐 기절하는 놀이. 나 초등학교 다닐 때 유행했지."

"아……."

"뉴스에서 본 적 없어? 그거 심심하면 복고풍으로 되돌아와서 자주 뉴스에 나는데."

아리가 고개를 끄덕였지만, 얼굴의 그림자는 여전했다. 나는 무 릎을 짚고 일어나 상자 더미로 가서 통조림을 꺼냈다. 죽순, 콩, 수 입한 런천미트. 이건 맛없는데, 스팸은 이 아지트에 없으니까. 나는 기운을 북돋을 만한 후식거리를 뒤지며 이야기를 계속했다.

"선택이라는 건 무서운 거야. 이런 세상에서 '선택'이라고 하면 무슨 이야기인지 너도 알 거야. 난 그게 싫어서 기절 놀이를 했단 말이야. 사사건건 따지자는 건 아닌데 말이야, 기절한 사람은 엄청나게 무겁다고. 팔다리가 흔들거려서 중심 잡기도 힘들어. 사방에서 좀비가 쏟아지는데 기절한 사람 둘러업고 도망친다는 게 무슨 뜻인지 알아주면 좋겠는데."

하지만 등 뒤는 조용했다. 나는 참을 수 없어 상자를 걷어차며 나지막하게 소리 질렀다.

"뭐만 하면 이래! 왜 아무도 몰라! 씨발 인상 더러운 것도 죄냐고, 남이 하면 그럴 수도 있는데 내가 하면 미친 새끼냐고!"

참을 수가 없었다. 손에 쥐고 있던 미니 스니커즈 봉투를 내동댕이치고 주저앉았다. 봉투가 터지고 조그만 스니커즈들이 데굴데굴 굴러 나왔다. 나는 눈이 뜨거워서 버틸 수 없었다. 세차게 문질렀지만, 눈물이 멈추지 않다. 콧물이 흘러나와 옷소매로 문질렀지만, 눈물이고 콧물이고 사람 말라비틀어질 정도로 쏟아져 내렸다.

"오빠야." 나는 웅크리고 있던 고개를 들었다. 허리에 커튼을 감은 아리가 엉망진창이 된 얼굴로 서 있었다. "나 무서워서…… 그냥…… 미안……."

그녀가 스르르 주저앉았다. 커튼 사이로 하얀 맨다리가 드러났다. 그녀는 두 손으로 눈물을 닦다가, 커튼으로 얼굴을 문지르기 시작했다. 나는 무릎으로 기어가서 꾸깃꾸깃한 여행용 티슈를 내밀었다. 그녀는 티슈가 아니라 내 셔츠를 끌어당겨 얼굴을 묻고는 눈물이고 콧물이고 잔뜩 묻혀놓았다. 나는 커튼을 향해 내민 손을 머뭇거리다가, 슬며시 잡아당겨 얼굴에 문질렀다.

아리는 잔뜩 웅크린 채 자고 있었다. 나는 슬그머니 커튼 자락을 당겨 다리를 들여다보다가 에이 그만두자, 내려놓고 일어섰다. 세상 모르는 듯 잠든 얼굴을 보자 나도 모르게 웃음이 나왔다. 게다가 자연스럽게 나란히 누워 자기도 했다. 그녀가 일어났을 때는 선물을 주고 싶었다. 적어도 문고리에 걸어서 말리고 있는 복제품 청바지보다는 좋은 것으로, 그러니까 진짜 D&G라던가. 덕분에 건홍 아저씨 생명연장하겠네? 나는 배낭에 통조림을 채워서 아지트를 나섰다. 일전 지하실을 잠깐 봤을 때는 남자용 여자용 가리지 않고 명품 가방이나 옷, 구두 따위가 쌓여 있었다. 나는 조심스럽게 아지트를 나섰다. 4차선에서 벌어지는 좀비들의 합창은 아직도 들려오고 있었지만, 몇 블록이나 떨어진 데다가 동트기 직전의 어둠이 깔려 있었다. 야시경을 쓰고 아저씨의 아지트에 도착했는데, 주변에 있던 좀비들이 자리를 비우고 있었다. 내 귀에는 아무 소리도 들리지 않았지만, 좀비들은 아무리 멀어도 서로의 신음을 들을 수 있는지도 몰랐다.

문을 열자 아저씨는 병을 쥔 채 널브러진 채였다. 병은 안까지 말라 있었다. 나는 그의 머리를 향해 권총을 겨누며 툭툭 건드려 보았다. 꼼짝도 하지 않았다. 되려 족제비 100마리를 뭉친 듯한 누린내가 얼굴로 달려들었다.

"그날 밤이 마지막이었네."

발목을 잡고 집 밖으로 내다 버렸다. 위치가 나쁘긴 해도, 여차

할 때 쓸 수 있는 아지트가 새로 생긴 셈이다. 나는 지하실에 쌓인 명품 옷가지 중에서 여성용 청바지를 골랐고, 보물창고에서 남은 와인을 챙기다 보물 더미를 바라보았다. 까르띠에 귀걸이, 티파니 목걸이, 땅콩만 한 다이아몬드 반지와 금괴…… 갑자기 손이 나갔다. 되는대로 움켜잡고 주머니에 쑤셔 넣다가 귀걸이의 핀에 손가락을 찔렸다. 장갑의 닳은 부분이 뚫린 것이었다. 나는 손에 쥐고 있던 보석들을 흩뿌리곤 금괴를 움켜잡았다. 이건 무겁지만 감정서가 필요 없다……. 지금 무슨 짓을 하는 거지?

쓰레기를 주워 담다니, 내가 거지야? 하지만…… 여자의 몸에 장식되면 가치가 생긴다. 굳이 주머니에 넣은 걸 버릴 필요는 없지. 그럼 금괴를 버리자! 하지만 손이 펴지질 않았다. 만에 하나 사회가 재건된다면…… 아니. 500ml 생수보다 값어치 없는 짐 덩어리가 내 인생을 바꿀 수도 있었지. 지금은 이렇게나 쉽게 손에 들어오는데. 돌멩이, 돌멩이 되뇌어도 반짝이는 황금빛에서 눈을 뗄 수 없다. 이걸 버려야 할 이유를 생각해내려 노력할수록 오히려 가지고 있는 편이 좋을 것처럼 느껴졌다. 괜찮은 추억거리 아닌가? '안식처'에 도착하면 냄비 뚜껑을 눌러 놓는다든가 선인장 화분 밑에 받쳐 놓는다든가, 책장의 북앤드처럼 쓴다든가 하면 구시대를 떠올리며 옛날이야기 하기도 괜찮을 것 같았다. 나는 금괴를 쓸어 담고 방을 나왔다. 바깥에는 벌써 새벽 태양이 뜨고 있었다.

"오빠야, 오빠야."

아지트에 도착하자마자 아리가 먼저 문을 열고 달려들어 멱살을 잡아 끌었다. 이게 무슨 짓이야, 하기도 전에 아리가 노려보았다. 그녀는 눈물을 글썽이면서 꽉 깨문 이를 드러내고 있었다. 그녀는 내 가슴에 머리를 묻고 쿵쿵거리기 시작했다. 한참을. 어, 냄새나냐고 물어봤더니, 깊은 한숨을 내쉬며 뜻 모를 소리를 내뱉었다.

"이 냄새. 안심된다." 슬그머니 미간을 좁혔다. 아리는 싱긋 웃었다. "오빠는 나랑 같은 냄새 나는 거 알아? 아무리 멀리 있어도 맡을 수 있다?"

이게 무슨 소린지. 나는 고개를 숙여 바지를 보았다. 내 바지는 이리저리 먼지를 묻히고 있지만 뽀송뽀송했고, 아리의 바지는 큼지막한 얼룩이 생겨 있었다. 목이 졸려 기절하는 와중 실금한 자국이었다.

"새 바지 가져 왔어." 아리는 한동안 온몸을 부들거리더니 괴성을 집어삼켰다. "괜찮아. 난 똥도 싼 적 있어. 완전 설사였지. 좀비가 슬금슬금 도망가더라니까."

털털한 나머지 잊고 있었지만, 아리는 그래도 여자애였다. 섬세하지 못한 말을 주워 담으려고 아무 말이나 내뱉다 보니 그녀는 체념한 듯 고개를 숙이고 뭐라 중얼거렸다. 귀를 기울여 들어보았다.

"아직 방귀도 안 텄는데……"

이건 웃기기보다는 사람 죽을 것 같은 소리였다. 나는 폭탄처럼 터지는 웃음을 참으려다 사레들려 숨도 못 쉬고 기침을 했다. 우리는 한동안 죽을 것처럼 웃다가 기침을 하다가 지쳐 쓰러졌다.

"차 밑에 있던 좀비한테 발목을 물렸거든. 느낌 같아선 내장이라도 싸버린 줄 알았는데 똥이어서 천만다행이었지."

"군화 까진 자국이 그거였어요?"

"어. 바꾸기 아까워서 그냥 신어…… 이젠 신발 만드는 사람도 없으니까 아껴야지."

배낭을 내려놓고 청바지를 꺼냈다. 그녀는 쪼그려 앉아서 바지를 주워 보더니 정신없이 뒤적거렸다. 그녀는 라벨도 보지 않고 상표를 맞췄다.

"마르지엘라네! 이거 제일 잘 맞는데!"

좋아해 줘서 다행이다. 나는 뒤돌아 앉은 채 크게 하품을 했다. 이제 됐다. 안심이다. 누가 와도 무섭지 않았다.

"나 좀……."

무심코 뒤돌아보며 말하려는데 그녀가 내 머리를 잡고 휙 돌려놓았다.

"어딜!"

"자려고."

목덜미를 주무르며 매트리스로 기어 들어갔다. 목도리만 풀어놓고 전투화도 신은 채로 이불을 덮었다. 졸음이 몰려왔다. 팔로 눈을 가리고 하품을 했다. 인기척이 느껴졌다. 머리맡으로 기어온 그녀가 팔을 뻗어 담요를 끌어당겼다.

"있잖아요."

"응."

"고마워요…… 그래도 이런 거 때문에 밖에 가지 마요."

"응."

아리가 담요를 덮어주었다. 꿈처럼 편안했다.

"오빠야." 귀가 간지러웠다. 깜짝 놀라 일어났더니 뭔가가 머리에 부딪혔다. "아 씨……." 아리가 코를 감싸 쥐고 찡그리고 있었다. 아, 아리. 눈을 끔벅거리자, 눈곱이 잔뜩 껴서 따끔거렸다. 눈을 비비며 눈곱을 떼어내자 그녀가 물티슈를 뽑아서 내밀었다. "여자애가 있어요."

"뭐?"

"저기."

그녀가 작은방을 가리켰다. 나는 작은방으로 가서 창문의 커튼을 들추었다. 맞은편에는 작은 상가밖에 없었는데, 옥상에서 여자아이가 웅크리고 있었다. 아이는 품속에서 꼬깃꼬깃한 봉지를 꺼내더니 얼굴을 파묻고 허겁지겁 먹기 시작했다.

"혼자서 어떻게."

"혼자 아냐."

"예?"

아이는 텅 빈 봉지를 뒤집어 입안으로 부스러기를 털어 넣었다. 꾸깃꾸깃 구겨 옥상 밖으로 던져버리고는 손등으로 입을 문질렀다. 그러곤 일어나서 체육복 바지를 내렸다. 눈앞이 깜깜해졌다.

"떽!"

잠시 뒤 아리가 손을 치웠다. 바닥을 보고 있던 아이는 꾸물꾸물 물탱크로 기어올랐다. 빨랫줄로 묶은 플라스틱 통을 집어넣어 물을 뜬 아이는 뒤뚱거리며 문 안으로 사라졌다.

"가 봐야 하지 않아요?"

아리가 쳐다보았다. 나는 머뭇거리다가 대답했다.

"일단 집으로 가자."

"먹을 거라도 좀 주고 가요."

"아까 먹는 거 봤잖아."

"다시 올 거예요?"

"응."

아리가 빨래를 하는 동안 통조림을 챙겼다. 이건 줘 봤자 소용없다. 나는 그 아이의 정체를 안다. 마귀 새끼다. 그 아이는 자신이 무슨 짓을 하는지 정확히 알면서 미끼 노릇을 한다. 감히 아역배우가 덤벼들 수 없는 혼신의 연기에 나도 속은 적이 있다. 가는 척하면서 적당히 시간을 때우고 돌아와야지……. 통조림을 배낭에 쑤셔 넣었다. 탄입대를 걸치고 탄창을 채웠다. K2 소총을 어깨에 걸고 준비를 끝내자, 계속 머뭇거리던 아리가 말했다.

"혼자 가려고요?"

"집 지켜."

그녀는 우물쭈물 한숨을 쉬었다.

"사실 내가 가면 개 데리고 오자고 할 것 같아요……. 근데 개만 있는 건 아니잖아……."

"괜찮아."

정말이다. 이래야 한다. 그녀는 옳은 선택을 했다. 나는 품속에 손을 넣었다. 늘 갖고 다니던 권총이 만져졌다. 망설이다가, 그녀에게 쥐여주자 조금 놀란 듯했다.

"장전됐으니까 방아쇠만 당기면 돼. 첫발만 방아쇠가 무겁고 다음부터는 엄청 가벼워지니까 조금만 당겨도 발사돼. 기억해. 열두 발 들어 있고, 다 쏘면 슬라이드가 후진한 채로 멈춰. 이게 슬라이드야. 이제 이걸 누르면 빈 탄창이 저절로 빠질 거야. 안 빠지면 잡아당겨. 새 탄창은 이렇게 넣고, 이걸 눌러. 봤지? 슬라이드 멈치야, 총알을 다 써도 멈치를 눌러서 총알이 있는 척할 수 있어. 만약 이 구멍에 탄피, 그러니까 총알 껍데기가 끼이면 슬라이드를 당겨서 털어내. 탄창은 들어 있는 것까지 다섯 개야. 총은 반드시 이렇게 잡아. 다섯 발짝 앞으로 접근하기 전까지는 쏘지 말고, 좀비는 머리만 쏴. 사람이 죽어도 머리를 쏜 게 아니면 가까이 가지 말고, 꼭 다가가야 하면 머리에 확인사살을 해. 되살아날 수 있어."

아리의 손에 총을 쥐여주고 파지법을 알려주었다. 그녀는 말없이 조준하는 법까지 들은 다음에야 불안한 표정을 지었다. 쏘라는 게 아니야, 지금까지 살아남은 사람이면 순순히 물러갈 거야. 하지만……

"총 보고도 들이대는 미친놈이 들어오면, 진짜 미친놈이면 몸뚱이든 다리든 쏘고 다른 아지트로 도망쳐. 여기 있는 거 다 버려도 괜찮아. 만약 잡히면 그러지 않은 걸 두고두고 후회하게 될 거야…… 진짜 후회하게 될 거야."

"평범한 사람일 수 있잖아요."

그냥 겁주는 거야. 지금까지 안 들켰는데 이제 와서 여길 찾아내겠어? 하지만 이 말이 나오지 않았다.

"이 바닥에서 살아남은 사람들이야."

목이 탔다. 입술이 마르고 목에는 자갈이 걸린 것 같았다.

"무슨 짓을 했길래 아직까지 살아남았을까?"

숙취로 토했을 때처럼 입안이 시큼했다. 수통을 몽땅 비워도 입술은 메마른 채였다. 아이에게 주려고 했던 생수통을 꺼내 뚜껑을 열었다. 반쯤 마시고 다시 망원경을 들여다보았다. 3층에서 가끔 인기척이 나는데, 도통 창문으로 모습을 드러내지 않았다. 가끔 옥상에서 물을 뜨던 아이가 나타나 이쪽에서 저쪽으로 물통을 나를 뿐이었다. 하지만 뒤뚱거리지 않았다. 빈 물통이다.

나는 웃었다. 우리가 아이를 보고 있을 때, 그들도 우리를 보고 있었다……. 하지만 속지 않는다. 왜냐하면……

"우린 모두 이렇게 살아남았지."

되돌아가기로 했다. 시간 낭비다. 보조 아지트에 통조림을 숨겨 놓고 돌아가자…….

"말씀 많이 들었습니다."

집으로 돌아오자 허수아비들의 머리가 모조리 박살나 있었고 아줌마 하나와 아저씨 세 명이 마루에 앉아 있었다. 한 명은 주먹이 까져서 피가 묻어 있었고, 발치에는 끈적한 핏덩어리가 붙은 도끼와 얼기설기 만든 창이 드러누워 있었다. 나는 참담히 소총을 겨누었다. 그러자 아줌마가 양손을 내밀었다.

"오해가 있나 본데, 아니에요. 아가씨 뒤에 있어요, 뒤에."

아줌마가 아저씨를 쳐다보았다. 그가 방으로 들어가더니, 아리의 팔을 움켜잡고 나왔다. 아리는 코피가 터진 채 끌려 나왔다. 이미 말라붙은 코피는 지저분한 딱지가 되어 있었다. 등 뒤에서 덜컹하는 소리가 들렸다. 슬쩍 뒤를 돌아보자, 폐품 더미 뒤에서 한 남자가 걸어 나오며 아리의 권총을 겨누었다. 젠장.

"나 소총수였어, 그 손 놓으쇼."

아저씨가 천천히 팔을 놓았다. 아리는 오른손으로 배를 짓누르며 힘없이 걸어왔다. 셔츠는 찢어지고 왼손은 덜덜 떨고 있었다. 그녀에게 물었다.

"어떻게 된 거야?"

아줌마가 대신 끼어들었다.

"아유, 오해라니까, 오해. 아가씨 거기 잠깐 서봐."

"말 들어!"

등 뒤의 남자가 걸어왔다. 나는 천천히 옆으로 걸으며 가운데를 빠져나가려 했다.

"오해로 사람을 이렇게 만들어?"

아리에게 손짓을 하곤 아줌마와 아저씨를 번갈아 겨누며 천천히 뒷걸음질 쳤다. 그러자 아줌마가 겁도 없이 마루에서 일어섰다. 꼬질꼬질한 여성용 정장에, 신발도 굽이 다 닳아 삐뚤거리는 펌프스였다. 평범한 생존자의 차림이 아니었다.

"집사님 총 내려요. 총각 착하게 생겼네."

"지금 뭐 하는 거야?"

"총각, 요샌 사람들끼리 만나면 어떻게 하는지 알잖아요. 총을 들고 있으니까 어쩔 수 없이…… 아이고, 하마터면 여기도 교보빌딩 4차선처럼 될뻔했다니까."

"닳고 닳은 사이끼리 이러지 맙시다. 뭐요?"

"예, 그런데 말이죠, 좋은 소식이 있어서 전하러 왔어요."

"헛소리 말고."

주위를 두리번거렸다. 아무도 새로 나타나지 않았다. 아리도 도대체 무슨 일인지 모르겠다는 표정이었다.

"이번에 생존자 캠프를 꾸렸어요. 작은 마을을 만들려고 해요."

왜 자꾸 개소리야.

"우린 그냥 좋은 일 하러 온 거예요. 내일 여덟 시에 출발하니까 꼭 저희 교회로 오세요. 생명교회 아시죠, '성스러운 다락방회당' 빌딩 아시죠?"

사이비.

사이비들! 그들은 주님께서 바란다며 지하실의 물건을 몽땅 꺼냈고, 소식을 받고 도착한 청년회원들이 개미처럼 몰려들어 가져가 버렸다. 나는 황망히 아리를 보았다. 그녀는 자는데 손이 답답해서 일어나보니 그들이 둘러싸고 있었다고 했다. 끔찍한 것들, 더는 약탈할 게 없으니까 여기까지 손을 뻗친 것이다.

"우리 교단 총본산이 있는 공동체 마을이 있어요. 거기로 갈 계획인데요, 인원이 많다 보니 가면서 먹을 식량이 좀…… 총각, 이제 다 끝났으니까 좀 돕고 그래요. 지하실 문틈으로 보니까 넉넉하시던데."

"어떻게 알았어?"

"뭘요?"

"어떻게 알았냐고, 나 여기 있는 거."

"총각만 실력 좋은 거 아니에요. 아유, 우리 그러지 말고 서로 돕고 살아요. 이렇게 된 마당에 인류는 한 가족 아닌가?"

"돕자는 사람이 애 얼굴을 저렇게 만들어?"

아줌마가 인상을 찡그렸다. 권총을 든 남자가 침을 삼키며 아리를 조준했다. 아리가 갑자기 울먹이기 시작했다. 젠장, 나는 왼손으로 목에 걸고 있던 열쇠를 꺼냈다. 검지만 한 특수 자물쇠용이었다. 나는 아리를 보고 말했다.

"이게 널 살렸어. 기억해."

열쇠를 보자 아줌마의 눈이 커졌다. 표정은 그대로인데 눈만, 세상에, 섬뜩하기 그지없었다.

"보쇼, 이게 진짜면, 그쪽 총 이리로 던져요. 이제 필요 없잖아?"

열쇠를 흔들자 아줌마가 남자를 쳐다보았다. 남자가 고개를 흔들었다.

"이거 주면 저 자식이 쏠걸요."

"총 쏘면 어떻게 되는지 다 알잖아. 총각이 그러겠어?"

"같이 죽지 맙시다?"

"너도 총 버려라."

"누구 좋으라고."

아리가 끼어들었다. 그녀가 총부리를 가로막고 내 팔을 잡았다.

"다 끝났잖아요! 왜들 이래요?"

머뭇거리던 아줌마가 말했다.

"그래, 다 끝났어요."

"끝나긴 뭐가 끝나! 절대 안 끝나!"

"예?"

아리가 영문을 모르겠다는 표정을 지었다. 내 팔을 통해 그녀의 손이 떨리는 것이 느껴졌다. 겨울에 주워온 치와와처럼. 나는 돌멩이를 걷어차며 욕지기를 내뱉었다.

"젠장! 다 가져가!"

열쇠를 던져버렸다. 아줌마는 두 손을 내밀며 열쇠를 받았고, 소리를 줄이느라 찍찍대는 것 같은 환호성을 질렀다. 총을 갖고 있던 남자가 실실 웃기 시작했다. 나는 그를 향해 말했다.

"홍 사장님 살아있어요?"

남자가 흠칫 놀랐다.

"부목사님 아세요?"

갑자기 존댓말이라니. 아니, 갑자기 부목사라니? 홍 사장은 작년만해도 집사 자리 얻고 싶어서 헌금 봉투를 바치던 양반이었다.

"내가 알곡이었고, 사장님이 추수꾼이었고요."

"아! 진작 말하시지 왜……?"

"말하려고 했지요, 근데 들어오자마자 애를 이렇게 만들어놓은 걸 봤는데 누가 믿어요?"

"아니 그건 우리도 몰라서……."

"됐어요, 이런 시기니까. 그렇죠." 아줌마는 함박웃음을 지으며 고개를 끄덕였다. "이게 다 아버님의 뜻이라니까. 탈출할 때 쓰시려고 총각을 감춰두신 거야. 총각, 오해가 좀 있었지만 다 아버님의 뜻이에요. 오해가 없었으면 우리 형제인 걸 모를 뻔했잖아."

"그렇네요."

"있잖아, 내일 오면 꼭 황미숙 권사랑 아는 사이라고 해요. 그럼 다들 환영할 거야."

"부목사님 알곡이잖아요?"

"아 가만있어요. 이렇게 만난 것도 내가 응답받아서 그런 거잖아."

한숨이 나왔다. 아리가 조그만 목소리로 같은 교회 사람인데 왜 모른척했냐고 물었다. 나는 총을 어깨에 메고 아리의 왼팔을 잡았다. 그녀가 움찔거렸다. 소매를 걷어보니 손목에 피멍이 든 채 덜덜 떨고 있었다.

"맞은 거야? 가만있어도 아파?"

그녀가 고개를 끄덕였다. 이마가 차가워지며 식은땀이 났다. 손목뼈는 복잡하다. 그 많은 뼛조각 중에 하나라도 골절되면 영구적인 장애가 남는다. 살아남을 수 없다는 뜻이다. 나는 허겁지겁 폐품 더미를 뒤져 각목과 철사를 찾아냈다. 그녀의 손에 얼기설기 부목을 만들어주자, 그녀는 더러운 보자기를 찾아내 한 손으로 삼각건을 만들어 목에 걸었다. 입으로 끄트머리를 물고 매듭을 만드는 모습을 보자 가슴이 턱 막혀왔다. 갑자기 뭘 해야 할지 아무것도 떠오르지 않았다.

"가자."

"왜요? 저 사람들이랑 같이 가면."

"손목 보여줄 데가 있어."

"총각, 아가씨는 우리가 데리고 가면 되잖아?"

"안 돼요."

아리는 아줌마와 나를 번갈아 보다가 내게 다가왔다. 나는 그녀의 오른손을 잡고 뒷걸음질 쳐 마당을 나갔다. 문을 닫을 때까지 안심할 수 없었다. 즉시 현미동을 향해 걸어가며 아리에게 말했다.

"손 흔들지 말고, 팔을 몸에 딱 붙여. 나만 따라와. 의사 있는 데로 갈 거야."

"공동체 멤버에게요?"

"어. 이 참에 다 모아야지."

그녀가 입을 다물었다. 철공소까지 묵묵히 따라왔지만, 흠칫흠칫 숨을 들이켜는 소리가 등 뒤에서 들려왔다. 나는 철공소 문 옆에 달라붙어서 내부를 들여다보며 말했다.

"배낭에 제일 앞주머니 열어 봐. 진통제 있어."

4차선의 그 난리 때문에 좀비들이 대거 이동하긴 했지만, 철공소로 흘러들어 온 녀석은 없었다. 하지만 아리가 부시럭거리는 소리가 귀를 찌르며 짜증을 돋우었다.

"왜 이리 오래 걸려."

"없잖아요."

"있어."

"나 진통제는 게보린이랑 타이레놀밖에 모르는데. 이거?"

"어디. ……맞아."

아리는 물도 없이 침으로 약을 삼켰다.

"그러면 식도에 붙어서 안 넘어간다고. 물 마셔."

"없어요."

"뭐?"

"다 놓고 나왔잖아요. 내 배낭도."

"지금 제정신이야?"

나도 모르게 목소리가 높아졌다. 아리는 기분 나쁜 듯 인상을 찌푸렸다.

"누가 끌고 나왔는데요. 게다가 같이 탈출하잖아요? 같이 가면 뭐가 걱정인데요."

"씨……"

팔. 목구멍으로 삼키곤 돌아섰다. 좀비가 나오든지 말든지, 성큼성큼 철공소로 들어갔다. 고무 밑창의 투벅투벅하는 발소리가 철공소 안을 울렸다.

"오빠."

철 계단을 올라 사무실로 들어갔다.

"오빠, 좀."

창문을 열고 지붕으로 넘어갔다. 발을 딛자마자 어디서 날아온 빵 봉투를 밟고 미끄러졌다. 창문틀을 잡고 겨우 중심을 잡았다. 젠장, 주변의 좀비가 들었을지도 몰랐다. 눈을 감고 심호흡. 지금까지처럼 움직이면 아무것도 위험할 것 없다. 쥐다. 나는 한 마리의 쥐다. 시궁창에서 기어 나와 치즈를 먹으러 온 쥐다. 느려터진 좀비들 따위 겁나지 않는다. 나는 수많은 쥐구멍을 갖고 있다. 그리고 최후의 트럭도…… 그래, 계획은 아직도 진행중이다.

쿵쾅거리던 심장이 침착을 되찾았다. 나는 눈을 뜨고 아리에게 손을 내밀었다. 아리는 내 손을 바라보더니 갑자기 씨익 웃었다.

"오빠야."

미쳤나. 목구멍으로 튀어나오는 욕을 이빨로 씹어 삼켰다. 지금 자기 처지를 아는 거야 모르는 거야. 나는 아리의 손을 잡고 지붕을 내려갔다.

"철부지."

담을 밟고 골목으로 뛰어내린 뒤 벽을 짚었다.

"아까 뭐라고 그랬어?"

"어깨 밟아."

아리가 담 위에 걸터앉았다. 그녀의 발이 내 어깨를 밟았다. 나는 천천히 다리를 굽혔다. 그녀가 땅 위로 폴짝 뛰어내리며 다시 말했다. 어째서인지 신이 난 것 같았다.

"아까 뭐라고 했는데?"

쉬—이. 입술 앞에 검지를 세웠다. 그 난리가 났었으니 좀비들의 분포도가 뒤죽박죽일 터, 극도로 신중해야 했다. 반면 건물 안은 걱정할 필요가 없을 테지. 나는 천천히 모퉁이를 향해 걸어갔다. 잠망경으로 좀비가 없음을 확인하고 뒤를 돌아보는데, 아리가 얼굴을 들이대고 있어 흠칫 놀라고 말았다. 그녀는 한팔로 내 머리를 휘감더니 키스를 했다. 그저 입을 맞추고, 살짝 입술을 핥을 뿐은 풋내기 키스. 그녀가 새빨간 얼굴로 떨어져서 나를 쳐다보았다. 나는 어안이 벙벙해서 가만히 있었다. 뭐야 이거. 아무 느낌도 안 나잖아. 그것보다 얘가 뭘 한 거야. 아니 왜 한 거야?

"뭐야?" 아리는 히죽 웃을 뿐이었다. "야, 정신이 있니."

"있잖아요, 세상이 이 지경이 돼서 좋은 게 하나 있어요."

"뭔데."

"솔직해진 거."

"무슨 말이야."

"그냥 그래요. 뭔가 세상이 솔직해진 거 같아요. 완전 뭐랄까, 야생인 거 같아. 으르렁대면 싫은 거고 물고 빨면 좋은 거고."

"거 표현이 좀." 나는 잠시 뒤 말을 이었다. "맞아. 정직해졌지."

노력한 만큼 얻는다. 그 보상이 정비례하지는 않는다. 하지만 무언가를 얻는데 온전한 자신의 힘 말고는 아무것도 요구받지 않는다. 노력을 하면 노력한 만큼 얻는다. 스펙 이상의 결과가 필요 없는 세상. 여기서 나는 왕이다.

장갑을 벗고 아리의 뺨을 만졌다. 따뜻했다.

"아지매, 정신차리자."

"분위기 깨는데 도사네. 경상도서?"

"지랄 말고 서둘러. 손목 그거 평생 갈 수도 있어. 단순한 거 아냐."

"치료는 캠프 가서 받아도 될 거 같은데."

"진짜 뭘 모르네. 다리 부러진 사람은 업지도 말란 소리 몰라?"

"왜 그런데요?"

"골절된 채로 돌아다니면 신경이랑 힘줄이 끊어진대. 뼛조각이 근육을 찢어서 평생 근육통에 시달린다는데."

아리의 얼굴이 순식간에 핼쑥해졌다. 나는 머리를 쓰다듬어주곤 다시 장갑을 꼈다.

"한희가 의사야. 접골도 해주고 부목도 제대로 해 줄 거야."

"한희? 여자예요?"

"응, 누나야. 외과의 인턴 4년 차."

"으."

"왜?"

"그냥요."

아리가 일어섰다. 나는 다시 잠망경으로 바깥을 확인한 뒤 정면의 해금 상가로 달려갔다. 옥상에 보조 은신처와 사다리가 있어서, 대충 배낭을 꾸려 옥상을 건너다닐 수 있었다. 그린코아 오피스텔이 있는 블록까지 한계였지만 충분했다. 4차선으로 향하던 좀비들이 우글거리고 있다면 일이 줄어서 편할 테니까.

"쥐새끼도 없네."

정말이었다. 아리의 말대로 거리엔 좀비 조각 하나 없었다. 4차선 블록으로 꾸역꾸역 들어간 다음 문이라도 닫아버렸는지, 정말로 거짓말 같았다. 아리도 어안이 벙벙한 표정이었다.

"복실이 죽여주네, 진짜……"

창문에 사다리를 걸쳐놓았다. 거리가 가까웠기 때문에 아리가 건너는데도 문제없었다.

"아니…… 스노볼링이야."

하나가 움직이면 주변에 있는 두셋이 따라가고, 그 두셋을 따라 네다섯이 따라가니까. 그렇게 뭉치고 나면 어느 놈이 어디 가는지도 모르고 무작정 몰려다니기 시작한다. 좀비 폭발 초기에 나타났던 방향 없는 러시, 웨이브가 일어난다. 그 무리가 어디로 갔다가 어디로 돌아올지 아무도 모른다.

"오빠가 좀비 전문가네. 군대가 남아 있었으면 이런 걸 이용해서 박멸할 수도 있었을 텐데."

"무리야."

사다리 위에서 아리에게 손을 내밀었다. 건물 벽을 짚고 그녀를 끌어올린 뒤, 손을 잡은 채로 오피스텔 복도로 내려갔다.

"왜요?"

"안 물린다고 안전한 게 아니거든."

"예?"

"닭이 먼저냐 달걀이 먼저냐 아냐? 최초의 좀비라는 게 있었겠어?"

"병균이라든가, 기생충이라든가."

"너 보균자 뭔지 알지? 그게 무서운 거야. 그건 닭이면서 알이었어."

"어…… 까먹고 있었다. 이제는 없지 않아요?"

없지만, 그 보균자가 대체 어디서 감염되었는지는 아무도 몰랐다. 그러니까 모든 것에 조심해야지. 나는 계단을 살핀 뒤 위층으로 오르기 시작했다. 잠깐, 목소리를 내다니 무슨 짓인가 싶었지만, 오피스텔 안을 배회하는 좀비들은 창문 밑에서 박살이 나 있었다는 걸 떠올렸다. 평소라면 있든 없든 조용했을 테지만 자꾸 말이 튀어나왔다. 이야기하고 싶었다.

"정말 모르겠어. 중요한 건." 501호 앞에 섰다. 한희가 살아있을까? "좀비가 없는 데만 가면 안심이라는 거지."

삼, 삼, 일. 잠시 뒤 문 너머에서 철컥, 잠금이 풀리자마자 거세게 문이 열렸다. 한희는 득달같이 달려들어 나를 껴안고는 울기 시작했다. 좀비 뺨치는 악취가 풍겨와서 나도 모르게 재채기를 했다. 아리는 코를 감싸 쥐며 슬그머니 뒷걸음질 쳤다. 세상에, 머리카락은 마치 플라스틱처럼 굳어 있었고 얼굴은 기름을 끼얹은 것처럼 번들, 입은 거라곤 걸레 같은 속옷이 전부였다. 한희는 넋 나간 듯 왜 이제 왔느냐, 걱정했다, 살려달라고 중얼거리면서 내 옷을 붙잡고 안으로 끌어당겼다. 그녀는 따라 들어오는 아리를 발견하고는 화들짝 놀라 엉덩방아를 찧었고, 그대로 때투성이 이불로 기어 들어갔다. 방 안으로 들어오자 냄새는 한층 더 심해졌다. 열린 화장실 문으로 똥 더미가 보였다. 나는 못 본 척하며 고개를 돌렸다.

"누구예요?"

"아리예요, 송아리. 손목을 다쳐서 데려왔어요."

"안녕하세요."

"전에 구급상자 갖다 준 거 있죠?"

한희가 고개를 끄덕였다. 그녀는 이불 속에서 꾸물꾸물 옷을 걸쳐 입고 나왔는데 악취만 한층 더해질 뿐이었다. 슬그머니 화장실 문을 닫고 구급상자를 가져오면서도 아리를 힐끔거렸고, 그녀의 손목을 보면서는 나를 힐끔거렸다.

"뼈는 괜찮은 것 같아요. 그래도 깁스를 하는 편이 좋은데…… 처치를 잘했네요. 압박붕대만 감아주면 괜찮겠어요."

정말 부러졌으면 아파서 여기까지 오지도 못했을 테니까요. 천만다행이었다. 나는 배낭을 내려두고 수통과 총만 챙겨 들었다.

"두어 명 더 데려올 테니까 기다려요. 오늘 내로 다 모여서 출발해야 하니까."

"드디어 가는 거예요? 진짜요?"

한희의 눈이 빛났다. 나는 고개를 끄덕이곤 아리를 보았다.

"기다려. 죽은 듯이."

아리가 고개를 끄덕였다. 숨이 쉬기 힘든 표정이었다. 주변에 좀비가 없으니 창문을 열어도 될 거라고 말해주자 냉큼 창문을 열었고, 한희는 고개를 숙인 채 끔찍한 표정을 지었다. 어쩔 수 없는 일이다. 누구라도 똥 더미에서 살고 있으니까.

인혜의 집에 가면서도 꺼림칙한 느낌을 떨칠 수 없었다. 도무지 좀비를 볼 수 없었던 것이다. 아니, '좀비의 좀비'는 있었다. 그마저도 원래 어슬렁거리던 녀석들의 1할도 되지 않는 수였다. 아직 힘이 남은 사람이라면 밖으로 나와서 싸워볼 생각이 들 법했다.

제기랄.

내가 바꿔버렸다. 좀비들이 4차선 블록으로 모여들면서 좀비들의 분포지도가, 지형이 바뀌어버렸다. 덕분에 바퀴벌레처럼 납작 엎드려 다니던 자들이, 생쥐처럼 숨어만 있던 자들이 이제는 멋대로 활보할 수 있게 만든 것이다. 차라리 좀비가 낫다. 나는 걸음을 재촉해서 인혜의 집으로 갔다. 그러나 그녀는 머리만 남아 썩어가고 있었다. 두개골 속은 텅 비어 있었다. 퉤,

"이러니까 지구가 못 참고 바이러스를 만든 거라고. 좀비를 욕하지 마라, 천하의 개쌍놈들."

당연하지만, 먹을 것은 하나도 남아 있지 않았다. 이런 상황에서 나머지를 찾아가야 하나, 주저주저하다가 결국 우성을 찾아갔다. 그는 화장실 지붕에 숨어 있다가 내가 부르자 슬그머니 고개를 내밀었다. 며칠 전부터 웬 놈들이 집을 뒤지고 다니다가 사람이 있으면 다짜고짜 죽여서 끌고 간다는 것이었다. 그는 나를 보며 연신 꿈인 줄 알았다고 울먹거렸다.

그에게 물을 먹이곤 함께 금자 아줌마를 찾았다. 다행히도 꼭꼭 잘 숨어 있었는데, 참기름에 무친 나물 뿌리를 먹고 있다가(아니, 이걸 어디서 캔 건지?) 나를 보고 반갑게 일어섰다. 누구보다 건강해 보였고 살집은 하나도 줄어들지 않았다.

"올 때 됐다고 생각했는데 마침 왔네."

"그동안 사람들을 좀 찾았거든요. 같이 떠날 거예요."

"고마워 정말. 안전한 데로 가면 내가 진짜 잘해줄게."

"뭘요, 내가 잘해드려야지. 제자가 생겼잖아요."

"걱정 마, 친자식처럼 가르칠 테니까. 내가 사찰음식 전문가거든. 산에서 풀 뜯어다 밥할 일 많을 거라고 했지. 내가 힘쓸 차례야…… 거기는 동생이야?"

「둠 클리프」라는 영화가 있다. SF에 흥미 많은 신사 하나가 반쯤은 재미로 세계멸망을 대비한 공동체를 조직했고, 구성원들은 여

름 휴가를 이용해 실제상황으로 가정하고 훈련을 시작했다. 그 와중 진짜 세계멸망 같은 천재지변이 일어나 몽땅 벙커로 숨었는데, 자연이 진정된 걸 느끼고 나와보니 지각변동으로 커다란 절벽이 솟아올라 고립당하고 만 것이다. 공동체의 리더인 신사는 정말 이상적이고 공정한 리더를 수행했지만, 문제는 사사건건 이래라저래라 지시를 내렸던 것이다. 결국 반란이 일어나서 구성원이 리더를 쫓고, 그는 도망치다가 절벽의 구멍을 발견하고 빠져나갔더니 정말로 세상이 멸망했더라는 형편없는 이야기였지만 그 와중에 한 가지만은 건질 만했다. 리더는 절대 구성원에게 지배당하고 있다는 느낌을 주어서는 안 된다. 그럼 어떻게 리딩을 하느냐? 구성원이 스스로 의지하도록 만들어야 한다. 인정사정없는 B급 영화지만 받은 영감은 절대적이었다. 내가 생각해낸 '좀비와 음식' 작전을 더해서 완벽하리만큼 준비도 마쳤지 않은가? 다만 중요한 건…….

"감염됐어요."

나는 말을 잇지 못했다. 둘을 데리고 아리에게 돌아갔을 때, 한희는 감염되어 있었다. 그 사이 급성 변이를 일으켰다. 문 앞에 앉아 있던 아리는 찢어진 옷을 추스르지 못하고 있었다. 문 안에서는 그르륵거리는 좀비의 하울링이 새어 나오고 있었다.

"부목 대주다가 갑자기 눈을 까뒤집고 발작했…… 아마도."

"급성변이야. 목이나 얼굴 물리지 않으면 안 걸려…… 씨발, 뜨기나 하자."

좀비는 다른 소리에 예민하게 반응한다. 화는 이동하면서 내도 괜찮다……. 그런데 도대체 어떻게 급성변이한 거지? 한희는 방 안에 숨어만 있었는데. 보균자였던 건가? 아니면 공기 감염? 그럼

392

지금까지 누가 무사할 수 있었겠어……?

"모두, 긴장 풀지 말고. 못 나눈 이야기는 아지트에서 합시다."

그러나 아줌마는 말을 듣지 않았다. 그녀는 뒤룩거리는 살집을 흔들면서 꿈지럭거리다, 아리에게 이 총각 참 성격 좋지 않으냐는 둥 이렇게 성실하고 착한 남자 요새 없다는 둥 떠들기 시작했다. 그간 좀비들에게서 숨죽이다 미쳐버렸는지, 어찌나 주절주절 떠들어대는지 가끔 소리를 듣고 어디선가 좀비가 달려갈까 봐 신경이 날카로워졌다. 하필 내 칭찬을 하는 중이라 짜증도 못 내고 분을 삼켰다. 어느덧 건물 사이에 걸쳐진 사다리 앞에 도착했다. 그러자 아줌마가 주저하는 눈빛으로 나를 보았다.

"총각, 난 아래로 가면 안 될까?"

"저도……." 우성이 거들었다. "어지러워서 도무지 안 되겠어요. 형, 아래 좀비도 안 보이는데 그냥 길로 가면 안 돼요?"

우성의 말에 아리가 삼각건 위로 팔짱을 끼며 내 눈치를 살폈다. 이대로라면 좀비들을 피해 아래쪽 길로 이동하는 수밖에 없지만, 목숨을 내건 일이었다. 우성의 말대로 거리에 좀비가 거의 안 보이니, 이렇게 위험을 감수하고 사다리를 건너려 하지 않는 건 당연할지도 모른다. 하지만 저 아래에서는 어떠한 위험이 도사릴지 전혀 모르는 일이다. 어디선가 숨어 있던 좀비 무리가 나타날 수도 있고. 하지만 끝끝내 버티는 이들을 두고 갈 수는 없는 일이었다. 한 명이라도 소중한 이때, 어떤 방법으로든 이들을 데리고 가야 했다.

"발소리도 내면 안 돼. 일단 들키면 도시의 모든 좀비가 몰려온다고 생각해."

인도 위에 올라서며 그들에게 신신당부했지만, 불안한 마음은 가시지 않았다. 텅 빈 거리를 걷자, 그림 속을 걷는 듯한 느낌이 들었다. 나는 가능한 4차선 블록에서 멀어지려고 골목마다 들어가서 잠망경을 펼쳤는데, 건너 블록에 좀비 하나, 둘이 흔들거리며 서 있었다. 낙오한 것들이다. 결국 영동3길을 직진하는 수밖에 없었다. 만약 양옆에서 좀비들이 튀어나온다면 꼼짝없이 죽은 목숨이란 생각이 들었다. 이래서야 초보자들과 다를 바가 없다.

"있잖아 총각, 아리 저 애 괜찮지?"

이 와중에 뜬금없이 아줌마가 내 옆구리를 쿡 찌르며 말했다. 딴에는 귓속말이었는데, 사방에 다 들렸다. 나는 짜증을 냈다.

"에이 씨, 아지매 좀 조용히 좀 해요 좀 제발……"

퍽, 뭔가가 옆구리를 때렸다. 반사적으로 허리를 숙이며 앞을 보았다. 아무것도 없었다. 으익, 아줌마가 비명을 삼켰다. 중요할 때는 조용할 줄 아네…… 뭔가가 신발을 붙잡고 있다. 좀비였다. 하체가 박살 난 외팔이가 내 신발을 붙잡고 입을 벌리고 있었다. 곧이어 퍽, 퍽 등 뒤에서 무언가가 떨어졌다. 좀비였다. 으아악, 우성이 손으로 입을 틀어막고 비명을 삼켰다.

"오빠!"

아리가 한달음에 뛰어오며 축구공처럼 좀비의 머리를 걷어찼다. 하지만 머리가 떨어질 리가 없다. 아리는 좀비의 머리와 팔을 세차게 짓밟았지만, 좀비가 무는 것을 방해할 뿐 손을 풀지는 못했다.

"이거!"

우성이 깨진 보도블록을 주워서 내밀고 있었다. 내가 손을 내밀었지만, 아리가 한 손으로 채가듯 움켜잡더니 그대로 좀비의 머리를 내리쳤다.

"안 돼!"

그녀가 멈칫하며 나를 쳐다보았다. 머리는 안 된다. 온갖 것이 튀어 오른다. 얼굴에 묻으면 위험하다.

"팔을 끊어!"

그녀는 의문을 갖지 않고 좀비의 팔꿈치를 찍기 시작했다. 나는 좀비의 이마를 발로 밀어내며 필사적으로 저항했다. 좀비가 전투화 뒷굽을 물어뜯기 시작했다. 발을 흔들었지만 좀처럼 놓지 않았다. 이윽고 아리가 좀비의 팔꿈치를 부수고는 좀비의 턱을 짓밟았다. 턱뼈가 부러지고서야 발을 빼낼 수 있었다. 나는 그녀의 몸에 피나 점액이 튀었는지 살펴보며 말했다. 깨끗했다.

"잘했어. 신발 만지지 말고 가자마자 물로 씻어."

"더 없는 것 같아요."

그녀가 주위를 둘러보았다. 주변에는 바로 위에서 떨어진 좀비들만 있을 뿐, 더 나타난 것들은 없었다. 아줌마와 우성은 진작에 건물 처마로 들어가 있었다. 얻어맞은 사람은 나 혼자인 것 같았다. 일말의 도움도 주지 않다니. 저들은 스스로 자신들의 처우를 정했다. 저들은 '비국민'이라는 말을 모를 것이다. 그래, 모르겠지. 그건 군국주의시절의 왜구들이 하던 발상이니까.

"상처는?"

점퍼를 살펴보았지만 깨끗했다. 날카로운 뼛조각이 날아왔었더라면? 조금 섬뜩했지만. 나는 안도의 한숨을 내쉬곤 맞은 자리를 살펴보았다. 찢어지지도 않았고 뭔가가 묻어 있지도 않았다. 그들의 몸도 깨끗했다. 옷이면 몰라도 몸에 묻었다면 버릴 수밖에 없으

니까. 운이 좋다. 하늘이 돕고 있다. 좀비들도 더 나타나지 않았다. 아리는 한숨을 쉬면서 이마를 짚었고,

　갑자기 신음이 들려왔다.

　지옥에서 울려오는 듯한, 기괴하고 섬뜩한 소리. 신음은 모이고 모여 웅성거리기 시작했고, 한데 4차선 방향으로 난 골목에서 한데 뭉치고 있었다. 이윽고 좀비들이 걸어 나오기 시작했다. 그뿐만이 아니라 건물 안에서도 하나둘씩 좀비들이 나오고 있었다. 그것들은 이미 알고 있었던 것처럼 우리를 향해 고개를 돌렸다. 마치 함정을 파고 기다렸던 듯 갑자기 몰려들었다.

　"다 올라가! 옥상에 숨어!"

　아리의 팔을 잡고 건물 안으로 떠밀었다. 그러나 그 틈새로 우성이 아리를 밀치고 들어갔다. 아리는 오히려 내 손목을 붙잡고 끌어당겼다.

　"안 돼, 여기 옥상은 간격 넓어서 무리야. 내가 다른 데로 유인할 테니까!"

　살 수 있다. 난 주변의 지형을 모두 알고 있으니까. 절로 도주로가 떠오른다. 나는 아줌마까지 밀어 넣고는 유리문을 닫았다. 아로마 마사지란 글자에 촌스러운 베이지색 시트지가 발려 있어서 천만다행이었다. 안이 안 보이니까. 나는 좀비들을 향해 팔을 휘두르며 펄쩍펄쩍 뛰었다.

　"봐라! 보너스다! 나 잡으면 백만 점!"

　좀비들이 나를 향해 팔을 뻗었다. 나는 달렸다. 지금껏 겪어보지 못한 속도로 풍경들이 나를 지나쳐갔다. 스치듯이 본 골목 너머에는 4차선의 좀비들이 우왕좌왕하고 있었다. 제각기 엉뚱한

방향으로 가려다 부딪히고, 방향을 틀었다가 다른 좀비와 부딪히고……

건물을 빙 둘러 달리다 돌아보니, 대부분의 좀비들이 일행을 숨긴 빌딩에서 떨어져 나를 쫓고 있는 거로 보였다. 이제 일행에게 돌아가서 숨긴 사다리로 건너기만 하면 된다. 상황이 상황이니만큼 현기증 타령할 사람은 없겠지. 그런 생각을 하며 일행이 올라간 건물 바로 옆 계단으로 뛰어갔다. 조금 전까진 절체절명의 위기였지만 뭐 금방 끝나네, 그런 생각을 하며 한달음에 옥상으로 올라갔다. 하지만 예상과 달리 옥상으로 통하는 문은 잠겨 있었다. 있는 대로 가래침을 뱉고 급히 계단을 뛰어 내려갔지만, 이미 좀비들이 입구 쪽으로 꾸역꾸역 모여들고 있었다. 염병, 나는 다시 계단을 올랐다. 옆 건물로 건너갈 만한 장소를 찾았지만, 창문들은 죄다 벽을 마주 보고 있었다.

신음과 함께 터벅터벅하는 발소리가 들렸다. 좀비들이 계단을 올라오는 소리였다. 망했다, 아니 망하지 않았다? 나는 욕지기를 뱉은 뒤 창문턱을 디뎠다. 건물 벽에 설치된 빗물받이용 파이프라면 나 한 명 정도는 지탱할 수 있으리라. 좀비들이 위에서 창문 밖으로 떨어지거나 골목으로 기어들어 오지만 않으면 문제없다. 장갑이 있으니 급하면 영화처럼 주르륵 미끄러지지 뭐! 용감하게 파이프를 움켜잡고 발을 딛자, 온 지구가 나를 잡아당기는 것 같았다. 나는 파이프를 붙들고 내려가려고 했지만 일 미터도 못 되어 손이 저리기 시작했다. 세상에, 내 무게가 나를 죽이고 있다. 총, 탄약, 바리바리 걸친 보호대와 옷, 배낭…… 굳이 옥상에서 아지트에서 배낭을 꾸린 것이 실패다. 음식이, 물이, 안주머니의 금괴들이 나를 죽이려고 한다.

그러자 갑자기 오기가 생겼다. 자살하려고 이것들을 걸친 게 아니라 전부 살아남기 위해서 걸친 것들이니까. 그 덕분에 지금까지 이렇게 해서 살아남았다고. 두 손으로 파이프를 감싸 잡은 뒤 천천히 미끄러지며 내려가기 시작했다. 중간중간 벽에 고정한 앵커에 멈춰서 잡은 손을 바꾸자, 의외로 힘도 들지 않고 할만했다. 장갑이 없었다면 손바닥이 까져서 놓칠 게 분명했다. 드디어 땅 위에 내려서자, 나는 무엇 하나 잘못한 게 없다는 자신감이 솟았다. 손바닥을 털며 위를 올려다보는데, 옥상에서 아리의 얼굴이 튀어나왔다. 아니, 뒤통수였다. 긴 머리칼이 허공에서 출렁거리고 있었다. 갑자기 그녀의 머리가 쑥 들어갔다. 뒤이어 철컹하는 소리와 걸걸한 신음이 들리더니, 사다리 하나가 건물 사이에 걸쳐졌다. 아리가 사다리 위로 뛰어오르자 남자, 우성이 모습을 상체를 드러내고 그녀의 발목을 움켜잡았다. 아리가 사다리 위로 쓰러졌다. 세상에! 그가 한 손으로 아리를 끌어당기며 입을 벌리고 있었다. 피에 물든 입술, 희번덕거리는 눈깔…… 급성변이다. 도대체 어떻…… 목에 물린 상처가 있었다. 복병에 걸렸구나.

"저 개새끼가!"

소총을 겨누고 방아쇠를 당겼다. 총알 자국이 건물 벽을 긁으면서 솟아올랐고, 우성의 몸에는 세로로 흰 먼지가 풀썩풀썩 솟아오르더니 그대로 고꾸라져서 떨어졌다.

총을 갈기고 나서야 아리가 맞을 수도 있었다는 생각이 들었다. 그래도 발에 총알 맞는 것이 물리는 것보다 나으니까……

도망쳐.

아리에게 손을 휘저었다. 그녀는 고개를 끄덕이더니 혼자 사다리를 건넜다. 아줌마는? 생각할 틈도 없이 좀비들이 쏟아져 들어왔다. 나는 총을 움켜잡고 골목을 빠져나갔다. 총소리를 들은 좀비들이 건물 창문에서 기어 나오고 있었고, 또 떨어져 박살이 나기도 했다. 그것들이 모두 나를 향해 오고 있었다. 더 끔찍한 것은, 총소리를 듣고 보이지 않는 곳의 좀비들까지 나를 향한다는 사실이었다. 어떻게 하지, 순간 4차선의 좀비들이 눈앞을 스쳐갔다. 나는 즉시 옆 건물의 뒷문을 열고 들어가서는 손만 내밀고 이리저리 휘저으며 총을 갈겼다. 사방으로 폭음이 쏘아졌다. 또다시 느꼈지만, 총소리는 정신을 날려버릴 것 같이 크고 무시무시했다.

이 소리가 도시를 들쑤셨겠지. 좀비들은 계속해서 건물을 향해 걸어왔지만, 적어도 멀리 있는 좀비들은 이리저리 울리는 폭음에 고개를 두리번거리다가 사방에서 되돌아오는 메아리 소리에, 제각기 사냥감이 있다고 느낀 곳을 향하기 시작했다. 또 웨이브가 시작된다. 약간의 희망이 남았다. 나는 건물 3층으로 올라갔지만 4층 입구에 설치된 알루미늄 셔터에 가로막혔다. 무심코 발로 걸어차려다가 제자리에서 동동 구른 다음 창문으로 머리를 내밀었다. 아래는 자동차 정비소가 있었다. 하지만 타고 내려갈 빗물받이 파이프도 없었고, 아래에서는 좀비들이 올라오고 있었다.

2층으로 뛰어 내려갔다. 비틀거리던 좀비들과 마주치자마자 발로 밀어 차서 넘어뜨렸다. 볼링 핀처럼 우르르 넘어지기를 기대했지만, 일단 사냥감을 본 좀비들은 자신을 가로막는 건 뭐든지 짓밟아버린다. 같은 좀비라도 사정없이 잡아 뜯으며 등 뒤로 내던지고는, 젠장, 철근을 떡볶이처럼 씹어먹을 기세로 달려들었다. 젠장,

제기랄, 씨발, 욕 좀 배워 둘걸. 제대로 욕도 못 하고 창문으로 달려들어 뛰어내렸다. 고작 2층이라고, 하지만 지면이 나를 향해 달려드는 걸 보면 정말이지 간담이 서늘해진다. 발이 땅에 닿는 순간 발목, 무릎 허리가 칼로 쑤시는 것처럼 아프더니, 사타구니를 정통으로 차인 것처럼 아랫배가 묵직하게 아파 왔다. 나는 뒹굴면서도 두 눈을 부릅뜨고 있다가 허겁지겁 일어섰다. 하지만 진작에 늦어버린 것이다. 기름투성이 정비복을 입은 좀비들이 손님맞이를 하려고 절뚝절뚝 걸어오고 있었고, 일어서는 순간 오른쪽 무릎이 욱신거렸다. 휘청거리며 땅을 짚었더니, 벽돌 조각이 손바닥을 찔렀다. 염병! 자동차 리프트를 짚고 일어서는 데는 성공했지만, 바깥으로 도망가려니 이미 손님들이 몰려들고 있었다. 나는 총을 잡았지만, 몰려온 숫자들은 보자 손에서 힘이 빠졌다. 총알 한 발당 머리 하나를 날려도 부족할 지경이었다.

"사장님, 어지간히 장사 잘했나 봐."

망연히 고개를 들었다. 유난히 새파란 하늘이 보였다. 평소에 좀 볼 걸, 눈물이 울컥 솟았다. 하지만 이게 마지막이라고, 정말이라고 느끼면서도 리프트 사이로 발을 집어넣고 기어오르기 시작했다. 거대한 체인과 톱니바퀴에 덩어리진 그리스에 발이 미끄러지면서도, 과연 젖 먹던 힘까지 뽑아서 쓴다는 게 이런 거구나 싶을 정도로 손아귀에 힘을 주고 리프트를 기어올랐다. 드디어 리프트 꼭대기에 올라 걸터앉자 끝없는 한숨이 밀려 나왔다. 조금 과장하자면 내장이 쏟아질 정도로.

몇 시간이 지났는지 알 수가 없었다. 엉덩이가 아프기는커녕, 좀은 리프트 위가 편안해지고 있었다.

신음을 내며 리프트를 기어오르려 안간힘을 쓰는 좀비들을 내려다보자니 나 자신이 무인도에서, 아니 한 조각 구름에 걸터앉아 지상을 내려다보는 천사처럼 느껴졌다. 나는 새 탄알집을 꺼내 소총에 끼우면서 말했다.

"세상은 시궁창이었지. 그러니까 너희들 냄새도 시궁창이지."

소총을 겨누었지만, 바보 같은 짓이었다. 또 총소리를 냈다가는 한 무리 정도로 끝나지 않는다. 아쉬운 생각에 배낭을 뒤졌지만, 보석과 통조림뿐이었다. 방울공을 하나 던져봤자 강아지처럼 우르르 몰려가지도 않을 텐데. 그래도 혹시 몰라 휙 던졌더니, 아리가 튀어나왔다.

"오빠야."

그녀는 맞은편 건물 옥상에서 손을 흔들었다. 혼자였다.

"아줌마는?"

그녀가 고개를 저었다.

할 말이 없다. 할 말이 없었다. 이렇게 순식간에 다 죽다니. 꼭 필요한 사람들이었는데. 나의 계획은 물거품이 되었다. 나만의 왕국.

"경산 중턱에 집이 있어." 내 말에 그녀가 영문 모를 표정을 지었다. "경산마을이라고 좀 특이한 산골 마을이야. 그 반대편 능선에 집이 하나 있어. 길도 내지 않고 집을 지었기 때문에 아는 사람이 조금뿐이야. 내 큰아버지가 대학교수인데……"

광적일 정도로 전원생활에 심취한 사람이었다. 그는 은퇴하자마자 산골짝에 집을 지었는데 목탄 난로, 아궁이와 온돌, 절굿공이

와 맷돌이나 심지어 탈곡기 같은 재래식 생활도구까지 갖춰놓았다. 얼음이 얼 것처럼 서늘한 토굴도 있었다. 어떻게 아느냐고 물으면, 내가 짓는 것을 도왔다. 일자리가 없는 동안 일당을 받으며 그 산골짝에 시멘트와 벽돌을 지고 날랐으니까. 내가 도운 것은 집과 토굴을 완성하고 지하수의 수동과 자동 펌프 설치까지지만, 나는 기억한다. 태양광 발전기와 태양열 보일러를 설치하겠다고 했다. 잔뜩 들뜬 삼촌은 그걸 설치하기 전에 계단식 논밭부터 일구며 이거 심고 저거 심고 흥얼거리고 있었지…… 설치하는 걸 보지 못했지만, 그때는 좀비 폭발 2년 전이었다. 혹시나 해서 좀비 폭발 당시 전화를 해봤더니 손자들을 데리러 가는 중이라고 하고는 소식이 없었다. 아마도 변을 당한 거겠지. 그렇다면 그 주인 잃은 요새는 최적의 생존터가 된다. 그리고 그곳에서 작은 공동체를 만들겠다는 계획을 세웠다. 오래 비워두었지만, 설령 경산에 약탈자가 왔더라도, 빤히 보이는 경산마을로 가지 반대편을 뒤지지는 않으리라. 그곳은 보통 산골짝에 숨은 것이 아니어서, 능선을 타고 다녀도 알아보기 힘들었다. 가장 높은 봉우리에 오르면 모를까, 그 반짝이는 태양전지판은 머리카락도 없이 꼭꼭 잘도 숨었겠지.

아리가 연신 눈을 깜박였다. 나는 다 포기한 듯한, 아니 실제로 체념한 채 말했다.

"너라도 가서 살아. 거긴 살만할 거야."

아리는 검지를 세워 입가에 가져갔다. 쉿. 그녀는 재킷을 열더니, 몸통에 꽁꽁 묶어둔 무전기를 꺼냈다. 나는 이해하지 못했지만, 두 눈이 저절로 동그랗게 떠졌다. 무전기? 어, 저걸 왜? 그녀는 무전기에 이어폰을 꽂고 무어라 소곤소곤 말했고, 다시 나를 보고, 입술 앞에 검지를 세웠다.

'뭐야?'

입을 벙긋거렸지만, 그녀는 꿈쩍도 하지 않고 아래를 살피기만 했다. 이따금 눈동자가 불안하게 흔들리긴 했지만, 그건 내가 예상하지 못한 이유 때문이었다. 그곳에 생명교회 광신자들이 나타났다. 그들은 일사불란하게 움직여 난간에 둥근 철판을 얹고 로프를 걸었다. 찬밥 더운밥 가릴 때가 아니었기에 그들이 던져준 로프를 겨드랑이 밑으로 휘감자 곧 팽팽하게 당겨 올려졌다. 불현듯 낚여 오르는 고기 같다는 생각이 들었다. 뒷덜미를 붙들려 끌어 올려질 때는 무심코 발버둥 쳐 도망치고 싶었다. 이상하게도, 이런 세상이 된 뒤로 내 동물적 육감은 빗나가는 법이 없었다.

올라가 보니, 아리는 빨대 꽂은 콜라를 쪽쪽 빨아 마시고 있었다. 그녀가 곁에 서 있던 남자에게 콜라를 넘기고 종종걸음으로 달려왔다. 내 시선은 기뻐 보이는 그녀보다, 마치 시종이라도 된 것처럼 곁에 서 있다가 짐짓 절도 있는 동작으로 콜라를 소중하게 받아 든 광신자를 향했다.

그들은 모르는 사이일 것이다. 저런 행동을 보일 수 없었다. 나는 손가락을 들어 그녀를 가리켰다.

"너…… 무슨 사이야?"

그녀가 안겨 왔다. 나는 그녀의 손을 뜯어내며 의심쩍은 표정을 지었다.

"이건…… 아지트 들킨 것도, 지금 저자들이 온 것도, 전부 네가 무전기로 부른 거야?"

그녀는 무안한 표정을 짓다가 곧 베시시 웃었다. 도통 이해할 수 없는 노릇이었다. 음식이 목적이었나? 그냥 나를 잡고 싶었나? 내가 숨긴 생존자들을 찾아내려고?

"영 모르는 눈친데, 오빠야."

'곧 아아아아알게 되에에에엘……'

뒤통수에 뭔가 와 닿는 것 같더니, 깜박 잠이 든 것 같았다. 그래서 눈을 떴을 때, 내 앞에서는 사바스, 악마의 연회가 벌어지고 있었다. 창문을 가린 암막 위로 무수한 그림자가 늘어뜨려졌다. 불과 십수 명이 전부인 광신자들이, 인력사무소 앞 드럼통 불을 쬐는 인부들처럼 모여 연거푸 나를 향해 절을 하면서 주문 같은 소리로 기도를 했다. 방언이니 뭐니, 미치광이같이 입에서 나오는 대로 아무 소리나 중얼거리면서…… 인간들의 세상이 저물어가고 있으니 악마들의 권세도 이따위로 추락했으리라…… 얼핏 정겹고 소박해 보이는 시골풍의 악마 숭배……. 나는 어이없는 광경에 머리를 흔들었다. 뒤통수에 말뚝이라도 박힌 것처럼 무겁고 아팠다. 어처구니없는 상황에 주변 파악이 더디었으나, 적어도 나는 아리와 함께 나란히 의자에 앉아 있었다. 직각의 등받이를 가진, 몹시도 딱딱한 교회 설교단에서나 볼 법한 으리으리한 의자.

"이게 다 무슨 짓이냐?"

아리는 따스한 눈으로 나를 보았다. 왜? 나는 그 순진무구한 눈동자를 향해 말했다. 네 행동을 도저히 알 수 없다. 왜 굳이 접근해왔고, 왜 함께 시간을 보냈으며, 왜 광신자들과 서로 모르는 척 그런 연극을 했고. 이 일련의 행동에 아무런 논리가 존재하지 않았다. 하지만 그녀는 대견한 표정을 지었다.

"보여줄게."

그녀가 일어섰다. 기다렸다는 듯 무리의 가장 앞에 선 자가 일어섰다. 벗어진 머리와 두꺼비 같은 얼굴의 홍 사장이었다. 내가 일하던 물류창고의 주인이면서 생명교회라는 사이비 종교의 신도. 사장이라는 위치를 이용해 나와 다른 직원들을 억지로 생명교회로 끌고 들어갔던 자였다. 하지만 벽에 반사된 모닥불의 빛과 그림자가 넘실거리는 지금의 얼굴에서는 그 어떤 거만함도 탐욕도 찾을 수가 없었다. 그는 공손하게 절하고 뒤돌아서서, '천년왕국이 온다! 아담과 이브가 만났다! 우리는 이제 왕국을 건설하러 떠날 것이다!' 등을 외쳤다. 그는 성경책을 휘두르며 잔뜩 낮춘, 그러나 흥분과 열기가 지글지글 끓어오르는 거친 목소리로 설교했다. 자기들 멋대로 고치고 끼워 맞춘 성경 구절을 읽으면서 우리가 종말의 끝에 다다랐다고.

"이제 우리는 천년왕국의 아기들을 낳아 기르고 가르치며 성령의 어버이로서 역할을 다할 것입니다. 형제자매님들, 우리가 천년왕국의 반석이 되어 원죄를 용서받을 것입니다. 천국의 자리가 우리 것이나 지금은 사명을 다합시다."

그 두꺼비 같은 얼굴에서 불타오르는 기이한 열기와 빛…… 그건 사명감이었다. 철근이 녹아 내리는 건물을 향해 물 한 바가지 뒤집어쓰고 달려드는 소방관의 얼굴에서 볼 수 있는 비장함이 역겨운 두꺼비 얼굴에도 떠올라 있었다. 좀비들이 나타나기 전, 그는 종교 쇼핑을 즐기며 어느 종교가 내 재산을 잘 불려주는지 시험했으며 그중 교회가 가장 지역 이권과 권력이 얽혀있다는 걸 깨달은 자였다. 이 교회 저 교회를 메뚜기처럼 옮겨 다니다가 지역유통망을 장악하고 있는 토호가 있는 생명교회로 와서, 오직 이권세력과 어울릴 목적으로 교인 행세를 해온 그였다. 사이비 목사와 사이비 장로와 친밀하게 지내면서 교인들의 사업에 개입하고 자신의 물류 창고를 이용하도록 강제하고…… 그런 그에게서 사명감이라니? 이제 그 얼굴에는 경외심과 감동, 환희가 떠올라 있었다. 그는 눈물을 흘리면서 손을 들어 아리를 가리켰고, 엄숙하게 말했다.

"이제 증거를 보십시오! 누가 천년왕국의 표를 받겠느냐? 누가 살아남아 천년의 아이들에게 우리 이야기를 전하겠느냐?"

그가 허리춤에서 권총을 꺼냈다. 짧은 총구에 볼트와 파이프로 만든 수제 소음기를 돌려 끼우고 아리의 손 위에 올려놓았다. 그녀는 자신의 목에 총구를 대구 주저 없이 방아쇠를 당겼고, 목뼈가 부러지고 피와 살이 튀는 섬뜩한 모습을 당연한 듯이 보였다. 그녀의 목은 부러진 채 늘어졌다. 하지만 죽지 않았다. 부자연스럽게 숙인 머리는 곧 오도독거리는 소리를 내기 시작했다. 부러진 목이 제 자리를 찾았다. 피는 멎고 살이 차올랐고 피부가 총구멍을 덮었다. 순식간에 벌어진 일이었다.

모두가 두려워하며 고개를 숙였다. 인간이 아니다…… 아니, 죽지 않는 돌연변이…… 머리가 떡진 정수리들이 미세하게 떨리는 와중, 한 명이 벌떡 일어섰다. 어깨가 떡 벌어진 호감 가는 인상의 청년이었다.

"천년왕국의 표를 받은 자는 늙지 않고 죽지 않으며 마귀들이 피할지어다. 아기처럼 순수하고 죄 없는 자만이 표를 받는 데 성공할 것이다!"

청년은 가늘게 떨면서 아리 앞에 섰다. 아리는 그의 목에 팔을 감고, 오 맙소사, 물어뜯었다. 그는 고통에 일그러진 표정으로 신음을 삼켰지만, 곧 삼켰던 신음을 게워 올리기 시작했다. 발작 같은 전신의 경련, 뒤집힌 눈, 짐승 같은 신음. 급성변이 현상이었다. 나는 도망치려고 의자에서 튀어 올랐지만, 사슬이 허리를 감고 있어 주저앉아버렸다.

"자격 없는 자로다. 주제를 알고 반석이 되었다면 천국의 자리에 올랐을 것을. 나가라!"

홍 사장은 진정 분노를 씹어 삼켰다. 급성변이로 순식간에 좀비가 된 청년은 잡아먹을 듯이 그를 쳐다보다가, 아리가 창문을 가리키자 짐승처럼 달려가 뛰어내렸다. 사지가 부러지고 내장이 터지는 소리가 밤하늘을 짤막하게 내달렸다. 나는 이 모든 것을 숨 쉬는 것도 잊어버린 채 노려보고 있었다. 얼마나 부릅뜨고 있었는지 눈알이 뽑혀 나갈 것처럼 아파 왔지만, 도저히 깜박일 수 없었다. 좀비를 만들고, 조종하다니?

"아직은 이해가 힘들 거야."

"그때 그 좀비, 네가 불렀어……? 왜……?"

아리가 걸어왔다. 의자 옆에 나란히 앉아서 내 손 위에 손을 포갰다. 멋대로 잡아 올려서는, 선혈이 흐르는 이를 벌리고 강아지 장난치듯 꼭꼭 씹으며 나를 올려다보았다. 목덜미가 섬뜩했다. 오래되지 않은 상처를 더듬었다. 그녀가 울면서 안겨 와, 울음을 참다가 깨물었던 목덜미. 약간 거칠거칠한 흉터가 남아 있었다.

불현듯 그녀가 내 턱에 총구를 밀어붙였고, 나는 무언가가 내 턱을 뚫고 정수리를 깨부수며 빠져나가는 것을 느꼈다.

불이 꺼졌다.

불편한 것은 없었다.

아프지 않았고, 보지 못했고, 듣지 못했다. 다만 코가 막혀서 기침이 나왔다.

"번성하라."

누군가가 속삭였다. 기침을 하자 눈앞이 보이기 시작했다. 고개를 흔들자 턱살이 움직이는 것이 느껴졌으나 곧 그 느낌은 사라졌다. 나는, 알았다. 총알이 뇌를 관통했다. 죽었지만 그것은 전등을 껐다 켜는 것과 다름없었다. 상처는 이미 없었고, 내 뇌는 총알이 열고 간 구멍만큼 새로운 창을 열기 시작했다. 그 창은 주변 좀비들의 존재를 내게 알려주고 있었고, 또 한 가지, 향긋하고 톡 쏘는 황토 흙 같은 체취, 그것을 향기가 아닌 일종의 존재감으로서 느끼고 있었다. 그것은 아리, 송아리, 멀리서부터 나를 느끼고 찾아왔던 동족의 향기였다.

이것이 어떻고 저것이 무엇이고 스스로에게 설명할 이유가 없었다. 모든 건 이미 본능의 단계에서 이해하고 있었다. 나는 죽지 않는다. 저 밖의 좀비와 같다. 좀비 바이러스라 알려졌던 미생물들이 폭발적으로 증식하며 전신으로 퍼지고, 신경과 세포에 들러붙는다. 이것은 일종의 기생이자 공생이며, 동시에 군체이기도 했다. 나는 저 바깥의 좀비 떼의 일부이며, 좀비 떼 역시 나의 일부이다. 우리는 소리가 아닌 정신으로 소통하며, 동료를 부르는 신음은 그저 육체에 남은 반사적인 행동일 뿐…… 기생과 증식이 목적일 뿐인 세포, 바이러스나 다름없었다. 사이킥, 텔레파시, 염력…… 공상 같은 능력을 세포 단계에서 사용하며 의사소통하는 것이 다른 점의 전부. 비로소 나는 알 수 있었다. 나는 면역자가 아니다. 아리 역시 면역자가 아니다. 우리는 그저 공생에 성공했을 뿐인, 희소하고 적합한 조건을 가지고 있었을 뿐이었다. 좀비가 된 자들은 그저 이 미생물에 면역체계가 거부반응을 일으켰거나, 좀비에게 공격받으며 감염과 사망이 동시에 이루어져 실패했을 뿐.

그러니까 좀비들의 끝없는 포식과 일련의 활동은, 이미 죽은 숙주의 신체기능을 유지하려는 좀비 바이러스의 치료 활동이었을 뿐이었다…….

"*먹고, 생육하라.*"

나와 아리가 그들과 다른 점은, 공생에 성공한 상태에서 죽음을 맞이한 적이 있다는 것뿐. 죽음이 트리거가 되어 그들의 잠복기를 끝내고 활동을 개시했을 뿐이었다. 각성이라고 불러도 괜찮겠지…… 이것들의 기원이 외계인이든 우주 바이러스든, 신이 실존해서 내리는 저주든 축복이든, 아무래도 상관없다. '우리'는 단 한 가지만을 원했다.

"*번성하라.*"

손에 힘을 주자 의자 팔받침이 스티로폼처럼 부서졌다. 흔들림 없는 두 다리로 일어섰다. 사슬이 방해했지만 힘을 주어 잡아당기자 의자에서 못과 함께 뽑혀 나왔다.

"이제 알겠어?"

아리는 눈물을 글썽이며 나를 껴안았다. 그녀의 감격과 안도, 기쁨의 감정의 진심이 내 것처럼 느껴졌다. 우리 사이에 물리적 거리는 의미가 없었다. '우리'는 하나이기를 원한다. 어디에 있든지 함께 하기를 바란다. 조금만 마음을 놓으면 감정이 뒤섞여버리고 내가 아리인지 아리가 나였던 것인지 알 수 없을 지경이 되어버린다. 진정 서로를 이해한다는 것이 이런 것일까……?

엎드린 광신자들이 일제히 눈물을 터뜨리며 아기처럼 울기 시작했다. 나는, 퍼뜩 정신을 차리고 이 모든 광경을 보았다. 마음에 무겁게 가라앉았다. 힘없이 의자 위로 주저앉아 얼굴을 가렸다. 이게 아닌데. 내가 원했던 건 이게 아닌데.

"오빠야?" "왜 그래?" "뭐가 잘못됐어?" "왜 화내?"

"이게 아니야."

"어…… 그, 간 본 건 미안해. 그래도 나 연기 잘했지? 메소드 좀 하거든."

눈물이 끓어올랐다. 난 그냥 조용히 살고 싶었다. 그냥 남들만큼. 걱정 없이, 사이 좋은 사람들과 하하호호 웃으면서.

그리고 배신하지 않는 사람들과.

"하." 아리는 한숨을 내쉬었다. 그녀는 그 순간 이미 내 감정과 뿌리까지 이해하고 있었다. "오빠는 어떻게 살았길래 그런 꿈을 꿨어?"

"일했지. 일을 했어." 그녀는 복잡한 표정을 지었다. "열심히 했지. 정말로."

조금 차가운 손이 어깨를 살며시 잡았다. 부드럽게 어루만지면서, 작은 머리가 기대어왔다. 그녀는 조금 떨리는 목소리로 말했다.

"우리 순둥이 오빠야를 어떻게 하면 좋을까?" 깊은 한숨 소리가 들려왔다. 그녀가 머리로 어깨를 짓누르며 비벼댔다. "좀 닭살 돋는데, 난 현실적인 여자야, 오빠야. 현실을 봐…… 사람들은 언젠가 뭉칠 거야. 마을을 짓고 도시를 짓고 군대를 꾸려서 돌아오겠지. 한번 좀비들을 겪었으니까 당황하다가 전멸하는 일도 없을 거야. 계획을 세우고 작전을 짜서 폭탄으로 다 쓸어버리겠지. 그리고 좀비들을 지워버릴 거야."

그때 우리가 살아남을까? 산속에 숨어 산다고 해도, 늙지 않고 죽지도 않고 영원히 숨어 살 수 있을까? 불안함, 공포, 도망치고 싶어, 외로워, 혼자는 싫어, 살고 싶어. 애절하고 두려운, 너무 많이 겪은 나머지 조금은 빛이 바랜 감정들이 소낙비처럼 내 어깨를 적셔왔다.

"우린 산채로 배가 갈릴 거야. 내장만 남아서 시험관 안에 갇히겠지. 눈꺼풀도 없으니까 눈만 데굴데굴 굴리겠지? 그렇게 영원히 해체당하겠지. 사람들이 우리 비밀을 해명하고 좋을 데로 써먹을 수 있게 되면, 우리는 불태우든지 우주 밖으로 쏘아 올리든지 그렇게 버릴 거야." 그러니까 우리는 신인류여야만 해. 인간의 다음 세대이면서 천년왕국의 주민이어야만 해. 도태된 인류가 넘볼 수 없는 왕국을 세우고 새 시대를 열어야만 해. "오빠도 이해할 거야."

나는 고개를 끄덕였다.

"알아. 지금 같은 시대에 이 힘은 왕의 힘이야."

그녀의 얼굴이 공포로 물들어갔다.

"그리고 왕에겐 책임이 있지."

너희들이 무너뜨렸다. 너희들이 내 왕국을 짓밟았다. 작디작은 산골짜기 왕국을, 깃발도 올리지 못한 소박한 풀뿌리 왕국을 너희들이 짓밟았다.

"한희, 우성, 금자, 인혜. 모두를 딱히 좋아하진 않았어. 내가 좋아한 건 너뿐이야. 하지만…… 그래도 내 백성들이었어."

아리는 파리한 얼굴로 뒷걸음질 쳤다. 나는 생생한 분노와, 마주하는 공포를 동시에 느꼈다. 그리고 불렀다. 응답한 백성들이 움직이기 시작했다. 그들이 답하는 이유는 간단했다. 왕이 불렀으므로. 유일하게 지성과 자아를 가지고 명령할 수 있는 자가 원했으므로. 아리가 고개를 저었지만, 오지 말라고 했지만…… 느껴진다. 도시 안의 '우리'는 무수한 좀비 떼라기보다는 점균과도 같은 부정형의 한 덩어리처럼 느껴졌다……. 기묘한 감각…… '우리'는, 이끌고자 하는 의지에 강하게 반응했다. 빌딩을 포위하고, 계단을 가득 채우고, 좀비 피라미드를 쌓으며 이윽고 창문까지 차올라 신음도 없이 고요하게 기어 들어와 손을 뻗었다. '우리'는 피와 살점이 튀어 오르는 진정한 사바스를 시작했다. 그러나 '우리'는 아리를 공격하지 않았다. '우리'는 '우리'를 공격할 할 수 없었으니까. 그저 오류가 일어난 로봇처럼 기우뚱기우뚱 경련하며 아리를 둥글게 감쌌고, 그게 할 수 있는 전부였다.

나는 바닥에 나뒹굴던 백팩을 주워 거꾸로 들고 털었다. 금괴와 보석뭉치가 쏟아져 내렸다. 작은 생수 몇 병과 따지 않은 통조림을 집어넣고 어깨에 비끄러매고 등을 돌렸다. 순간, 이해할 수 없는 기쁨이 느껴졌다. 고개를 돌렸더니 아리의 얼굴은 만개한 꽃밭 같았다. 그녀는 정말이지 미친년처럼 웃으며 좀비를 타고 기어올랐다.

"오빠 정말 최고야!"

"내가 사람 볼 줄 안다니까!"

비명에 가까운 환희였다.

시원한 바람이 불었다. 햇볕이 얼마나 따사로운지, 눈을 감아도 세상이 선홍빛이었다. 나는 두 팔을 펴고 하품을 했다. 드디어 평화로웠다. 나는 혼자였고, 책임질 것이 없었다. 어머니가 그랬더랬다. 준비하고 시작하는 거 아무것도 없다고. 닥치면 어떻게든 된다더니, 나도 그랬다. 전기 없이 살 수 있다. 농사도, 닭치기도 삼촌이 남긴 자습서를 읽고 한사람 몫은 할 수 있을 것 같다. 이거면 충분하다. 그저 살기 위해 살아야 하지만, 이거면 충분하다. 집이 있고, 좀비가 없다. '우리'는 여전히 무리 짓는 것을 좋아했지만 그건 본능에 각인된 기호일 뿐이다. 나 혼자서도 멀쩡히 잘 살았고, 이쯤 되면 괜찮겠다는 자신감을 갖게 되자 '우리'는 굳이 한데 무리 짓는 것을 권유하지 않았다. 아직 모자란 것이 많았지만, 이거면 충분하다. 왕? 나는 나로서도 벅찬 그릇이다.

그러니까 태양열 보일러니 태양전지판이니 코빼기도 없었다는 뜻이다. 아궁이 만들고 온돌 깔 때 알아봤어야 했는데…… 삼촌은 생각보다 자연인이 되고 싶었던 모양이다. 거대한 땔감 창고와 살얼음이 얼 만큼 싸늘한 토굴도 몇 개 늘려 놓은 걸 보니…… 거기에 갖가지 모종과 씨앗은 소중하게 보관된 상태였다. 집 주변은 언뜻 잡초밭 같아도 참외 넝쿨이나 수박 넝쿨이 숨어 있었고, 집 주변에선 복숭아와 사과나무들이 서 있다. 전통 기법으로 지은 곳간과 서늘한 토굴 안에는 감자 자루가 쌓여 있었다. 겨, 콩, 토란, 옥수수, 감자, 고구마, 마늘…… 소박한 종자 은행.

감사의 뜻을 담아 어제는 나무로 삼촌 묘비를 만들었다. 이제 집 주변을 돌기 전 묘비를 닦기로 했다. 해서 처음으로 묘비를 닦으려 걸레를 꽉 쥐어짰는데,

까치가 울었다. 설탕이랑 조미료를 쟁여 놓으려고 산 아래 넝마주이를 다니다 보니 까치들이 은근슬쩍 따라왔는데, 먹이를 주니까 조금 떨어진 곳에 둥지를 틀었다. 녀석들이 열매를 먹지 못하게

하는 게 고역이었지만 야생동물이라도 지나갈라치면 울어서 알려 주는 경비원들이었다. 나는 모이 그릇을 만들어 매일 모이를 바치면서 녀석들을 고용하고 있었다. 세상에서 고라니가 가장 무섭다. 그것들은 정말이지 야수다.

까악, 까아.

깍, 깍깍깍깍.

오랜만에 까치가 울었다. 알고 있었다. 산을 헤집던 황토흙 냄새. 다가오고 있었다. 가만히 귀를 기울이자 터벅터벅하는 무거운 발소리가 들려왔다. 나는 손을 뻗어 엽총을 잡고 장전 레버를 당겼다. 개머리판을 어깨에 대고 일어서며 정면을 겨누었다. 송아리가 서 있었다. 꾀죄죄한 몰골로 피골이 상접해서, 파리한 입술을 달달 떨면서 텅 빈 배낭을 떨어뜨렸다. 그녀는 어깨를 늘어뜨린 채 망연한 표정으로 말했다.

"영화 같네, 진짜." 나는 그녀의 머리를 겨냥했다. 그녀가 움찔거리며 두 손을 펼쳤다. 하지만, 그녀의 머릿속에선 이런 노래가 흐르고 있었다……. "오빠야, 이 노래 알아요? 먼산 언저리마다~ 그런데 진짜 온 산을 다 뒤질 줄은 몰랐네?"

그랬겠지, 그랬겠지만 나는 총구를 내리지 않았다. 아리는 침을 삼킨 뒤 천천히 걸어오며 말했다.

"미안요……."

진심이라고. 솔직하다고. 그녀의 정신이 알몸처럼 자신을 드러내고 있었다. 그리고 미안함. 알아. 나는 잠시 뜸을 들인 뒤 답했다.

"개목걸이."

머뭇거리던 아리가 개목걸이를 들어 올렸다. 쇠말뚝에서 뻗어

나온 무거운 사슬이 흔들렸다. 그녀는 머뭇머뭇 목에 감고 강아지처럼 올려다보았다.

"씻어."

지하수 펌프를 가리켰다. 달동네 꽃동네에나 있었을 법한 수동 펌프였다. 그녀는 갈대처럼 흔들흔들 걸어가서 물을 길었다.

"제대로 씻으라고."

알몸이 되어서 물을 끼얹는데 등 뒤로 갈비뼈가 앙상했다. 아, 그래. 굶어 죽긴 하겠구나…… 나는 말 없이 부엌으로 가서 아궁이에 묻어두었던 찐 감자와 옥수수 그릇을 끄집어냈다. 종지에 소금과 설탕을 담고 개다리소반에 차려 마루에 놓았다. 쪼그려 앉은 아리가 달달 떨고 있었다. 이제는 비 맞은 새끼고양이처럼 올려다보았다.

"일어서."

그녀가 작은 손으로 아래위를 가리며 일어섰다.

"아담과 이브?"

그녀는 얼굴을 붉혔다. 그 풋풋하고 앳된 얼굴은, 도저히 그 모든 짓을 벌인 미친년의 것이라고는 생각할 수 없었다. 액면가가 다르다는 건 이럴 때 쓰는 말이다…… 내 기분을 알아챈 아리의 얼굴에서 홍조는 사라졌다. 대신 그녀는 무거운 시선을 떨어뜨려 땅을 향했다.

"앉아." 그녀가 쪼그려 앉자 나는 손을 내밀었다. "손." 하지만 아리는 고개를 푹 숙인 체 어깨를 떨 뿐이었다. "손."

한동안 침묵이 흘렀다. 영원할 것처럼 몸을 떨던 그녀가 결국 얼굴을 들었다. 눈물을 글썽이며 웃고 있었다.

작고 야윈 손이 내 손 위에 올려졌다. 나는 그 손을 잡고 일으켜서 마루 위로 데려갔다. 개목걸이에서 사슬을 풀었지만, 목걸이에 달려 있던 자물쇠를 채웠다. 그녀는 의아한 눈으로 보았지만, 개의치 않는 듯했다. 나도 알고 있다. 좀비의 근력이라면 이런 사슬은 무의미하다. 그러나 아리는 받아들였다. 이점이 중요했다.

나는 잠옷을 꺼내서 직접 입혀주었다. 죄수복 같은 가로줄 무늬 잠옷을 입고 겨우 사람 모습이 된 아리는 허겁지겁 감자를 먹었다. 나는 다시 마루에 드러누워 눈을 감았다. 어쩌다 이렇게 된 걸까? 왜 그녀를 싫어할 수 없는 걸까? 나는 결코 호인이 아니다…… 한희, 우성, 금자, 인혜. 내가 그들의 죽음에서 느낀 것이 슬픔도 죄책감도 아닌 그저 책임이었기 때문일까? 나는 사이코패스인가? 결국 그녀의 백성을 빼앗아 보복까지 했다. 지금 그녀는 내 머리 위에서 후후 감자를 부는 중이다…….

축축한 감자 조각들이 얼굴 위로 튀었다. 인상을 찌푸리며 얼굴을 문지르자, 그녀가 잠옷 소매로 얼굴을 닦아주었다.

"설거지는 네가 해라."

"밥값 하겠사옵니다."

아리는 장난스럽게 대답했다. 석고대죄하고 있어도 모자랄 상황에 이게 무슨 태도인가? 오히려 그녀는 웃기 시작했다. 나는 그 모든 감정을 생생히 느꼈기에 순순히 포기해버렸다. 그녀는 어떤 의미에서 진정 광인이었고, 구인류를 박멸하려는 위험한 씨앗이었지만, 내가 도망치지 않는 중요한 사실은 그녀가 스스로 내게 왔다는 것이다. 그녀는 죄수의 목걸이를 걸고 이제 나만의 수감자가 되었다. 십수 킬로미터의 거리와 온 경산을 다 헤집고 와서는 거머리처럼 달라붙어 버렸다. 세상에 찰거머리가 이런 찰거머리가 없으리라. 그런 성의를 무시하지 못했다든가 하는 우유부단한 결정이 아니다. 나는 여전히 나 하나가 벅차고, 안빈낙도가 지상과제이지만, 그래도 딱 한 명이라면, 어떻게든 해나갈 수 있을 것 같았으니까……

〈끝〉

록커, 흡혈귀, 슈퍼맨 그리고 좀비

1판 1쇄 찍음 2019년 6월 13일
1판 1쇄 펴냄 2019년 6월 20일

지은이 | 차삼동 외 5인
발행인 | 박근섭
편집인 | 김준혁
펴낸곳 | 황금가지

출판등록 | 2009. 10. 8 (제2009-000273호)
주소 | 06027 서울 강남구 도산대로 1길 62 강남출판문화센터 5층
전화 | 영업부 515-2000 편집부 3446-8774 **팩시밀리** 515-2007
홈페이지 | www.goldenbough.co.kr

도서 파본 등의 이유로 반송이 필요할 경우에는 구매처에서 교환하시고
출판사 교환이 필요할 경우에는 아래 주소로 반송 사유를 적어 도서와 함께 보내주세요.
06027 서울 강남구 도산대로 1길 62 강남출판문화센터 6층 민음인 마케팅부

㈜민음인은 민음사 출판 그룹의 자회사입니다.
황금가지는 ㈜민음인의 픽션 전문 출간 브랜드입니다.